서운한 거짓말

1

지은이 | 류재현
펴낸이 | 권순남
펴낸곳 | 마룽
디자인 | 지안
편 집 | 연보화
마케팅 | 유소정

1판1쇄 인쇄일 | 2022년 9월 21일
1판1쇄 발행일 | 2022년 10월 7일

등록일자 | 2008년 1월 7일
등록번호 | 제310-2008-00001호

주소 | 서울시 노원구 상계 1동 1049-25 신영산업 BD 602호
대표전화 | 02-2091-0291
팩스 | 02-2091-0290
이메일 | marubooks@mayabooks.co.kr

979-11-368-2579-7 (04810)
979-11-368-2578-0 (set)

값 9,000원

* 저자와 협의하여 인지를 붙이지 않습니다.
* 잘못된 책은 교환하여 드립니다.

서운한 거짓말

1

류재현 지음

MARONG ROMANCE STORY

차례

007	...	프롤로그
015	...	제1장. 접촉사고
051	...	제2장. 다시 시작되는 인연
091	...	제3장. 외나무다리
133	...	제4장. 뜻밖의 동거
171	...	제5장. 생일
207	...	제6장. 수습할 수 없는 사고
245	...	제7장. 서운한 거짓말
283	...	제8장. 비밀 연애
325	...	제9장. 남자가 사랑할 때
363	...	제10장. 넘어야 할 산들

프롤로그

 그날 아침은 유난히 햇살이 아름다웠다.
 침대로 쏟아지는 햇살 속에서 막 잠이 깬 아이는 느리게 눈을 깜박이며 잠의 여운에 취해 있었다.
 "양이야, 일어나서 밥 먹어야지."
 "으응……."
 다정한 소리와 함께 몸을 일으키는 손길에 아이는 졸린 눈을 비비며 엄마와 함께 욕실로 갔다.
 "오늘은 이거 입자."
 엄마가 꺼내 손수 입혀 준 옷은 한 번도 본 적 없는 새 옷이었다. 병아리를 닮은 노란색이 아이의 얼굴을 더 환하게 만들어 주었다.
 "마음에 들어?"

"응, 예뻐요!"

활짝 웃으며 폴짝폴짝 뛰는 아이를 엄마는 가만히 바라봤다.

밥을 먹는 동안 집중하지 못하고 딴짓을 하는 아이를 다른 날과 달리 엄마는 야단치지 않았다. 포크로 비행기가 날아가는 시늉을 하다 좋아하는 햄 조각을 한 입 베어 물고 아이는 엄마를 보며 웃었다. 엄마의 존재를 확인하듯 아이는 밥을 먹는 내내 엄마를 보며 방긋방긋 웃었다.

식사가 끝나고 엄마가 설거지를 하는 동안 아이는 거실에서 혼자 놀고 있었다. 유독 애착을 가진 얼음 공주 인형에게 아이는 노란 새 옷을 자랑하고 있었다.

설거지를 마친 엄마가 잠시 방으로 들어가더니 이내 외출복 차림으로 밖으로 나왔다. 아이의 고개가 들렸다.

"엄마, 어디 가요?"

"응. 엄마랑 같이 갈 곳이 있어."

"빵빵이 타고 가요?"

"그래, 빵빵이 타고 가는 거야."

"엘사도 데리고 가도 돼요?"

"그래, 그러자."

허락을 하고 엄마는 아이가 인형을 꼬옥 품에 안는 것을 지켜봤다.

엄마가 운전하는 동안 아이는 뒷좌석 카시트에 앉아 바깥세상을 구경했다. 어디로 가는지도 모른 채 아이는 신이 나서 재잘댔다. 무슨 할 말이 그리 많은지 노래까지 흥얼거리다 어느새 스르르 잠이 들었다. 운전을 하던 엄마의 시선이 새근새근 잠든 아이의 얼굴에 잠시 머물렀다.

 나른한 햇살에 잠이 든 아이는 조심스럽게 깨우는 손길에 눈을 떴다.
"다 왔어. 내리자."
 아이는 문을 열고 카시트에서 조심스럽게 내려 주는 엄마의 손길을 따라 세상 밖으로 나왔다. 그리고 말없이 손을 잡고 걷는 엄마를 따라 걸었다.
 '은혜원'이라는 푯말이 붙은 건물 앞에 서자 기다렸다는 듯이 문이 열리고 중년의 수녀가 나왔다. 그녀를 알아본 아이의 눈동자가 동그랗게 커졌다.
"원장 수녀님!"
"우리 양이 많이 컸구나."
 원장 수녀는 어린 양이를 반갑게 맞아 주었다. 그러다 이내 서늘한 눈빛으로 아이의 엄마에게 인사를 건넸다.
"어서 오세요, 강 여사님."
 그때 아이도 익히 알고 있는 젊은 수녀 하나가 나와 아이의 손을 잡았다.
"양이, 친구들하고 인사할래?"
 아이가 허락을 구하듯 엄마를 올려다봤다.
"엄마는 원장 수녀님과 할 이야기가 있으니 친구들과 놀고 있어."
 아이는 크게 고개를 끄덕이며 수녀와 함께 멀어져 갔다. 엄마는 아이의 뒷모습을 보지 않고 원장 수녀를 따라 안으로 들어갔다.

"파양하겠습니다."

찻잔을 내려놓는 손이 사뭇 떨려 원장 수녀는 마른침을 삼켰다. 이미 전화로 파양 의사를 전달받았지만 너무도 당당하게 선언하는 소리에 심장이 철렁 내려앉았다.

"이유가 뭡니까?"

"아이가 도벽이 있더군요."

"단지 그런 이유로 파양을 하시겠다는 겁니까?"

다소 못마땅한 말투에 강 여사는 한쪽 눈썹을 치켜올렸다.

"단지라니요? 그럼 손버릇 나쁜 아이를 계속 키우라는 건가요?"

"도벽은 애정 결핍 때문에 어린 시절 일시적으로 나타날 수 있습니다. 아직 많이 어리니 잘 가르치면 금방 고쳐질 거고요. 그만한 일로 파양이라니 어이가 없습니다."

"저에게 책임을 돌리는 것처럼 들려 좀 불편하군요. 1년 동안 전 저 아이에게 최선을 다했습니다. 그러니 애정 결핍으로 도벽이 생겼다는 말은 수긍할 수 없어요. 환경보다는 근본을 의심해보는 것이 더 정확하지 않을까요? 아이의 친부모가 어떤 사람들인지 말입니다."

원장 수녀는 뻔뻔할 정도로 당당하게 구는 강 여사를 찬 시선으로 쏘아봤다.

"자식으로 데려가신 것이 아닙니까? 어떤 부모도 자식이 잘못한다고 내치지 않습니다. 그만한 일로 파양이라니 아이가 받을 상처는 생각하지 않으시는 겁니까?"

정곡을 찌르는 소리에 강 여사가 잠시 시선을 피했지만 이내 제 입장을 변론했다.

"아이에게 통 정이 가지 않아요. 사내아이를 데려갈 걸 그랬나 봐요. 어쨌든 우리와는 인연이 여기까지인 것 같으니 이곳에서 더 좋은 부모 찾아가면 양이에게도 더 낫겠죠."

"정말 너무하시군요. 입양은… 마음이 변했다고 해서 물건을 반품하는 것과는 다릅니다!"

"그렇다고 영 마음이 가지 않는 아이를 억지로 키워야 할 의무는 없잖아요. 어쨌든 입양을 번복했으니 원장님께는 죄송하게 되었어요."

"미안하다는 말은 제가 아니라 양이에게 하셔야지요."

대놓고 면박을 주는 소리에 하는 짓이 있어 불편한 얼굴로 앉아 있던 강 여사가 자리에서 일어섰다.

"가겠습니다. 양이 잘 달래 주세요."

원장 수녀는 욕지기가 치밀어 오르는 것을 눌러 참느라 인상을 찌푸렸다. 더 설득을 해 볼까도 싶었지만 단념했다. 설득이 먹힐 사람이었으면 파양하지도 않을 것이다. 이미 아이에 대해 정이 없는 사람에게 아이를 억지로 보낸다고 아이가 행복할 것 같지도 않았다.

많은 아이들에게 새 가정을 찾아 주었지만 이렇게 터무니없는 경우는 처음이었다. 이런 말도 안 되는 이유로 버림받은 아이가 목에 걸려 침조차 삼켜지지 않았다. 그녀는 결국 참지 못하고 문을 여는 강 여사의 뒤에 대고 쏘아붙였다.

"다시는 다른 아이를 입양하지 마세요!"

"이곳을 다시 찾는 일은 없을 겁니다."

강 여사가 불쾌하단 표정이 역력한 얼굴로 인상을 쓰더니 밖으로 나갔다.

1시간 동안 원장 수녀는 아무도 들이지 않고 생각에 잠겼다. 그러고는 무거운 걸음으로 양이가 기다리고 있는 곳으로 건너갔다.

아이들과 놀고 있던 양이가 눈을 동그랗게 뜨고 돌아봤다.

"엄마는요?"

"엄만… 가셨어."

"예? 나 아직 여기 있는데요?"

원장 수녀는 아이의 놀란 눈과 눈높이를 맞춰 앉으며 물었다.

"양이야, 혹시 엄마 물건에 허락 없이 손댄 적이 있니?"

"아니요? 엄마 물건에 손대면 엄청 화를 내서서 아예 손대지 않아요."

맑은 눈동자로 또박또박 대답하는 순수한 얼굴을 보며 원장 수녀는 도벽이 있다는 말이 거짓임을 직감했다. 진짜 세상에서 가장 험한 욕을 해 주고 싶은 심정이었다.

"원장 수녀님… 엄마는 언제 저 데리러 오세요?"

울컥 치밀어 오르는 감정을 억지로 누르고 원장 수녀는 아이를 가만히 끌어안았다.

"이제 양이는 원장 수녀님하고 이곳에서 살 거야."

"왜요?"

"그게 말이야, 양이야……."

※

 그때 무슨 대답을 들었는지 기억이 나지 않는다. 그 후로 매일을 울면서 은혜원 문 앞에서 엄마가 오기를 기다리고 기다렸다. 그리고 정말 버림을 받았다는 걸 깨달았을 때는 눈물이 나지 않았다.
 태어나자마자 버려진 것으로도 모자라 햇살이 유난히 아름답던 그날, 두 번째로 버림받았다.
 노란색은 거짓을 뜻한다고 했던가. 그날 입었던 노란색 옷과 나를 매정하게 버린 그 여자, 강명옥이라는 이름 석 자가 조각난 파편이 되어 심장에 박혔다.

제1장
접촉 사고

"으으……."

다채롭게 찌푸린 얼굴로 오만 인상을 쓰다 번쩍 눈이 떠졌다. 반실성한 사람처럼 넋이 나간 얼굴로 상황을 살피던 입에서 긴 한숨이 새어 나왔다.

"왜 또 그런 재수 없는 꿈을 꾼 거지……."

밤새 한숨도 못 잔 것 같은 피곤한 얼굴로 상체를 일으키고 손으로 쓱쓱 산발이 된 머리를 쓸어 넘겼다. 그러다 손가락 끝에 달려 나오는 머리카락을 보며 인상을 찌푸렸다.

"뭐야, 벌써 탈모는 아니겠지? 그러지 마라. 인생 너무 구려지니까."

혼자 구시렁거리다 얼른 자리를 털고 일어나 침구를 정리했다. 모처럼 쉬는 날 데이트 약속이 있으니 서둘러야 했다.

수수하면서도 나름 멋을 내서 차려입고 화장도 신경 써서 한 후에 거울을 보고 씨익 웃었다. 집 문을 단단히 잠그고 계단을 내려가는 발걸음이 유달리 가벼웠다. 부드럽게 뺨을 어루만지니 지나가는 바람 한 줄기도 사랑스러웠다.

"오늘 날씨 죽이네."

그녀는 주택가 담에 고이 모셔 둔 낡은 소형차의 문을 열고 운전석에 앉았다.

막 출발하려던 그때 휴대폰 진동이 울리고 액정에 낯익은 이름이 떴다. 회사에서 둘도 없는 단짝인 미강이었다. 얼른 블루투스로 연결한 후 전화를 받았다.

"오야."

-목소리 봐라. 나 버리고 남자 만나러 가니 좋으냐?

"좋아 죽겠다. 우리도 주말엔 거리 두기 좀 하자. 징그럽다."

-배신자! 니들 사귄다고 확 회사에 까발려 버린다.

"뒈지고 싶냐?"

-그래, 하나밖에 없는 친구 뺏길 바에 차라리 다 까발리고 장렬하게 뒈질란다.

"장렬하게 좋아하네. 넌 최소 장기 미제 사건이야. 네 남편이랑 잘 놀고 있어, 언니 데이트 다녀올 테니까."

협박이 통하지 않자 전화기 너머로 한숨 소리가 들려왔다.

-난 그 남자 마음에 안 드는데, 넌 귓등으로도 안 들리겠지?

"응, 안 들려~"

-내가 촉이 백 단인 거 알지? 그 남자 너한텐 안 어울린다고.

"넌 자리 펴고 앉아도 망할 필이니까 작두는 타지 마라."

-암튼 콧구멍에 바람 잘 쐬고, 다녀와서 보고해.

"그래, 들어가."

통화를 마치고 마침 파란불이 켜지자 서운은 액셀러레이터를 밟았다. 그때 다시 진동이 울리자 도끼눈을 뜨고 휴대폰을 노려보던 표정이 빛의 속도로 풀렸다. 핸들의 수신 표시를 누르는 손길이 사뭇 바빴다.

"어, 기준 씨."

-오고 있어? 나 기다리고 있어.

"벌써 왔어? 아직 20분이나 남았는데?"

-엄마랑 볼일이 있어서 일찍 나왔어.

"나도 금방 도착할 거야. 조금만 기다려 줘."

-그래, 조심히 와.

통화를 끊은 서운의 입가에 부드러운 미소가 걸렸다.

워크숍 뒤풀이에서 고백을 받은 후로 3개월이 되도록 만남을 이어 왔지만 회사 일로 정신이 없어 제대로 된 데이트 한번 못 해 본 원을 드디어 풀게 됐다. 오늘은 기대해도 좋다는 기준의 호언장담에 괜스레 기분이 더 들떴다.

※

차를 주차장에 넣고 약속 장소로 올라가는 걸음이 바빴다. 기다리는 것을 싫어하는 성격이라 누구를 기다리게 하는 것도 불편한데 기준이 먼저 와서 기다린다니. 약속 시각에 늦은 것도 아닌데 자꾸 발걸음이 빨라졌다.

유난히 굼벵이처럼 움직이는 엘리베이터를 재촉해서 카페의 문을 열고 휘 훑었다. 창가에 앉아 있던 기준이 손을 흔들며 활짝 웃었다.

그에게 마주 웃어 주며 자리로 가다 서운은 순간 멈칫했다. 기준의 옆에 어떤 여자가 앉아 있었다. 누군가와 함께 나온다는 말은 없었는데, 둘만의 만남에 누구지 싶어 다가가는 걸음이 조금 느릿해졌다. 가까이 다가가니 중년의 여인이었다.

"어서 와. 인사드려, 우리 엄마야. 근처에 볼일 있어서 같이 나왔는데 엄마가 서운 씨 너무 궁금하다고 하셔서 잠깐 들르셨어. 괜찮지?"

"어서 와요."

당황했지만 서운은 저를 반기는 기준의 어머니에게 인사를 하려고 그녀의 얼굴을 똑바로 쳐다봤다. 그러고는 벼락을 맞은 것처럼 그대로 굳었다. 순간 머릿속이 새하얗게 변하면서 아무런 생각도 들지 않았다.

이상한 기운을 느낀 기준이 놀라 물었다.

"서운 씨, 왜 그래?"

"실례하겠습니다."

서운은 자리에 앉지도 않고 그대로 돌아섰다.

"서운 씨!"

하얗게 질린 얼굴로 서운이 빠른 걸음으로 밖으로 나가 버리자 기준이 놀라 따라 나왔다.

막 엘리베이터에 타려는 서운을 기준이 붙잡았다.

"도대체 왜 그래? 갑자기 이러는 이유가 뭐야? 말도 없이 엄마랑 같이 나온 게 싫어서 그래? 아무리 그래도 이건 경우가 아니지!"

당황스럽고 이해가 되지 않은 기준이 연달아 따져 물었지만 서운은 대답하지 않았다.

"야, 이서운!"

"…혹시 기준 씨 어머니 성함이 강명옥이야?"

"서운 씨가 우리 엄마 이름을 어떻게 알아?"

뜻밖의 물음에 기준이 한 대 얻어맞은 얼굴로 되물었지만 서운은 대답하지 않았다. 오래된 상처가 벌어지고 가슴속 깊이 묻어 둔 분노가 올라오고 있었다. 그녀는 차가운 표정으로 기준을 빤히 쳐다봤다.

무언가 따지려던 기준이 처음 보는 표정에 움찔 머뭇거렸다.

막 도착한 엘리베이터 문이 열리자 서운은 그대로 안으로 들어갔다.

"정말 이대로 간다고?"

어이가 없다는 얼굴로 기준이 눈살을 찌푸렸지만 서운은 지하 주차장 버튼을 꾸욱 눌렀다. 그리고 황당하다는 표정으로 서 있는 기준을 외면했다.

차까지 무슨 정신으로 왔는지 기억이 나지 않는다. 서운은 시동도 걸지 않고 깎아 놓은 조각상처럼 꼼짝도 하지 않은 채 앞만 노려봤다. 예고도 없이 맞닥뜨린 충격에 온몸에 한기가 들고 후들거려 꼼짝도 할 수 없었다.

　24년이라는 긴 세월이 흘렀지만 그때의 악몽을 되새기게 하는 얼굴은 바로 알아볼 수 있었다. 갑자기 속이 뒤틀리며 울렁거렸다. 토기를 참는 동안은 차라리 나쁜 생각이 들지 않아서 괜찮다는 시답잖은 생각까지 들었다.

　그러기를 한 시간째, 겨우 감정을 진정시키고 서운은 아무렇지 않은 표정으로 시동을 걸었다. 기분 나쁜 기억을 지우려 일부러 눈을 부릅뜨고 운전에 집중했다. 더는 생각하고 싶지 않았다.

　그러나 그녀의 의지를 배반하고 눈가가 시큰해지더니 기어이 눈물이 주르르 흘러내렸다. 도대체 지금 눈물이 왜 나는 걸까. 짜증이 나 서운은 신경질적으로 눈물을 훔쳤다.

　그러나 어릴 적 무참하게 버려졌던 기억과 다시 데리러 오기를 한없이 기다렸던 기억이 피멍처럼 떠오르며 또다시 눈물이 시야를 가렸다.

　서운은 결국 눈물 닦기를 포기했다. 평소 잘 우는 성격도 아닌데 한번 터진 눈물이 멈추지 않았다.

　"진짜 싫다."

　슬퍼서 나오는 눈물은 아니다. 이건 이렇게 된 상황에 짜증이 나서 나오는 눈물이다. 그게 다. 그렇게 스스로 최면을 걸며 액셀러레이터를 밟았다.

　그러나 그녀는 시야가 흐려진 탓에 먼저 진입하는 차를 보지 못했다. 기분 나쁜 마찰음이 일어나고 몸이 출렁거리면서 차가 멈춰 섰다.

이상하게 불운은 늘 연속으로 온다. 갑자기 꼬여 버린 하루가 답답해 서운은 핸들에 머리를 묻어 버렸다. 엉망이 된 얼굴과 마음을 진정하기도 전에 유리창을 누군가가 두드렸다.

❆

태영은 난데없이 튀어나와 차를 들이받아 놓고도 꼼짝하지 않는 운전자를 보며 인상을 찌푸렸다. 한국으로 돌아온 첫날부터 접촉 사고라니, 기분이 썩 좋지 않았다. 그는 목을 좌우로 움직이며 상태를 체크했다. 다행히 차도 자신도 크게 다친 곳은 없었다.

그런데 당연히 내려서 사과해야 할 상대편 운전자가 차에서 내리지 않자 조금씩 심기가 상했다. 그는 상대편 운전석에 앉은 여자가 핸들에 머리를 묻는 것을 보고 가서 유리창 문을 두드렸다. 가벼운 접촉 사고이긴 했지만 혹시나 많이 다친 것인가 싶어 신경이 쓰였다.

진한 선팅 너머로 여자가 고개를 드는 것이 보였다. 문이 열리고 나오는 여자를 본 순간 태영은 하려던 말을 꺼내지 못했다. 울고 있었던지 여자의 눈가가 붉게 젖어 부어 있었다. 처음 보는 여자의 눈물에 태영은 순간 당황했다.

"저기……."

"죄송합니다. 제가 미처 보지 못했어요. 차는 수리 맡기시고 연락 주세요. 죄송합니다."

여자는 울어서 갈라진 목소리로 제 할 말만 하고 명함을 내밀었다. 그러고는 다시 고개를 숙여 사과하더니 운전석으로 들어가 버렸다.

명함을 손에 든 태영은 여자의 모습을 살폈다. 조금 위태로워 보이는데 다시 운전을 하게 둬도 되나 슬쩍 걱정이 들었다. 그는 다시 유리창 문을 톡톡 두드렸다. 여자가 운전석 창문을 내렸다.

"괜찮겠습니까?"

"예?"

"운전 괜찮겠냔 말입니다."

"아, 네. 괜찮습니다."

영혼을 어디다 두고 온 사람처럼 넋이 나간 표정으로 핸들을 잡는 여자의 모습이 눈에 밟혔다. 그대로 보내도 되나 싶었다.

하지만 차는 이미 출발하고 있었다. 그는 차가 시야에서 사라질 때까지 묘한 걱정에 자리를 뜨지 못했다.

약속한 카페에 들어가자 도진이 미리 와서 기다리고 있었다. 고등학교부터 대학을 함께 다녔던 그들은 말이 필요 없는 절친이었다.

남다른 수완으로 나름 명망 있는 사업가로 자리매김하고 있는 도진에게서 성공한 젊은 CEO의 기운이 느껴졌다. 훤칠한 키에 늘씬하게 뻗은 다리를 자랑하며 앉은 두 남자에게 여자들의 호기심 어린 시선들이 들러붙었지만 습관처럼 두 사람은 신경 쓰지 않았다.

"아주 들어온 거냐?"

"뭐, 일단은."

"어머니가 좋아하시겠다. 출근은 언제부터 해?"

"이 주 후."

"한국엔 절대 안 들어온다고 큰소리치고 나가더니 결국 이렇게 끌려오는구나."

"그럴 수밖에 없는 상황이 됐으니까."

"형님 일은 정말 안됐다."

도진의 위로에 태영은 씁쓸하게 고개를 끄덕였다.

"그럼 이 주일은 놀겠구나. 좋겠다. 그동안 뭐 할 거냐?"

"뭘 하든 너랑은 안 놀아."

"치사한 자식."

"내일은 차 좀 맡기고 만나 볼 사람들도 있어."

"멀쩡한 차는 왜?"

"오다가 누가 차를 좀 받았어."

"뭐?"

도진이 안됐다는 표정을 지었다.

"이야, 누군지 몰라도 재수 옴 붙었네. 네 차가 한두 푼 하는 것도 아니고. 상대방은 무슨 재수냐. 뭐라 하든? 덥석 고쳐 준 다고 하든?"

"울더라."
도진이 커피를 입에 가져가다 말고 그대로 멈췄다.
"뭐? 울어?"
운전자를 가득 동정하는 도진의 말을 듣는 둥 마는 둥 아이스 아메리카노를 한 모금 삼킨 태영의 뇌리로 차 안에서 울던 여자가 떠올랐다.
확실히 흔히 볼 수 있는 광경은 아니다. 드라마도 아니고 실제로 그렇게 우는 여자는 거의 본 적이 없었다. 붉게 젖은 눈가가 마음에 걸렸다. 대체 무슨 사연이기에 대낮부터 그리 서럽게 울고 있는 건지. 이상한 궁금증이 일었다.
'우는 여자라……'

먹태를 질겅질겅 씹다 말고 미강이 입을 떡 벌렸다.
"뭐! 그 여자가 기준 씨 엄마였단 말이야?"
"그렇더라고."
서운은 유리잔에 찰랑이는 맥주를 노려보다 단숨에 들이켰다. 맥주를 두 병이나 부어라 마셔라 했는데도 취기가 오르지 않았다. 미강이 건넨 먹태를 받아 씹으면서도 무슨 맛인지 느껴지지 않았다.
아무 말도 하고 싶지 않아 집에서 굴을 파고 있으려고 했는데 기어이 끌려 나왔다.

비록 직장에서 만난 친구지만 서로에 대해서 모르는 것이 없을 정도로 친한 사이라 숨길 필요가 없었다. 이런 일을 털어놓을 수 있는 친구가 있다는 사실만으로도 감사한 일이다.

"야, 세상에. 무슨 이런 재수 없는 일이 다 있다니? 그럼 기준 씨도 그 집 친아들이 아닌 거야?"

"내가 있을 땐 없었으니 아마 그렇지 않을까? 또 모르지. 나 대신 데리고 왔는지도."

"와, 진짜 별의별 진상들을 다 봤지만 그렇게 뻔뻔한 여자는 살다 살다 처음이다."

미강이 신랄하게 욕을 해 줬지만 여전히 가슴은 시원해지지 않았다. 미강이 서운의 잔을 다시 가득 채웠다.

서운은 활화산처럼 올라오며 금방이라도 밖으로 넘칠 것 같은 하얀 거품을 노려봤다. 하지만 따르는 기술이 좋은 건지 유리잔 꼭대기에서 둥근 원을 그리며 부풀던 하얀 거품이 거짓말처럼 그대로 멈췄다.

차라리 흘러내려 버리지. 늘 보글보글 끝까지 끓어오르다 꾸역꾸역 참아 버리는 제 속처럼 보여 그마저도 답답해 보였다.

"그래, 그 여자는 너 알아보든?"

"기억이나 하겠냐? 아마 모를 거야. 얼굴 보자마자 곧바로 나와 버렸거든."

"하긴 세월이 얼마냐. 그 꼬맹이가 이렇게 컸으니 당연히 못 알아보겠지. 네가 알아볼 줄 꿈에도 몰랐을 거다. 근데 넌 어떻게 한눈에 알아봤어?"

"시의원 남편 내조한다고 좀 나대고 다녀야지. 기사에 뜬 얼굴이랑 이름 보니 단번에 알겠더라."

"그래, 원래 때린 놈들은 잊어도 맞은 사람은 잊을 수 없으니 넌 다르겠지. 하여간 못된 것들이 선한 척 연기도 잘해요. 확실체를 다 까발려 개망신을 시켜야 하는데, 열불이 나네. 그런 인성으로 아동 복지에 힘쓰니 어쩌니 구라나 까고 있으니 세상 참 한심하다. 기준 씨가 길갑수 의원의 아들이었다니 그것도 놀랍고. 오늘 참 여러모로 서프라이즈가 많다."

그때 다시 무음으로 해 둔 휴대폰 액정에 불이 들어오자 두 사람의 시선이 동시에 쏠렸다. 벌써 열두 통째다. 서운은 거절 버튼을 누르고 휴대폰을 뒤집어 놓았다.

"진짜 징글벨이다."

"내가 갑자기 그렇게 나와 버렸으니까 기준 씨 입장에선 황당하겠지."

"정리할 거지?"

"그래야지."

주저 없는 대답이 흘러나왔다. 미강 역시 흡족한 얼굴이었다.

"아직 죽고 못 사는 사이도 아니고, 좀 놀라긴 하겠지만 차라리 잘됐다 생각해. 나중에 알았으면 얼마나 소름이겠냐? 그냥 똥 밟고 액땜했다 여겨. 나 솔직히 너 말리려고 했어."

"기준 씨를 왜 그렇게 싫어해?"

"뭐랄까. 은근 집착도 있는 것 같고 뭔가 숨기는 게 많은 사람처럼 그늘져 보인다고 해야 하나? 아무튼 썩 마음에 들진 않았어. 게다가……."

갑자기 미강이 답지 않게 뜸을 들이자 서운이 재깍 반응했다.
"뭔데 그래? 아는 거 다 불어."
"이건 확실하진 않은데 기준 씨가 유통과 박주현이라는 애하고 같이 출근하는 걸 인사과 순영 언니가 몇 번 봤나 봐. 마트에서도 둘이 있는 걸 봤다면서 걔들 수상하다고 거품 무는 걸 말도 안 된다고 딱 자르긴 했는데 영 찜찜하긴 했어. 몇 달 전에 순영 언니가 아는 동생을 소개시켜 줬다는데 말끝마다 엄마, 엄마 해 대서 까였다고 하면서 기준 씨에 대해서 별로 좋게 얘기 않더라고. 몰랐어?"
"몰랐어."
"하여간 둔탱이. 하긴 네 눈에 보였으면 지금까지 만나지도 않았겠지. 한창 좋을 때였으니 단점이 보이지도 않았을 거고. 암튼 이참에 딱 잘라서 정리 잘해."
"그래……."
서운은 잔을 들어 미강이 건넨 잔에 부딪쳤다. 유리잔이 부딪치는 소리가 경쾌하게 들리고 목을 타고 들어가는 맥주는 시원하면서도 썼다.
"그런데 차는 아직 연락 안 왔어?"
"아직."
"억 소리 나게 생긴 차라 부품만 갈아도 장난 아닐 텐데, 설마 나쁜 놈한테 걸려 바가지 왕창 쓰는 건 아니겠지?"
미강의 걱정에 서운은 괜찮냐고 물었던 남자의 얼굴을 떠올렸다. 짧은 순간이지만 빈틈이라고는 보이지 않는 차림과 강인한 인상이 기억에 남았다.

"나쁜 놈은 아니어 보이더라."

"남자 볼 줄도 모르는 게 어디 앉아서 보고서를 쓰고 있어. 사기꾼들이 이마에 사기꾼이라고 붙이고 다니는 거 봤냐?"

"사기꾼이어도 하는 수 없지. 내가 잘못한 거니까."

"하여간 그 밥맛없는 아줌마 때문에 하루가 재수 없다."

미강이 다시 분개하는 동안 서운은 남자에 대해서 생각했다. 경황이 없어서 그 남자의 차가 얼마나 다쳤는지 보지 못했다. 아직까지 연락을 하지 않는 것으로 보아 별거 아니라 그냥 없던 것으로 하려는 걸까? 제발 그래 줬으면 좋겠다. 제발 연락하지 말아 줬으면.

차 수리비보다 처음 보는 남자한테 펑펑 울고 있는 꼴을 들켰다는 사실이 더 죽을 맛이다. 당황한 얼굴로 괜찮냐고 물어보던 표정이 생생하게 떠올랐다. 그 남자에게 얼마나 꼴이 우스웠을까. 진짜 죽고 싶다.

"악!"

생각만으로도 땅속으로 꺼져 버리고 싶은 민망함에 서운은 양손으로 머리를 쥐어뜯으며 괴로워했다.

"미쳤어, 진짜!"

"응? 누구? 나?"

알딸딸하게 취기가 오른 미강이 발개진 얼굴로 저를 가리키며 물었다. 서운은 눈을 질끈 감으며 고개를 흔들어 댔다. 할 수만 있다면 그 남자의 머리를 열어 자신을 본 기억을 지우개로 박박 지워 주고 싶었다.

※

 3년 만에 다시 찾은 본가는 달라진 것이 없었다. 성처럼 높이 올라간 담을 한번 쳐다보고 태영은 초인종을 눌렀다.
 -누구세요?
 익히 아는 목소리에 그는 잠시 찬 시선을 떴다.
 "접니다, 형수님."
 잠시 침묵이 흐르더니 이내 대문이 열렸다. 잔디가 깔린 넓은 마당을 가로지르자 현관문이 열리며 여진이 밖으로 나왔다. 그녀의 얼굴이 조금 상기되어 있었다.
 "어서 오세요, 도련님."
 "네, 형수님."
 복잡한 감정을 고스란히 드러낸 채 보는 시선을 외면하며 태영은 여진의 곁을 지나 안으로 들어갔다.
 찬바람이 쌩쌩 부는 그의 태도에 여진은 시선을 떨어뜨렸다. 그러나 이내 그의 뒷모습을 눈에 담았다.
 "어서 와라."
 "오랜만이야, 형. 몸은 좀 어때?"
 "보다시피 서지만 못할 뿐이야."
 태영의 시선이 태환이 앉아 있는 휠체어를 향했다.

"재활치료 꾸준히 받아. 꼭 좋아질 거야."

"그래, 고맙다. 이렇게 보니 좋다. 네 형수가 너 많이 보고 싶어 했어. 이제 자주 좀 보자."

"노력할게."

두 형제의 상봉이 끝나자 뒤에서 가만히 기다리고 있던 송 여사가 양팔을 벌리며 태영을 끌어안았다.

"보고 싶었다, 내 아들."

"저도요, 어머니. 아버지는요?"

"서재에서 잠깐 통화 중이시다."

말이 끝나기 무섭게 서재 문이 열리고 진명섭 회장이 밖으로 나왔다. 진 회장은 잠시 도끼눈을 뜨며 태영을 엄하게 노려봤다. 들어오라는 갖은 협박에도 끝까지 버티던 놈이 형 사고 소식을 듣고 한달음에 들어온 것이 괘씸하면서도 반가웠다.

"이놈, 드디어 돌아왔구나. 이젠 밖으로 떠돌 생각은 접어라."

"왜요? 아예 발이라도 묶어 두시게요?"

"또 튈 기미만 보이면 목줄이라도 매 둘 참이다."

"제가 갭니까? 저는 저 하고 싶은 대로 할 거니까 아버지 뜻대로 강요하지 마세요."

"아예 입마개까지 채워 주랴?"

"아버지!"

태영이 반발하자 오랜만에 보는 부자의 살벌한 재회에 익숙한 가족들이 웃으며 말렸다.

"자자, 회포는 천천히 푸시고 저녁들 드시자고요."

식탁에 자리를 잡고 앉자 송 여사가 다정하게 물었다.

"집으로 들어올 거지?"

"안 들어옵니다."

"집 놔두고 왜 밖에서 지내려고 그래? 들어와서 살지."

"3년 동안 혼자 살았어요. 애도 아니고 혼자 사는 게 더 편해요."

송 여사에게 답을 하고 태영은 곧바로 진 회장에게 못 박았다.

"아버지 뜻대로 들어왔으니 더는 양보 못 합니다. 더 강요하시면 언제든 다시 튈 거예요."

"네 맘대로 해."

송 여사의 따가운 눈짓을 모른 체하며 진 회장은 태영의 손을 들어 주었다. 앞으로를 위해서 하나쯤은 양보를 해야 훗날을 위해 좋을 것이란 판단에서였다. 순종적인 제 형과는 달리 한다면 하는 놈이라 협박도, 회유도 적당하게 줄을 잘 타야 한다.

송 여사는 못내 서운했지만 어쩔 수 없었다. 지금은 3년 전 다시는 한국으로 돌아오지 않겠다고 떠났던 아들이 다시 돌아온 것만으로 만족해야 했다. 눈에 넣어도 아프지 않을 아들이 눈앞에 있다는 사실만으로도 충분히 만족스러운 시간이니까.

"대신 너 살 곳은 내가 직접 알아볼게."

"그건 알아서 하세요. 대신 너무 과하지 않게요."

"알았어. 많이 먹어라, 내 아들."

가족들의 환대 속에서 태영은 수저를 들고 식사를 시작했다. 오랜만에 보는 아들이 반갑고 좋아서 단란하게 대화를 이어 가는 가족들 속에서 그는 금방 어색함을 잊고 자연스럽게 융화되었다.
한 식탁에 있으면서도 동떨어진 듯 고요하던 여진이 태영의 웃는 얼굴을 가만히 바라봤다.

※

"얘기 좀 해."
예상대로 출근하기 무섭게 기준이 자리로 직접 찾아왔다. 둘이 만나는 걸 아직 사무실에 알리지 말자고 하더니 연락이 안 되니 급했나 보다. 어차피 정리도 해야 해서 서운은 말없이 그의 뒤를 따라 나갔다.
이른 시간이라 회사 옥상엔 아무도 없었다. 제법 서늘한 바람이 뺨을 톡톡 치고 지나갔다.
"전화도 안 받고 지금 뭐 하자는 거야? 엄마도 계시는데 그렇게 가 버리면 내 꼴이 뭐가 되냔 말이야. 내가 얼마나 난처했는지 알아?"
"기준 씨 어머니 때문에 간 거였어."
"뭐?"
사태 파악이 안 되는 얼굴을 쳐다보며 서운은 단호하게 선언했다.
"우리 그만 만나."
"대체 이유가 뭐야!"
기준이 황당하고 불쾌하다는 표정으로 따져 물었다.

"그 이유는 기준 씨 어머니께서 잘 아실 거야."

"알아듣게 말해. 갑자기 우리 엄마는 왜 물고 늘어지는데?"

"기준 씨가 그 집의 아들이기 전에 내가 그 집의 딸이었어."

"지금 무슨 소리를……."

"기준 씨가 입양되기 전에 내가 그 집에 입양됐다가 파양됐었다는 소리야."

상상하지도 못한 전개였는지 충격을 받은 얼굴로 기준은 대꾸조차 하지 못했다. 자신이 입양아라는 사실을 서운이 아는 것도 충격이었는데, 그녀 역시 입양아였고 더욱이 자신보다 먼저 입양되었다가 파양되었다는 사실은 더 충격이었다. 어떻게 이런 일이 있을 수 있는지 믿기지 않았다.

"그, 그게 사실이야?"

"내가 지금 농담하는 걸로 보여?"

받아치는 말투와 표정이 더없이 싸늘했다. 그에게 화를 낼 일이 아니었음에도 평생 아물지 않은 상처가 다시 벌어진 것이 화가 나 나가는 말이 곱지 않았다.

"말도 안 돼. 어떻게 이런 일이……."

"그 집에서 양이라는 이름으로 1년을 살았어. 6살에 도벽이 있다는 누명을 쓰고 파양당했고. 은혜원으로 돌아온 날 이후로 나도 늘 그 말을 중얼거렸어. 말도 안 된다. 이럴 수는 없다. 지독한 악몽을 꾸는 거라고 말이야. 그런데 세상에는 이런 일도 있더라고."

냉소적이고 자조적인 말투가 평소의 그녀와는 완전히 딴판이라 꼭 다른 사람과 서 있는 것 같았다.

"기준 씨 어머니, 내게는 끔찍한 사람이고 기준 씨 볼 때마다 그때가 떠올라서 괴로워. 기준 씨도 내가 껄끄러울 거야. 그러니 이대로 끝내. 이렇게 되어 유감이지만 나는 지금 기준 씨랑 마주 서 있는 것조차도 불편해. 먼저 들어갈게."

거하게 뒤통수를 후려 맞은 것처럼 충격이 가시지 않아 기준은 먼저 돌아서는 서운을 잡지 못했다. 그러다 그가 갑자기 다급하게 막 문을 여는 서운의 팔을 붙잡았다.

"내가 입양아라는 사실은 비밀로 해 줘."

기껏 팔을 붙잡고 한다는 소리에 서운은 조금 어이가 없었다. 길기준이 이런 남자였던가? 그래도 3개월을 만났는데 전혀 모르는 남자와 서 있는 기분이다.

어쨌든 그에게는 미안한 감정도 크고 또 입양아라는 사실을 밝히고 싶지 않은 마음도 알겠기에 고개를 끄덕였다.

"알았어."

그녀는 조용히 팔을 뿌리치고 옥상에서 내려갔다.

※

일주일이 어떻게 흘러갔는지 모르겠다. 최대한 다른 생각을 안 하려고 미친 듯이 일에만 몰두했더니 진이 다 빠졌다. 주말 내내 늘어져서 재충전이나 해야겠다고 벼르고 있던 터라 오후가 되도록 침대에서 벗어나지 않았다.

하지만 끈질기게 울어 대는 진동 소리에 서운은 오만 인상을 찌푸리며 눈을 뜰 수밖에 없었다. 액정에 뜬 화신의 이름에 그녀는 눈으로 욕을 하며 통화 표시를 그었다.

"왜?"

-오늘 나 대신 소개팅에 좀 나가 줘.

"차화신 너 어디 아프냐? 나 헤어진 지 일주일도 안 됐거든?"

-그게 무슨 상관이야. 어쨌든 끝났으니까 자유잖아.

"자유니까 잘 거야, 끊어."

종료 버튼을 누르려는데 다급하게 말리는 소리가 휴대폰을 뚫고 나왔다.

-안 돼, 끊지 마! 진짜 중요한 자리라서 그래. 펑크 내면 엄마가 나 죽인다고 그랬단 말이야. 카드 다 막아 버린다고! 듣고 있어? 이서운!

하여간 기차 화통을 삶아 먹었나, 목소리 하난 국보급이다.

"중요한 자리면 죽기 전에 네가 나가면 되잖아."

-우리 오빠가 갑자기 복통이 와서 지금 응급실에 와 있는데 내가 어떻게 소개팅에 나가냐?

"그러니까 멀쩡한 오빠들 좀 만나. 그놈의 오빠들은 왜 뻑하면 응급실인 건데?"

-야! 아픈 사람 두고 그런 말이 나오냐?

"잘만 나오거든! 암튼 난 모르니까 응급실서 뛰쳐나가든 네 엄마한테 죽든 알아서 해."

-진짜 급해서 그래, 친구야. 가서 밥만 먹고 와라. 응?

"너 같으면 밥이 넘어가겠냐?"

-뭐 어때? 일부러 같이 밥 먹어 줄 사람도 찾는 세상인데. 오늘은 정말 급해서 그래. 딱 한 번만 봐줘. 다신 부탁 안 해. 응? 응?

나간다고 할 때까지 포기하지 않을 거라는 것을 알기에 서운은 수화기를 노려보며 소리 없이 욕을 해 댔다.

"너 진짜 마지막이야. 다신 안 해!"

-당연하지. 역시 내 친구!

"넌 친구가 아닌 원수야. 나중에 들켜도 난 몰라."

-어차피 두 번 볼 사람 아니니까 그럴 일 없어. 문자로 시간이랑 장소 보내 줄게. 맛난 밥 먹고 와.

목적을 달성하고 미련 없이 통화가 끝나자 서운은 다시 벌러덩 누웠다. 화신은 살붙이이자 원수 같은 친구였다. 초등학교 때 부잣집 딸이라고 괴롭히는 남자애를 서운이 흠씬 두들겨 패 준 이후로 단짝이 되었다.

다들 집안도, 성격도, 취향도 어느 것 하나 맞지 않은 두 사람이 어떻게 죽고 못 사는 친구인지 궁금해했다. 사실 두 사람도 그 이유가 궁금하긴 했다.

스르르 다시 잠이 들려는 순간 문자가 들어오자 서운은 한숨을 내쉬며 휴대폰을 꼬나봤다.

"하여간 원수가, 쉬는 꼴을 못 봐요."

모처럼의 꿀 같은 휴식을 반납하고 나가야 하는 것이 못마땅했지만 약속을 했으니 어쩔 수 없었다. 서운은 투덜거리며 침대에서 벗어났다.

부랴부랴 단장을 하고 화신이 기어이 생일 선물로 사 준 비싼 옷을 꺼내 입고 약속 장소로 나갔다.

 대단한 집 남자라고 하더니 약속 장소 또한 꽤나 비싸 보이는 레스토랑이었다. 밥이나 제대로 넘어가려나 모르겠다.

 안으로 들어가 화신의 이름을 대니 매니저가 창가의 자리로 안내했다. 화신 대신 소개팅에 나간 적이 처음은 아니었지만 어쨌든 상대를 속이는 일이라 매번 불편했다. 차화신, 진짜 이번이 마지막이야.

 약속 시각에 늦은 것도 아닌데 남자는 먼저 와 있었다.

 "안녕하세요."

 최대한 화신의 흉내를 내며 상냥하게 인사를 건네자 무심하게 창가를 보던 남자가 고개를 돌렸다. 그런데 이상하게 남자의 얼굴이 낯이 익다.

 '어디서 봤더라?'

 기억을 끄집어내려고 낑낑거리던 그때 불쑥 일주일 전 사고가 떠오르며 서운은 경악했다.

 '오, 마이 가쉬! 그 남자잖아!'

 다시는 안 봤으면 하는 남자를 이렇게 만나게 되다니 이건 진짜 말도 안 된다. 처음 본 남자에게 눈두덩이 시뻘겋게 울었던 일을 들켰던 민망함이 확 치고 올라왔다.

 '설마 알아보려나?'

 너무 순간이었고 평소와 달리 꾸미고 나왔으니 어쩌면 못 알아볼지도 모른다는 얄팍한 희망을 가져 봤다. 하지만 언제나 그랬듯 신은 자신의 편이 아니었다.

"이렇게 다시 보네요."

너무도 확실하게 자신을 알아보는 남자의 표정에 서운은 어색하기 그지없는 표정으로 남자를 마주 봤다.

태영은 한 대 된통 얻어맞은 얼굴로 자리에 앉는 서운을 탐색하듯 쳐다봤다. 어쩐지 처음 봤을 때와는 분위기가 사뭇 달라 보였다. 화장을 조금 짙게 하고 화려하게 차려입어서 그런가. 조금은 색다른 느낌이었다.

"저 기억하는 거죠?"

"네, 기억합니다."

당황해서 말이 딱딱하게 나갔다. 표정은 시멘트처럼 더 굳었다. 하지만 속은 차화신을 잡아 죽일 생각에 용광로처럼 활활 타고 있었다.

"이렇게 다시 만날 줄 몰랐는데 재미있네요. 차 주문할까요?"

"네? 네, 네."

대답을 하면서 서운은 속으로 짜증이 옴팡 났다. 울다 들킨 것이 죽을죄도 아닌데 왜 자꾸 움츠러드는지 모르겠다. 갑자기 예고도 없이 펀치를 거하게 얻어맞은 기분이다. 세상에 남자가 몇인데 이렇게 걸린단 말인가. 차화신, 진짜 죽어 버려!

시원한 음료를 마시면 번쩍 정신이 들까 싶어 서운은 직원이 음료를 놓기 무섭게 입으로 가져갔다. 일단 마셔야 살 것 같았다.

"대타인가요?"

"풉!"

급하게 한 모금을 삼키려다 두 번째 펀치를 얻어맞고 하마터면 그대로 뿜을 뻔했다. 서운이 놀란 토끼 눈으로 쳐다보자 태영이 대수롭지 않게 대답했다.

"명함엔 다른 이름이던데."

"아!"

그제야 수리비를 청구하라고 그에게 명함을 건넸던 일이 떠올랐다. 더럽게 꼬이네. 진짜 환장할 노릇이다. 왜 이 남자 앞에서 자꾸 떳떳하지 못할 일만 일어나는지. 남자 입장에선 다분히 기분 상할 수 있는 일이라 머리가 바쁘게 돌아갔다.

"그게, 친구한테 갑자기 급한 일이 생겨서요. 죄송합니다."

"죄송할 거 없어요. 나도 대타니까."

"예?"

"그쪽 친구처럼 내 친구도 갑자기 일이 생겼거든요. 이 자리 펑크 내면 어머니께 돈줄 끊긴다고 싹싹 빌어서 나왔습니다."

이건 예상하지 못한 전개다. 끼리끼리 만난다더니 어쩜 대타를 세운 두 인간들이 둘러댄 이유도 똑같을까. 둘이 만났다면 환장의 커플이었을 텐데, 아쉽게 됐다.

어쨌든 웃기지도 않은 이유로 다시 보고 싶지 않은 남자를 만났으니 제대로 망했다.

그날 일을 생각하면 쪽팔려 돌아가시실 것 같지만 이미 벌어진 일이니 뻔뻔해지는 수밖에. 어차피 차 때문에 한 번은 부딪쳐야 할 남자였으니 밀린 숙제한다고 생각하면 그만이다.

"정식으로 인사하죠. 진태영입니다."

"이서운입니다."

"그 이름이 더 어울리네요."

빤히 보는 남자의 시선에 서운은 살짝 시선을 내려 얼음이 동동 떠 있는 음료를 마셨다. 찬 기운이 들어가니 뼛속까지 정신이 드는 것 같다. 서서히 차분해지려 한다.

그녀는 빠른 속도로 남자의 전신을 스캔했다. 처음 잠깐 스쳤을 때도 느낀 거지만 댄디한 스타일을 고수하는 것 같았다. 딱 좋게 짧은 머리도, 단정하고 핏이 살아 있는 슈트도 모두 남자의 성격이 '대충'하고는 거리가 멀다는 것을 주장하고 있었다.

숱이 많은 까만 눈썹과 쌍꺼풀이 없는 눈에, 잘못하면 베일 것처럼 오똑한 콧날까지 강인한 수컷의 냄새가 풀풀 풍겼다. 얇지 않은 입술을 보니 꽤나 키스를 잘할 것 같았다.

좀 인색하게 점수를 준다고 해도 남자는 꽤 섹시했다. 또 사람의 눈을 빤히 보며 대화를 이끄는 것으로 보아 자신만만한 남자인 것도 같았다.

전체적으로 봤을 때 화신이 보면 환장할 스타일인데, 나중에 땅을 치고 후회하지나 않을지 모르겠다. 하긴 지금은 다른 남자에게 눈이 돌아가 있는 중이니 그것도 아니려나. 자고로 사리 분별 못 하게 막는 콩깍지가 제일 무서운 법이니까.

'암튼 정신 차리자, 이서운.'

전력을 가다듬고 서운은 태영에게 첫날 일을 사과했다.

"지난번엔 죄송했습니다. 연락이 없어서 궁금하던 참이었어요."

"내 연락 기다렸나요?"

"솔직히는 연락이 오지 않기를 바랐습니다."

"많이 솔직하시네요."

"수리하신 영수증 주시면 입금해 드리겠습니다."

"굳이 그럴 필요는 없는데."

"아뇨. 제가 잘못한 거니 책임을 지는 것이 맞죠."

다소 칼처럼 자르는 대답에 태영이 흥미로운 시선을 던졌다.

"빚지고는 못 사는 편인가요?"

"뭐든 깔끔한 것이 좋으니까요."

"그럼 그렇게 해요."

느긋하게 하는 대답에 살짝 후회가 밀려왔다.

'한 번만 더 그냥 두라고 해 주지. 너무 세게 나갔나? 그냥 그럴 필요 없다고 할 때 고맙다고 넙죽 받을걸. 너무 없어 보일까 봐 괜히 자존심 세우다 개털 되게 생겼네.'

그렇다고 다시 번복할 수도 없는 노릇이니 제발 생각보다 무서운 액수가 아니길 바라는 수밖에.

"얼만가요?"

"그냥 이렇게 합시다. 백 프로 그쪽 과실도 아니니 차는 각자 고치는 걸로 하죠."

황금 같은 기회가 다시 오자 서운은 덥석 물었다.

"그럼 그쪽이 너무 손해 아닌가요? 꽤 비싼 차던데."

"그렇게 찜찜하면 빚졌다 생각하든지요. 오늘은 친구 놈이 낼 거니까 다음에 밥 한번 사면 되겠네요."

"다음이요?"

그의 입에서 흘러나오는 다음이라는 말이 묘한 뉘앙스로 다가왔다. 이 남자를 다시 볼 일이 있을까?

"나 그렇게 별로예요?"

"예? 그런 것이 아니라."

"밥 한 끼로 퉁치자는데 거절입니까?"

"그건 아니지만……."

"좋아요. 그럼 차 문제는 이걸로 끝난 겁니다."

남자의 시원한 정리에 서운은 흔쾌히 동의했다. 그녀의 입장에선 마다할 이유가 없는 제안이었다. 잘 모르는 남자랑 밥이라니 어색하고 불편하겠지만 수리비 90% 이상 할인의 기회를 놓칠 수 없다.

그런 식으로라도 마음의 짐을 털어 버려야지. 어쩌면 남자가 이대로 잊어버릴지도 모르는 일이고 말이다. 어쨌든 몇 달 허리를 졸라맬 각오를 했는데, 찜찜하던 차 문제가 잘 해결되어 다행이었다.

"그럼 오늘은 대타끼리 차만 마시고 헤어집시다."

"그러는 것이 좋겠네요."

그렇지 않아도 언제까지 같이 있어야 할까 고민하던 참이었는데 상대가 먼저 깔끔하게 정리를 해 주니 오히려 마음이 편했다. 모르긴 해도 꽤 리더십이 있는 것 같았다.

중간중간 한 번씩 어색한 분위기가 흐르기도 했지만 대체로 남자와 있는 시간은 나쁘지 않았다.

대화를 해 보니 생긴 것과 꽤 다른 구석이 있는 남자였다. 자신감은 넘쳐 보이지만 결코 거만해 보이지 않는 말투와 몸에 밴 매너, 상대의 말을 경청하고 배려하는 대화 방식이 마음에 들었다. 그래 봤자 그림의 떡이지만 화신이 알면 또 입에 게거품을 물고 떠들어 댈 상대임은 분명해 보였다.

'이런 남자에겐 어떤 여자가 어울릴까.'

저도 모르게 든 생각이 우스워 서운은 얼른 표정을 바꾸고 남자에게 집중했다.

"오늘 반가웠습니다."

"네, 저도 즐거웠습니다. 안녕히 가세요."

인사를 나누고 서운은 그를 두고 먼저 돌아섰다. 그러다 이내 휴대폰이 울리자 액정을 확인했다. 처음 보는 번호였다. 누구지?

"여보세요?"

"내 번호 나중에 씹지 말아요."

바로 뒤에서 들리는 소리에 서운이 돌아섰다. 태영이 피식 웃더니 휴대폰 든 손을 흔들어 인사를 건네고 먼저 돌아섰다. 서운은 차로 가는 태영의 뒷모습을 지켜봤다. 모델을 해도 될 만큼 긴 다리가 꽤 근사해 보였다. 왠지 더 거리감이 느껴진다.

생각보다 불편한 자리는 아니었지만 남자 앞에서 나름 긴장을 한 탓에 중노동을 하고 온 것처럼 몸이 피곤했다.

자려던 잠을 보충하려고 씻고 눕기 무섭게 휴대폰이 울렸다. 양반은 못 되는 차화신이었다.

-안 들키고 잘했지?

"들켰어."

-뭐? 아니, 어쩌다가 그랬어! 엄마 알면 나 뒈진다니까. 그 남자가 뭐래? 펄쩍 뛰든?

화신이 흥분해서 떠들었지만 서운은 이어폰을 귀에 꽂고 벌렁 드러누웠다.

"자기도 대타라고 하더라."

-뭐?

"네가 엄마한테 뒈질 일은 없단 소리야."

난리 블루스를 추며 흥분하던 화신의 목소리가 한순간에 달라졌다.

-그래? 뭐 그럼 피차 할 말 없겠네. 아니, 근데 그 남자는 왜 대타를 내보내고 그랬대? 기분이 좀 나쁠라 그러네.

"이보세요. 똥은 너님도 쌌거든요."

-이게 꼭 비유를 해도 드럽게.

"너무 적절해서 할 말이 없지? 용건 끝났으면 끊어. 나 잘 거야."

-이 좋은 쉬는 날 무슨 노인네처럼 잔다고 그래?

"이 좋은 쉬는 날 내가 잠을 자든 굿을 하든 상관 말고 응급실 간 네 애인이나 잘 챙기셔. 끊는다."

막 전화를 끊으려고 하는 순간 휴대폰 너머로 다급하게 소리가 넘어왔다.

-잠깐만! 대타로 나온 남자는 괜찮았어?

잠시 태영을 떠올리며 서운은 최대한 대수롭지 않게 대답했다.

"…그래."

-그래? 네 입에서 그런 소리가 나오다니 꽤 괜찮았나 보네. 어떤 남자야? 이름은? 키는? 집안은 어때? 잘생겼어?

"끊는다."

-야! 이서운!

궁금해 죽는 소리를 뒤로하고 서운은 과감하게 종료 버튼을 그었다. 한번 들어 주기 시작했다가는 귀가 익도록 시달릴 것이 뻔했기에 매정하게 구는 수밖에 없다. 그렇게 궁금하면 남 피곤하게 만들지 말고 직접 나가지 그랬냐.

다행히 눈치는 있는지 10분이 지나도록 휴대폰이 다시 울리지 않았다. 그러나 스르르 단잠에 빠져들려는 그때 기분 나쁜 진동음이 귓가를 때렸다.

"이 원수가 진짜!"

막 퍼부으려고 액정을 확인한 순간 서운은 그대로 굳었다. 액정에 뜬 이름은 화신이 아니라 기준이었다. 헤어지자고 한 이후로 회사에서 마주쳐도 서로 없는 사람 취급하며 지냈는데 갑자기 무슨 용건인지 모르겠다.

잠시 받을까 말까 고민하다 통화 버튼을 그었다. 오늘은 아무래도 편히 쉴 팔자가 아닌 모양이다.

"여보세요."

-만나자. 할 이야기가 있어. 내가 그쪽으로 갈게.

"아니, 할 말 있으면 전화로 얘기해."

매정하게 자르는 소리에 전화기 너머로 잠시 숨을 참는 소리가 들렸다. 화를 눌러 참는 것 같았다.

-나 서운 씨랑 헤어지고 싶지 않아.

"이유 분명하게 얘기했는데 왜 그래?"

-우리 엄마 몰래 만나면 되잖아.

"그걸 말이라고 해?"

갑자기 짜증이 확 치밀어 올라 서운은 최대한 차갑게 내뱉었다.

-나 서운 씨 많이 좋아해. 그런 이유로 헤어지고 싶지 않아. 나한테 문제가 있는 건 아니잖아. 다시 한번 생각해 줘.

"그럴 생각 없어. 이런 말까지는 안 하려고 했는데 기준 씨 그동안 나만 만난 거 아니잖아."

-지금 무슨 소리를 하는 거야!

"유통과 박주현."

-그, 그건!

생각지도 않게 허를 찔렸는지 당황함이 역력한 반응이 넘어왔다. 혹시나 싶어 던진 소리였는데 차라리 당당하기라도 하지. 기분만 더 더러워졌다.

-오해하지 마. 내가 다 설명할게.

"이제 나한테 설명할 필요 없어. 미안한데 난 기준 씨 목소리만 들어도 기준 씨 어머니가 떠올라서 끔찍해."

-어떻게 그런 말을 할 수 있어!

"진짜 피곤하니까 그만했으면 좋겠어. 기준 씨가 누구랑 어딜 갔는지 관심 없고, 기준 씨 어머니도 내가 누군지 알면 펄쩍 뛰실걸. 그러니까 기준 씨 어머니 마음에 드는 다른 여자 만

나. 끊을게."

-잠깐만, 서운 씨!

붙잡는 소리를 무시하고 서운은 통화를 먼저 끊어 버렸다. 또 여지없이 그날이 떠올랐다. 20년이 훨씬 넘었지만 그날의 기억만큼은 심장에 인이 박여 버렸는지 생생하기만 했다.

지이이잉. 다시 진동이 울려 대자 그녀는 아예 휴대폰의 전원을 꺼 버리고 침대 구석으로 던져 버렸다. 나름 나쁘지 않은 하루였는데 누군가 먹물을 뿌린 것처럼 기분이 얼룩져 버렸다.

※

송 여사가 새로 출근할 회사 근처에 얻어 준 아파트로 막 들어가려는 순간 누군가 앞에 섰다. 누군지 확인하고 태영의 시선이 차가워졌다.

"형수님께서 여긴 어쩐 일이세요?"

"어머님께서 걱정이 많으셔서 밑반찬 좀 해 왔어요."

"괜한 수고를 하셨네요. 저 집에서 밥 안 먹습니다. 이런 거 불편하니 하지 마세요."

뼛속까지 얼어붙게 할 찬바람을 일으키며 태영이 여진을 지나쳤다. 여진이 다급하게 그를 불렀다.

"태영 씨."

태영이 찬 시선을 치켜뜨며 돌아봤다.

"도련님이라고 하셔야죠, 형수님."

"내가 나쁜 년이라는 거 알아요. 그래도 태영 씨가 돌아오기만을 기다렸어요."

여진의 진심 어린 고백에 태영은 코웃음을 쳤다.

"지금 뭐 하자는 겁니까? 아직도 형이랑 내 사이에서 저울질할 일이 남았습니까? 3년 전에 형을 선택해 놓고 사고로 못 걷게 되니 다시 나한테 마음이 흔들리냐 이 말입니다."

신랄하게 쏘아붙이는 소리에도 여진은 반박하지 못했다.

"나한테 신경 끄고 형에게나 잘하세요. 그것이 와이프 된 도리입니다. 불쾌하니까 다신 이렇게 찾아오지 마세요."

상처를 주려고 일부러 비수가 담긴 말만 내뱉는 것을 알면서도 여진은 상처받았다. 그에겐 씻을 수 없는 상처를 주었지만 한 번도 그를 잊은 적이 없었기에 그의 냉대가 더 서러웠다. 어떻게 해야 예전처럼 그가 부드럽게 웃어 줄지 방법을 찾고 싶었다.

태영이 다시 미련 없이 돌아서 버리자 여진은 그를 잡으려고 했다.

"오빠!"

익히 아는 목소리에 여진의 표정이 굳었다. 역시나 예상했던 인물이 빠르게 다가와 여진에게 눈을 부라리더니 그대로 태영을 안았다. 다분히 의도적인 행동에 여진이 유성을 노려봤지만 유성은 같잖다는 눈빛으로 그녀를 무시했다.

"이러지 마."

태영이 차갑게 경고하자 유성이 혀를 슬쩍 내밀더니 그에게서 떨어졌다. 함부로 제 몸에 손을 대는 걸 극도로 싫어하는 그의 성격을 알기에 어쩔 수 없었다.

"넌 여기 무슨 일이야?"

"무슨 일이긴? 귀국했으면서 아직까지 연락을 안 하니 직접 찾아올 수밖에. 진짜 너무하는 거 아냐?"

"너한테 보고해야 할 의무 없어. 얼굴 봤으니 그만 가라."

"이제 왔는데 벌써 가라고? 오빠, 정말 너무하는 거 아냐? 오빠 집에 가서 커피라도 한잔 줘야지."

일부러 여진을 자극하려 하는 소리에 여진이 유성을 노려보다 돌아섰다. 그녀의 뒤통수를 비웃으며 유성이 진저리를 쳤다.

"낯짝도 두꺼워라. 뻔뻔하게 어딜 찾아와서 수작이야? 재수없게."

"네가 나설 일 아니야."

"웃기지도 않잖아. 자기가 먼저 죽자고 오빠 따라다녀 놓고 갑자기 변심해서 태환 오빠와 결혼한 주제에 무슨 낯짝으로 오빨 다시 찾아오냐 이 말이야. 미치지 않고서야."

"흥분하지 말고 너도 가라. 나 정말 피곤하다."

"진짜 나 이렇게 가라고?"

유성이 잔뜩 골이 난 얼굴로 투정했지만 태영은 꼼짝하지 않았다. 유성은 눈치껏 한발 물러섰다. 아무튼 쉽지 않은 남자다. 그래서 더 좋지만.

전략을 바꿔 그녀는 최대한 나긋나긋한 얼굴로 태영의 팔을 잡았다.

"그래, 오늘은 오빠 얼굴 봤으니 사라져 줄게. 대신 내일 맛있는 거 사 줘."

태영이 단호하게 팔을 빼며 잘랐다.

"내일 바빠."

"그럼 오빠 안 바쁜 날 연락 줘."

"계속 바빠."

"뭐야? 연락 안 하겠다는 소리야?"

"머리가 나쁘진 않네."

"오빠!"

"나 너 여자로 안 본다고 했지? 까불지 말고 얼른 가."

강경이고 온건이고 죄다 통하지 않자 유성은 서운하고 화딱지가 났다.

"오빤 날 언제까지 애 취급만 할 거야? 나 서른 살이나 먹은 여자라고!"

"몇 살이건 상관없이 넌 나한테 여자 아니야. 그러니 쓸데없는 데 기운 빼지 말고 가."

가란 말만 몇 번째 듣는지 모르겠다. 태영이 야박하게 안으로 들어가 버리자 유성은 입술을 비죽거리며 그를 쏘아봤다. 형수라는 뻔뻔한 여자 때문에 기분이 썩 좋아 보이지 않으니 더 밀어붙이는 건 무리였다.

"두고 봐. 기어이 여자로 보게 만들어 줄 거니까. 지금까지 기다린 세월이 얼만데. 진태영, 절대 안 놓쳐."

그녀는 서운함이 가득 담긴 눈빛으로 태영이 들어간 곳을 쳐다보다 휙 돌아섰다.

제2장
다시 시작되는 인연

 적당히 어두운 실내에 재즈 선율이 낮게 깔리고 있었다. 도진은 그 속에서 혼자 술잔을 기울이고 있는 태영을 발견하고 옆에 앉았다.
"같은 걸로."
 인사를 건네는 바텐더에게 주문을 하고 말이 없는 태영의 기분을 살폈다.
"쉬는 동안 나랑은 안 논다더니 무슨 바람이 불어 불렀냐?"
"그냥 만만하게 불러 낼 사람이 없어서."
"무슨 일로 기분이 지하 삼 층인데?"
"그냥. 날이 우중충하니 기분도 따라가네."
"유성이야? 아니면 설마……. 아니지?"

"왔더라. 집 앞으로."

도진이 인상을 확 구겼다.

"그 여자 진짜 미친 거 아니냐? 뭐 하자는 수작이야!"

"어머니 대신 밑반찬 가져다주러 왔다더라."

"밑반찬 같은 소리 하고 있네. 형 그렇게 되니 너 뒤통수친 거 후회라도 되나 보지? 어디서 개수작이야!"

도진의 입에서 여진에 대한 여과 없는 비판이 쏟아졌다. 태영을 사랑한다고 매달려 놓고 여진이 다른 사람도 아닌 그의 친형과 결혼한다는 사실을 알았을 때 도진은 누구보다 격분했었다. 그 일로 태영이 다시는 돌아오지 않겠다고 한국을 떠났기에 그녀를 더 용서할 수 없었다.

"의미 없어."

"혹시라도 너 아직 감정이 남아 있거나 신경이 쓰이는 건 아니지?"

태영이 처음으로 고개를 돌려 도진을 똑바로 쳐다봤다.

"그래 보이냐?"

"당연히 아니지. 근데 기분이 잡쳐 보이니까 하는 소리야."

"이미 관심 밖인 사람이야. 그냥 좀 피곤한 거뿐이니 소설 쓰지 마. 내가 등신이냐?"

"아니면 됐다. 마셔."

도진이 술잔을 건네자 태영이 잔을 부딪쳤다. 단숨에 목구멍을 타고 흘러 들어가는 쓴 액체에 속이 불처럼 화끈해졌다.

"유성이도 왔다 갔다."

"왜 그리 피곤한지 알겠다. 아주 쌍으로 진상을 떨었구나. 유성이 그거 아주 너한테 목숨 걸었던데 괜찮겠냐?"

"안 괜찮아. 피곤해."

"다른 남자들한텐 눈 뒤집어 가며 막 대하는 것이 너한테는 쩔쩔매는 거 보면 어지간해선 포기 안 할 거 같은데. 참, 너도 여복은 지지리도 없는 놈이다."

"성가시고 귀찮긴 해."

"둘 다 확실히 떼어 낼 수 있는 방법이 하나 있는데 말이야."

눈으로 묻는 소리에 도진이 점쟁이처럼 묘책을 내놓았다.

"연애를 해."

"일없다."

"아니면 쇼를 하든지."

태영이 술잔을 입에 가져가다 말고 돌아봤다.

"무슨 쇼를 하라는 거야?"

"진짜 연애하기 싫다고 하니까 쇼라도 하라는 거야. 애인 있다는데 지들이 어쩔 거야. 제일 확실하잖아? 둘이 한 방에 떨어지게 할 수 있으니 일 타 이 피지."

"그런다고 유성이가 쉽게 떨어져 나가겠냐?"

"그럼 쇼한 김에 아예 동거를 하든가."

"돌았나?"

태영이 한심하다는 표정으로 쏘아봤지만 도진은 개의치 않고 할 말을 이어 갔다.

"어이없겠지만 유성이 같은 슈퍼 울트라 진드기를 떨어내려면 극약 처방만이 답이니까 하는 소리야. 원래 비정상적인 애들한테는 비정상적인 답이 먹히는 법이거든. 뭐, 당연히 진짜 연애하는 게 가장 모범 답안이지만. 근데 미국에서 만난 여자는 없어?"

"없어."

"독한 놈. 삼 년 동안 그 넓은 땅에서 연애도 안 했냐? 주변에 연애할 만한 여자도 없어? 네 외모에, 네 스펙에 상대 찾는 건 일도 아니잖아."

"연애할 만한 여자라……."

우스꽝스럽게 왜 갑자기 그 순간에 서운이 떠오르는지 모를 일이다. 가장 최근에 만난 여자라 그런가.

태영은 가만히 서운과 있었던 일을 회상해 봤다. 그 여자가 어땠더라.

어디가 어떻다고 명확하게 규정되지 않았다. 말이 많아 보이지는 않았지만 관심 있는 주제에는 꽤 흥미를 보이며 대화에 열을 올렸다. 처음이라 그런지 조심스러워하는 것 같으면서도 때때로 편히 웃기도 했다.

맞지 않는 옷을 입은 것처럼 살짝 부자연스러워 보이면서도 자신을 불편하게 하지는 않았다. 웃을 땐 아이처럼 해맑은 얼굴을 했다가 입을 다물어 버리면 차가워 보였다. 역시 판단하기가 어렵다.

같이 있는 내내 어떤 사람인지 알아보고 싶은 관심이 생겼던 것이 사실이다. 처음 본 여자가 궁금한 건 정말 오랜만이라 흥미로웠다. 그래서 차 수리비를 핑계로 다음의 여지를 남겨 뒀다.

태영이 서운을 상상하며 제법 진지한 표정을 짓자 도진이 오해를 하고 고개를 저었다.
"그렇게 없으면 내가 소개해 줘?"
"됐다."
"뭐야? 안 한다고?"
"사람 있단 소리야."
"진짜? 누군데? 내가 아는 사람이야?"
왕성하게 끓어오르는 호기심을 누르지 못하고 도진이 속사포로 질문을 던졌지만 태영은 피식 웃을 뿐이었다.
"나도 잘 모르는 사람이야."
도진의 궁금증을 최대치로 올려놓고 태영은 남은 술잔을 입에 털어 넣었다. 이서운이라는 이름이 약이 된 모양이다. 바닥까지 가라앉았던 기분이 처음으로 나아졌다.

잠을 설친 탓에 썩 좋지 않은 컨디션으로 출근을 했더니 밤새 누군가한테 두들겨 맞은 것처럼 몸이 무거웠다.
컴퓨터를 부팅해 놓고 서운은 탕비실에 들어가 원두를 그라인더에 넣고 버튼을 눌렀다. 드드드득 요란한 소리와 함께 원두가 갈리며 진한 커피 향이 콧속으로 훅 치고 들어왔다. 마치 각성제처럼 일순 정신이 반짝 드는 것 같았다.
필터를 새로 갈아 끼우고 뜨거운 물을 부어 놓고 멍한 눈길로 커피가 내려지는 것을 지켜봤다. 부글거리는 소리와 함께 까만 액체가 모아지는 것이 꼭 사약과도 같아 보였다.

'너무 진하게 내렸나?'

봉지째 살살 털어 넣는다는 것이 원두가 다른 날보다 더 들어갔나 보다. 막 다 내려진 커피를 머그잔에 옮기고 뜨거운 물을 부어 적정 농도를 맞췄다. 언제 맡아도 싫지 않은 향을 음미하며 한 모금 마셨더니 천국이 따로 없다.

자리로 가려는데 막 사무실 문이 열리고 뜻밖에도 미강이 들어왔다. 평소엔 이 시간에 출근할 리 없는 얼굴이 쑤욱 들어오니 낯설었다.

"커피 같이 마시지."

"너 출근 일찍 안 하잖아. 오늘은 무슨 바람이 분 거야?"

"울 남편님께서 오늘 일 박 이 일로 지방 출장 가느라 꼭두새벽에 일어났거든."

"유미강 아주 살판나셨네. 오랜만에 고삐 풀리겠어, 아주?"

"이런 자유도 한 번씩 있어야 유부녀들도 숨을 쉬는 거지. 나도 커피 좀 주라."

서운은 일찍 출근하는 직원들을 위해 일부러 많은 양을 내려놓은 커피를 따라 미강에게 건넸다. 미강이 커피를 한 모금 삼키더니 황홀한 표정을 지었다.

"참, 소식 들었어?"

"무슨 소식?"

"다음 주에 드디어 새 본부장 자리 채워진대."

"그래? 소식도 빠르다. 그런 정보들은 어디서 그렇게 주워 모으냐?"

"사방 군데 측근들을 심어 두면 알아서 들어오는 법이다."

"측근들 많아 좋겠다."

"날 측근으로 뒀으니 네가 가장 개꿀이지."

"그래, 고맙다."

서운이 시큰둥한 얼굴로 화면 보호기 암호를 치고 들어가 메신저를 켰다.

"누군지 안 궁금해?"

"별로."

"하여간 고급 정보를 물어다 줘도 고마운 줄을 몰라. 미국에서 들어오는 인재라는데 삼십 대래, 글쎄. 엄청 젊지?"

"그러네. 황 본부장님하고는 성향부터 다르겠네."

"황 본부장님이 윗선 눈치 안 보고 우리 입장에서 할 말은 해 주셔서 좋았는데 그렇게 나가셔서 참 마음이 그래. 넌 훨씬 더하지? 황 본부장님이 유독 너 인정해 주셨잖아."

커피를 한 모금 삼키며 서운은 무뚝뚝하면서도 츤데레였던 황 본부장을 떠올렸다. 아래 직원들뿐 아니라 상사들 앞에서도 아닌 건 아니라고 딱 잘라 말하던 황 본부장을 아버지처럼 존경했었다.

그래서 황 본부장이 전략기획본부로 오기 직전에 있었던 일로 감사를 받을 때 전임 본부장이 발뺌을 하는 바람에 억울하게 곤욕을 치르는 걸 지켜보는 것이 괴로웠다.

결국 대쪽 같은 성격에 전무에게 받은 모욕을 견디지 못하고 사표를 내던지고 나갔을 때 몹시 마음이 아팠다. 그런 자리에 30대의 젊은 본부장이라니……

"그래도 결혼도 안 한 젊은 남자라니 궁금하긴 하다. 너도 그렇지?"

"일없다."

"하여간 노인네처럼 굴기는."

"다 떠들었으면 얼른 자리로 가. 밥값 해야지."

"간다, 가. 대신 오늘 밤에 나랑 놀아 줘야 한다. 알았지?"

막 대답을 하려는 찰나 휴대폰이 울렸다. 혹시 기준인가 싶어 인상을 쓰며 액정을 확인하던 눈이 그대로 멈췄다. 낯선 번호였다. 서운은 미강에게 손짓으로 가라고 인사를 건네고 수신 버튼을 그었다.

"여보세요."

-전화 받네요.

"누구세요?"

-진태영입니다.

"……!"

생각지도 않은 통화에 정신이 번쩍 들었다. 이 남자가 아침부터 무슨 일이지?

"안녕하세요. 그런데 무슨 일로……"

-밥 사기로 했잖아요. 오늘 봤으면 해서요.

"오늘이요?"

번갯불에 콩 구워 먹을 성격인가. 이렇게 빨리 연락해 올 줄 몰랐기에 서운은 조금 당황했다.

-약속 있어요?

"그건 아닌데."

-잘됐네요. 그럼 오늘 저녁에 봅시다. 그리고 내 번호 저장해 둬요.

"아… 그러죠."

불도저처럼 밀어붙이는 추진력이 갑인 남자다. 더 미룰 필요가 없는 일이라 대답은 했지만 어쩐지 살짝 남자에게 말린 기분이 들었다.

통화가 끝난 휴대폰을 내려놓고 서운은 잠시 책상 서랍에서 미니 거울을 꺼내 제 몰골을 확인했다. 아침에 꺼냈다가 다시 걸어둔 치마를 입고 올 걸 그랬나 싶다가 현실 자각을 하고 헛웃음을 삼켰다. 갑자기 뭐 하는 짓이지 싶다.

※

유리잔에 망고 주스를 한 잔 따라서 명옥은 기준의 방문을 열었다. 침대에 누워 천장을 쳐다보고 있던 기준이 마지못해 몸을 일으켰다. 명옥은 주스를 건네며 책상 의자를 꺼내 앉았다.

"회사 안 나가도 되는 거야?"

"하루 쉰다고 했어요."

면도를 하지 않아 더 까칠해진 얼굴에 근심이 그대로 보여 명옥은 인상을 썼다.

"너 요즘 이상해."

"뭐가요?"

"지난번 서운이란 애가 나를 보자마자 가 버린 후로 계속 골난 얼굴이잖아. 솔직히 말해 봐. 걔랑 무슨 일 있는 거지?"

"그런 거 아니니 넘겨짚지 마세요."

기준이 부인했지만 명옥은 곧이듣지 않았다. 제 눈을 똑바로 보지 않고 둘러대는 것이 거슬렸지만 참았다.

"내 눈을 속일 수 있을 거 같아? 솔직히 말해 봐. 엄마가 얼굴 좀 보자고 예고 없이 기다린 일로 걔랑 싸운 거냐?"

"아니에요."

"아니긴 뭐가 아니야. 네 기분이 별로여서 지금껏 말을 않고 있었지만 걔 행동 엄마도 불쾌했어. 아무리 기분이 나빠도 그렇지 어른 앞에서 인사도 없이 돌아서는 건 어디서 배워 먹은 버르장머리라니? 그 아이랑 더 가지 말고 이참에 정리하는 것이 좋겠다."

마지막 말이 기준의 성질을 건드렸다.

"또 헤어지라고요?"

다소 까칠한 말투에 명옥이 한쪽 눈썹을 치켜올렸다.

"너 엄마한테 무슨 말투가 그래? 지금 나 좋자고 하는 소리야?"

"기분 나쁘셨다면 죄송해요. 하지만 서운인 안 돼요. 저 그 애 많이 좋아해요. 정리가 안 된다고요."

"특별히 예쁜 구석도 없던데 그 애 뭐에 그리 꽂힌 거냐? 어디서 뒤통수를 맞을지 모르니 여자 잘 만나야 된다고 누누이 말했잖아. 잠깐이지만 난 그 애 인상 별로였다. 그러니 어지간하면 정리하고 엄마가 소개시켜 주는 여자 만나."

티셔츠만 입고 있을 뿐인데 넥타이를 바짝 맨 것처럼 목이 졸려 왔다.

"너무 몰아세우지 마세요. 엄마가 안 그러셔도 오래가지 못할 거예요."

"그게 무슨 소리냐?"

"서운이가 헤어지자고 했어요."

"뭐?"

명옥의 얼굴에 불쾌한 빛이 역력했다. 서운과 정리하라고는 했지만 막상 아들이 까였다는 소리에 분이 받쳤다.

"설마 그 일로 헤어지자고 한 거야? 그 애 정말 웃기지도 않는 애구나. 나 원 참, 기가 막혀서. 도대체 진짜 이유가 뭐야?"

"모르셔도 돼요."

"몰라도 된다니. 너 지금 나 때문에 걔랑 헤어지게 생겼다고 그렇게 골이 나 있는 거잖아. 아니야?"

"…엄마 때문인 것은 맞아요."

"뭐가 어째!"

기준이 살짝 갈등하다 씩씩거리는 명옥을 정면으로 쳐다봤다.

"양이라는 이름, 기억하세요?"

금방이라도 폭발할 것처럼 매서운 표정을 짓고 있던 명옥의 얼굴이 창백하게 굳었다.

"너 방금… 양이라고 했니?"

"놀라시는 걸 보니 역시 기억하시는군요. 그날 서운이가 그렇게 돌아선 건 그 애가 엄마를 알아봤기 때문이었어요."

"너 지금 무슨 소리를 지껄이는 거야? 설마……!"

"맞아요. 서운이가 양이예요. 한때 이 집에서 딸로 살았던 그 양이요."

쐐기를 박는 소리에 명옥은 얼굴이 백분을 바른 것처럼 하얗게 질렸다.

점심시간이 되자 서운은 컴퓨터와 책상을 정리하고 밖으로 나갔다. 복도에 미리 나와 있던 미강이 막 도착한 엘리베이터로 뛰면서 다급한 손짓을 했다.

"빨리 와!"

우르르 쏟아져 나온 직원들이 많아 엘리베이터를 타는 것도 일이었기에 서운은 잽싸게 직원들 틈에 겨우 끼어서 탑승을 했다. 보다 안쪽에 자리를 잡은 미강이 잘했다며 엄지를 보여 주었다. 1층에서 직원들 틈에 섞여 밖으로 나와서야 미강과 상봉할 수 있었다. 식당을 찾아 나서는 배고픈 발걸음들이 절로 빨라졌다.

"뭐 먹을까?"

"밥."

"하여간 밥순이 아니랄까 봐. 오랜만에 생선 구이 먹으러 갈까?"

"좋아!"

식당에서 삼치와 고등어구이를 주문해 놓고 미강이 냅킨을 한 장 꺼내 수저를 놓았다. 자연스럽게 서운은 컵에 물을 채웠다.
"아까 통화하면서 들었는데 오늘 기준 씨 연차 냈다더라. 알고 있어?"
"아니."
"일주일 동안 쿨한 척하더니 병이라도 났나?"
"관심 꺼."
대화를 자르고 서운은 막 점원이 탁자 위에 놓아주는 생선 구이에 시선을 집중했다. 노릇노릇하게 구워진 생선 냄새가 식욕을 확 끌어 올렸다.
각자 한 마리씩 맡아 젓가락으로 먹기 좋게 해체를 하고 두툼한 삼치구이를 집어 입에 넣었다. 담백하고 고소한 생선 살이 입 안에 풍미를 가득 채웠다.
"안 비리고 맛있다."
"이 집 생선 구이 꽤 유명해. 살도 토실하잖아. 등 푸른 생선이 머리에도 좋다는데 많이 먹어."
"꼭 엄마같이 구네."
"가시도 발라 주랴?"
"됐다. 나도 손 있다."
이번에는 삼치보다 훨씬 짙은 색을 자랑하는 고등어 살을 공략했다. 조금 더 짙은 고등어 특유의 고소함이 입 안에 퍼졌다.
"참, 나 오늘 저녁 약속이 생겼어."
잘 먹던 미강이 인상을 쓰며 도끼눈을 떴다.

"이게 어디서 배신을 때려? 한 번 등 푸르게 맞아 볼래?"

"미안해. 갑자기 연락이 와서 거절을 못 했어."

"사장님이 밥 먹자고 해도 선약이 우선인 네가 거절을 못 해? 얼마나 대단한 약속이기에 그래? 누구야? 도대체 어떤 놈이 감히 나와의 선약을 깨게 해?"

"지난번 사고 냈던 차주한테 연락이 왔어."

생각지도 않은 전개였는지 미강이 눈을 댕그랗게 떴다.

"기어이 연락이 왔어? 수리비 물어내래?"

"수리비 대신 저녁 사래. 그래서 거절 못 했어. 내가 거절할 수 있는 입장이 아니잖아. 미안해."

"뭐가 미안해? 당연히 가야지. 와, 누군지 괜찮은 남자네. 수리비를 밥으로 퉁치자고 하다니 인성 갑이다."

"사실 토요일에 화신이 대신 소개팅에 나갔는데 그 남자가 대타로 나왔더라."

"허? 연락 안 오길 고사 지내더니 생각지도 않은 곳에서 딱 걸렸네. 근데 남자가 너 알아봤어?"

허기가 사라진 미강의 눈에 대신 흥미와 궁금증이 가득 찼다.

"한눈에 알아보더라. 쪽팔려 뒈지는 줄 알았다."

"보통 인연이 아니네. 그 남자 어때? 마음에 들어?"

"잘생겼어. 옷도 잘 입고 집안도 꽤 사는 거 같고. 여러모로 나랑은 안 맞는다는 얘기다."

미강이 밥을 먹다 말고 서운의 표정을 살폈다.

"넌 마음에 들었나 보네."

"그럼 뭐 하냐? 어울리지도 않는데. 재주도 없는 소설 쓸 생각 하지 말고 밥이나 먹어."

"어떤 남잔지 보고 싶다야."

"생선이나 드셔."

"스카프 두르고 너 따라가서 그 남자 구경 좀 하면 안 되냐?"

"뒈지고 싶으면 뭔 짓을 못 해. 그 스카프로 목을 조르는 수가 있어."

"살벌하게 반응하기는."

미강은 눈을 가늘게 뜬 채로 밥 한 공기를 후딱 비우고 물을 마시는 서운을 관찰했다.

"너 모르지? 지금 되게 표정 좋은 거."

"내가?"

"그래, 아까 길기준 얘기 할 때랑 완전 딴 얼굴이야. 이 언니가 특별히 봐줄 테니까 저녁 맛있게 먹어. 내일 후기 길게 알려 주고."

미강이 젓가락으로 남은 생선을 공격적으로 공략하는 것을 지켜보며 서운은 식당 벽에 달린 커다란 거울로 고개를 돌렸다. 익숙한 얼굴이 이유를 묻고 있었다.

그 남자 이야기를 할 때 표정이 다른가? 그냥 한 소리겠지만 제 미세한 변화도 신들리게 잡아내는 미강의 날카로운 촉을 알기에 괜스레 마음이 쓰였다. 그러고 보니 오전 내내 조금 기분이 들떴던 것 같기도 하다.

오후 내내 일에 집중하면서 한 번씩 저녁 약속을 떠올렸다. 다시 어색하진 않을까? 무슨 말을 해야 자연스러울까. 이런 생각들이 수시로 태영을 떠올리게 했다.

　친해지기까지 낯을 가리는 성격이라 거의 초면이다 싶은 남자와 밥을 먹어야 하는 일이 큰 숙제처럼 다가왔다. 그래서 진태영이라는 남자와 다시 보는 것이 부담스러우면서도, 왜인지 살짝 설렘도 있었다. 낮에 미강이 했던 말도 조금은 의식이 됐다. 정말 내가 그에게 호감을 가진 걸까?

　시계를 힐끔 쳐다보니 5시가 다 되어 가고 있었다. 왜 자꾸 눈이 시계를 향하는 걸까. 퇴근 시간을 기다리고 있는 건지 아닌지도 모르겠다.

　잡생각 말고 일에나 집중하자고 모니터를 노려보는데 휴대폰 진동이 울렸다. 모르는 번호였다. 누구지?

　서운은 아무 생각 없이 통화 버튼을 그었다.

　"여보세요?"

　-나 기준이 엄마다.

　처음엔 잘못 들은 건가 했다. 하지만 확인 사살이라도 하듯 세상에서 가장 듣기 싫은 목소리가 다시 들려왔다.

　-나 지금 회사 지하 카페에 와 있으니 잠깐 보자.

　"……."

　-내 말 듣고 있니?

　"무슨 용건이시죠?"

　-기준이 때문에 할 말이 있어서 온 거니 내려와라. 잠깐이면 된다.

　그러고는 곧 통화가 끊겼다. 제 할 말만 하고 끊어 버리는 것이 불쾌해 서운은 휴대폰을 툭 내려놨다. 그리고 내려갈지를 잠깐 고민하다 자리에서 일어섰다.

좀 전까지 좋았던 기분이 눈 깜짝할 새에 증발해 버리고 가슴이 찐 고구마를 열 개쯤 먹은 것처럼 답답해졌다.

지하 카페에서 멀리서도 눈에 띌 정도로 화려한 차림의 여자를 찾는 일은 어렵지 않았다. 서운은 크게 심호흡을 한 후 명옥의 앞에 섰다.

명옥이 고개를 들었다. 감정 없는 시선은 그때와 똑같았다.

"오랜만이구나. 앉아라."

"제게 무슨 할 말이 있으신 건가요?"

"어른을 봤으면 먼저 인사부터 해야 하는 거 아니니?"

"제 인사가 받고 싶어 오신 건 아니실 텐데요."

적대감을 감추지 않은 말투에 명옥은 불쾌했으나 더 나무라지 않았다. 자신에 대해 좋은 감정일 리 없을 것이다.

대신 그녀는 서운을 품평하듯 쳐다봤다. 6살에 파양을 했으니 몰라보게 달라졌지만 가만히 뜯어보니 어릴 적 얼굴이 남아 있었다.

"이렇게 널 다시 만나게 될 줄 몰랐다."

"근무 중이라 용건만 빨리 말씀해 주셨으면 합니다."

냉기가 뚝뚝 떨어지는 말투에 명옥은 조금 차가운 눈빛이 되었다.

"나한테 서운한 건 이해하지만 그 태도는 마음에 들지 않는구나. 그래도 한때 널 키워 줬는데."

"그리고 절 버린 사람이죠."

"그래, 네 입장에서는 그렇게만 보이겠지. 하지만 그땐 나도 어쩔 수 없었다."

끝까지 자기 입장에서 변명하려는 꼴이 역겨워 서운의 눈빛이 더 싸늘해졌다.

"어쩔 수 없었다고요? 살아오는 동안 내내 궁금했습니다. 절 왜 버리신 건가요?"

"그건……."

명옥이 잠시 머뭇거리는 듯하더니 이내 담담하게 대답했다.

"네가 누굴 많이 닮아서였다."

기껏 입에서 나온 이유가 하도 기가 안 차 서운의 입에서 실소가 터져 나왔다.

"그걸 지금 말이라고 하는 건가요? 그런 이유라면 처음부터 데리고 가지 마셨어야죠."

"난 처음부터 널 원하지 않았다. 하지만 기준 아빠가 극구 널 원했기에 어쩔 수 없었어. 그래서 네가 예뻐 보이지 않았다."

"그래서 도둑년이라는 누명을 씌워 버린 건가요?"

"버렸다는 말은 듣기 좀 그렇구나. 그땐 널 보는 것이 고통이라서 나도 어쩔 수 없었다. 그래도 결과적으로 다른 좋은 집에 입양을 가게 되었으니 다행 아니니?"

"그게 버린 겁니다. 아무리 더 나은 집으로 입양이 되었다 해도 버림받은 사실이 없어지진 않아요."

끝까지 자기합리화를 하는 이기심에 서운은 어이가 없어 차갑게 쏘아붙였다.

"뭐, 네가 그렇게 생각한다면 그런 거겠지. 어쨌거나 내가 기준이 엄마인 것을 안 이상 기준이를 더 만나는 건 너도 껄끄러울 거다."

무슨 말을 하러 여기까지 찾아왔는지 알기에 서운은 빨리 말을 잘랐다.

"기준 씨와는 이미 끝났습니다. 다시 엮일 일 없어요."

"그래? 잘됐구나."

"더 하실 말씀 없으시면 일어나겠습니다. 사무실에 일이 남아서요. 앞으로 보는 일 없었으면 좋겠습니다."

인상을 쓰는 명옥에게 차갑게 인사를 건네며 서운은 그대로 돌아섰다. 더는 조금도 마주 보며 앉아 있고 싶지 않아 빠른 걸음으로 멀어졌다.

찬바람을 일으키고 멀어지는 서운의 뒤통수를 노려보며 명옥이 중얼거렸다.

"버릇없는 것 같으니."

엘리베이터 구석에 등을 대고 서운은 눈을 감았다. 아직까지도 가슴이 미친 듯이 뛰고 있었다. 오만 가지 감정이 뒤범벅되어 금방이라도 눈물이 쏟아질 것 같았다.

그녀는 17층에 내리자마자 곧바로 화장실로 들어갔다. 그리고 주책없이 흘러내리는 눈물을 손으로 아무렇게나 훔쳤다. 진짜 엿 같았다.

적어도 미안하다는 한마디는 할 줄 알았는데 끝까지 당당한 얼굴에 저주라도 퍼붓고 싶었다. 꼭꼭 묻어 두었던 그날의 상처가 다시 벌어져서 흉을 더 크게 만들고 있었다.

 화장실 변기에 앉아 속상한 감정을 다스리다 밖으로 나와 거울을 봤다. 역시나 엉망이었다. 누가 봐도 운 것이 분명해 보이는 발개진 눈과 상처받은 눈동자가 뭐라 하고 있었다.

 아무래도 엉망이 된 몰골과 마음으로 진태영이라는 남자를 만나는 건 예의가 아닌 것 같았다. 그리고 지금은 무엇보다 엄마가 보고 싶었다.

 서운은 비상구 문을 열고 계단으로 내려가 태영에게 전화를 걸었다. 신호음이 얼마 가지 않아 통화 연결이 되었다.

 -여보세요.

 낮게 깔리는 중저음의 남자 목소리가 꽤나 섹시하게 들린다.

 "안녕하세요. 이서운입니다."

 -알고 있어요. 얘기해요.

 마치 무슨 말을 하려는지 알고 있다는 듯이 남자가 멍석을 먼저 깔아 주는 느낌이 들었다.

 "죄송한데 오늘 저녁 약속, 내일로 미루면 안 될까요? 제가 급히 집에 내려가 봐야 해서요."

 -…내일은 괜찮겠어요?

 "예? …네, 괜찮습니다."

 -좋아요. 그럼 내일 보죠.

 약속 시각을 코앞에 두고 펑크를 내는 거라 불쾌해할까 봐 걱정했는데 의외로 쿨한 대답에 돌덩이 하나가 내려앉은 것처럼 가벼워졌다.

"정말 죄송해요."

-아니에요. 전화 줘서 고마워요. 문자로만 받았다면 서운했을 거예요.

"네, 그럼 내일 뵙겠습니다."

통화를 끊으려는 순간 저쪽에서 남자의 목소리가 들려왔다.

-많이 심각한 거 아니죠?

"예?"

-목소리가 많이 지쳐 있는 것 같아서요. 혹시 또 울었어요?

"아니에요!"

당황해서 빛의 속도로 대답이 나갔다. 그러면서도 얼굴이 화끈 달아오르는 것을 느꼈다. 이 남자가 박수무당하고 친구라도 되나.

-그럼 됐어요.

"저기 죄송한데, 그날 제 꼴은 좀 잊어 주시면 안 될까요?"

-운 거요?

"…네."

잠시 짧은 침묵이 이어졌다. 아주 짧은 시간이었지만 서운은 마른침을 삼켰다.

-좋아요. 대신 앞으로 다른 사람 앞에서 울지 말아요.

"예?"

-다른 사람한테 들키지 말라고요.

"…예."

-집에 잘 다녀와요. 내일 봅시다.

통화가 끝난 후에도 서운은 휴대폰을 내려다봤다. 다른 사람 앞에서 울지 말라는 남자의 말이 묘한 뉘앙스로 파문을 일으켰다.

'뭐지?'

그녀는 알 수 없다는 표정으로 고개를 갸우뚱거리다 이내 털어 버렸다.

※

태환은 통화가 끝난 후에도 태영이 휴대폰을 만지작거리는 것을 지켜봤다.

"누군데 미련이 한가득하냐?"

"아, 별거 아냐. 방금 저녁 약속에 까였거든."

"여자냐?"

"맞아, 여자."

"너무 쿨하게 대답하니까 궁금해지는데?"

"더 해 줄 말 없으니 묻지 마."

미리 방어벽을 치는 소리에 태환은 더 묻기를 포기했다. 대신 그는 태영의 아파트를 휘 시선으로 훑었다. 넓은 공간에 딱 필요한 가전과 가구를 빼고는 아무것도 없어 찬바람이 부는 듯 삭막하고 휑해 보였다. 누가 봐도 남자 혼자 사는 곳 같았다.

"어머니를 제외하고 이 집에 여자들은 아무도 못 들어오는 거냐?"

"뭐, 아직까지는 그렇다고 봐야지."

"구경 오고 싶어 하던데 네 형수 서운해하겠다."

"서운하긴 무슨."

"네 형수 네 걱정 많이 해."

"번지수가 틀렸잖아. 형수가 내 걱정을 왜 해? 나한테 신경 끄고 형한테나 신경 쓰라고 해."

다소 짜증 섞인 말투에 태환은 더 말을 말았다.

"한잔할 거지?"

"그래."

황금빛 위스키가 담긴 유리잔을 태환에게 건네고 태영은 소파에 앉아 깊숙이 몸을 묻었다.

"다음 주 출근이지? 기분이 어때?"

"귀찮고 짜증 나."

진심이 담긴 투정에 태환은 피식 웃었다.

"내 자리로 오라니까 왜 싫다는 거야?"

태영이 잔에 담긴 노란 액체를 꼬나보다 한 모금 삼켰다.

"다리가 고장 났지 머리가 고장 난 건 아니잖아? 왜 나한테 귀찮은 일을 떠넘기려고 그래? 형 일은 형이 해. 설마 다리 불편하다는 핑계로 놀고먹을 생각이야?"

"놀게 좀 봐주면 안 되냐?"

"진심이야?"

"이 모습으로 회사 나가는 게 불편한 건 사실이야. 직원들이 쳐다보는 것도 싫고."

"그건 너무 하찮은 이유라서 들어줄 수 없겠어. 나 골치 아픈 일 딱 질색인 거 알지? 아버지 성화에 들어오긴 했지만 아버지 뜻대로 해 드릴 생각은 없어. 나는 내가 하고 싶은 일을 할 거야. 나 원래 형처럼 착한 아들 아니잖아. 다음 주부터 나가는 자리도 겨우 받아들인 거니까 더 이상한 말 하지 말고 형 자리는 형이 지켜."

그다운 태도에 태환은 웃음이 나왔다. 사고 난 후 제 앞에서 극도로 조심하고 안쓰럽게 보는 시선들이 불편했는데 태영은 사고에 개의치 않고 대해 주는 것이 오히려 마음이 편했다.

"집이 좀 썰렁하다. 뭘 더 채워 넣지 그래?"

"필요한 건 다 있어. 더 채울 것도 없고."

"여자를 채워야지."

"뭐야, 형도 그 소리야?"

"평생 혼자 살 건 아니잖아? 결혼 안 할 거야?"

"때 되면 하겠지. 혼자 살 팔자면 혼자 사는 거고. 지금은 딱히 생각 없어."

"어머니 아시면 뒷목 잡으시겠다."

"매번 잡으시는 거 몇 번 더 잡다 보면 포기하시겠지. 나 어머니한테도 착한 아들 아닌 거 알잖아."

시큰둥한 표정으로 태영이 남은 위스키를 한입에 털어 넣었다. 태환은 미국에 다녀온 후로 살짝 달라진 그의 분위기를 살폈다. 수분이 부족한 사람처럼 그는 건조해 보였다.

．

작고 아담한 식당 앞에서 서운은 유리창 사이로 안을 들여다봤다. 저녁 식사 손님들이 막 나갔는지 정겨운 얼굴이 행주로 식탁을 훔치고 있는 모습이 보였다. 서운의 얼굴에 평화로운 웃음이 그려졌다. 그녀는 유리문을 열고 안으로 들어갔다.
"엄마."
주방으로 들어가다 말고 영선이 의외라는 얼굴로 쳐다봤다.
"네가 이 시간에 여긴 어쩐 일이야?"
"엄마 보고 싶어서 퇴근하자마자 서둘렀는데 차가 막혀서 이 시간이네."
"밥은?"
"아직."
"이 시간까지 안 먹고 다니면 어떡해? 얼른 앉아. 뭐 해 줄까?"
"아무거나 찌개 남은 거 있으면 줘."
서운이 자리에 앉자 영선은 서둘러 주방으로 들어가 꽁치김치찌개와 반찬을 내왔다.
"엄마도 아직이지? 같이 먹게 앉아."
"알았으니까 얼른 먹어. 이렇게 늦을 거면 밥이나 먹고 오지."
"그럼 더 늦잖아. 엄마 밥이 먹고 싶기도 했고. 얼굴도 보고 싶고."
"애도 아니면서. 뭔 일 있는 거 아니지?"
영선이 크게 한술 떠서 입에 넣는 서운을 살폈다.
"이렇게 들이닥친 게 한두 번도 아닌데 일은 무슨. 걱정 말고 식사나 하셔. 엄마 혼자 있으니까 자꾸 걱정이 돼서 불시 검문하러 오는 거잖아."
"왜, 엄마 바람날까 봐 걱정돼?"

"좋은 사람 만나면 안심되고 좋지, 뭐. 근데 요즘은 사람도 잘 만나야 해. 괜히 이상한 남자 만나면 말년에 인생 더 피곤해지잖아."

"엄마 걱정 말고 너나 좋은 사람 만나, 이것아. 그때 누구 만난다고 하지 않았어?"

"정리했어."

서운이 대수롭지 않게 툭 던지며 찌개 국물을 떴다.

"왜?"

"그냥 좀 안 맞아서."

쉽게 얘기를 해도 가볍게 사람을 만나지 않는 성격을 알기에 영선의 눈빛이 가늘어졌다.

"너 괜찮아?"

최대한 자연스럽게 굴었는데도 엄마의 눈엔 다 보이는 모양이다. 걱정하는 눈빛에 서운은 일부러 너스레를 떨었다.

"당연히 괜찮지. 잠깐 만난 거였고 서로 아니어서 헤어진 거라 타격이 일도 없어. 걱정 마셔."

"피곤하겠다. 자고 갈 거야?"

"응, 오늘 자고 내일 일찍 출근할 거야. 문 언제 닫을 건데?"

"손님도 없으니 오늘은 이만 접지 뭐."

"그래, 일찍 들어가자. 집에 가서 소주 한잔 할까?"

"술 고파서 왔네, 이게?"

"엄마 고파서 왔다니까."

나이가 서른이 되었어도 제 앞에서는 어린아이처럼 구는 딸이 예뻐서 영선은 곱게 눈을 흘기며 웃었다. 세상천지에 단둘뿐이라 더욱 애틋하고 귀한 딸이었다.

식사를 마친 후 엄마를 도와 식당 정리를 마치고 막 나가려는데 영선이 급히 식당 뒤쪽으로 무언가를 들고 갔다. 별생각 없이 그녀를 따라갔다가 서운은 갑자기 무언가 옆에서 튀어나오는 것에 화들짝 놀라 소리를 질렀다.

"엄마야! 뭐야!"

놀라서 보니 저보다 더 놀란 몇 개의 눈동자들이 잔뜩 경계하며 주시하고 있었다. 놀랍게도 다양한 털 색을 자랑하는 고양이 세 마리였다.

"너 때문에 놀랐잖아. 좀 떨어져, 애들 밥 먹게."

이전부터 쭉 밥을 주고 있었는지 사람이 잘 다니지 않는 곳에 놓인 급식소에 영선이 사료를 부어 주었다. 그러자 서운을 잔뜩 경계하며 물러나 있던 고양이들이 하나둘 다가와서 사료를 먹기 시작했다.

"치, 나도 놀랐거든."

"너랑 애들이랑 덩치를 봐라. 누가 더 무섭겠냐?"

"근데 엄마 언제부터 애들 밥 준 거야?"

"한 보름 됐어. 저 흰둥이가 비쩍 말라서 왔기에 챙겨 줬더니 둘을 더 데리고 왔더라고."

"맛집이라고 소문났나 보네."

"찻길이 위험해서 쏘다니지 말라고 집 만들어 줬더니 여기서 터 잡고 산다. 세 놈이 사이도 좋아."

서운은 세 마리가 허겁지겁 고개를 박고 사료를 먹는 모습을 물끄러미 바라봤다. 어쩌다가 길에서 태어나서 이렇게 힘들게 사는지 짠하고 가여웠다.

마치 어릴 적 제 모습인 것도 같아서 속에서 울컥한 감정이 일었다. 지금의 엄마와 아빠를 만나지 못했다면 어떻게 살고 있을지 상상하기도 싫었다. 그 여자를 만나고 온 후라 그런지 기분이 더 널을 뛴다.

"그래도 쟤들은 엄마 잘 만나서 나름 운이 좋은 편이네. 나처럼."

"쓸데없는 소리 한다. 가자."

영선이 눈짓으로 타박하면서 돌아섰다. 식당 불을 끄고 문을 단단히 걸어 잠그고 나가자 서운이 얼른 영선의 팔짱을 꼈다.

"엄마 잘 만나는 게 세상에서 가장 큰 복 맞지, 뭐. 가면서 안주거리 사 가자."

"얼마나 마시려고 그래?"

"살살 마실게. 내일 출근해야 하잖아. 엄마 딸 이제 20대 아니거든."

명옥 때문에 가라앉았던 기분을 잊어버리려고 서운은 평소보다 더 떠들어 댔다. 가슴이 터질 것처럼 답답했는데 엄마를 보니 숨통이 트이는 것 같았다. 두 사람은 도란도란 이야기를 나누며 식당에서 멀어져 갔다.

그러다 누군가 보는 것 같은 기분에 서운은 뒤를 돌아봤다. 하지만 거리엔 아무도 없었다.

"왜 그래?"

"아니야, 아무것도."

이상한 기분에 서운은 고개를 갸웃거리다 영선과 함께 길을 재촉했다.

두 사람이 저만치 멀어졌을 때 어둠 속에서 한 남자가 스윽 모습을 드러냈다. 남자는 사뭇 복잡한 표정으로 막 골목으로 사라지는 두 사람을 지켜보며 서 있었다.

다음 날, 서운은 새벽에 일찍 집을 나섰다. 어젯밤 소주를 한잔 걸치며 엄마랑 오랜만에 이야기를 나누고 느지막하게 잠들었다. 그 여파로 정신 줄이 돌아오지 않았지만 귀소본능이라도 있는 것처럼 몸은 착실히 회사로 향하고 있었다.

그래도 엄마가 새벽에 일찍 일어나 해장국까지 끓여 준 덕분에 속은 든든하게 채울 수 있었다. 그녀는 버스를 타자마자 창가에 머리를 부딪혀 가며 못 잔 잠을 보충했다.

그 탓에 하마터면 내려야 할 정류장을 놓칠 뻔했다. 부랴부랴 버스에서 내려 걷기를 10여 분, 겨우 늦지 않게 회사에 도착할 수 있었다. 아직 몽롱한 정신을 깨우려 커피를 한잔 마시고 있는데 미강이 달려왔다.

"어제 어땠어?"

"어제? 아!"

그제야 오늘 태영과 만나기로 한 약속이 생각났다. 어제 집에 가느라 옷도 어제 입은 그대로에 얼굴도 제대로 푸석인데 큰일 났다. 이미 한 번 연기한 약속이라 죽어도 나가야 하는 자린데 망했다.

잔뜩 인상을 찌푸리는 서운의 꼴을 살피던 미강이 서운의 팔을 붙잡고 구석으로 끌고 갔다.

"야, 너 어제 외박했냐? 설마 그 남자랑?"

호들갑을 떠는 입을 재빨리 손바닥으로 틀어막았다.

"이게 아침부터 뭘 잘못 먹었나. 엄마한테 갔다가 바로 왔거든."

"엥? 어제 남자 만난다고 했잖아."

"갑자기 일이 생겨서 오늘로 미뤘어. 근데 나 어쩌냐. 꼴이 그지 같아? 아침에 너무 바빠서 그냥 왔는데 옷이나 갈아입고 올 걸 그랬나?"

"벗고 나가는 것보단 낫지, 뭐. 그 남자가 알 것도 아니고 괜찮아."

미강이 용기를 잔뜩 심어 주고 갔지만 스스로 꾸리꾸리한 기분이 들어 자꾸 신경이 쓰였다.

'근데 나 왜 이렇게 신경을 쓰지?'

갑자기 피식 웃음이 났다. 있어 보이는 남자랑 만나는 자리라 신경이 쓰이는 것은 사실이지만 다시 볼 일 없는 사인데 꾸미고 나간다 한들 그게 무슨 의미일까. 이렇게 생각하니 마음이 한결 편해졌다.

마음 같아선 퇴근하고 집에 가서 뻗고 싶지만 어쨌든 약속은 약속이고 빚은 갚아야 하니까 밥만 먹고 오면 되겠지.

뒤늦게 출근한 정신 줄을 부여잡고 서운은 전투적으로 일에 몰두했다. 그리고 퇴근하자마자 약속 장소로 직행했다. 지난번 남자가 먼저 와서 기다렸으니 오늘은 먼저 가서 기다리고 싶었다.

그러나 예약한 홀로 막 들어간 순간 흠칫 놀랐다.

"어서 와요."

5분이나 일찍 왔는데 남자가 이미 기다리고 있자 그녀는 힘이 빠졌다.

"일찍 오셨네요."

"이쪽에 볼일이 있어서 나도 이제 막 왔어요."

자리에 앉으면서 서운은 태영의 차림을 눈으로 훑었다. 간단한 남방셔츠에 다소 캐주얼한 복장이었다. 이 시간에 이런 차림이라니. 혹시 놀고먹는 돈 많은 백수인가? 시선이 저절로 가늘어졌다.

"나한테 궁금한 거 있음 물어요."

"예?"

남자를 탐색한 것을 들키자 서운의 얼굴이 새빨갛게 달아올랐다. 진짜 이 남자가 관심법이라도 쓰나.

"얼굴 익었어요, 지금."

직설적이기까지. 매너 있고 점잖기만 한 줄 알았는데 의외로 짓궂은 구석이 있다.

"오늘 밥 먹고 나면 다시 볼 일 없는 사람이라 묻지도 않는 거예요?"

그런 마음을 가지고 있었기에 아니라고 바로 대답하지 못했다. 두 번이나 갑자기 허를 찔린 통에 등신처럼 당황하는 자신이 마음에 들지 않아 서운은 애꿎은 물컵을 만지작거렸다.

남자는 그런 그녀를 빤히 응시하다 조용히 이야기했다.

"다시 볼 일 없을지는 두고 봐야 아는 거죠."

때마침 직원이 다가오자 자연스럽게 식사 주문으로 이어졌다.

태영은 물을 한 모금 마시는 서운을 가만히 감상했다. 지난번 봤을 때는 때때로 인형처럼 건조해 보였는데 생각보다 다양한 표정을 가지고 있는 것이 새로웠다. 소개팅 자리에서 봤을 때보단 오늘이 훨씬 자연스럽고 그녀다워 보였다.

태영이 서운을 감상하는 동안 잠시 대화가 끊어지자 어색함에 사무쳐 서운은 괜히 물을 한 모금 더 마셨다. 그러다 슬쩍 반격을 시도했다.

"궁금한 거 있으면 물으세요."

아까부터 빤히 보는 그에게 정확히 제가 한 말을 되돌려주자 태영이 피식 웃었다.

"물으면 다 대답해 줍니까?"

"네, 물론이죠."

어차피 물어봤자 기본적인 호구조사일 거니까 대답 못 해 줄 이유도 없다.

"만나는 남자 있어요?"

"예?"

이런 질문을 받을 거라고는 예상 못 했기에 서운은 다시 한 대 얻어맞은 기분이 들었다. 역시 예사롭지 않은 남자다. 그녀는 얼른 전열을 가다듬고 대답했다.

"없어요."

"연애할 생각은요?"

"그것도 아직."

"아주 없는 건 아니란 말로 들어도 되는 거죠?"

"뭐… 그렇죠."

최대한 가볍게 대답하고 있었지만 속으로는 왜 이런 걸 묻는지 오만 생각을 하고 있었다. 이런 대화를 하러 나온 건 아닌 것 같은데 이상한 쪽으로 말리는 기분이었다. 마침 주문한 음식이 나온 덕분에 불편한 대화가 끊겨 다행이었다.

눈이 튀어나올 만한 비싼 음식을 눈앞에 두니 절로 전투 의지가 타올랐다. 아무리 거액의 수리비 대신이라지만 피 같은 돈으로 사는 비싼 밥이니 소스 한 점 남김없이 다 먹으리라. 포크를 드는 손길이 비장했다.

돈값을 하느라 비싼 스테이크는 입에서 살살 녹았다. 솔직히 오기 전까지는 얇게 썰린 청양고추가 송송 들어간 얼큰 시원한 콩나물 해장국 한 사발이 더 당겼지만 막상 입에 들어가니 충분히 만족스러웠다. 맛있는 음식을 먹으니 앞의 남자 때문에 다소 긴장했던 표정이 사르르 풀렸다.

서운은 슬쩍 말없이 식사를 하는 태영을 건너봤다. 새삼 뭐 하는 남자인지 궁금했다. 물어볼까 망설이다 이내 마음을 접었다. 이제 볼 일 없는 남잔데 그런 건 알아서 뭐 하나 싶었다.

그가 두고 봐야 할 일이라고는 했지만 어쩐지 그와는 사는 세계가 다를 것 같은 느낌이다. 그러니 다시 마주칠 일도 없겠지. 그렇게 생각하니 마음이 조금 편해졌다.

"어제 못 잤어요?"

"예?"

"얼굴이 조금 피곤해 보여서요."

자몽에이드를 한 모금 마시고 대답하는 소리에 얼굴이 살짝 화끈거렸다. 역시 저녁이 되니 상태가 영 안 좋아 보이는 모양이다.

"어제 엄마랑 소주 한잔 하고 일찍 출근하느라 못 자긴 했지만 피곤하진 않아요."

"어머니랑 사이가 좋은가 봐요."

"둘뿐이라서요."

남에게 제 얘기 하는 걸 극도로 싫어하는데 뭐 하러 이런 말까지 하나 싶었지만 이미 뱉은 말이니 주워 담을 수도 없었다.

"나중에 서운 씨 결혼하면 어머니께서 서운해하시겠네요."

"오히려 시원해하실걸요. 물론 결혼 생각은 없지만요."

"결혼 생각 없어요?"

"예. 딱히 하고 싶진 않아요."

"그건 나랑 같네요."

조금은 의외라 서운이 흥미를 보였다.

"비혼 주의세요?"

"딱히 정한 건 아니지만 꼭 해야 한다는 주의는 아니에요."

요즘은 혼자 사는 사람들이 많으니 이상할 것도 없지만 어쩐지 그는 주변에서 가만히 두지 않을 것 같다는 느낌이 들었다. 그런데 이 남자가 결혼 생각이 없다는 소리에 왜 밑도 끝도 없이 기분 끝이 살짝 좋아지는 걸까. 아무래도 일찍 들어가 쉬어야 할 모양이다.

"그래도 난 연애는 생각 있어요."

상상을 깨고 훅 들어온 소리에 서운은 어색하게 웃었다.
"아, 네."
후식으로 나온 딸기를 먹으면서 서운은 그에게 어울리는 여자들을 그려 봤다. 억 소리 나오는 집안에 명품으로 온몸을 두른 화려하고 세련된 여자들이 그려졌다.
자신과는 비교도 할 수 없는……. 그렇게 생각하니 오늘따라 추레한 기분이 든다. 아, 진짜 이런 생각 하기 싫은데…….
"말이 별로 없는 편인가 봐요."
"상대에 따라서요."
"그럼 내가 별로라는 거죠?"
"아니요. 제가 사람들과 친해지기까지 좀 시간이 걸려요. 스위치가 늦게 켜진다고 해야 할까요? 제가 좀 매사 늦어요."
"신중한 성격인가 보네요. 마음에 들어요."
별 뜻 없이 한 소리겠지만 마음에 든다는 소리에 우습게도 살짝 설렜다. 가만히 보니 웃는 모습이 꽤 근사한 남자다. 어쩐지 한번 빠지면 헤어 나올 수 없을 것 같은 매력이 있다. 아무래도 혼자 살 남자는 아니다. 서운은 눈을 가늘게 뜨며 점쟁이처럼 예언했다.
태영은 그런 서운을 가만히 지켜보며 조용히 미소를 지었다. 적당히 편하고 적당히 어색한 자리였지만 생각이 많아 보이는 서운의 다양한 표정에 묘한 끌림이 있었다.
"더 붙잡고 싶지만 일찍 들어가 쉬고 싶을 것 같으니 오늘은 이만 정리하죠. 저녁 잘 먹었어요."

"저도 잘 먹었습니다. 그리고 차는 정말 죄송해요."
"빚 청산했으니 그런 인사는 할 필요 없어요. 차 가지고 왔나요?"
"아뇨. 엄마 집에 다녀오느라 두고 왔어요."
"그럼 밥값 대신으로 데려다줄게요."
생각지도 않은 호의에 서운이 깜짝 놀라 거절했다.
"아니에요. 지하철 타고 가면 돼요."
"지하철 안에서 졸지 말고 타요. 얌전히 데려다줄 테니까."
"진짜 괜찮아요."
"나도 괜찮으니 나와요."

태영이 앞서 나가 버리자 서운은 난감한 얼굴로 그의 뒤통수를 쳐다보다 따라 나갔다. 솔직히는 바로 침대로 쓰러지고 싶은 심정이긴 했다.

겨우 두 번 만난 남자 뭘 믿고 차를 얻어 타냐고 속에서 타박을 해 댔지만 그가 저를 상대로 허튼짓을 할 남자가 아니라는 확신이 이성의 경고를 눌렀다. 비싼 밥도 샀는데 비싼 차 한 번 얻어 타는 게 무슨 대수라고.

주차장에 고이 모셔 둔 차를 보니 다시 울면서 그의 차를 받았던 기억이 떠올랐다. 시간이 지날수록 얼굴이 화끈거린다. 진짜 무슨 망신이냐.

수리를 했는지 받힌 곳은 말끔했다. 하긴 달걀로 바위를 친 격이니 상처야 소형인 제 차가 더 크긴 했다.

"타요."

태영이 친절하게 조수석 문을 열어 주자 서운은 어색한 표정을 감추고 안으로 들어갔다. 그저 몸에 밴 매너일 텐데, 그런 대접은 처음이라 기분이 이상했다. 그녀는 운전석으로 걸어가는 남자를 쳐다봤다. 다리가 길어서 그런지 뭘 입어도 근사해 보였다.

태영이 운전석으로 들어와 앉자 차 안에 어색한 공기가 흘렀다. 다른 사람들이 함께 있는 식당에서와 달리 밀폐된 공간에 둘만 있으니 필요 이상으로 옆에 있는 남자가 의식이 되었다. 손만 뻗으면 닿을 수 있는 거리에 있는 남자의 존재감이 확 다가왔다.

서운은 흘깃 남자를 쳐다봤다. 자신의 집 방향으로 자연스럽게 핸들을 돌리고 있는 남자의 표정에선 아무런 감정도 느껴지지 않았다.

새삼 혼자서 쓸데없이 긴장하고 있다는 생각에 그녀는 인상을 찌푸렸다. 꼭 속마음을 들킨 것처럼 얼굴이 달아올랐다.

마침 신호에 걸리자 태영이 그녀를 돌아봤다.

"더워요?"

"예? 아니요."

빛의 속도로 대답해 놓고 서운은 속으로 구시렁거렸다. 하필 이때 돌아볼 건 뭐람. 이 남자에게는 이상하게 못 보일 꼴만 보이는 것 같다. 엮여서 좋을 것이 없다는 신의 계시다.

태영을 의식하지 않으려고 서운은 일부러 창밖으로 시선을 돌렸다. 빠르게 지나가는 바깥 풍경에 조금씩 눈꺼풀이 나른하게 내려앉으려고 했다. 차 안에서 자지 않으려고 용을 썼지만 작정하고 들어온 수마가 아예 눈꺼풀에 앉아 있었다.

"도착하면 깨워 줄 테니 눈 좀 붙여요."

"아니에요. 괜찮아요."

"허튼짓 안 할 거니까 자도 돼요."

편하게 해 주려고 건네는 농담에 서운은 피식 웃고 말았다.

"그거 알아요? 서운 씨 웃는 거 되게 아기 같아요."

"속없어 보인다는 소린가요?"

"놉! 예쁘다는 소리예요."

설마. 그럴 리가. 그리 생각하면서도 칭찬받은 가슴이 순간 주책없이 두근거렸다. 그때 깨달았다. 평소 자신이었다면 어림도 없었을 잘 모르는 남자의 차를 얻어 타고 온 이유를.

아마도 밑바닥에 깔린 진심은 다시 볼 일 없는 그와 조금이라도 더 같이 있고 싶었던 것 같다.

'기준 씨랑 헤어진 지 얼마나 되었다고 이런 생각이라니. 나, 사실 알고 보니 선수였나?'

스스로 생각해도 어이가 없어 허탈한 웃음이 새어 나왔다.

때마침 집 앞에 도착하자 서운은 최대한 담담한 얼굴로 인사를 건넸다.

"고맙습니다."

"오늘 즐거웠어요."

태영이 웃는 얼굴로 인사를 받자 서운은 문을 열고 그의 차에서 내렸다. 그리고 문을 닫았다. 그 순간 시간이 지나 마법이 풀려 재투성이로 돌아온 신데렐라가 된 기분이었다. 기분 좋은 꿈에서 확 깬 기분이다. 이게 무슨…….

그녀는 서서히 움직이는 차를 보다 정신을 차리자며 고개를 흔들었다. 그때였다.

"서운 씨."

 반갑지 않은 소리에 그녀는 그대로 굳었다. 인상을 쓰며 기준이 앞에 섰다.

제3장
외나무다리

 집에서 얼마 떨어지지 않은 작은 카페에 앉아 서운은 언짢은 얼굴로 기준을 쏘아봤다. 기준이 그녀의 눈치를 보며 변명했다.
 "연락이 되지 않아서 왔어."
 "이러는 거 정말 싫은데. 집으로 찾아오지 않았으면 좋겠어."
 "나도 그러고 싶은데 어쩔 수 없잖아. 근데 아까 누구야? 남자던데, 혹시 나랑 헤어지기 전부터 만난 사람이야?"
 '미친.'
 욕이 금방이라도 튀어나올 것 같아 서운은 일부러 물을 한 모금 마셨다.
 "기준 씨랑 똑같은 사람 만들면 조금 떳떳해져? 함부로 추측하지 마. 불쾌하니까."

서운이 싸늘하게 자르자 기준은 더 따지지 못했다. 하지만 머릿속은 집까지 데려다준 남자에 대한 궁금증으로 터질 것 같았다.

"난 더 할 말 없어. 그러니까 이렇게 찾아오는 일 없었으면 해. 대단히 기분 나빠."

"어떻게 그렇게 일방적이야?"

"그럼 내가 어떻게 해야 해? 기준 씨 어머니 회사까지 찾아오셔서 더는 만나지 말라고 하셨어."

"뭐? 엄마가?"

전혀 몰랐던 일이었는지 기준의 얼굴이 심각하게 일그러졌다.

"이런 이야기 하는 것도 진짜 싫다. 어머니한테도 분명하게 말씀드렸으니까 다신 집으로 찾아오지 마. 어차피 나 아니어도 만날 사람 있잖아?"

화가 나서 비꼬는 소리에 기준이 얼른 변명했다.

"주현 씨랑은 그런 사이 아니라고 했잖아. 왜 내 말을 안 믿는 거야?"

기준을 보는 서운의 입가에 냉소가 어렸다.

"박주현은 그렇게 얘기 안 한다던데. 재밌네."

"……"

"기준 씨, 그 말 주현 씨가 들으면 어떨 거 같아?"

주현과의 일을 어디까지 알고 있는지 몰라 기준은 입을 다물었다.

서운은 입술 속살을 사리물었다. 그래도 괜찮은 남자라 생각했는데 생각했던 것보다 비겁하고 무책임한 진짜 모습을 알게 되니 실망스럽기 그지없었다. 이렇게 형편없는 사람인 줄 왜 전엔 몰랐을까. 상대에 대해 깊이 알 시간이 부족했다는 것이 맞겠다.

더는 얼굴을 보고 앉아 있기도 싫어 그녀는 자리에서 일어났다. 그렇지 않아도 피곤했는데 극도로 피곤함이 쏟아져 내렸다.

"회사에선 어쩔 수 없이 얼굴을 봐야 하지만 따로 아는 척은 하지 않았으면 좋겠어. 기준 씨에게 좋았던 기억마저 엉망으로 만들지 말아 줘. 부탁이야."

서운은 기준의 말을 듣지도 않고 그대로 밖으로 나갔다. 시원한 밤바람이 뺨을 때렸지만 열불이 난 속을 식혀 주진 못했다. 집으로 걸어가는 걸음이 전투적으로 빨라졌다.

차에서 내렸던 곳에 도착하자 새삼 태영이 잘 갔는지 궁금했다.

'잘 들어갔겠지?'

오늘 하루가 어땠더라. 저녁 약속 때문에 하루 종일 들떴고, 그 남자와 함께했던 몇 시간은 꽤 근사했다. 그런데 그 차에서 내린 순간 모든 것이 깨져 버렸다.

'현실은 늘 이상과 다르지.'

집으로 들어가는 그녀의 어깨 뒤로 자조적인 웃음이 흘러나왔다.

※

어두운 거실에 불을 켜고 차 키를 탁자 위에 올려놨다. 식탁으로 가 물을 한잔 따라 마시며 태영은 거실 소파에 앉았다. 긴 다리를 탁자 위에 올리고 소파에 깊숙이 몸을 묻고는 길게 한숨을 내쉬었다.

백미러로 봤던 서운의 모습이 떠올랐다. 그리고 그녀에게 다가와 서는 한 남자까지. 그의 눈빛에 서운한 기운이 감돌았다.

'만나는 남자 없다더니.'

다소 어이가 없다는 듯 바람 빠진 소리가 새어 나왔다.

그러다 그녀에게 필요 이상으로 신경을 쓰고 있다는 것을 깨닫고 인상을 찌푸렸다. 무언가 사정이 있을 수도 있다. 또, 아니라고 한들 나무랄 이유도 없다. 그런데 왜 자꾸 거슬리는 걸까.

술을 마시지도 않았는데 사리 분별이 흐려진 사람처럼 잘 알지도 못하는 여자에게 신경 쓰는 것이 우스웠다. 너무 오랫동안 연애를 안 해서 그런가.

그는 쿡쿡거리며 물을 한 잔 더 마셨다. 이상하게 자꾸 갈증이 났다.

그녀를 그냥 무시할 수 없는 건 첫인상이 강하게 남았기 때문이다. 농축된 울분을 토해 내는 듯 상처받은 그 눈빛이 자꾸 생각이 났다. 그래서 그녀에게서 받은 명함을 만지작거리며 지금은 기분이 나아졌는지 같지도 않은 걱정을 했다.

그러던 차에 친구 놈 부탁으로 꾸역꾸역 나간 자리에서 거짓말처럼 그녀를 다시 만났다.

그녀를 알아본 자신을 불편해하는 것이 한눈에 보였지만 다소 장난처럼 엮인 자리가 흥미로워 함께하는 시간이 나름 즐거웠다. 다른 여자들과 있을 때와 달리 아주 오랜만에 느껴 보는 어색한 긴장감이 짜릿했던 것도 같다.

그래서 도진이 연애라도 하라고 했을 때 그녀가 바로 떠올랐다. 고작 스치듯 본 여자에게 그런 생각을 하는 것이 우스웠지만 장난과 같은 감정은 아니었다.

그 감정이 무슨 색인지 확인해 보고 싶어 우기듯이 그녀와의 자리를 만들었고 만나기 전까지 조금 들뜬 감정이었다.

적당히 어색하고 적당히 긴장감이 흐르는 저녁 시간이 나른하면서도 나쁘지 않았다. 친절하게 웃다가도 한 번씩 거리감을 두고 다시는 볼 일 없는 사람 취급을 하는 것이 도리어 마음을 잡아끌었다. 옆에서 하루 종일 종알대며 애정을 갈구하는 유성과는 너무 달라서 신선하고 신경이 쓰였다.

여자에 대한 호감인지, 처음 보는 타입의 여자에 대한 관심인지 구분이 되지 않아 극구 사양하는 것을 우겨서 집까지 데려다 주었다.

그런데 그렇게까지 하지 말 것을 그랬다. 그랬다면 딱 좋았을 것이다.

'아니, 어쩌면 확인을 한 것이 더 좋았을 수도…….'

태영은 다시 한번 서운이 남자와 함께 서 있던 모습을 떠올렸다. 두 사람 분위기가 어땠더라…….

'거기까지.'

자신에게 남자 친구가 없다고 거짓을 말했을 수도 있고 실제 다른 사연이 있을 수 있다. 하지만 더는 알고 싶은 생각이 없다.

태영은 그녀에 대한 생각을 모두 지우듯 남은 물잔을 비우고 자리에서 일어섰다. 그는 머릿속에 펼쳐져 있던 서운에 대한 생각을 모두 블록으로 잡아 삭제 키를 누른 후 샤워를 하러 들어갔다.

거실에서 차를 마시던 명옥은 기준이 들어오자 고개를 들었다. 그러나 기준이 잔뜩 굳은 얼굴로 인사도 없이 방으로 들어가 버리자 미간을 찌푸렸다. 그녀는 차를 내려놓고 기준의 방문을 열었다.

자신이 들어오는 기척에도 침대에 벌러덩 누운 기준이 기척도 하지 않자 슬슬 화가 났다. 요즘 들어 계속 짜증을 내는 아들에게 인내심이 조금씩 바닥을 보이고 있었다. 그 원인이 누구 때문인지 알기에 더 부아가 치밀었다.

"밥은 먹은 거냐?"

"상관 마세요."

"그게 무슨 말버릇이냐?"

짜증 섞인 핀잔에 기준이 기다렸다는 듯이 홱 고개를 들고 일어나 앉았다. 올려다보는 얼굴에 불만이 한가득했다.

"회사까지 찾아가서 서운이에게 왜 쓸데없는 소릴 한 거예요?"

"쓸데없는 소리 한 적 없다."

"제가 알아서 한다고 했잖아요!"

"이렇게 정신 못 차리면서 뭘 알아서 해? 걔가 아예 딱 잘라서 말하더라. 너 완전히 정리했다고. 그러니 너도 이제 그만 정신 차려."

"저 한두 살 먹은 어린애 아니에요. 제발 좀 내버려 두세요. 도대체 엄마가 왜 그 앨 만나요? 그 애한테 미안하지도 않으세요?"

"내가 왜 미안해야 하는데?"

"그 앨 버리셨잖아요."

제 눈을 똑바로 보며 따지는 소리에 명옥은 기가 찼다. 평소 제 말이라면 토 하나 단 적 없는 아이가 눈을 부라리며 대드는 것이 생소하고 화가 났다.

이러는 원인이 서운에게 있음을 알기에 더 기분이 나쁘고 불쾌했다. 평생 안 봤으면 했는데 이렇게 엮일 줄이야. 정말 재수가 없다. 그녀는 싸늘한 눈초리로 내뱉었다.

"그랬으니까 지금의 네가 있는 거라는 생각은 안 드니?"

"그걸 지금 말이라고 하세요?"

매정하고 이기적인 소리에 기준은 어이가 없었다. 하지만 명옥에게서는 일말의 미안함도 보이지 않았다.

"좋은 기억도 아닌 일로 더 이상 너랑 불편하고 싶지 않으니 그 아이 깨끗하게 털어 내라. 세상엔 걔보다 나은 여자들이 널렸으니까 더 미련 떨지 마. 너 이러는 거 더 봐줄 생각 없으니까."

"엄마!"

밖으로 나가려다 말고 명옥이 돌아섰다.

"그리고 미리 얘기해 두는데 양이 이야기 네 아버지 앞에서 꺼내지 마라."

"왜 하지 말라는 거예요? 양이가 어떻게 컸는지 들으시면 좋아하실 텐데. 아버지도 양이 소식 무척 궁금해하셨을 거잖아요."

"그러니까 하지 말라는 거야. 그 애도 우리 집도 서로 좋은 기억도 아닌데 끄집어내서 상처를 들쑤실 필요는 없으니까."

기준이 이해가 안 된다는 표정으로 눈살을 찌푸리자 명옥은 다시 다짐을 주었다.

"약속한 거다. 네 아버지한테는 비밀로 해. 분명히 말했어."

거듭 강조를 하고 명옥이 나가자 기준은 답답하다는 얼굴로 침대에 드러누웠다. 그리고 서운이 처음 본 남자의 차에서 내리던 모습을 떠올렸다.

'어떤 새끼 차를 타고 온 거야?'

자기는 매몰차게 끊어 내더니 곧바로 새 남자를 만나는 건가 싶어 속에서 열불이 차올랐다. 성질을 이기지 못하고 그는 애꿎은 베개를 손으로 두들겨 댔다.

기분도 꿀꿀하던 차에 만나자는 화신의 연락에 서운은 퇴근 후 곧바로 약속한 식당으로 갔다. 소개팅에 대타 서 준 거 한턱 거하게 낸다고 큰소리치더니. 아니나 다를까 꽤나 호화롭고 근사한 레스토랑이었다.

어쩐 일로 오늘은 먼저 나와 기다려 주는 열성까지 보여 준다. 서운은 피식 웃으며 화신이 신나게 손을 흔들어 대는 자리로 갔다.

"여~ 차화신. 해가 서쪽에서 뜨는 거 아니냐? 무슨 바람으로 이렇게 일찍 나왔어?"

"백 번에 한 번인데 그럴 수도 있지. 뭘 그런 걸로 감동 먹고 그래?"

"그 말 하니까 감동란 먹고 싶다."

"뭘 먹고 싶어?"

"배가 무지 고프다는 소리니까 밥이나 먹자."

"근사한 걸로 주문해 놨어. 이 언니만 믿어."

화신이 큰소리를 치며 자신만만해하자 서운은 한껏 기대감에 부풀었다.

솔직함이 지나쳐 가끔 속물근성을 가감 없이 드러내 핀잔을 주기는 하지만 대체로 화신과 있으면 확실히 기분 전환이 됐다.

부족함이라고는 티끌만큼도 없는 집안에서 탯줄부터 금을 두르고 태어나서 그런지 화신의 얼굴에 구김이라곤 없었다. 자라 오는 내내 머리 싸매고 공부에 매달릴 일도, 취업에 대한 스트레스를 겪을 일도 없으니 그야말로 한량이 따로 없었다.

그래서 주로 부럽다가 한 번씩 세상 물정 모르는 소리를 툭툭 던질 때면 때때로 얄밉기도 했다. 어쨌든 큰소리를 친 만큼 음식은 비싼 값을 하느라 입 안에서 살살 녹았고, 여고생들처럼 편하게 떠들었더니 기준 때문에 우울했던 기분이 한결 나아졌다. 차화신은 인간 비타민이 맞다.

후식으로 나온 차를 한 모금 마시고 내려놓다 무심코 고개를 돌린 서운의 시선이 막 안으로 들어오는 남자에게 고정됐다. 놀랍게도 진태영이었다. 저 남자를 다시 만나게 될 줄이야.

순간 당황했지만 이내 평정을 되찾았다. 같은 도시에서 살고 있으니 오며 가며 부딪치는 게 무슨 대수이랴 싶었다. 괜히 의식하는 것이 더 어색하고 우스운 것이다.

"꽤 근사해 보이는데, 아는 남자야?"

언제 눈치를 챘는지 화신이 태영에게 시선을 고정시키며 호기심을 드러냈다. 서운은 최대한 대수롭지 않은 투로 대답했다.

"대타로 나왔던 남자야."

"뭐? 저 남자였어? 아이고, 배야!"

앓다 죽는 소리에 서운이 쿡쿡거리며 웃었다.

"너 그럴 줄 알았다. 응급실 오빠보다 훨 낫지?"

"이 바보야, 진짜 아니야. 아직도 나를 그렇게 몰라?"

속내를 들킨 화신이 검지를 흔들어 보이며 노래 가사로 반박했다. 하지만 서운이 웃기지도 않는다는 표정으로 응수하자 결백을 주장하며 파르르거렸다.

"이게 나를 뭐로 보고. 아직 우리 오빠한테 콩깍지 안 벗겨졌거든?"

말은 쿨한 척하면서 태영을 쫓고 있는 눈은 전혀 그렇지 않다. 아쉬움이 한가득 담긴 얼굴을 보며 서운은 키득키득 웃었다.

"그만 봐. 그러다 저 남자 뒤통수 익겠다."

"뭐, 아깝지만 어쩔 수 없지. 억! 뭐야, 최유성이랑 아는 남자였어?"

갑자기 짜증이 확 섞인 말투에 서운의 시선이 태영이 앉아 있는 자리로 돌아갔다. 태영의 건너편에 멋진 중년 부인과 발랄해 보이는 아가씨가 앉아 있었다. 모녀 지간인 듯한데 꽤 사이가 좋아 보였다.

"아는 여자야?"

"최유성이라고 유성건설 딸인데 싸가지가 바가지인 기집애야, 하나밖에 없는 딸이라고 오냐오냐 키워서 싹수가 없기로 유명해. 그래도 정신 나간 남자애들은 저런 애가 좋은지 주변에 항상 남자애들이 있더라고."

사람들과는 두루 동지로 잘 지내는 화신이 열을 내는 걸 보니 유성이란 여자가 화신에게는 꽤 찍힌 게 분명해 보였다.

"선이라도 보나? 저 남자가 어쩌다 저런 애한테 걸렸는지 모르겠다. 지네 엄마까지 데리고 나온 거 보니 아주 작정한 거 같은데. 최유성 저거 입이 아주 귀에 걸렸잖아?"

"차화신아, 그만 보고 나한테만 집중해 줄래?"

말은 그렇게 했지만 역시나 신경이 쓰이긴 했다. 서운은 돌아보고 싶은 마음을 누르려 일부러 차를 한 모금 마셨다. 좀 전까지 좋았던 기분이 조금씩 가라앉고 있었다.

'역시 여자가 있었나.'

그렇다고 한들 무슨 상관일까만은, 어쩐지 마음이 배신당한 것처럼 괴리감이 느껴졌다.

그녀는 화려한 레스토랑 안을 휘둘러봤다. 화신이 아니었다면 들어올 생각도 못 했을 곳이다. 그런 곳에서 자연스럽게 웃고 있는 사람들 중 유독 자신만 홀로 튀는 기분이었다.

서운은 작정하고 이야기를 나누고 있는 태영과 유성을 돌아봤다. 인정하고 싶지 않지만 두 사람이 꽤 어울렸다. 다시 괴리감이 느껴졌다. 저세상 사람들, 그들만의 저세상 전개…….

갑자기 가슴이 답답해져 서운은 화신을 닦달해서 자리에서 일어났다. 얼른 이곳을 벗어나고 싶었다.

"나 잠깐 화장실 좀 다녀올게."

화신을 기다리며 서 있는데 유성이란 여자가 제 어머니와 함께 나왔다.

"엄마, 오늘 정말 고마워."

"엄마가 어렵게 멍석 깔아 줬으니까 잘해. 태영이 너무 질리게 하지 말고."

"알았어. 조심히 가. 이따 집에서 봐요."

어린아이처럼 좋아 죽는 얼굴을 보니 그녀가 태영에게 어떤 마음인지 알 것 같았다. 저 남자도 같은 생각일까? 그런 쓸데없는 것들이 궁금해진다. 진짜 우습다.

서운은 무심코 눈길을 돌리다 중년의 부인과 눈길이 스쳤다. 돈 많은 집 귀부인답게 우아하고 고상해 보였지만 어딘지 차가워 보이기도 했다. 어쩐지 자기 자식에게는 물불을 가리지 않을 극성스러운 어머니 같기도 했다. 딸에게 하는 것만 봐도 맹목적인 애정을 퍼부어 줄 것처럼 보였다.

어머니가 나가자 유성이 활짝 웃으며 빠른 걸음으로 태영에게 돌아갔다.

서운은 괜히 서늘한 눈빛으로 그를 바라봤다. 그러다 태영이 갑자기 고개를 돌리는 바람에 그대로 눈이 마주쳤다. 속으로 크게 당황했지만 가만히 그를 응시했다.

생각지 않은 만남이었는지 태영이 흠칫 놀라는 것이 보였다.

하지만 두 사람은 모르는 사이도 아니면서 눈인사도 건네지 않고 약속이나 한 듯 서로를 서늘한 시선으로 보기만 했다.

"가자."

마침 화신이 돌아오자 서운은 그대로 그를 외면하고 밖으로 나갔다. 뒤통수로 그의 시선이 느껴졌지만 개의치 않았다.

태영의 시선이 한쪽을 향하자 한창 혼자 재잘대던 유성이 의아한 얼굴로 물었다.

"오빠, 왜 그래? 누구 아는 사람이라도 있어?"

"아니야, 아무것도."

태영은 가볍게 대답하고 커피 잔을 들었다.

유성이 태영이 보고 있던 곳으로 고개를 돌렸지만 아무도 보이지 않았다. 무엇 때문인지 기분이 조금 달라진 것 같은 태영의 미묘한 변화에 유성은 고개를 갸웃거렸다.

※

복잡한 기분을 털어 버리려 주말은 작정하고 길게 잠을 자고 밀린 집안일을 해치웠다. 기분 전환이 필요할 때마다 시트를 가는 습관이 있어 새로운 면 시트로 갈아 놓고 보니 기분까지 뽀송해지는 것 같았다.

덕분에 월요일 출근하는 걸음은 어느 때보다 가벼웠다. 그동안 자신도 모르는 사이 머릿속에 멋대로 들어오려고 했던 남자를 깨끗이 들어내고 나니 뭔가 숙제를 해치운 기분이었다.

로비로 들어와 막 엘리베이터로 걸어가려는 순간 서운은 막 자신의 곁을 스치고 지나간 남자 때문에 흠칫 놀랐다. 태영과 몹시 닮은 실루엣의 남자가 비상구 문을 열고 계단으로 사라졌다. 순간 헛것을 본 건가 싶었다.

'정신 차려라, 이서운. 세상에 키 크고 뒷모습 멋진 남자들도 널렸거든. 그 남자가 이 시간에 여기에 있을 턱이 없잖아.'

다 털어 냈다고 자신했는데 섬유 사이로 깊숙이 박혀 떨어지지 않은 고양이 털처럼 마음 어딘가에 감정 가닥들이 아직 박혀 있었던 모양이다.

그녀는 이내 생각을 털어 버리고 막 도착한 엘리베이터로 들어갔다. 머리 위에서 내려오는 시원한 바람이 정신 차리라고 일깨워 주는 것 같았다.

잡생각을 떨쳐 버리려고 컴퓨터를 켜자마자 전투적으로 일에 몰두했다. 푹 쉬고 나와서인지 개운해진 머리가 집중력을 최고조로 끌어 올렸다. 적어도 미강이 들이닥치기 전까지는.

일에 방해될까 봐 일부러 사내 메신저를 켜지 않았더니 답답했던지 미강이 직접 자리로 왔다.

"소식 들었어?"

"무슨 소식? 나 오전 중에 이거 끝내야 하니까 그만 좀 꺼져 줄래?"

"오늘 새로운 본부장 오는 날이잖아. 아까 현주가 복도에서 정면으로 떡 마주쳤다는데 완전 모델이 따로 없대. 젊은 미혼 본부장이라니 죽이지 않냐?"

"나 이거 못 끝내면 우리 과장이 나 죽일 거니까 그만 떠들고 좀 가. 젊은 본부장이 뭐가 좋다고 그래? 더 깐깐하고 재수 없을지도 모르는데."

당연히 흥분해서 반박해야 할 미강이 갑자기 손바닥으로 어깨를 툭툭 치자 서운은 눈에 힘을 주며 미강을 올려다봤다.

"왜에!"

"저기 봐."

어디 나사 하나 빠진 표정에 기가 막혀 미강이 턱짓을 하는 곳으로 고개를 돌렸다. 그러다 서운의 동공이 크게 열렸다. 인사과장과 함께 사무실 앞문으로 들어오는 사람은 분명 진태영이었다.

반사적으로 자리에서 일어서는 직원들을 따라서 서운도 자리에서 일어섰다. 그럴 리 없다 생각했는데 아침에 본 사람이 진태영이 맞았다. 그런데 저 남자가 여기엔 왜……?

그 답은 인사과장이 대신했다.

"오늘부터 전략기획본부 본부장을 맡게 된 진태영 본부장님이십니다."

"안녕하세요. 진태영입니다."

서늘하고 간결한 인사가 끝나자 직원들의 환호와 함께 환영의 박수 소리가 터져 나왔다. 옆에서 진심인 표정으로 환영의 박수를 치는 미강의 얼빠진 얼굴을 보다 서운은 태영을 쳐다봤다.

직원들에게 일일이 인사를 하던 태영이 어느새 앞에 와 서늘한 눈빛으로 보고 있었다.

"잘 부탁합니다, 이서운 씨."

그가 내민 손을 잠시 내려다보다 서운은 그에게 손을 내밀었다. 서늘하게 보는 눈빛과 달리 커다란 손이 서운의 작은 손을 힘 있게 잡아 쥐었다. 서운이 고개를 들자 기다렸다는 듯이 태영이 흔들리는 그녀의 눈동자를 똑바로 마주 봤다.

아침에 기분 좋게 시작한 하루가 이상하게 틀어지고 있었다.
오전 여직원들의 이슈는 당연하게도 새로 온 본부장이었다. 거 그만 떠들고 일하자는 남직원들의 질투 어린 불평에도 컴퓨터마다 수다를 떠느라 사내 메신저들이 화려한 네온사인처럼 반짝거렸다.

서운은 일부러 메신저를 꺼 놓고 오전에 보고해야 할 건을 급하게 마무리해 결재를 받고 밖으로 나갔다. 아침부터 서두르느라 화장실에 가는 것도 잊었다.

손을 씻고 나오면서 그녀는 같은 층 복도 끝에 있는 본부장실을 힐끔 쳐다봤다. 저 안에 그 남자가 있다는 사실이 조금은 묘한 기분으로 다가왔.

'백수는 아니었네.'

이럴 줄 알았으면 궁금한 거 물으라고 했을 때 어느 회사 다니냐고 물어나 볼 걸 그랬다. 그 남자는 명함을 보고 자신이 여기 다니는 사실을 이미 알았을 거라 생각하니 괜히 골이 났다. 미리 말이나 해 주지. 시치미 뚝 떼고 있다 얼마나 놀라는지 감상이라도 할 참이었나. 직속 상사로 올 줄 알았다면 좀 더 다르게 굴었을 텐데.

'뭘 어떻게 다르게 굴 건데?'

갑작스레 든 생각에 바람 빠진 웃음이 새어 나왔다. 겨우 밥 한 번 먹은 사이에 인연이라도 되는 양 생각하는 자신이 한심하고 어이가 없었다. 지금은 그저 자신의 인사권을 틀어쥔 얼굴 보기도 힘든 상사님일 뿐인데 말이다.

문이 열린 본부장실을 다시 힐끔 돌아보다 서운은 태영이 막 모퉁이를 돌아 나타나자 크게 당황했다.

'왜 하필 이럴 때!'

혹시 본부장실을 쳐다본 것을 들켰나 싶어 얼굴이 화끈거렸다. 바로 앞으로 다가온 남자에게 뭐라고 말을 걸기도 애매해서 그녀는 짧게 고개를 숙였다. 혹시나 그가 무슨 말을 할까 1초 정도는 설렜던 것 같다.

하지만 태영이 정확하게 답인사로 살짝 고개만 끄덕이며 지나쳐 가자 허탈한 기분이 들었다. 아예 처음 본 사람처럼 찬바람이 나는 태도에 살짝 생채기가 났다.

사무실로 돌아오는 기분이 바닥으로 가라앉았다. 사적인 만남을 빌미로 친한 척이라도 할 거라 생각한 건가? 아무 짓도 하지 않았고, 할 생각도 없는데 미리 접근 불가 선언을 당한 것처럼 불쾌하고 무안했다.

자리에 앉아 서운은 모니터를 노려보면서 아침부터 싱숭생숭했던 마음들을 모두 뭉뚱그려 휴지통에 집어 던졌다.

어쩌다 보니 한 남자랑 계속 엮여 무슨 인연이지? 싶기도 했다.

덕분에 기준과 그의 어머니 강명옥이란 사람에 대한 생각으로부터 도망칠 수 있었으니 고맙기도 했다. 그래서 잘 알지도 못하는 남자에게 더 집중했었다.

그것뿐이어야 했는데 어리석은 마음이 남자의 매너 있는 행동과 친절한 웃음을 스리슬쩍 마음 주머니에 담아 두고 있었던 모양이다. 정작 상대는 찬바람이 풀풀 부는데 혼자서 버렸다가 다시 담고, 버렸다가 다시 담는 짓을 되풀이하는 것이 등신 같다.

'없어 보이게…….'

맹세코 이런 짓은 처음이라 스스로도 이해가 되지 않았다.

어쨌든 소속 본부 직원 외에는 아무것도 아니라는 명백한 태도에 이제라도 정신이 번쩍 들어서 다행이다.

업무 포털 조직도에 빛의 속도로 반영된 진태영이라는 이름을 꼬나보다 서운은 차갑게 고개를 돌렸다.

태영은 직원들 인사기록카드를 보고 있다 방 과장이 들어오자 고개를 들었다. 윗선에는 비굴하다시피 확실히 굽힐 줄 아는 방 과장이 각 잡힌 자세로 인사를 했다.

"각 과별로 업무 보고를 하려고 하는데 언제가 좋으십니까?"

"업무 보고는 따로 받지 않겠습니다."

본부장이 바뀔 때마다 으레 행해지던 전례인데 업무 보고를 받지 않겠다는 말에 방 과장은 한 대 얻어맞은 표정이 되었다.

"예? 그래도 각 과별 업무 파악은 하셔야 하지 않으십니까?"

"기존에 작성해 두신 것들을 보완해서 직원별 업무분장표와 함께 파일로 송부해 주세요. 제가 혼자 읽고 궁금한 사항이 있으면 해당 직원에게 묻겠습니다."

"아, 그러시겠습니까?"

"그리고 결재 문서는 구두 보고까지 이중으로 하실 필요 없습니다. 보고하실 내용은 한 장 분량으로 간단하게 정리해서 역시 파일로 올려 주세요."

"네, 알겠습니다."

대답을 하는 방 과장의 얼굴에 먹구름이 가득 끼었다. 젊은 본부장이 기존 방식을 그대로 고수하지는 않을 것이라 예상은 했지만 대면 보고 할 일을 모두 차단당하자 하늘이 무너지는 기분이었다.

방 과장은 바쁘게 머리를 굴렸다. 어쨌거나 승진을 코앞에 두고 있는 실정이라 본부장실 문턱이 닳도록 드나들어도 모자랄 판국에 졸지에 젊은 상사 얼굴 구경하기도 힘들게 생겼으니 낭패도 이런 낭패가 없었다.

자신보다 열 살이나 어리지만 그가 다분히 배경만으로 이 자리에 온 것이 아니라는 것은 익히 알고 있었다. 이 회사에서 얼마나 영향력을 가지고 있는지까지도 이미 파악이 끝난 후였다.

그래서 잘만 줄을 잡으면 앞으로의 인생이 펼 수 있겠다 생각했는데 이런 비극적인 결말이라니. 절로 곡소리가 나왔다.

한 번 내뱉은 말은 절대 번복하지 않을 것 같은 단호한 표정에 뭐라 말도 못 하고 방 과장은 코가 쭉 빠져 그대로 돌아설 수밖에 없었다. 비죽거리는 입이 댓 발이나 튀어나왔다.

"방귀남 과장님."

"예! 본부장님!"

방 과장이 빛의 속도로 다시 돌아섰다. 표정은 이미 달라져 있었다.

"본부 직원들 얼굴도 익힐 겸 오늘부터 과별로 식사를 할까 하는데 일정 좀 잡아 주세요. 점심이든 저녁이든 상관없습니다. 대신 직원들 참석은 희망자에 한해서면 됩니다. 참석 강요하지 마세요."

그야말로 쿨 내가 진동하는 지시에 방 과장은 얼른 고개를 끄덕였다. 그래도 확실하게 눈도장을 찍을 수 있는 기회가 생긴 것이 그저 좋아 가라앉았던 기분이 확 올라왔다.

"네, 알겠습니다. 바로 과별로 일정 짜서 파일 송부하겠습니다. 그리고 본부장님 앞으로는 그냥 방 과장이라고만 불러 주십시오."

"알겠습니다."

방 과장이 가벼운 걸음으로 나가자 막 휴대폰이 울렸다. 액정에 뜬 유성의 이름을 확인하고 태영은 미간을 좁혔다.

"왜?"

-첫 출근한 기분이 어때?

"나쁘지 않아."

-오빠 한국에 있으니 너무 좋아. 오늘 저녁 먹자. 첫 출근한 기념으로 내가 근사한 저녁 쏠게.

"일없어. 그리고 다시 엄마 찬스 쓰지 마. 다음엔 안 봐줘."

-안 그러면 오빠가 안 만나 주니까 그러지. 오늘 진짜 저녁 안 돼?

"당분간 죽 회식이야. 그러니까 저녁은 네 똘마니들하고 먹어. 일해야 하니까 끊는다."

유성의 실망하는 소리가 들려왔지만 태영은 미련 없이 종료 버튼을 긋고 휴대폰을 내려놨다.

곧바로 사무실 밖으로 나간 그는 반사적으로 자리에서 일어서려는 조 비서를 손으로 제지했다.

"그냥 하던 일 해요."

태영이 탕비실로 들어가 직접 커피를 타 가지고 나오자 조 비서가 어쩔 줄을 몰라 했다.

"이런 건 내가 할 수 있으니 신경 쓰지 말아요. 필요하면 부를 테니까."

"그래도 그런 일은 저 시키십시오. 그러라고 이 자리에 있는 겁니다."

"커피 타는 일 말고도 할 일 있으니 걱정하지 말아요. 상황에 맞춰서 서로 편하게 지냅시다. 일해요."

"예, 본부장님."

태영이 안으로 다시 들어가자 조 비서는 얼떨떨한 표정으로 자리에 앉았다. 커피를 손수 타는 상사는 보다 처음이었다. 젊어서 쿨 내가 진동하는 것까지는 좋은데 기존에 모시던 분들과는 너무도 다른 성향에 긴장이 되었다.

그녀는 곧바로 키보드를 두들기며 하루 종일 메신저로 본부장에 대해서 묻는 하이에나 같은 직원들에게 방금 있었던 일을 보고했다. 역시나 열광하는 댓글들이 순식간에 좌르륵 가득 찼다.

커피를 들고 창가에 선 태영은 통창 밖으로 뻥 뚫린 정경을 감상하며 서운을 떠올렸다.
 아침에 저를 보고 놀란 표정이 눈에 선했다. 다시 볼 일 없을 거라 장담하다 떡하니 마주쳤으니 꽤나 놀라긴 했을 것이다.
 그녀에게서 받은 명함을 보고 이 회사에 다닌다는 사실을 알고 있었다. 그래서 얘기를 해 주고 싶었는데 무던하다 싶을 정도로 사적인 것을 묻지 않는 통에 말할 기회가 없었다. 일회용 만남 취급을 당하는 것이 은근 약 오르기도 해서 나중에는 일부러 알려 주지 않았다.
 어머니들끼리 친구 사이라 유성 어머니의 부름에 나간 자리에서 우연히 그녀를 다시 만났을 때 서늘한 표정으로 보던 그 눈빛이 가슴에 남았다.
 뭔가를 말하고 싶었던 것인지 내내 묻고 싶었다. 그리고 알은체도 하지 않고 처음 본 사람 취급하는 무심한 표정에 살짝 기분이 언짢기도 했다.
 보너스처럼 그녀를 다시 만나 반가웠지만 알은체를 하지 않았던 건 그녀의 집 앞에서 남자와 서 있던 모습이 떠올라서였다. 상관없는 일이니 신경 쓰지 말자고 털어 버렸는데 한 번씩 그때의 기억을 소환하고 있었다. 정작 그녀와 아무 사이도 아니면서 그 남자가 누굴까 궁금해하는 꼴이 우스웠다.

왜 이렇게 자꾸 이서운이란 여자가 거슬리고 신경이 쓰이는 걸까. 확실히 정상은 아니다.

어쩐지 덫에 걸린 기분이다. 도진의 말대로 유성을 털어 내려고 아주 잠깐 아무 여자나 붙잡고 연애나 할까 싶은 적도 있었다. 그 상대로 서운을 떠올리기도 했다.

그때는 왜 서운이 생각났는지 알 수 없었는데 어렴풋이 알 것도 같다. 처음 봤을 때부터 그냥 스쳐 가는 사람이 아니었던 것이다.

첫날의 인상이 강렬하게 남아 소개팅 자리에서 그녀를 다시 만났을 때 특별할 것 전혀 없는 자리에 억지로 의미를 부여하고 있었던 모양이다. 그래서 웃기지도 않게 그녀가 다른 남자와 서 있는 모습을 거슬려 하고 있었다.

복도에서 그녀를 무뚝뚝한 표정으로 지나쳤을 때 당황하던 표정을 떠올리며 태영은 인상을 찌푸렸다. 신경이 다시 같은 층에 있는 그녀에게 넘어가고 있었다.

※

"우리 과 오늘 저녁 본부장님과 회식 있습니다."

갑작스런 방 과장의 선언에 일하다 말고 직원들이 벙찐 표정을 지었다. 직원 하나가 난감한 얼굴로 거듭 확인했다.

"오늘이요?"

"그래요. 본부장님이 과별로 점심이나 저녁 일정 잡으라는데 당연히 선임 과인 우리 과가 첫 테이프를 끊어야지."

"그럼 굳이 저녁이 아니어도 되는 거 아닌가요? 점심도 괜찮을 거 같은데요."

"모르는 소리. 점심보다는 저녁에 봐야 술도 한 잔씩 하고 인상도 남기고 좋지. 나만 좋자고 결정한 것이 아니고 직원들 앞날을 두루 생각해서 결정한 거니 그리 알아요."

저 좋을 대로 결정해 놓고 생각해 주는 척하는 방 과장의 뻔뻔함에 직원들은 서로 눈짓을 주고받으며 눈으로 욕을 해 댔다.

"과장님, 저는 오늘 중요한 선약이 있어서 참석하지 못할 거 같습니다."

평소 바른 소리를 거침없이 하는 나 대리가 독자 노선을 주장하고 나오자 방 과장의 눈초리가 매처럼 매서워졌다.

"이봐, 나 대리. 어지간하면 약속은 다음으로 미루고 참석하지그래?"

"하지만 본부장님께서 희망자에 한해서만 참석하라고 하신 걸로 알고 있는데요."

어느 촉새가 벌써 그런 소리를 물어 날랐나. 방 과장은 속으로 구시렁거리며 나 대리에게 눈을 부릅떴다.

"말은 그렇게 하셨어도 모두 참석하면 좋아하시겠지. 우리 과 단합력도 보여 드리고 점수도 따면 좋잖아. 과장인 내가 이렇게 얘기하는데 꼭 그렇게 초를 쳐야겠어?"

전매특허인 떼쓰기 시전으로 분위기가 살짝 험악하게 흐르려고 하자 다른 직원이 쌈닭으로 변신하려는 나 대리를 저지시켰다. 그러나 방 과장이 자리를 비우자 여기저기서 불평들이 터져 나왔다.

"본부장님한테 잘 보이려고 애꿎은 직원들 들러리 세우는 거면서 아닌 척하기는. 지금이 어느 땐데 회식을 강요하고 난리야? 직원들을 바보로 아나. 어디서 냄새나는 수작을 부리고 있어?"
"그래서 방귀남이잖아."
"진짜 구려도 너무 구려서 원."
각자 잡아 놓은 저녁 스케줄을 변경하는 직원들의 원성이 좀처럼 사그라지지 않았다.
"이 대리는 약속 없어?"
옆에 앉은 김 대리가 묻는 소리에 서운은 가볍게 대답했다.
"월요일이잖아요. 다행히 집콕 예정이었어요."
"저 원성을 듣고도 끝까지 밀어붙이다니 우리 과장님은 직원들한테 욕 많이 먹어서 오래 사시겠어."
"유병장수하시겠죠."
시크하게 툭 내뱉는 소리에 김 대리가 피식 웃었다.
"근데 직원들과 밥 먹을 생각을 하다니. 우리 젊은 본부장님 좀 의외긴 해?"
"그러게 말입니다. 첫날부터 일 치시네요."
"일이야 방귀남 과장님이 치시는 거지. 저러다 진짜 똥 싸시겠어."
김 대리가 쿡쿡거리며 제 모니터로 고개를 돌렸다.
각 지점별 매출 분석표를 그래프로 그리다 말고 서운은 모니터를 쏘아봤다. 솔직한 심정으로는 나 대리처럼 선약을 핑계 대고 빠지고 싶었다.

여러 사람들과 같이 만나는 자리이고 다들 새로 온 본부장한테 눈도장을 찍기 바쁠 테니 제 존재야 보이지도 않을 거니까 괜찮을 것이다.

그렇게 생각해도 마음은 여전히 편치 않았다. 본질적인 문제는 그가 아니라 자신에게 있으니까. 저녁을 먹는 내내 없는 사람처럼 그를 무시할 수 있을까? 스스로에게 물었지만 답을 찾지 못했다.

아무것도 아닌 사람이니 무시하면 되지 뭐가 어렵냐는 마음과 그를 자꾸 의식하고 무의식중에 자꾸 눈길이 가는 걸 어찌지 못하는 마음이 서로 으르렁거리며 대치했다.

새삼 그가 복도에서 찬바람을 내며 자신을 그림자 취급하고 지나갔던 모습이 떠올랐다. 앞으로 어찌해야 할지 답이 나오는 대목이었다.

'그냥 하던 대로 하자.'

다른 때와 별반 다를 거 없는 회식 자리라 생각하고 밥만 먹고 오면 된다. 마음을 정리하고 나니 새삼 한 줌 고민거리도 아닌 것처럼 부질없게 느껴졌다.

퇴근 후 회식 장소로 가기 위해 미강과 함께 움직이던 서운은 복도에서 기준을 발견하고 일부러 거리를 두었다.

하지만 기준이 태연한 얼굴로 다가와 옆에 서자 인상을 찌푸렸다.

"회식 있나 봐요?"

"보시는 대로요."

서운이 대꾸를 않자 미강이 대신 쏘아붙였다. 두 사람이 온몸으로 저리 가라는 표현을 하고 있었지만 기준은 알면서도 꼼짝도 하지 않고 서운의 옆에 있었다. 기준이 고의적으로 그러는 것을 알기에 서운은 다시 사무실로 들어가 버릴까 고민했다.

동시에 올라온 두 대의 엘리베이터 문이 열리자 직원들이 분주하게 양쪽으로 흩어져 들어갔다. 서운은 일부러 기준이 먼저 가기를 기다리며 엘리베이터를 타지 않았다. 그가 타지 않은 쪽을 탈 계산이었다. 하지만 기준이 끝까지 움직이지 않고 서 있자 확 기분이 상했다.

직원들을 모두 태운 엘리베이터 문이 닫히자 옆에 있던 미강이 기어이 한마디 했다.

"안 타세요?"

"다음 것 타려고요. 두 사람은 왜 안 타요?"

"길기준 씨 먼저 가기를 기다리고 있잖아요! 서운이 불편해하는 거 안 보여요?"

하는 짓거리가 기가 막혀 미강이 쏘아붙이자 기준이 확 인상을 구기며 미강을 노려봤다.

"끝났으면 깨끗하게 정리할 줄도 알아야지. 구질구질하게 뭐 하자는 건지 모르겠네."

미강이 일부러 더 쏘아붙이자 기준의 눈매가 매섭게 변했다.

아무래도 사무실로 들어가는 것이 나을 것 같아 서운은 막 미강의 팔을 잡으려고 했다.

그때였다.

"이 대리, 아직 출발 안 했어?"

방 과장의 목소리가 들린다 싶어 돌아봤더니 태영이 방 과장과 함께 서 있었다. 방 과장이 뽀르르 에스코트를 하러 간 모양이다.

진짜 왜 자꾸 이런 상황만 생길까. 아까 엘리베이터를 타고 내려갈 걸 그랬다는 후회가 폭풍으로 쏟아졌다. 그녀는 바로 뒤에 선 태영이 의식되어 갈증이 났다.

"안녕하십니까, 본부장님. 홍보과 길기준입니다."

기준이 깍듯하게 인사를 하자 태영이 그에게 살짝 묵례로 답했다. 기준을 힐끗 쳐다본 후 태영은 한마디 말도 없이 서 있는 서운의 뒤통수를 쳐다봤다. 이상할 것 전혀 없는 상황이지만 미묘하게 거슬리는 무언가에 그의 눈매가 살짝 가늘어졌다.

다시 올라온 엘리베이터 문이 열리자 서운이 미강과 함께 안으로 들어갔다. 그리고 기준이 그녀의 옆으로 들어가는 것이 보였다. 태영은 미강이 서운을 살짝 잡아끄는 것을 지켜보며 미간을 모았다. 무언가 이상한 기운이 흐르고 있었다.

그의 눈빛이 조금은 차갑게 기준을 주시했다. 그러다 기준이 은근슬쩍 서운 쪽으로 움직이는 것이 보이자 기분 나쁜 실체를 읽었다.

그는 잔뜩 굳어 있는 서운의 표정을 읽고 엘리베이터가 다른 층에 멈추는 사이 서운의 옆으로 이동했다. 자신을 극구 피하는 서운과 기 싸움을 하며 옆으로 가려던 움직임이 차단당하자 기준이 살짝 인상을 찌푸렸다.

상식 밖의 행동을 하는 기준에게 불쾌하면서도 불안한 기분을 느꼈던 서운은 태영이 그를 차단해 주자 속으로 흠칫 놀랐다.

불편하기로는 그 역시 마찬가지였지만 그 불편함은 근본적으로 결이 달랐다. 그저 우연한 움직임이겠지만 우습게도 순간 태영에게 보호를 받는 것 같아 크게 위안이 되고 든든했다.

1층에 도착하자 태영은 일부러 서운과 미강의 뒤에서 걸었다. 그의 시선이 저만치 멀어지는 기준에게 향했다. 잘 가다 서운을 돌아보는 기준에게 태영의 시선이 날카롭게 꽂혔다.

방 과장의 바람과 달리 회식 자리는 길지 않았다.

젊은 본부장은 거만하지 않고 권위적이지도 않았다. 그렇다고 물러 보이지도 않았다. 예상 밖의 소탈한 성격으로 분위기를 편하게 이끌면서도, 젊다고 함부로 할 수 없는 카리스마가 있었다.

직원들이 젊은 본부장에게 집중해 있을 때 서운은 맨 끝자리에 앉아 미강과 열나게 이야기를 나눴다.

"길 씨, 아까 좀 미친놈 같지 않았냐?"

기준의 이상 행동에 미강이 파르르 흥분했다.

"엘베에서 고의적으로 너한테 가까이 온 거 맞지?"

"그런 거 같기도 하고. 좀 이상하긴 했어."

"스토커도 아니고 소름 끼친다. 너 조심해."

다소 심각한 표정으로 둘이 머리를 맞대고 소곤거리다 서운은 누군가 보는 시선에 고개를 돌렸다. 방 과장의 이야기를 들으며 자신을 보는 태영과 시선이 마주쳤다. 기분 탓인가. 뭔가 묻는 듯한 눈빛이었지만 그가 바로 고개를 돌리는 바람에 자세히 보지 못했다. 혹시 첫날부터 찍힌 건가? 아무래도 일찍 들어가 쉬는 것이 좋겠다.

2차를 가자는 방 과장의 적극적인 권유에도 태영은 칼처럼 자리를 정리했다. 회식 자리에 마지못해 끌려 나온 여직원들은 속으로 쾌재를 불렀다.

밖으로 나오자 방 과장의 아쉬운 배웅 속에 태영이 먼저 자리를 떴다. 속상한 방 과장이 몇몇 직원들을 끌고 기어이 2차를 가고, 다른 직원들은 각자의 목적지로 뿔뿔이 흩어졌.

"내일 보자. 조심히 들어가."

서운은 반대 방향인 미강과 헤어지고 지하철역을 향해 걸었다. 월요일은 늘 주중 가장 힘든 날이기도 했지만 오늘은 유난히 더 진이 빠지는 하루였다. 이게 다 갑자기 나타난 진태영이라는 남자 때문이다.

그래서 싫으냐고 묻는다면 답은 아니다, 였다. 깍듯하게 모셔야 할 상사 그 이상도, 이하도 아니지만 그래도 그 남자와 같은 공간에 있다는 사실이 꽤나 기분을 들뜨게 하긴 했다. 어쩌면 덕분에 앞으로의 월요일이 조금 덜 힘들게 느껴질지도…….

혼자 실없이 씨익 웃다 갑자기 낯익은 차가 옆에 서자 무심코 고개를 돌렸다. 그러다 깜짝 놀랐다. 믿기지도 않게 진태영이었다.

"타요."

"괜찮습니다, 본부장님."

"할 말 있어서 그러니 타요."

서운은 잠시 머뭇거리다 조수석으로 올랐다. 익히 알고 있는 차 향이 후각을 자극했다. 그 사이에 섞여 있는 남자의 체취에 살짝 긴장도 되었다.

"집으로 가는 거 맞죠?"

"네."

한 번 가 본 경험이 있어서 태영은 따로 묻지도 않고 능숙하게 서운의 집으로 방향을 잡았다. 순간 오래전부터 서로에게 익숙한 사이라도 된 것 같은 착각이 일었다. 차 안에 수면 가루라도 뿌렸나, 이 차만 타면 이상하게 나른해진다.

"하실 말씀이 뭔가요?"

긴장감이 흐르는 침묵을 깨려고 작정하고 던진 질문인데 순간 휴대폰 진동이 울리는 바람에 묻혀 버렸다. 입술 꼬리만 살짝 올려 미소를 짓는 그의 옆얼굴을 보며 서운은 통화 버튼을 그었다.

"어, 엄마."

태영은 운전에만 신경 쓰는 듯하며 서운이 통화하는 소리를 느긋하게 들었다. 어린 딸 같기도 하고 친구 같기도 한 말투에서 어머니에 대한 꿀이 흘렀다.

"아빠 기일에 갈게. 응……. 엄마도 아프지 말고 밥 잘 챙겨 먹어."

엄마 목소리가 비타민이었는지 그녀의 표정이 한결 나아 보였다.

"착한 딸인가 보네요."

"그건 울 엄마한테 물어봐야 할 거 같은데요?"
"왜요? 자신 없어요?"
"그렇다기보다……. 그러는 본부장님은 착한 아들이신가요?"
"아닙니다."
자랑이라고 곧장 내뱉는 대답에 서운이 피식 웃었다.
"왜요? 꼭 그럴 것 같아요?"
"꼭 그렇다는 말은 안 했는데요."
"그럼 웃지 말아요."
"아, 기분 나쁘셨다면 죄송해요."
"사과할 필요 없어요. 기분이 이상해서 그런 거니까."
"예?"
무슨 소리를 하는 거지? 서운의 표정이 어리벙벙해졌다. 태영이 그 모습에 엷게 미소를 지었다.
"나 좀 미친놈 같지만, 서운 씨가 웃으면 좀 설레요."
선심 쓰듯 툭 던진 소리에 허락도 없이 심장이 두근거렸다. 그녀는 힘이 빠진 손에서 툭 휴대폰이 떨어지는 것도 인지하지 못했다.

※

집까지 무슨 정신으로 왔는지 모르겠다. 집 앞에 도착하자 서운은 빠르게 고맙다는 인사를 건네고 도망치듯 밖으로 나갔다. 차 안과 밖의 공기가 완벽하게 달랐다. 마치 다른 세상에서 돌아온 것처럼 정신이 확 들었다.

"조심히 들어가요."

"참, 하실 얘기……."

"다음에 합시다. 갑니다."

조수석 창문으로 그가 인사를 건네고 곧바로 자리를 떠났다. 고개를 돌리는 그의 얼굴에도 어색한 기류가 흘렀다.

서운은 잠깐 얼이 빠진 얼굴로 시야에서 완전히 사라지는 그의 차를 쳐다봤다. 그저 심각하게 던진 말이 아니었을지도 모르는데 가볍게 받지 못하고 침묵하는 바람에 분위기가 순식간에 이상해져 버렸다. 그냥 웃으면서 자연스럽게 넘겼어야 했는데 혼자 진지하게 받느라 그렇게 하지 못한 것이 후회스러웠다.

'진짜 넌 왜 그렇게 센스가 없냐?'

머리라도 쥐어박고 싶은 심정이었다. 하지만 타박하는 머리와 달리 돌아서는 순간 저도 모르게 입술 꼬리가 올라갔다.

"뭐가 그렇게 좋아?"

막 대문 안으로 들어가려다 어둠 속에서 스윽 나타난 기준을 보고 서운은 하마터면 소리를 지를 뻔했다. 너무 놀라고 정떨어져서 화가 났다.

"기준 씨, 지금 뭐 하는 거야?"

짜증이 섞인 말투로 물었지만 기준은 그녀의 말은 아예 듣지도 않고 제 할 말만 했다.

"회식 자리 안 가고 다른 놈 만났던 거야? 저 새끼 지난번 그 새끼 맞지?"

자신이 아는 사람이라고는 상상이 되지 않을 정도로 저속한 말을 함부로 내뱉는 그에게 서운은 순간 소름이 끼쳤다. 그제야 그가 평소랑 다르다는 것을 깨달았다. 기준이 다가오자 술 냄새가 확 풍겼다.

"내가 이야기 좀 하자고 사정할 때는 쌩까더니 이제 보니 다른 남자가 있었던 거였어?"

"말도 안 되는 억지 부리지 말고 가. 기준 씨 이러는 거 진짜 정떨어져. 나 더 실망시키지 마."

최대한 떨지 않으려고 차갑게 내뱉었지만 살짝 제정신이 아니어 보이는 남자와 마주 서 있으려니 손발이 덜덜 떨렸다. 금방이라도 무슨 일을 칠 거 같아 무섭고 싫었다.

"그만 돌아가. 그리고 다시 이렇게 찾아오지 마."

서운은 최대한 침착하고 빠르게 대문을 열고 안으로 들어가려고 했다. 하지만 그녀의 매몰찬 문전박대에 눈이 돌아간 기준이 거칠게 그녀를 밀치는 바람에 어깨를 벽에 세게 부딪쳤다.

"악!"

급기야 비정상적인 폭력을 휘두르는 그에게 서운의 눈이 공포로 물들었다.

"이게 무슨 짓이야!"

"네가 뭐가 그렇게 잘났다고 날 무시해?"

"대체 내가 언제……."

"결혼을 하자는 것도 아니고 엄마 몰래 연애만 하자는데 그렇게 미친놈 취급을 해?"

"말이 되는 소리를 해!"

오늘따라 지나가는 사람들도 없어 서운은 큰길가로 나가려고 했다. 일단은 어떻게든 흥분한 상태인 그에게서 떨어져야 했다. 무섭고 소름이 끼쳐 덜덜 떨리는 것을 들키지 않으려고 입술 속살을 피가 나게 깨물었다.

하지만 서운의 움직임을 미리 간파한 기준이 덥석 그녀의 팔을 낚아챘다.

"조용한 데 가서 얘기해."

"이거 놔!"

소름이 끼쳐 서운이 힘껏 팔을 뿌리치자 기준이 눈을 부라리며 험상궂은 표정을 지었다.

"다른 새끼 차 얻어 타고 다니니 내 손이 닿는 것도 싫다는 거야?"

"그래, 싫어!"

서운이 치를 떨며 쏘아붙였다. 기준의 한쪽 눈썹이 위험하게 치켜 올라갔다.

순간적으로 위기의식을 느낀 서운이 그를 힘껏 밀치고 빠져나가려고 했다. 하지만 이성을 잃은 남자의 완력을 이길 수가 없었다.

"네가 이럴수록 더 갖고 싶단 말이야!"

"이거 놔! 이 미친 새끼!"

서운이 있는 힘껏 반항했지만 강압적으로 고개를 들이미는 남자를 당해 낼 재간이 없었다. 너무 분하고 억울해 눈물이 쏟아졌다. 왜 이렇게 싫은 것을 뿌리칠 정도로 힘도 없는 건지. 싫은데도 당해야 하는 현실에 욕이라도 내뱉고 싶은 심정이었다. 그녀는 있는 힘껏 발악하며 그의 정강이를 걷어찼다.

"악!"

구두 굽에 제대로 얻어맞은 기준의 얼굴이 더욱 험악하게 변했다.

"이게 진짜!"

기준의 손이 올라간 순간 서운은 꼼짝없이 얼굴을 맞는다고 생각했다. 그때 기적처럼 뒤에서 나타난 커다란 손이 그의 손목을 붙잡았다.

갑자기 나타나 구해 준 남자의 얼굴을 확인하고 서운의 눈동자가 굳었다. 놀랍게도 태영이 무서운 얼굴로 기준의 손목을 틀어쥐고 있었다.

'그가 어떻게 여기에 있는 거지? 집으로 간 것이 아니었나?'

별의별 생각이 다 들었지만 무엇보다 지금 이 순간 그가 나타나 줘서 눈물이 나게 고마웠다.

태영은 비에 흠뻑 젖은 새처럼 두려움에 떨고 있는 서운을 보며 있는 대로 인상을 찌푸렸다.

'대체 이게 무슨 거지 같은 상황이란 말인가.'

그는 금방이라도 죽일 듯이 험악한 눈빛으로 기준을 노려봤다.

"뭐야, 이거!"

제지를 당한 것이 분해 손목을 잡은 상대를 치려던 기준이 술기운에도 태영을 알아보고 그대로 굳었다.

"보, 본부장님이 여긴 어떻게……."

"변명은 나중에 듣기로 하고. 오늘은 이만 꺼지시죠, 길기준 대리."

태영이 또렷하게 이름을 부르자 기준은 어쩔 줄 몰라 하며 서운을 돌아봤다. 하지만 서운이 눈도 마주치기 싫다는 표정으로 외면하자 그는 인상을 찌푸렸다.

"안 갑니까!"

태영이 차갑게 쏘아붙이자 기준은 오만상을 쓰며 태영에게 인사를 건네고 자리를 떠났다.

기준이 완전히 시야에서 사라지는 것을 확인한 순간 서운의 다리에서 힘이 풀렸다. 그대로 주저앉으려는 그녀를 태영이 양 겨드랑이로 손을 넣어 일으켜 세웠다.

"괜찮아요?"

"그, 그런 것 같아요."

대답은 그렇게 둘러댔지만 괜찮을 리가 없다. 그가 그걸 모를 리도 없다.

"이런 상황에서도 참 한결같이 바보 같은 대답이네. 갑시다."

"예? 어, 어디로요?"

"길기준이 언제 다시 돌아올지 모르니 서운 씨 집으로는 못 보내요."

"하지만 당장 급하게 연락할 곳이……."

"다른 데 연락할 필요 없어요."

"예?"

"일단 우리 집으로 갑시다."

다른 말은 듣지 않겠다는 표정으로 태영이 서운의 손을 잡고 차로 성큼 걸었다.

사태를 제대로 파악하기도 전에 서운은 얼이 빠진 얼굴로 그가 이끄는 대로 끌려갔다. 정신을 차렸을 땐 이미 그의 차 안이었다.

태영의 아파트로 가는 동안 두 사람은 약속이나 한 듯 아무 말이 없었다.

태영은 힐끔 눈을 감고 있는 서운을 쳐다봤다. 미간에 주름이 잡혀 있는 것이 무척 고단해 보였다. 생각도 많은 듯 보였다. 당연히 그럴 것이다.

무서운 일을 겪은 그녀가 안쓰럽고, 여자에게 폭력을 휘두르는 길기준에게 분노가 치밀었다.

아파트 지하 주차장에 주차를 마치자 눈을 감고 있던 서운의 눈꺼풀이 힘겹게 올라갔다.

"아무래도 다른 곳으로 가는 게 낫겠어요."

"이 시각에 연락할 사람 있어요?"

직설적으로 묻는 소리에 서운의 눈가에 그늘이 졌다. 오는 내내 눈을 감고 생각했지만 마땅히 갈 만한 곳이 없었다. 이 꼴로 집으로 갔다가는 엄마가 바로 눈치를 챌 것이고 남편이 있는 미강의 집에 신세를 질 수도 없다. 혼자 모텔로 가기도 무섭다.

하지만 그런다고 잘 알지도 못하는 남자의 집에 가는 건 더 이상하다. 게다가 직장 상사인데 껄끄러울 수밖에 없다.

"그래도 본부장님께 신세를 지는 건 아닌 것 같아요."

"무슨 심리인지 모르는 거 아닌데 그냥 하자는 대로 해요. 이대로 혼자 보내는 건 내가 불안해서 안 되겠으니까. 허튼짓 안 할 거라 맹세하면 되겠어요?"

"그런 의심을 하고 있는 건 아니에요."

"금방 쓰러질 것처럼 보이니까 더 버티지 말고 내려요."

태영이 운전석에서 돌아와 조수석 문을 열고 그녀가 나오기를 기다렸다. 서운은 하는 수 없이 그와 함께 엘리베이터를 탔다. 놀랍게도 그가 누른 층은 맨 꼭대기 층이었다.

거침없이 올라간 엘리베이터에서 내려 그의 집으로 들어간 순간 서운은 속으로 놀랐다. 남자 혼자 살기에는 너무 큰 공간이었다. 거기다 위층까지 있었다.

집은 전체적으로 화이트 바탕에 그레이와 블루 컬러의 가구로 포인트를 주어 차가운 도시 남자 이미지 그대로였다. 어쩐지 그의 이미지와 꽤 닮아 보였다. 이렇게 넓은 집이면 작정하고 피하려면 부딪칠 일도 없을 것 같았다.

"따라와요."

태영은 위층으로 올라가 작은 거실을 가로질러 테라스로 가는 길목에 위치한 방문을 열었다.

"난 아래층에 있을 거니까 의식하지 말고 쉬어요."

"네."

거짓 대답이 기계적으로 흘러나왔다. 아무리 층이 다르다고 한들 한 공간에 남자와 단둘인데 어떻게 의식이 되지 않을까. 하지만 자신 때문에 모든 불편함을 감수하고 있는 그를 위해서 최대한 아무렇지 않은 척이라도 해야 했다. 그나마 층이 다르다는 사실이 조금의 위안을 가져다주었다.

하루 사이에 그와의 관계가 왜 이렇게 흘러가는 걸까. 가장 보이고 싶지 않은 일들만 그에게 들키니 누군가 자신이 잘못되라고 물 떠 놓고 비나 싶다.

그러다 문득 떠오르는 의문에 서운은 방으로 들어가다 말고 그에게 물었다.

"아까 어떻게 오신 건가요? 집으로 가신 거 아니었나요?"

"중간에 차 돌렸어요. 시트에 이게 떨어져 있었거든요."

"아!"

그가 내민 것은 뜻밖에도 자신의 휴대폰이었다.

휴대폰을 차에 두고 내렸는지도 몰랐다. 아까 엄마랑 통화한 후 손에 쥐고 있었는데 언제 떨어뜨렸는지 기억이 나지 않았다. 진짜 무슨 정신인 거냐.

"감사합니다."

"돌아가길 정말 잘했죠."

"너무나요. 오늘 여러모로 감사드려요. 그리고 죄송합니다."

"죄송한 일을 한 사람은 따로 있으니 그 인사는 접어 둬요. 대신 하나만 물읍시다."

진실을 듣고 싶다는 그의 눈빛이 서운의 눈동자를 들여다봤다. 그의 숨결이 그대로 느껴질 만큼 가까운 거리라 어쩔 수 없이 긴장이 되었다.

"말씀하세요."

"만나는 남자 없다고 들은 거 같은데……."

"거짓말은 아니에요. 좀 일방적이긴 했지만 분명하게 정리했으니까요."

"대충 어떤 상황인지 이해가 가네요. 들어가서 쉬어요. 금방 쓰러질 것 같으니까. 내일 아침까지 내가 위층으로 올라오는 일은 없을 거예요."

태영이 쿨하게 먼저 돌아서서 아래층으로 내려가자 서운은 방으로 들어갔다. 인테리어를 살필 겨를도 없이 그녀는 침대로 쓰러졌다.

오늘 하루 일어났던 일들이 한 편의 영화처럼 펼쳐졌다. 과하게 파란만장한 하루였다. 잔혹 동화가 따로 없었다. 도대체 길기준이란 인간에 대해서 어떻게 그렇게 몰랐을까.

태영이 나타나지 않았다면 어땠을까 생각하니 다시 온몸에 소름이 돋아 그녀는 태아처럼 둥글게 몸을 말았다.

제4장
뜻밖의 동거

아침에 일어나 주방에서 물을 한 잔 마시고 태영은 계단 쪽으로 고개를 돌렸다.

'못 일어나는 건가?'

제 입으로 올라가지 않겠다고 했으니 자고 있을지도 모르는 방문을 열 수도 없고 어떡해야 할지 잠시 고민을 했다.

하지만 20분이 지나도 여전히 기척이 없자 그는 하는 수 없이 계단으로 걸어갔다. 그러다 벽에 붙어 있는 작은 메모지를 발견하고 손으로 떼어 냈다.

집에 들렀다 출근하겠습니다.

간결하기 짝이 없는 메모를 물끄러미 쳐다보다 그는 커피를 내렸다. 짙은 원두 향이 정신을 솔솔 깨우고 있었다. 커피를 한 모금 마시며 그는 창가로 가 섰다. 시원하게 뚫린 도시의 아침 광경이 눈앞에 펼쳐졌다.

'잠은 좀 잔 건가?'

어젯밤, 피곤이 쏟아진 듯한 얼굴이었지만 편히 자진 못했을 것이다. 잠자리도 불편했을 테고 어젯밤의 기억은 더 불편했을 테니까.

집으로 가는 도중 우연히 좌석에 떨어진 휴대폰을 발견했을 때 바로 가져다줄까 살짝 고민했었다. 그러다 그녀도 잠시라도 휴대폰이 없으면 금단 현상을 느끼는 부류일지도 모른다는 생각에 차를 돌렸다.

막 집 앞에 도착했을 때는 눈을 의심했다. 서운이 모르는 남자에게 묻지 마 폭행이라도 당하는 듯 보여 눈에 보이는 것이 없었다. 곧바로 달려가 남자의 얼굴을 확인한 순간 뒤통수를 한 대 가격당한 것 같은 충격을 받았다. 놀랍게도 그는 퇴근 때 엘리베이터 앞에서 인사를 하던 길기준이었다.

아주 짧은 순간 혹시 두 사람이 보통 사이가 아니고, 연인들 간의 조금 과한 다툼에 괜히 끼어든 건가 싶었다.

하지만 두려움에 하얗게 질려 오들오들 떨고 있는 서운의 얼굴을 본 순간 모든 사실이 명확히 보였다. 설령 그들이 연인 관계라고 하여도 그렇게 폭력을 휘두르는 것은 용납할 수 없는 짓이다.

길기준을 쫓아 버린 후에도 쉬이 진정하지 못하는 그녀를 두고 돌아서지지가 않았다. 길기준이 언제든 다시 돌아올 수 있는 집은 너무 위험해 보였다.

마땅히 숨을 곳도 없이 사방이 뚫린 허허벌판에 혼자 두는 것이 내키지 않아 싫다는 그녀를 기어이 집으로 데리고 왔다.

같은 회사 직원이기에 그냥 넘어가지지 않는 것인지 스스로도 알 수 없는 도발이었지만 그녀를 자신의 울타리 안에 두니 우습게도 비로소 마음이 놓였다.

그는 쓴 커피를 한 모금 마시고 창가에서 돌아섰다. 잠을 자지 못한 눈가가 피곤했다.

컵을 씻고 씻으러 들어가면서 그는 실없이 웃었다. 그녀에게 의식하지 말라고 해 놓고 실상은 그녀를 의식하느라 한숨도 못 잔 것이 우스웠다.

혹여 울고 있지는 않은지, 가위에 눌리진 않았는지 그런 것들이 궁금해 온통 신경이 위층에 가 있었다. 변태도 아니면서 그녀가 잘 자고 있는지 올라가 확인하고 싶은 충동에 놀랍기까지 했다.

여자를 너무 오랫동안 만나지 않아서 감정이 오작동되는 기분이었다. 그녀에게 관심을 갖지 않겠다고 작정한 것이 불과 얼마 전인데 고장 난 가슴이 이성을 쌈 싸 먹어 버린 모양이다. 늪처럼 자꾸 빠져들어 가는 기분이다.

샤워기에서 쏟아지는 물줄기에 눈을 감으며 그는 의지와 달리 멋대로 자라는 감정을 털듯 고개를 털었다.

졸다 깨다를 반복하며 밤을 보낸 데다 새벽에 집에 다녀오느라 바빴더니 아침부터 졸음이 쏟아졌다. 평소보다 진하게 커피를 타서 한 모금 마셨더니 짙은 카페인이 정신 줄을 바짝 당겨주는 듯했다.

미강이 커피 잔을 힐끔 쳐다보더니 기겁했다.

"죽고 싶냐? 커피를 마시는 거냐, 사약을 마시는 거냐?"

"먹고 죽는지, 안 죽는지 보면 되잖아."

"입은 살았네. 왜 그리 다 죽을상이야? 어제 잠 못 잤어?"

"못 잤어."

"회식도 일찍 끝났는데 뭐 하느라 못 잤어?"

"그럴 일이 있었어. 나중에 얘기해 줄게."

나중에 듣고 나면 미강이 기준의 멱살을 잡고 남을 것이다. 것도 볼만하겠네.

미강을 달래 보낸 후 서운은 겨우 출근한 정신 줄을 붙들어 매고 오전에 보고해야 할 데이터에 집중했다. 아니, 하려고 했다. 갑작스런 호출을 받기 전까지는.

-이서운 대리님, 본부장님이 찾으십니다.

조 비서의 나긋나긋한 목소리가 오늘처럼 반갑지 않은 적은 없었다.

그래도 어젯밤의 은인인데 간다는 말도 없이 메모 한 장 달랑 남기고 튀었으니 미안하긴 했다. 그녀는 어디 가냐고 묻는 미강의 눈초리에 인상을 찌푸려 주며 밖으로 나갔다.

본부장실로 들어가자 조 비서가 알은척을 했다.

"들어가세요."

서운은 조 비서에게 살짝 고개를 숙이며 눈인사를 건네고 심호흡을 한 번 한 후 안으로 들어갔다.

모니터를 보고 있던 태영의 눈빛이 올곧게 다가와 꽂혔다.

"찾으셨습니까, 본부장님?"

"좀 괜찮아요?"

"네, 괜찮습니다. 어젠 폐가 많았습니다."

서운의 얼굴을 살피던 태영이 살짝 인상을 찌푸렸다.

"나한텐 언제쯤 솔직해질 거예요?"

"무슨 말씀이신지?"

"지금 하나도 안 괜찮잖아요. 아니에요?"

타박하는 소리에 걱정이 묻어 있었지만 서운은 그의 관심이 부담스러웠다. 어제의 일로 그가 자신에 대해 너무 많은 것을 알게 되었다는 사실도 걸렸고, 약점을 잡힌 사람처럼 자꾸 그를 의식하게 되는 것도 싫었다.

"괜찮지 않지만 괜찮습니다."

그녀의 대답이 마음에 들지 않았지만 자존심을 놓지 않으려는 그녀의 의도가 읽혀 태영은 가만히 서운을 보기만 했다. 잠을 통 못 잔 얼굴이 안쓰러워 보였지만 알은체하지 않았다.

"괜찮다니 됐어요. 그만 나가 봐요."

하고 싶은 말이 많지만 지금은 때가 적당하지 않았다. 마음 같아선 조퇴하고 일찍 들어가 잠이나 자라고 하고 싶지만 들을 것 같지도 않았다. 어쨌든 이렇게라도 얼굴을 보니 마음이 놓였다.

그는 밖으로 나가는 서운의 뒷모습을 지켜보다 창밖으로 시선을 던졌다.

조 비서에게 인사를 건네고 막 밖으로 나오던 서운은 기준과 마주치자 크게 놀랐다. 기준 역시 놀랐는지 당황하는 것이 눈에 보였다.

"서운 씨, 미안해. 어제는 내가 너무 취해서 제정신이 아니었어."

기준이 다급하게 사과했지만 서운은 그를 차갑게 쏘아봤다. 어차피 미안하다는 소리를 들을 줄 알고 있었다. 하지만 그를 용서할 생각은 없었다.

"사과 받아 줄 생각 없으니 앞으로 알은척하지 말아 줬으면 좋겠네요. 한 번 더 그런 일이 있으면 그땐 이번처럼 조용히 넘어가지 않을 거니까 행동 조심하세요."

서운은 자신이 할 수 있는 가장 딱딱한 얼굴로 찬바람을 일으키며 기준에게서 멀어져 갔다.

기준은 오만상을 찌푸리더니 멀어지는 서운의 차림을 살폈다. 어젯밤 갑자기 나타난 본부장 때문에 자리를 피했다가 서운의 집으로 다시 돌아왔었다.

그런데 집에 불이 꺼져 있어서 새벽 2시가 넘도록 주변을 서성이며 그녀가 돌아오기를 기다렸었다. 설마 외박을 한 건가 싶었는데 옷이 달라진 걸 보니 자신이 간 후에 돌아온 모양이다.

일방적으로 이별을 선언한 후 연락을 받아 주지도 않고 벌레라도 되는 양 피하는 것에 차곡차곡 화가 쌓여 가고 있었다. 그러다 다른 남자 차를 타고 온 꼴을 보니 눈에 뵈는 게 없었다. 술에 취해 그렇게까지 할 생각은 아니었는데 손만 닿아도 끔찍해하는 표정에 눈이 뒤집혀 버렸다.

'하필 그때 본부장이 나타날 건 뭐야.'

본부장이 그 시각에 서운의 집엔 무슨 볼일인지 궁금했다. 하지만 지금은 본부장에게 서운을 위협하는 꼴을 들켰다는 사실이 더 큰 일이었다. 승진을 코앞에 둔 시기에 가장 들키지 말아야 할 사람에게 들켰으니 재수가 더럽게 없다.

본부장에게 어떻게든 해명을 해야 하기에 임원 회의가 끝나는 시간에 맞춰 찾아왔다. 서운이 혹시 이상한 소리를 하지 않았을까 걱정하며 기준은 안으로 들어갔다.

-본부장님, 길기준 대리님이 찾아오셨는데요.

인터폰으로 들리는 소리에 허공을 보는 태영의 눈이 날카로워졌다.

"들어오라 그래요."

서늘한 대답이 흘러나갔다. 본부장실 문이 열리고 기준이 들어오자 태영은 자리에서 일어나 소파에 앉았다.

"내게 무슨 용건이죠?"

"어제 일을 해명하려고 왔습니다."

"해명이 필요한 일이었던가요?"

받아치는 말투가 냉랭하기 그지없었다. 똑바로 보는 눈빛은 더 싸늘했다. 쉽지 않은 상대임을 본능적으로 느끼며 기준은 마른침을 삼켰다.

"오해하실 만한 상황이었지만 사정이 있었습니다."

"무슨 사정인지 몰라도 내가 오해할 만한 일은 없었던 것으로 압니다."

"본부장님은 모르시겠지만 이서운 대리와 저 호감을 가지고 만나는 사입니다. 어제는 말다툼이 커져 몸싸움이 있었습니다. 연인들의 흔한 다툼이니 오해하지 않으셨으면 합니다."

뻔뻔하게 둘러치는 솜씨가 만반의 준비를 하고 온 듯했다. 하지만 그는 상대를 잘못 골랐다. 태영은 굳이 감정을 감추지 않고 기준을 비웃었다.

"우습군요. 이서운 대리는 전혀 다른 말을 하던데. 그리고 나 역시 눈으로 본 것이 있는데 길 대리가 아니라고 우기면 아닌 게 되는 겁니까? 나는 어제 분명 길 대리가 이 대리에게 폭력을 휘두르는 걸 봤습니다."

"보시는 각도에 따라 오해하실 만한 상황으로 보였을지 몰라도 사실은 전혀 아닙니다."

빽빽 우기면서 자신의 기억을 조작하려는 짓거리가 역겨워 태영은 휴대폰을 꺼내 기준의 앞으로 내밀었다.

"도대체 어떤 각도로 봐야 폭력이 아닌 겁니까?"

태영의 휴대폰에 어젯밤 서운을 괴롭히던 장면이 찍혀 있자 기준은 소스라치게 놀랐다. 증거가 없으니 끝까지 아니라고 잡아뗄 생각이었는데 언제 사진까지 찍었단 말인가. 사진 속에는 눈이 돌아간 자신과 겁에 질린 서운의 표정이 또렷하게 보였다. 아무리 봐도 자신의 가해가 명백해 보여 기준은 얼굴이 창백해졌다.

"차라리 잘못을 인정했더라면 덜 실망스러웠을 겁니다. 이건 너무 바닥인데요?"

"이, 이걸 언제……?"

"어제 경찰에 신고하려고 찍은 겁니다. 때로 가해를 해 놓고도 뻔뻔하게 모르쇠로 나오는 사람들이 있어서 말입니다. 그런데 그게 우리 본부 직원이라니 어이가 없네요."

쳐다보는 눈빛이 경멸로 가득 차 보여 기준은 다급해졌다.

"보, 본부장님, 제가 다 설명하겠습니다."

"그 설명 듣고 싶은 생각 없습니다. 어떤 사유도 폭력을 정당화시킬 수는 없으니까요. 어제 내가 본 건 팩트고 나는 그 팩트대로 처리할 생각입니다."

"절 어떻게 하실 생각이십니까?"

"이런 상황에서 길 대리를 우리 본부에 계속 둘 순 없겠죠. 천안 지점으로 인사 조치 할 생각입니다."

"저만 그런 처분을 받는 건 너무 억울합니다."

끝내 서운까지 물고 들어가는 비열함에 태영은 참았던 인내심이 슬슬 한계치에 닿고 있었다.

"가해자의 입에서 나온 억울하다는 말, 지나가는 개가 웃을 소리 아닌가요?"

"……."

"내 선에서 조용히 처리하려고 했는데 차라리 경찰에 신고하는 것이 좋겠습니까?"

"본부장님!"

"정 부당하다고 생각하면 정식으로 이의 제기하세요. 전 직원에게 길 대리가 어제 했던 짓이 공개되어도 상관없다면 말입니다. 내부 징계에 망신까지 덤으로 붙겠군요."

바늘 끝 하나 들어가지 않을 정도로 수작을 부릴 틈을 주지 않는 통에 기준은 어찌해 볼 도리가 없었다. 쉬운 상대가 아닐 거라 생각은 했지만 부임한 지 겨우 하루라 굳이 문제를 크게 만들지 않을지도 모른다 생각한 것이 오산이었다.

"더 할 말 없으면 나가세요."

차가운 소리에 기준은 오만상을 찌푸리며 돌아설 수밖에 없었다.

"그럴 리는 없겠지만."

태영의 말이 다시 뒤통수를 잡아끌었다.

"두 번 다시 이서운 대리 주변에 얼쩡대지 마세요. 이건 경곱니다."

"본부장님, 좀 과하단 생각 안 드십니까? 마치 이 대리랑 무슨 사이라도 되는 것처럼 보입니다."

처음부터 그것이 궁금했을 것이다. 어제 왜 그 자리에 나타났는지. 기어이 끝까지 바닥을 보이는 그의 인성에 태영은 차갑게 웃었다.

"내가 이 대리랑 무슨 사이였다면 길 대리는 지금 이렇게 멀쩡하게 서 있지 못할 겁니다."

"……"

"과하다 해도 상관없어요. 내가 가장 경멸하는 부류가 좋아한 답시고 상대에게 폭력을 휘두르는 찌질이들이라 참아 줄 수가 없거든."

냉소적인 눈빛과 거르지 않은 거친 말투에 기준은 모멸감을 느꼈다.

"데이트 폭력은 명백한 범죕니다. 어떤 이유로든 여자에게 폭력을 휘두르는 남자는 그 여자를 원할 자격이 없어요. 그러니 인생 망치지 않으려면 이 대리 곁에 얼씬거리지 말아요. 내 말 무시하면 그땐 이 사진이 길갑수 의원 사무실로 갈 겁니다."

아버지에게 알리겠다는 사실에 꼿꼿하게 버티던 기준이 크게 당황하는 것이 보였다. 아무래도 아버지라는 말이 그의 발작 버튼이라도 되는 모양이다.

"나가요!"

다시 싸늘한 내침이 흘러나오자 기준은 주먹을 피가 나게 움켜쥐고 밖으로 나갔다. 태영은 그의 뒤통수를 매섭게 노려보다 돌아앉았다.

점심 약속이 있어 밖으로 나가던 태영은 미강과 함께 점심을 먹으러 가는 서운을 발견했다. 이젠 어디서건 눈이 먼저 그녀를 찾아내는 재주가 생겼다.

거리가 좀 있지만 그녀의 표정이 보였다. 일부러 아무렇지 않게 보이려 노력하는 건지 이야기를 나누며 가는 얼굴이 나빠 보이진 않았다.

이서운이란 여자에게 필요 이상으로 넘어가는 신경 줄을 회수하려 했지만 일단은 그냥 두고 보기로 했다. 속에 두 가지 자아가 있는 사람처럼 이성에 엇박을 내는 감정의 정체가 어디까지인지 궁금하기도 했다. 단순한 연민과 걱정인지 아니면 그보다 더 머리 아픈 감정인지 알고 싶기도 했다. 확실히 지금 심장에 열이 오르는 것은 맞다.

차를 타고 나오다 그는 처음 본 남직원이 두 사람에게 다가가는 것을 봤다. 꽤나 가까운 사이인지 서운이 남자를 툭 치며 스스럼없이 웃었다.

태영의 시선이 서운에게 활짝 웃는 남자에게 쏠렸다. 함께 가는 건지 남자가 서운의 곁에서 함께 걸었다. 백미러를 보는 태영의 눈빛이 조금 가늘어졌다.

'이젠 이런 것도 신경이 쓰이는 건가.'

차 사고를 낸 날을 빼고는 그녀와 마주 보며 이야기다운 이야기를 나눈 것은 두 번뿐이었다. 그리고 어제 첫 출근을 해서 만난 것이 전부였다.

감정이 생기기에는 턱없이 짧은 시간인데 이런 마음이 든다는 것 자체가 우스웠다. 두 번이나 드라마를 찍고 있는 모습을 봐서 더 그런 건가. 아무튼 썩 반가운 징조는 아니다.

차를 받혀서 수리비를 받았고 어제 위험한 상황에서 구해 주었으니 모든 상황은 깔끔하게 종료되었다. 그걸로 더는 엮일 일이 없는 것이 맞다. 그녀가 당장 오늘 퇴근 후엔 어디로 갈 건지 이런 것들을 궁금해할 필요는 없는 것이다. 그런데 왜 스토커처럼 그런 것들을 신경 쓰고 있는지 모르겠다.

서운이 걷고 있는 길가를 지나치자 차를 알아본 서운의 시선이 계속 따라오는 것이 보였다.

잠시 시선이 얽히고 그는 룸 미러로 그녀를 빤히 쳐다봤다. 선팅이 짙게 되어 있어 자신을 보고 있는 것을 모르는지 모퉁이를 돌 때까지 계속 그녀의 시선이 따라붙었다.

그녀가 완전히 보이지 않자 태영의 입술 꼬리가 슬그머니 올라갔다. 아무것도 아닌 소소한 일에도 감정이 조금씩 반응을 하고 있었다. 아무래도 열 감기가 제대로 들 모양이다.

퇴근 시간을 코앞에 남겨 두고 서운은 모니터 하단의 메신저에 불이 들어오자 무심코 클릭했다. 당연히 미강일 거라고 생각했다. 그런데 뜻밖에도 메시지를 보낸 사람은 태영이었다.

[유럽과 미주 수입 사료의 국내 유통 현황 데이터 분석 자료 정리됐으면 가지고 와요.]

서운은 살짝 미간을 찌푸리며 메시지에 답을 했다.

[죄송합니다. 지금 거의 마무리 단계입니다.]

[한 시간이면 될까요?]

[…네, 가능할 것 같습니다.]

[좋아요. 그럼 기다릴 테니 오늘 마무리합시다.]

할 말을 끝내고 태영이 뒤도 안 돌아보고 대화창에서 나갔다.

오늘은 좀 일찍 들어가서 쉬려고 했는데 끝내 안 도와주시네. 속으로 구시렁거리며 김빠진 한숨을 내쉬었다.

퇴근 시간이 되자마자 짐을 싸 들고 찾아온 미강이 그대로 앉아 있는 서운의 어깨를 쳤다.

"뭐 해? 오늘 피곤하다고 일찍 간다고 했잖아?"

서운은 조용히 태영에게서 온 메시지 창을 활성화시켜 보여 주었다. 메시지를 읽던 미강이 입을 떡 벌렸다.

"우리 본부장님 아주 번갯불에 콩을 서 말은 볶아 드실 양반이네. 이래서 넘 젊은 상사는 피곤하다니까. 과장님 건너뛰고 다이렉트로 지시를 내리는 것도 경기할 일인데 너무 초스피드로 내놔라잖아. 아무리 열정맨이라고 해도 직원의 신성한 퇴근 시간에 초를 뿌리지는 말아야지. 혹시 너 본부장님한테 뭐 찍힌 거 있냐?"

"없거든요. 대꾸할 정신 없으니 먼저 가."

"한 시간 내로 되긴 해?"

"해 봐야지."

"신경이 쓰여 걸음이 안 떨어지네. 이 언니가 뭐 도와줄 거 없어?"

"있어. 그만 꺼져 주라."

"이게! 알았으니까 후딱 해치우고 얼른 들어가 엎어져 자. 너 오후부터 얼굴 난리 났어."

"알았어. 내일 봐."

겨우 고개를 들고 눈인사를 건네자 미강이 연민의 눈길을 마구 마구 쏘아 주며 돌아섰다. 신경 쓰여 안 떨어지는 걸음치고는 너무 가볍고 경쾌해 보였다.

오늘따라 야근하는 직원들이 하나도 없는지 하나둘씩 직원들이 사라지고 사무실에는 고요한 적막만이 내려앉았다.

태영에게 보고한 시간을 지키기 위해 서운은 무서운 집중력을 발휘했다. 그의 앞에서 죽고 싶을 정도로 민망한 꼴만 보였기에 업무적으로라도 만회하고 싶었다.

오늘 조금만 정신을 차렸다면 미리 마무리할 수 있었을 거라는 아쉬움을 뒤로하고 그녀는 빠른 속도로 분석표에 대한 설명을 적어 나갔다. 어쨌든 집중하니 잡생각이 사라져서 좋긴 했다.

다행히 태영에게 약속한 시각 안에 보고서를 마무리할 수 있었다. 그녀는 프린터로 출력한 보고서를 꼼꼼하게 읽으며 오탈자까지 확인한 후 태영에게 파일을 보냈다.

기다렸다는 듯이 보낸 우편 옆의 1이라는 숫자가 바로 사라졌다. 그리고 바로 태영에게 메신저가 들어왔다.

[기다려요.]
[알겠습니다.]

서운은 그가 파일을 확인할 동안 모니터를 켜 둔 채 의자에 기대 잠시 눈을 감았다.

며칠 동안 막장 드라마 여주인공이 된 기분이었다. 사회면 뉴스에 단골 메뉴로 등장하던 데이트 폭력의 주인공이 될 줄이야.

그동안 기준의 실체를 몰랐다는 사실이 끔찍했다. 어쨌든 이렇게라도 끊어 내서 다행인 건가. 그의 어머니에게 고맙기까지 했다.

'진짜 악연이다, 악연이야.'

그녀는 눈을 감은 채 미간을 찌푸렸다.

"머리 아파요?"

갑작스런 목소리에 깜짝 놀라 서운은 벌떡 자리에서 일어났다. 문 앞에 기대선 채 태영이 자신을 보고 있었다. 모델 뺨치는 긴 다리가 유난히 돋보였다.

그가 시선을 고정한 채 가까이 다가와 섰다. 미강이 지적해 준 얼굴이 신경 쓰여 서운은 볼에 열이 올랐다.

"정리하고 나와요. 퇴근합시다."

설마 같이 퇴근하자는 건가? 묻고 싶었지만 제 할 말만 하고 휙 나가 버리는 통에 묻지 못했다. 서운은 급하게 컴퓨터를 끄고 책상을 정리한 후 밖으로 나갔다.

태영과 엘리베이터를 같이 타고 가면서 서운은 곁눈으로 그를 힐끔 쳐다봤다. 이상하게 다른 남자랑 단둘이 있을 때는 아무렇지 않았는데 그와 함께 있으니 공간이 작게 느껴진다.

마치 숨소리까지 들리는 듯 바짝 예민해진다.

그 와중에도 보고서를 보고 아무 말이 없는 것이 궁금하고 걸렸다. 양에 차지 않아 실망이라도 했을까 봐 신경이 쓰였다.

"보고서는 보셨나요?"

"봤습니다. 시간 내에 마무리하느라 수고했어요."

"아닙니다."

"사실 굳이 오늘 봐야 할 자료는 아니었어요. 나 직원 야근시키는 사람도 아닙니다."

'이게 무슨 개 풀 뜯어 먹는 소리지?'

정면을 쏘아보는 서운의 한쪽 눈썹이 삐딱하게 올라갔다. 하지만 을의 계급장이 현실을 자각시키며 상사인 그를 돌아보는 눈빛은 공손했다.

"오늘만 예외이신 이유가 있나요?"

"그래야 이서운 씨가 내 차지가 되니까."

"예?"

너무 피곤해서 헛것이 들리는 건가? 제대로 들은 것이 맞는지 확인하고 싶은 충동을 누르며 서운은 머리를 굴렸다.

"이서운 씨 집에 데려다주려고 수 쓴 거예요. 오늘이 예외가 아니라 이서운 씨가 예외라는 말입니다."

잘못 들은 것이 아니라는 사실은 확실해졌다. 하지만 머릿속은 더 복잡해졌다. 그가 무슨 의도로 이런 말을 하는지 알 수 없어 머리가 터질 것 같았다. 다시 복잡해지고 싶지 않은데 이 남자가 말려 죽일 작정인가 싶다. 무심코 던진 돌에 개구리는 맞아 죽는다고 그가 툭 던진 애매한 말에 감정이 널을 뛰는 것이 마음에 들지 않았다.

그러는 사이 엘리베이터가 1층에 도착하자 서운은 달아나고 싶은 충동을 느꼈다. 머리의 명령을 다리가 착실히 이행하려고 한 발을 뗐을 때 태영에게 팔을 붙들렸다. 놀란 눈동자가 그를 똑바로 응시했다. 그사이에 엘리베이터 문이 닫혔다.

"길기준 대리 천안 지점으로 인사 조치 하겠다고 통보했습니다. 이 대리 옆에 얼씬하지 말라고 경고는 했지만 억울하다고 항의하는 눈빛이 걸려서요. 이 대리 혼자 집으로 못 보내겠어서 붙잡은 거니까 같이 가요."

그제야 그의 행동에 대한 오해가 풀렸다. 그가 자신을 대신해 기준을 응징해 준 것에 유쾌, 상쾌, 통쾌의 3쾌가 느껴졌다. 그리고 혹시 따지려고 오늘도 집 근처에서 진을 치고 있을까 봐 걱정해 주는 의외의 모습에 감동의 쓰나미가 몰려왔다.

얌전하게 지하 주차장에 서 있는 그의 차를 보니 우습게도 반가웠다. 벌써 몇 번째 이 차를 타고 있으니 참 삶이 아이러니하다.

조수석에 앉아 안전벨트를 매며 서운은 그에게 부드럽게 말을 걸었다.

"차가워 보이시는데 되게 친절한 스타일이신가 봐요."

"나 친절한 사람 아닌데."

"직원 사정을 섬세하게 잘 챙겨 주시잖아요. 친절하신 거죠."

"다른 직원들 사정엔 관심 없습니다. 이서운 씨한테만 예외인 거예요."

"예? 왜 저만……?"

"어쩌다 이서운 씨 사적인 비밀을 알아 버려서 계속 신경이 쓰이는 것도 있고. 또……."

그가 갑자기 말을 끊고 똑바로 돌아보자 서운은 속이 타들어가 마른침을 삼켰다.

"내 눈에 자꾸 보여서요."

집 앞까지 오는 동안 다시 약속이나 한 듯 대화가 끊겼다. 그가 뱉은 말 때문에 어쩔 수 없이 어색한 침묵이 흘렀다. 하지만 불편하면서도 설렘이 있는 침묵이었다. 솔직히 말하면 싫지만은 않은…….

 이런 걸 다른 남자와 했으면 좋았을 텐데. 감정을 키우기엔 상대가 적절치 않았다. 마음을 주고받기엔 그와 너무 다른 처지가 현실을 자각하게 했다. 결혼을 전제로 연애를 시작하진 않는다고 해도 그 연애마저도 너무 고단할 것 같아 가고 싶지가 않았다.

 다른 사람도 아니고 직장을 다니는 동안은 늘 마주쳐야 할 사람이니 적당하게 거리를 두는 것이 좋다. 그러니 그의 말 한 마디, 한 마디에 예민하게 반응할 필요도 없는 것이다.

 요즘 들어 치매에 걸린 것처럼 야물게 정리해 둔 마음이 흐트러지고 다시 정리하고를 반복한다. 스스로 생각해도 바보 같다.

 집 앞에 도착하자 당연히 갈 줄 알았는데 태영이 시동을 끄자 서운은 깜짝 놀랐다.

 "내리시려고요?"

 "내 눈으로 확인해야 안심이 될 것 같아서요."

 "그렇게까지 안 하셔도 되는데."

 "내 마음 편하자고 하는 거니까 내려요."

 태영이 먼저 내리자 서운도 얼른 따라 내렸다. 좀 넘치다 싶은 그의 친절이 살짝 불편했지만 자신이 뭐라고 이렇게까지 해 주나 싶은 마음도 깔렸다.

 하지만 과하다 싶은 그의 우려는 전혀 과한 것이 아니었다. 누군가 발로 찬 듯 대문이 움푹 들어가 있는 꼴을 보고 서운은 기가 탁 막혔다.

 '길기준, 이 미친 자식!'

 서운은 속으로 있는 대로 험악한 욕을 퍼부었다.

 태영의 미간이 급격히 좁혀지며 날카롭게 눈을 치켜떴다.

 "생각했던 것보다 더 저질이었네."

 누구의 짓인지 명확히 보였지만 증거가 없으니 몰아가기도 애매해 헛웃음이 나왔다. 그는 반쯤 넋이 나간 얼굴로 서 있는 서운의 어깨를 툭 건드려 정신을 차리게 했다.

 "경찰에 신고하겠다면 내가 증인이 돼 줄게요."

 "아니에요, 본부장님."

 솔직히는 그러고 싶은 생각이 굴뚝이었다. 하지만 회사 직원들이 모두 알게 하고 싶진 않았다. 진짜 길기준이 이런 사람인 줄 몰랐다는 사실이 소름 끼친다.

 "여기 서 있을 거니까 들어가서 며칠 지낼 짐만 싸 가지고 나와요."

 "예?"

 "이런 곳에서 하루도 지내게 할 수 없으니 시키는 대로 해요."

 너무 놀랄 일만 벌어지니 생각의 회로가 고장 나 버린 모양이다. 거절할 현명한 방법이 마땅히 떠오르지 않아 서운은 그가 시키는 대로 했다. 그러면서 언젠가 기준에게 모두 다 갚아 줄 것이라 이를 악물었다.

짐을 싸면서도 서운은 기준을 원망했다. 늘 지친 몸을 쉬게 했던 아늑한 집을 며칠 사이 공포의 공간으로 만들어 버린 것에 화가 치밀었다.

여행 가방에 대충 짐을 싸 가지고 나오자 태영이 그녀의 손에서 가방을 뺏어 들고 차로 갔다.

서운은 말없이 그를 따라 차로 갔다. 그의 앞에서 말로 다 할 수 없이 창피하고 비통해 둘 것 같았다.

뒷좌석에 가방을 둔 그가 운전석으로 들어와 그녀의 안색을 살폈다.

"괜찮아요?"

"……"

"모처럼 솔직하네요. 이번에도 괜찮다고 했으면 화를 낼 생각이었는데."

"죄송합니다."

"죄송한 일 한 적 없잖아요. 그나저나 집은 다시 구하는 게 좋을 것 같은데."

앞만 응시하던 서운의 입에서 낮게 한숨이 새어 나왔다.

"아무래도 그러는 게 낫겠어요."

"집 구할 동안 지낼 곳은 있어요?"

"알아봐야죠. 정 안 되면 당분간 엄마 집에서 출퇴근하든지요."

그렇게 둘러댔어도 쉬운 일이 아니었다. 출퇴근 시간에 특히 막히는 길이라 날마다 4시간이나 길에 버리면서 출퇴근할 자신이 없었다. 신혼인 미강이한테 기댈 수도 없고……. 참, 기분이 우울해진다.

"그냥 우리 집에서 지내는 건 어때요?"

앞만 보던 서운의 고개가 빠른 속도로 돌아왔다. 뭘 들은 거야?

"농담이시죠?"

"진담이에요."

"말도 안 돼요."

"어제 이미 하루 잤잖아요? 며칠 더 있는다고 달라질 것도 없으니 그렇게 털지 말고 잘 생각해 봐요. 서운 씨가 안 내려오고 내가 안 올라간다면 서로 부딪칠 일도 없으니 크게 불편하진 않을 거예요."

"그래도 그건 답이 아닌 것 같아요. 본부장님께 그렇게까지 폐를 끼칠 수는 없어요."

"폐 아니니까 철벽 치지 말아요."

처음엔 그냥 하는 소리라고 생각했는데 적극적인 설득에 머리를 한 대 얻어맞은 기분이 들었다. 그의 입에서 그런 소리가 나오는 것이 믿기지 않았다.

그런데 더 믿을 수 없는 건 그의 말에 흔들리는 제 마음이었다. 충격적인 일들을 연타로 맞다 보니 이성이 파업을 하려는 모양이다.

당장은 갈 곳이 없는 상황에서 내밀어진 손을 덥석 잡고 싶은 마음이 컸다. 그리고 기준에게 너 따위가 아무리 난리를 쳐도 끄떡없다는 것을 보여 주고 싶기도 했다. 제대로 미쳐 돌아가고 있었다.

"생각이 복잡할 땐 그냥 따라와요. 정 불편하면 나를 그냥 집주인이나 모텔 사장님 정도로 생각해도 좋고."

"풉!"

어울리지 않은 농담에 사뭇 진지하게 고민 중이던 서운이 웃음을 터뜨렸다.

"웃었으니 콜한 겁니다."

"하지만……."

"힘들 땐 남의 도움을 받을 줄도 알아야 다시 베풀 줄도 알게 되는 겁니다."

더는 거절하고 싶은 마음이 없어 서운은 침묵으로 그의 제안을 받아들였다. 당장은 어디에든 비루한 몸뚱이를 눕히고 자고 싶은 마음뿐이었다. 맑은 정신으로는 어림도 없는 소리였지만 그냥 그의 말대로 미친 척 그를 따라가 보고 싶었다.

운전을 하는 태영의 입가가 길게 호선을 그렸다.

그의 아파트 거실에 들어가자 마음이 다시 복잡해졌다. 이곳을 다시 찾을 거라고 생각하지 못했는데 며칠 사이에 이서운 인생 참 파란만장해졌다.

"가방만 내려놓고 와요. 저녁은 간단하게 먹읍시다."

"아니에요. 저 신경 쓰지 마시고 본부장님 식사하세요. 저는 생각이 없어요."

그제야 자신 때문에 이 남자도 생으로 굶고 있었다는 사실을 깨달았다. 진짜 미안한 일이 늦가을 낙엽처럼 쌓여만 간다.

"피곤한 거 아는데 먹고 자요. 그래야 잠도 푹 자고 내일 기분도 더 나을 거예요."

배려심이 쩔면서 입으로는 친절한 사람이 아니라고 한다. 서운은 제 방으로 걸어가는 남자의 뒷모습을 멍하니 쳐다보다 계단을 올라갔다. 자신의 집과 비교도 할 수 없는 넓은 공간에 서니 꼭 다른 세상에 와 있는 것 같았다. 다들 왜 그리 큰 집에 환장하는지 격하게 공감이 갔다.

그녀는 태영이 기다릴까 봐 얼른 편한 옷으로 갈아입고 아래층으로 내려갔다. 그의 집에서 단둘이 식사라니 심장이 다시 성급하게 내달리려 하고 있었다.

그새 감색 셔츠에 편한 흰색 면바지를 받쳐 입고 요리를 하는 그는 다른 사람 같았다. 어쩐지 조금 더 자유롭고 편안해 보였다.

고개를 돌린 그는 역으로 하얀색 긴 티셔츠에 감색 면바지를 입고 내려오는 서운을 보며 피식 웃었다. 굳이 말을 하지 않아도 커플룩처럼 보이는 서로의 차림에 피식피식 웃음이 나왔다.

"앉아요."

아이보리색 대리석 상판이 고급스러워 보이는 아일랜드 식탁에 간결한 음식이 차려져 있었다. 남자에게 이런 대접을 받아 본 적이 없어서 서운은 기분이 살짝 설렜다.

꼭 꿈을 꾸고 있는 것 같았다. 남자 때문에 바닥을 쳤던 기분이 남자 때문에 들뜨다니 너무 극과 극의 상황들이 당황스럽기까지 했다.

"요리 잘하시나 봐요?"

"사 먹는 게 귀찮아서 혼자 해 먹어 버릇하니까 늘었다고 봐야죠. 서운 씨는요?"

"전 잘 못해요. 김치랑 반찬은 거의 엄마 찬스 쓰고 있어요. 엄만 잘하시거든요."

"손맛이 어머니를 안 닮았나 보군요."

"…그런 셈이죠."

서운이 기운 없이 대답했다. 친딸이 아니기에 닮지 않았다는 말이 가시처럼 따끔거렸다. 이럴 줄 알았으면 엄마한테 요리라도 배워 둘 걸 그랬다.

"입맛 없어도 먹어요. 그래야 속도, 머리도 평온해져요."

이 남자는 또 왜 자꾸 잘해 주는지 모르겠다. 가뜩이나 속이 시끄럽고 외로운데 왜 자꾸 기대고 싶게 만드는지……. 이러다 정말 마음 주면 답 없는데……. 아무래도 괜히 온 건가 싶다.

서운은 말없이 밥을 떠서 입에 넣었다. 아까까지는 물 한 모금 마시고 싶은 생각이 없었는데 막상 입 안으로 무언가가 들어가니 거짓말처럼 입맛이 돌았다. 다이어트랑은 평생 척지고 살 줄대 없는 입맛 어디 안 간다. 게다가 남자의 요리 솜씨가 상상 외로 훌륭하기도 했다.

태영은 가만히 그녀가 먹는 모습을 지켜보다 수저를 들었다.

어색함과 설렘이 섞인 저녁 식사가 끝나자 태영이 미리 끓여 둔 캐모마일 차를 내밀었다.

"수면에 좋은 차예요. 마시고 올라가요."

"본부장님 너무 친절하세요."

"그러게요. 오늘 내가 좀 넘치네요."

"저 그냥 없는 사람처럼 있을 테니 신경 쓰시지 않으셨으면 좋겠어요. 안 그러면 제가 너무 죄송해져요."

"나 때문에 불편해요?"

서운은 잠시 대답 대신 그를 응시했다. 그 때문에 불편한 건 맞다. 하지만 싫어서 불편한 것과는 결이 다르다. 그의 호의에 불쑥불쑥 오해를 하고 싶은 주책이 고개를 든다.

"불편하다기보다… 보호를 받는 것 같아서요."

"그런 의도도 있었는데 딱 걸렸네요."

'또 이러네.'

이 남자가 진짜 선수인가? 말 한마디로 여자의 마음을 들었다 놨다 하는 걸 정말 모르는 건가? 아니면 일부러 그러는 건가?

긴장된 분위기를 바꿔 보려고 서운은 일부러 거실을 한 바퀴 눈으로 둘러봤다. 공간이 넓어서 그런지 썰렁하게 느껴졌다.

"혼자 사시는 거 맞는 거죠?"

"왜요? 누구 숨겨 놨을 거 같아요?"

"혼자 살기엔 집이 너무 큰 듯해서요."

"어머니 작품이에요. 본가로 자주 안 오면 여기 와서 지내시겠다는 일종의 협박이시죠. 또, 결혼해서 아이들까지 낳아 키우라는 큰 그림이시기도 하고요."

투덜거리는 말투에서 어머니에 대한 정이 느껴졌다. 그의 어머니가 바라는 그의 여자는 어떤 사람일까. 말도 안 되게 그런 것들이 궁금해진다.

"길기준 대리랑 오래 만났어요?"

혼자 상상의 나래를 펼치며 따뜻한 캐모마일 차를 한 모금 마시다 하마터면 그대로 뱉을 뻔했다.

"불편하면 대답 안 해도 돼요."

"불편할 거 없어요. 서로 오며 가며 인사만 하고 지내다 고백받고 제대로 만난 건 삼 개월 정도 됐어요."

"어떤 사람인지 몰랐던 거죠?"

"그런 거 같네요. 폭력적인 거 하나 빼고는 두루 괜찮은 사람이라 생각했는데 이제 보니 그 하나 때문에 괜찮은 사람이 아니었네요."

"그렇게 생각하는 게 정답이에요. 사랑한다는 이유로 상대를 구속하고 위협하는 건 이미 사랑이 아니라 집착이고 광기인 거니까."

그의 말이 하나도 틀리지 않아 서운은 그냥 고개만 끄덕였다. 그러다 그에게 너무 밑바닥을 보인 것 같아 부끄러워졌다. 마치 약점을 잡힌 것처럼 초라해졌다.

"나 사실 어제 회식 장소에 가려고 엘베에 탔을 때 길기준 때문에 서운 씨가 불편해하는 기색 읽었어요."

"그럼 일부러 제 옆에 서 주신 건가요?"

서운이 눈을 동그랗게 뜨고 물었다. 도대체 얼마나 꼴사납게 굴었기에 눈치를 챘던 것일까. 진짜 숨을 곳이라도 찾고 싶다.

"뭐, 그런 셈이죠. 서운 씨 표정이 너무 안 좋아 보였고, 또… 길

기준이 옆으로 오는 것도 싫었으니까."

"본부장님 친절하신 거 맞아요. 그것도 꽤 많이요."

"그럼 서운 씨한테만 친절한 걸로 하죠."

"그런 말 여자들한테 하면 관심 있는 줄 오해해요."

"관심 있는 거 맞는데."

직설적인 도발에 서운은 다시 말문이 막혔다. 그가 무슨 생각을 하는지 몰라 서운의 눈에 경계심이 결계를 쳤다.

"제가 좀 딱해 보여서 관심 가지시는 건가요?"

"그건 아닌데."

"그럼……."

"그쪽이 나한테 너무 관심이 없으니까."

"……."

무슨 의도로 한 소린지 몰라 서운은 바로 반응하지 못했다. 하지만 똑바로 바라보는 그의 눈빛에서 가볍게 던지는 소리가 아니라는 사실을 깨닫자 눈동자가 흔들렸다. 대번에 위험하다는 깜박이가 켜졌다.

"그, 그만 올라가겠습니다."

당황한 서운이 자리에서 일어섰지만 태영은 그녀를 붙잡지 않았다. 서운이 도망치듯 계단을 오르다 말고 돌아봤다.

"출퇴근은 알아서 하겠습니다."

"편할 대로 해요."

태영이 식탁을 치우기 시작하자 서운은 인상을 썼다. 원래는 설거지를 하고 올 셈이었는데 그가 이상한 말을 하는 바람에 밥만 먹고 튀는 꼴이 된 것이 마음에 들지 않았다. 뻔뻔하다고 욕을 해도 할 말이 없었다. 그의 시선을 받으며 설거지를 했다간 그릇 몇 개는 깨 먹을 것 같았다. 그놈의 길기준 때문에 요즘 되는 일이 없다.

씻고 이불 속으로 들어오자 며칠 동안 날이 서 있던 기분이 그제야 누그러지며 잠이 쏟아졌다. 낭떠러지 끝까지 내몰렸다가 극적으로 따듯한 곳으로 구조된 기분이다.
[생일 선물 뭐 받고 싶어?]
화신에게서 온 카톡 메시지를 확인하고 서운은 실없이 웃었다.
'생일이라…….'
자신에게는 어김없이 우울해지는 단어였다. 버려진 걸 보면 별로 축복받은 탄생이 아니었을 테니까. 그나마 매년 챙겨 주는 친구가 있어서 외롭지는 않았다.

서운은 멍한 눈빛으로 천장을 올려다봤다. 같은 천장을 이틀 연속 볼 줄은 몰랐기에 피식 웃음이 나왔.

쏟아지는 잠의 파도에 부유하듯 정신을 맡기고 다소 즉흥적인 오늘의 선택을 곱씹어 봤다. 길기준에 대한 거부 심리가 컸던 탓일까? 백번을 생각해도 미친 짓인데 왜 이 집에서 이러고 있는 걸까. 과부하에 걸린 뇌가 잠시 파업을 선언하며 이성이 가출을 한 모양이다.

그런데 신기하게 이곳에 있으니 불안하지 않다. 안다고 하기엔 턱없이 모르는 남자의 집인데도 안전한 울타리 안에 들어와 있는 듯한 안도감이 든다. 생각해 보니 어제도 그랬던 것 같다.

한 번씩 의아한 말로 감정을 들었다 놨다 하지만 그와 한 공간에 있다는 사실이 전혀 무섭지도, 불안하지도 않다. 신기한 일이다.

그쯤 되니 한 가지 의문이 생겼다.

'내가 아니라 다른 여자였어도 집으로 데려왔을까?'

자꾸 무게를 더해 가는 눈꺼풀을 어찌지 못하고 비몽사몽한 상태에서 서운은 제 자신을 비웃었다. 그런 것들을 궁금해하는 자신을 한 대 쥐어박고 싶지만 사지가 움직이지 않았다. 그가 한 말의 의미를 따져 보고 싶지만 그러기엔 지금은 너무 잠이 고팠다.

'그 사람은 바로 자려나? 아니면… 뭘 하면서 이 밤을 보낼까?'

잠결에도 의지와 상관없는 궁금증들이 멋대로 상상 주머니를 늘려 갔다. 그에게 바닥을 친 이미지를 회복하려면 어떻게 해야 할까. 잠에 완전히 먹힐 때까지 서운은 태영에 대한 생각을 놓지 않았다.

같은 시각. 태영은 계단 앞에 서서 위를 올려다보고 있었다. 그의 손에는 커다란 얼음과 위스키가 섞인 유리잔이 들려 있었다.

'잘 자고 있겠지?'

아무렇지 않을 거라 생각했는데 확실히 의식이 된다. 비록 며칠 동안 불면의 밤을 보내겠지만 그녀를 길기준의 손이 닿지 않는 안전한 곳으로 데리고 왔다는 안도감에 비할 바가 아니었다.

그는 잔을 흔들어 노란 액체를 한 모금 삼켰다. 목구멍을 타고 들어가는 액체가 확실한 존재감을 보여 주었다.

알코올이 들어가니 몸속의 혈관을 타고 감정들이 불춤을 춘다. 슬그머니 올라가 그녀가 잘 자고 있는지 보고 싶은 몹쓸 충동이 생겼다.

 그러다 그는 자조적으로 웃으며 거실 창가로 가 문을 열었다. 차가운 밤공기가 정신 차리라고 뺨을 토도독 때리고 지나갔다.

 그는 한동안 말없이 야경을 감상하고 있었다. 이상하게 찬 바람을 쐬었는데도 몸에서 열이 떨어지지 않았다. 창문을 닫고 침실로 들어가기 전에 다시 위층으로 시선을 들었다.

 '진짜 신경 쓰이는군.'

 무언가 마음에 들지 않는다는 듯 그는 미간을 찌푸리며 돌아섰다.

 저녁 내내 들고 있던 휴대폰을 침대에 던지며 유성이 짜증을 냈다.

 "전화를 하루 종일 씹네. 진짜 이 오빠 너무하는 거 아냐? 아, 진짜 내가 왜 이렇게 얼음 같은 남자한테 빠져 가지고 이 고생이냐고!"

 "그러게 말이야. 좋다고 따라다니는 얼빠진 놈들 놔두고 왜 하필 무뚝뚝이 진태영을 좋아해서 그 개고생이야?"

 문이 열린 틈으로 쑤욱 들어온 해성이 신경을 건드리자 유성은 죽일 듯이 눈을 치켜떴다.

 "불난 집에 부채질하지 말고 꺼져."

"어차피 못 끌 불이면 홀라당 다 타 버리는 게 낫지 않아? 그래야 포기하지."

"야!"

아까부터 잔뜩 골이 나 있던 터라 유성은 분을 참지 못하고 해성에게 베개를 던졌다. 그러나 얄밉게도 해성이 여유 있게 베개를 피하자 콧김을 내뿜으며 씩씩거렸다.

"기분도 꿀꿀한데 너 진짜 나한테 죽을래?"

"성질 사납게 굴지 마셔. 누나 이러는 거 나도 정떨어지는데 마음도 없는 태영 형은 얼마나 소름이겠냐? 제발 적당히 좀 해라. 내가 다 쪽팔린다. 같은 남자로서 충고하는데 여자가 너무 매달리면 흥미 없어. 없어 보인다고. 그러니 연애를 해도 자존심은 좀 지켜 가면서 해. 그래야 완전히 쪽박 됐을 때 덜 쪽팔리지."

"이 자식이 진짜! 너 이리 와. 기분도 엿 같은데 오늘 좀 맞자!"

유성이 화를 참지 못하고 용처럼 불을 뿜어 대며 달아나는 해성을 잡으려고 했다. 일생의 취미가 성질이 불같이 급한 자신에게 깐죽거려 폭발시켜 놓고 희열을 느끼는 것인 변태 동생 놈이었다. 딱히 평소와 다를 것도 없지만 오늘따라 신경이 예민해진 탓에 더 용서가 되지 않았다.

그때 문이 열리고 혜연이 들어오자 해성이 얼른 그녀의 뒤로 숨었다.

"엄마! 저 깡패 좀 말려 봐요."

"또 왜 그래? 너 또 누나 건드렸어?"

"아니, 난 대화를 했을 뿐인데 혼자 뽕 맞은 사람처럼 흥분해서 저러잖아. 저러는 거 찍어서 태영이 형한테 보내고 싶다니까. 안 그래도 개싫은가 본데 더 정떨어지게 말이야."

"아오! 저 개자식!"

유성이 금방이라도 게거품을 물려고 하자 혜연이 해성의 팔을 툭 쳤다. 늘상 있는 현실 남매의 투닥거림이었지만 오늘은 조율이 필요해 보였다. 유성의 머리에서 김이 폴폴 나는 것이 보였다.

"누나 그만 건드리고 이제 가. 상태 안 좋아 보일 땐 조심해 주는 게 좋아."

"그러는 것이 좋겠어요. 오늘이 그날인가? 유난히 까칠하시네. 그럼 오늘도 한 건 했으니 전 이만 퇴장하겠습니다."

해성이 혜연에게 두 눈을 찡긋해 주며 밖으로 나갔다. 혜연은 아직도 씩씩대는 유성의 팔을 잡고 침대에 앉았다.

"엄마가 보기에도 너 요즘 좀 날카로워."

"태영 오빠가 날 자꾸 무시하니까 그러지."

"돌아온 지 얼마 안 됐잖아. 원해서 온 것도 아니고. 나름 적응하느라 다른 데 신경 쓰고 싶지 않은 거겠지. 너무 급하게 생각하지 마."

"그래도……."

"여자가 너무 들이대는 거 남자들 숨 막혀 해. 연애란 자고로 밀고 당기기를 잘해야지. 특히 태영이처럼 주관이 확실한 남자는 억지로 당겼다간 도리어 튕겨 나가기 쉬워. 그건 너도 잘 알잖아?"

여태 파르르했던 유성이 입술을 비죽 내밀며 마지못해 수긍했다.

"이게 다 그 뻔뻔한 도여진 때문이야. 태환 오빠랑 결혼한 주제에 태영 오빠한테 미련 못 버리는 거 진짜 소름 끼쳐. 그 여자가 오빠랑 가족이라는 빌미로 얼씬거리는 거 진짜 끔찍하게 싫어."
"그래 봤자 태영이 성격에 그런 여자를 쳐다볼 리 없어."
"그 여자가 오빠 아파트까지 찾아왔으니까 이러지."
"그래서 바로 쫓겨났다며? 뭐가 걱정이야? 태영이 찬 성격이 그럴 땐 좋잖아. 아무 여자나 유혹한다고 넘어가지도 않고."
"그건 그렇지만."
그제야 조금씩 누그러지는 딸을 다독이며 혜연은 자리에서 일어났다.
"조급하게 굴지 말고 천천히 기회를 봐. 곧 생일이니까 자연스럽게 접근하고."
"알았어, 엄마."
"잘될 거야. 엄마가 내 딸 확실하게 밀어 줄 테니까 힘내고."
"엄마 최고!"
유성이 엄지와 검지 끝을 교차하며 하트를 날렸다. 세상 모든 사람들이 다 아니라고 돌아서도 유일하게 제 편이 되어 줄 사람이기에 한없는 애정과 신뢰를 가졌다.
혜연이 똑같이 손 하트를 돌려주자 유성은 싱긋 웃으며 침대에 드러누웠다. 혹시나 싶어 아까 내동댕이친 휴대폰을 다시 확인하고 툭 던졌다. 제게는 가장 효과가 갑인 엄마의 설득이 제대로 먹혀들었는지 파르르하던 마음이 조금은 진정이 되었다.

집주인과 통화를 끝내고 서운은 길게 한숨을 내뱉었다. 계약기간이 끝나지도 않았는데 방을 뺀다니 당연히 좋은 소리가 나올 리 없었다. 겨우겨우 설득해 놓고 부동산에 직접 세를 놓고 오니 벌써부터 진이 빠졌다.

태영의 집에는 일주일만 있을 생각이라 막상 갈 곳을 정하는 것이 쉽지 않았다. 정 안 되면 엄마 집에서 출퇴근을 해야겠지만 분명 의심을 할 거라 머리가 아팠다. 그렇지 않아도 걱정뿐인 엄마에게 있었던 일을 밝히고 싶지는 않았다.

이 와중에도 살던 집에 돌아가고 싶은 마음은 1도 들지 않았다. 사실 그동안 치안이 썩 훌륭한 곳이 아니라 작은 해프닝에도 신경이 예민해질 때가 더러 있었다. 계약만 끝나면 이사를 갈 생각이었는데 기준과의 일이 터지니 무서워서 단 하루도 들어가고 싶지 않았다.

퇴근하고 부동산에 들러 집을 알아보러 발품을 팔았더니 녹초가 되었다. 아무 데나 들어가야지 생각했지만 막상 조건에 맞는 집을 고르기가 쉽지 않았다.

밖에서 저녁을 대충 때우고 터덜터덜 태영의 아파트로 걸었다. 제법 따뜻해진 날씨지만 밤공기는 서늘해서 좋았다.

아파트 앞에 서자 서운은 고개를 쳐들고 아파트 꼭대기를 쳐다봤다. 불이 켜지지 않은 걸 보니 그는 아직 들어오지 않은 것 같았다. 혹시 자신 때문에 불편해서 일부러 밖에서 시간을 때우는 걸까 싶어 괜히 미안해졌다. 어쩌다 이서운이 이렇게 민폐녀가 됐을까.

손에 쥐고 있던 휴대폰이 부르르 떨리자 서운은 통화 버튼을 그었다. 화신이었다.

-생일 선물 생각해 봤어? 뭐가 필요해?

"지금 필요한 건 집인데 생일 선물로 되냐?"

-집? 까짓거 해 줄게. 몇 평이면 돼?

"얼씨구! 내 친구 플렉스 쩐다."

-넌 조금 재수 없겠지만 이 언니가 그 정도 능력은 되잖아.

"조금 재수 없지 않아."

-그래? 역시 인정해 주는구나?

"많이 재수 없어, 너."

-이게! 근데 갑자기 웬 집 타령이야? 무슨 일 있어?

"아니야, 일은 무슨. 나중에 만나면 얘기해 줄게. 생일 선물은 아무거나 비싼 걸로 사 줘."

-좋아. 대신 뭔 일 있으면 꼭 말해야 된다. 나 속 좁은 거 알지?

"알았으니까 들어가."

수화기 안으로 꾸역꾸역 화신을 밀어 넣고 다시 한숨을 토해 냈다.

"집이 안 구해져요?"

"앗, 깜짝이야!"

갑작스런 등장에 서운은 기절할 듯 놀랐다. 언제 왔는지 태영이 운동복을 입고 서 있었다.

"땅 꺼지게 웬 한숨을 그리 쉬어요?"

"아, 아니요. 운동 다녀오세요?"

"몸이 찌뿌듯해서 좀 뛰고 오는 중이에요. 저녁은 먹은 거예요?"

"네, 먹고 오는 길이에요."

한 며칠 잘 피했더니 그와 부딪칠 일이 없어서 좋았는데 막상 마주하니 어색한 기류가 흐른다. 확실히 이상한 감정이다.

엘리베이터에 둘만 타자 어쩔 수 없이 다시 긴장이 되었다. 뛰고 와서 그런지 옆에서 짙은 수컷의 향기가 풍기는 것 같았다. 확실히 남자와 단둘이만 있으니 의식을 안 하려고 해도 안 할 수가 없다.

비밀번호를 누르고 있는 그의 곁에 서 있으니 기분이 묘했다. 마치 그와 무척 가까운 존재가 된 기분이었다. 그의 집 비밀번호를 알고 언제든 들어올 수 있다는 사실에 묘한 희열도 느껴졌다.

기분 좋은 전자음 소리와 함께 문이 열리자 서운은 태영을 따라 안으로 들어갔다.

"올라가겠습니다. 쉬세요, 본부장님."

서운이 성큼 계단으로 올라가는 것이 아쉬워 태영이 물었다.

"집 구하러 다니느라 그렇게 바쁜 거예요?"

"네. 생각보다 마음에 드는 곳이 없어서 발품을 팔고 있어요."

"더 있어도 되니까 그렇게 서두르지 말아요."

"아니요, 빨리 나가야죠. 그래야 본부장님도 편하실 거니까."

"난 서운 씨랑 지내는 거 불편하지 않아요. 그러니 천천히 해요. 그렇게 서두르니까 내가 불편하게 대하는 것 같잖아요."

서운이 깜짝 놀라 양손으로 손사래를 쳤다.

"절대 아니에요. 그냥 제가 너무 폐를 끼치는 거 같아서요. 혹시라도 회사 직원들이 알면 저 때문에 괜히 난처해지실까 봐 걱정도 되고."

"책임지라고 하지 않을 테니까 그런 걱정 말아요. 며칠 더 있는다고 큰 차이 나는 것도 아니니 무리하지 말란 얘기예요."

"말씀은 고맙습니다. 하지만 그래도 제가 빨리 나가 주는 게 맞는 것 같아요."

서운이 미소를 지으며 돌아섰다. 그러나 태영이 팔을 붙잡자 계단으로 올라가지는 못했다. 놀란 서운이 그의 얼굴을 쳐다봤다. 혹시 기분 상할 말이라도 했나? 머리가 빠르게 기억 회로를 돌렸다.

태영이 팔을 놓아주지 않은 채 서운의 눈을 들여다봤다.

"자꾸 그러니까 나한테서 달아나려는 것 같잖아요."

정곡을 찔린 서운의 눈빛에 당황스러움이 스쳐 지나갔다. 뭐라 대꾸해야 할지 선뜻 떠오르지 않아 그녀는 태영을 보기만 했다.

"얌전히 보내 주기 싫어지게."

그가 똑바로 쳐다보며 하는 소리에 서운은 심장이 철렁 내려앉는 것을 느꼈다.

제5장
생일

　알람 소리에 겨우 눈을 뜨고 서운은 바쁘게 출근 준비를 했다. 하루 좀 쉬고 싶은 마음이 굴뚝이지만 남의 집에서 쉰다고 편할 것 같진 않았다. 역시 단칸방에 살아도 내 집만 한 곳이 없다.

　반 공기만 먹더라도 늘 챙겼던 아침을 건너뛰니 시간에도 조금 여유가 있다. 조금 일찍 나갈 생각으로 서운은 아래층으로 내려갔다. 아침 출근을 유난히 일찍 하는 아래층 남자는 아마 지금쯤 출근하고 없을 것이다.

　내 집처럼 편안하게 내려오다 보니 계단 끝 난간에 하얀 메모가 붙어 있었다.

아침 차려 놨으니 먹고 출근해요.

　서운의 고개가 무심코 주방으로 돌아갔다. 정말로 간결한 아침이 차려져 있었다. 서운의 발이 홀린 듯 식탁으로 향했다. 이 남자가 우렁이 신랑이라도 되나.

　그냥 갈까 고민하다 냄새에 홀려 주저앉았다. 늘 아침을 기억하던 배가 꼬르륵 소리를 내며 먹고 가라고 외치고 있었다.

　'그래, 성의니까 먹자.'

　또 헛생각을 장전하려는 뇌를 합리화시키고 자리에 앉아 식사를 하기 시작했다. 차려 놓고 나간 지 얼마 되지 않았는지 아직 밥이 따뜻했다.

　"진짜 자꾸 왜 이러냐. 왜 이렇게 헷갈리게 해?"

　문득 그가 어제 했던 말이 떠올랐다. 얌전히 보내 주기 싫어진다는 말이 밤새 머릿속을 휘젓고 다녔다. 너무 진지하게 받아들이면 분위기가 이상하게 흐를 것 같아서 별거 아닌 것처럼 가볍게 털고 올라가 버렸지만 솔직히는 별거였다.

　실제로 별다른 의미를 두고 한 말은 아닐 것이다. 그 남자 말하는 스타일이 원래 그런 걸 수도 있다. 하지만 그렇다면 그 남자는 그렇게 말하는 투를 고쳐야 맞을 것 같다. 누가 들어도 오해하기 쉬운 말이니까. 내 남자가 다른 여자에게 그런 식으로 말한다면 참 싫을 거 같다.

　처음엔 몇 술만 뜨고 나갈 생각이었는데 결국 한 공기를 다 비왔다. 역시 아침 배가 든든하니 더 힘이 나는 것 같다. 오늘도 열심히 일을 하고 퇴근 후에는 또 집을 알아보러 다녀야 한다.

운 좋게 흑기사가 나타나는 바람에 어울리지도 않게 호텔 같은 집에서 빈대를 치고 있지만 남자를 위해서도 빨리 나가 주는 것이 맞다. 불편하지 않다고 하지만 불편하지 않을 리 없다. 낯선 사람인 데다 여자인데 그럴 리가…….

정말 불편하지 않다면 여자로 생각하지도 않는 거니까 그것 또한 기분이 별로일 것 같다.

출근 시간에 늦지 않으려고 서운은 얼른 고무장갑을 끼고 설거지를 끝냈다. 이러고 있으니 꼭 자기 집인 것처럼 자연스러웠다.

'평생 이런 집에서 살 수나 있을까?'

사람의 심리가 참 간사하다고, 불과 며칠 동안 입이 떡 벌어지게 넓은 집에서 삶의 만족도가 달라지게 하는 고급 가전들을 써보니 그동안 지냈던 전셋집이 그렇게 초라해 보일 수가 없다.

'배가 불렀다, 아주.'

이젠 슬슬 현실로 돌아가야 할 시간이 다가온다. 기준이 회사를 떠나면 모든 것이 제자리를 찾을 것이다. 아무 일도 일어나지 않은 것처럼 돌아가면 되는 것이다.

하지만 단 한 사람, 진태영이라는 남자는 없던 사람이 되지 못할 것 같다. 그의 집에서 며칠 동거를 하고 끝나면 되는 인연인데, 지금은 역으로 그가 제 마음속에 들어와 살기 시작해 버린 느낌이다. 진짜 빨리 달아나야 할 모양이다. 거리 두기가 절실한 시점이다.

대화 하나 없는 아침 식탁엔 적막이 흘렀다. 기준은 말없이 식사를 하는 아버지를 힐끔거렸다.

"저 다음 주부터 천안 지점으로 출근합니다."

"갑자기 무슨 소리야? 네가 왜 지점으로 가?"

길 의원이 묻기도 전에 명옥이 치고 나왔다.

"지점 근무 경력 없는 직원들 경험 차원에서 다 돌린다고 해서 먼저 지원했어요."

"꼭 가야 하는 거 아니면 버텨야지, 그걸 왜 먼저 지원을 해?"

"어차피 갔다 올 거 일찍 갔다 오면 좋죠, 뭐."

"그 생각도 나쁘지는 않구나."

"여보!"

명옥이 인상을 찌푸리며 돌아봤지만 길 의원은 동요 없이 식사에 전념했다.

"첫 타라 기간이 짧을 거예요. 한 일 년 나가 있다 복귀하면 되니까 그런 줄 아세요. 아버지, 저 먼저 일어납니다."

"그래."

기준이 출근 준비를 위해 방으로 들어가자 명옥이 따라 들어갔다. 아들을 잠시도 손에서 놓지 않으려는 명옥의 과도한 관여에 길 의원은 인상을 찌푸렸다.

명옥이 남방셔츠를 갈아입는 기준의 팔을 붙잡고 그의 얼굴을 똑바로 쳐다봤다.

"그 애 때문인 거냐?"

"아니라고 해도 안 믿으실 거잖아요."

"이렇게까지 해야 그 애를 잊는 거야? 그 애가 정 불편하면 그 애를 지점으로 보내면 되지 네가 왜 고생을 사서 해야 해?"

잔뜩 못마땅한 시선에 기준 역시 날 선 시선으로 응수했다.

"그만하세요, 엄마. 나 출근해야 해요."

"뭘 그만하라는 거야? 그깟 애가 뭐라고 네가 지점으로 나가냐고! 혹시 그 애가 그러라고 하든?"

"아니라고 몇 번을 말해요!"

기준이 버럭 짜증을 내자 명옥의 눈동자가 충격으로 벌어졌다. 처음 보는 난폭한 모습에 뒤통수를 한 대 얻어맞은 기분이었다.

"너 지금 엄마한테 무슨 태도니?"

"죄송해요. 그렇지 않아도 신경 날카로우니까 서운이 얘긴 제발 그만하세요."

"이러니 여자를 잘 만나야 하는 거야. 근본도 모르는 애랑 만나더니 너 지금 엄마한테 하는 거 봐!"

"근본도 모르는 건 저도 마찬가지 아닌가요?"

기준이 싸늘하게 쏘아붙이자 명옥은 그대로 굳었다. 아차 싶은 소리긴 했지만 기준이 자신을 그런 눈으로 보는 것이 용납되지 않았다.

"너 지금!"

"엄마 원대로 서운이랑 완전히 끝났어요. 서운인 독하게 알은 체도 않는다고요. 엄마가 바라는 거 아니었어요?"

"그건 잘됐구나. 그 애가 원래 좀 독한 구석이 있었어."

"그 앤 너무 쉽게 정리가 됐는데 저는 안 돼서 그런 거니 더 뭐라고 하지 마세요. 어차피 결재까지 나서 이젠 번복할 수도 없어요. 출근할게요."

기준이 가방을 들고 밖으로 나가자 명옥은 오만상을 찌푸리며 그를 따라 나갔다.

기준이 아무리 그렇게 말했어도 서운 때문에 기준이 지점으로 밀려나는 것이 화가 나 참을 수 없었다. 어릴 때에도 이쁜 구석이라곤 없더니 다른 사람도 아닌 기준을 만날 줄이야. 암초도 이런 암초가 없었다.

"내 아들 저렇게 만들어 놨는데 내가 가만둘 줄 알아?"

역시 모든 탓은 서운에게 향했다. 존재 자체가 암적인 아이였다. 그 애 때문에 귀하게 키운 아들이 승진을 앞에 두고 고생길을 자초하는 것이 분해서 열이 올랐다. 끓어오르는 속을 달래려 명옥은 찬물을 벌컥벌컥 들이켰다.

여자 친구에게 백화점으로 끌려와 강제 쇼핑을 하던 해성의 눈이 반가운 뒷모습을 발견하고 번쩍 뜨였다.

'뭐야, 태영이 형이잖아? 근데 여긴 웬일이지?'

호기심을 참지 못하고 옷을 갈아입고 있는 여자 친구를 두고 태영의 뒤를 따라갔다. 그러다 태영이 명품 매장에 들어가자 한

쪽 눈썹을 들어 올렸다.

"역시 진태영."

매장 여직원이 내민 시계를 보고 있는 뒷모습에 엄지를 척 치켜세워 주고 해성은 곧바로 여자 친구가 있는 의류 매장으로 복귀했다.

'최유성 입 찢어지겠는걸?'

요즘 따라 늘 유리 깨지는 소리만 내는 누나가 좋아 죽는 모습을 상상하니 벌써부터 웃음이 나왔다. 하여간 단순해 가지고는.

해성은 집에 일이 있다는 핑계로 여자 친구와 헤어지고 곧장 집으로 향했다. 역시나 유성이 2층 거실에서 휴대폰을 두고 고사를 지내고 있었다.

"연락하지 마라. 진짜 없어 보이니까."

"상대할 기운 없으니 조용히 가라."

어금니를 악물고 하는 소리에 해성이 고개를 흔들었다.

"나 방금 태영이 형 봤는데 그냥 가란 말이지?"

"태영 오빠를 어디서 봐?"

반응 속도 봐라. 표정 반전은 더 가관이다.

"누나 표정 너무 극적으로 달라지니까 징그럽다."

"실없는 소리 그만하고 얼른 대답이나 해. 오빠 어디서 봤어?"

"백화점에 왔던데?"

"뭐, 백화점? 오빠가 백화점엔 왜 가?"

"뭐 하러 왔겠냐? 누구 생일 선물 사러 왔겠지."

해성의 대답에 유성의 눈빛이 세상 행복한 여자의 것처럼 반짝

반짝 빛났다. 진태영 효과 쩐다.

"명품 매장에서 시계 보는 거 같더라. 차갑게 굴어도 조용히 할 건 다 해. 멋지단 말이야."

"울 오빠 멋진 거 이제 알았냐?"

"형답게 '오다 주웠다' 할 거니까 모르는 척하고 먼저 닦달 좀 하지 마."

"아이, 알지, 알지!"

간드러진 목소리까지 서슴없이 흘러나오는 걸 보니 좋긴 좋은가 보다. 하여간 최유성 대한민국 최고 단순녀다. 부르르 끓었다가 식는 것이 양은냄비가 따로 없다.

"말 안 해 주려다 금방 땅 파고 들어갈 것 같아서 해 주는 거니까 얌전히 기다려."

"아이, 그럼, 그럼. 염려 마."

"그럼 난 진짜 간다."

"그래, 고마워!"

얼마 만의 나긋한 인사인지 모르겠다. 사랑을 하면 저렇게 자존심도 다 내려놔지는 모양이다.

저 좋다고 따라다니는 남자애들에게는 세상 차게 구는 싸가지가 태영 형에게는 약자가 되는 게 신기할 정도다. 하긴 진태영 정도면 그렇게라도 잡고 싶겠지. 같은 남자가 봐도 꽤 멋진 남자니까. 그가 매형이 된다면 더 바랄 것이 없다.

매번 속만 뒤집다 모처럼 기분 좋은 소식을 전해 주고 나니 대단한 일을 한 것처럼 우쭐해졌다. 뿌듯함에 취해 해성은 목에 힘을 바짝 주고 방으로 들어갔다.

※

 아침에 눈을 뜨자마자 서운은 휴대폰을 확인했다. 아니나 다를까 새벽부터 축하 이모티콘과 함께 메시지가 와 있었다.
 [우리 딸 생일 축하한다. 최고로 좋은 하루 보내라.]
 메시지를 가만히 바라보던 서운의 눈이 시큰해졌다. 해마다 가장 먼저 생일을 축하해 주겠다던 엄마의 약속은 한 번도 어긋난 적이 없었다.
 생일은 오롯이 그날 하루의 주인공이 되는 날이라 모두의 축복 속에서 특별한 사람이 되는 기분을 느끼며 지내는 것이 정상이다.
 하지만 서운에게 생일은 축복이 아닌 저주와 같았고 큰 아픔이었다. 버려지기 위해 태어난 날이 싫었고, 생일날 아버지가 공사 현장에서 추락해서 의식 없이 지내다 끝내 돌아가신 기억은 대못이 되어 가슴에 박혔다. 아마 그 대못은 평생 뽑히지 않을 것이다. 그래서 생일이 싫었다.
 기준의 집에선 본 생일을 알면서도 그 집으로 간 날을 생일로 정해 주었다. 그땐 어려서 생일이 두 개라 좋았지만 그 기억마저도 지금은 오롯이 상처가 되어 박혀 있다.
 파양 후 지금의 부모님께 재입양되면서 본래의 생일을 다시 찾았다. 본래의 자신을 찾은 것처럼. 생일날만 되면 세상에서 가장 축복받은 딸을 만들어 주신 두 분 덕분에 눈물겹게 행복했다.

비록 아버지는 안 계시지만 엄마는 늘 한결같이 생일을 가장 먼저 챙겨 주셨다. 그래서 생일날만 되면 눈물 섞인 웃음으로 하루를 시작했다.

서운은 단축 번호를 눌러 엄마에게 전화를 걸었다.

-생일 축하해. 엄마가 올해도 일등이지?

"응, 일등이야. 엄마야 늘 나한테 일등이지."

-엄마 일등 넘겨 줄 좋은 남자 생겨야지?

"아마 그래도 엄마가 일등일걸?"

-생일인데 미역국도 못 먹어서 어떡해?

"내가 애 낳았나? 미역국은 엄마가 먹어야지."

해 놓고 나니 이 말도 모순이다. 그래도 가슴으로 낳았으니까 괜찮겠지.

-내일 집에 올 거지?

"응, 내일 갈게."

-오늘은 최고로 많이 웃고 행복한 하루 보내. 네가 주인공이니까.

"알았어. 점심 저녁 축하 약속 다 차 있으니 걱정 마요."

-그래, 얼른 출근 준비해.

"응, 엄마. 고맙고… 사랑해."

-나도 사랑한다, 내 딸.

잘 버텼는데 통화가 끝나자마자 눈물이 후드득 떨어졌다. 서운은 웃으며 손으로 눈물을 훔치며 거울을 들여다봤다.

"생일 축하한다, 이서운."

스스로에게 축하 인사를 건네고 그녀는 얼른 출근 준비를 서둘렀다. 다른 날과 하나도 다를 것 없는 날이지만 엄마가 특별하게 행복한 하루를 보내라고 했으니 좋은 하루로 보내고 싶었다.

태영이 당연히 먼저 출근을 했을 것이라 생각하고 서운은 도도도 빠른 걸음으로 계단을 내려갔다.

"아침 먹고 가요."

"본부장님 아직 안 가셨어요?"

"어제 늦게까지 할 일이 있어서 좀 천천히 일어났어요. 와요, 밥 차렸으니."

"전 괜찮은데."

"혼자 먹기 싫으니까 같이 먹어 준다 생각하고 앉아요."

입으론 괜찮다고 하면서 음식 냄새를 맡은 배 속은 이미 난리가 났고 두 다리는 끌리듯이 식탁으로 갔다. 식탁에 차려진 음식을 보고 서운은 흠칫 놀랐다.

"어?"

"왜요? 미역국 안 먹어요?"

"아뇨, 그게 아니라……. 본부장님 미역국도 끓일 줄 아세요?"

"좋아해서 한 번씩 생각날 때마다 끓여요. 생각보다 어렵지 않으니까."

대수롭지 않게 받는 얼굴을 보며 서운은 생일이라는 말을 하려다 말았다.

그녀는 홀리듯 자리에 앉아 수저로 미역국을 떠먹었다.

"먹을 만해요?"

"아니요."

"그렇게 별로예요?"

"너무 맛있어요. 꼭 엄마가 끓여 주신 거 같아요."

"입맛에 맞다니 다행이네요. 많이 먹어요."

그가 식사에 전념하자 서운은 바로 앞에 있는 남자를 지그시 응시했다.

이게 무슨 우연의 일치일까. 생일날 이렇게 극적으로 미역국을 먹다니. 그저 어쩌다 맞아떨어진 거겠지만 기분이 이상했다. 생일날 미역국을 끓여 주는 남자라니. 꼭 생일상이라도 받은 기분이다. 조금 특별해진 것 같아 괜히 기분이 들뜬다.

식사를 하던 태영이 시선을 의식하고 고개를 들고 보자 서운은 깜짝 놀라 밥 먹는 데 열중했다. 환청인지는 몰라도 귓가로 희미하게 남자의 웃음소리가 들리는 것도 같았다.

세상에 딱 둘밖에 없는 친구들이 나름 의리파인지라 다행히 생일날 혼자 밥을 먹을 일은 없었다.

생일상을 선물하겠다는 미강이 불고깃집에서 선물을 내밀었다.

"뭔데?"

"풀어 봐. 지금 너한테 제일 필요한 거니까."

장담하는 소리에 호기심이 커져 서운은 바쁘게 포장을 풀었다. 그리고 상자 안에 들어 있는 물건을 보고 미강을 쳐다봤다. 상자 안에 든 건 호신용 전기충격기였다. 길기준의 만행을 듣고 길길이 뛰더니 그녀다운 발상이었다.

"이걸 가지고 다니라고?"

"당연하지. 꼭 갖고 다니다 그 길기준이 개자식 나타나면 기절시켜 버려!"

"그러다 잘못되진 않겠지?"

"잘못되면 깽값 물어주면 되니까 또 진상 부리면 사정 봐주지 마."

"획기적이긴 한데 너무 후덜덜하다. 어쨌든 고마워."

서운이 선물을 상자에 담고 뚜껑을 덮었다. 마침 주문한 음식이 나오자 두 사람의 시선이 집중됐다.

"미역국 못 먹었지?"

"먹었어."

"엥? 어떻게? 직접 끓여 먹었어?"

"누가 끓여 줬어."

"누가?"

"깊이 알려고 하지 마. 너 기절할 거니까."

"무슨 기절씩이나. 남자가 끓여 준 거 아니면 기절할 일 없다."

"그러니까."

수저를 든 채로 미강의 행동이 그대로 멈췄다.

"이게 뭔 소리야! 남자가 미역국을 끓여 줬다고? 진짜로? 그 남자가 누군데!"

"있어."

"뭐야, 나 모르게 남자 만나고 있었던 거야? 거기다 그 남자가 생일인 줄 알고 미역국을 끓여 줬다고?"

건수를 잡은 미강의 눈빛이 먹이를 잡은 맹수처럼 형형하게 빛났다.

"그런 거 아니니까 소설 쓰지 마. 막장 소설에 나 출연시키면 죽는다."

서운이 단단히 으름장을 놓았지만 미강은 의심의 눈초리를 거두지 않았다. 갑자기 촉이 반짝거리며 회심의 질문을 툭 던졌다.

"그 남자 혹시 본부장님은 아니지?"

"응. 아니니까 닥치고 밥 먹어."

속으론 기절할 듯 놀랐지만 서운은 최대한 표정 관리를 하며 대답했다.

더 대꾸할 가치도 없다는 듯 자르는 소리에 미강이 입술을 비죽거렸다. 하지만 이내 눈을 가늘게 뜨고 밥 먹는 데 진심인 서운에게 의심의 레이저를 쏘아 댔다.

밥집에서 나와 커피를 테이크 아웃하고 회사로 들어오는 길에 서운은 휴대폰 진동을 느꼈다.

"모르는 번혼데?"

"받지 마. 스팸일지 모르잖아. 요즘 보이스 피싱에 목숨 거는 미친놈들도 많으니 아는 번호 아니면 걸러."

"그래."

미강의 말대로 거절 버튼을 누르려고 했다. 그러다 끝 번호가 낯이 익어서 최근 통화 내역을 살펴봤더니 며칠 전에도 같은 번호가 부재중으로 떠 있었다. 어쩐지 이상한 기분이 들어 서운은 통화 버튼을 그었다.

"여보세요?"

끈질기게 울어 대던 전화를 받아 줬는데 상대편 전화기에서는 아무 소리도 들리지 않았다. 그런다고 전화를 끊지도 않았다. 안 들리나?

"여보세요? 전화를 거셨으면 말씀을 하세요."

서운이 재촉했지만 여전히 아무 소리도 건너오지 않았다. 그러더니 툭 끊어 버린다.

"뭐야?"

"아무 말도 안 해?"

"응. 그냥 내 목소리 듣고만 있더니 혼자 끊어 버리네."

"혹시 길기준이 그 변태 아니야?"

"번호가 다르잖아."

"너 스토킹하려고 하나 장만했는지 모르지."

"야! 생각만으로도 소름이다. 그냥 잘못 걸린 거겠지."

미강에게 그렇게 둘러대긴 했지만 조금 찜찜하긴 했다. 잘못 건 것 같지는 않았다. 그랬다면 물어봐야 하는 게 맞다.

'용건이 있으면 또 하겠지.'

그렇게 털어 버리고 휴대폰을 뒷주머니에 넣었다.

"나 다음 주 월요일 안 나온다."

"그래, 알아. 잘 다녀와."

미강이 별다른 질문 없이 바로 고개를 끄덕였다. 일일이 설명하지 않아도 사정을 알아주는 가까운 사람이 있다는 사실이 좋아 서운은 조용히 미소를 지었다.

아침부터 가족들에게 거하게 생일 축하를 받고 유성은 하루 종일 흐뭇하게 태영의 전화를 기다렸다. 미리 축하한다고 문자도 보내지 않은 남자의 무심함에 서운했지만 해성의 목격담이 있었기에 먼저 연락하지 않고 차분히 기다릴 수 있었다.

하지만 태영의 퇴근 시간이 가까워 오자 점점 초조해지고 예민해졌다.

오후가 되자 급속도로 기분이 가라앉아 보이는 딸을 위로하려고 혜연이 2층으로 올라왔다.

"태영이한테 연락 왔어?"

"아직."

"늦네. 먼저 해 봐."

"그냥 좀 자존심이 상해서……. 해성이가 없어 보인다고 편잔을 주니 걸리기도 하고."

"오늘은 특별한 날이잖아."

"그러니까 말이야. 오늘 같은 날은 나 이렇게 애타게 하면 안 되는 거잖아."

결국 참지 못하고 유성이 속상함을 토로했다. 혜연이 그녀의 등을 쓸어 주었다.

"원래 무심한 성격인 거 알고 좋아했잖아. 뭔가 사정이 있겠지. 아님 크게 놀라게 하려고 일부러 그러는 것일 수도 있고."

"오빤 내 생일인 거 기억이나 할지 몰라."

"미리 말 안 했어?"

"말 안 했는데 할 걸 그랬나 봐. 해성이가 백화점에서 오빨 봤다기에 당연히 알고 있는 줄 알았지."

"그럼 곧 연락 오겠지. 나중에 만나게 되면 내 딸 그만 좀 애태우라고 엄마가 등짝을 한 대 쳐 줘야겠다."

혜연이 다독여 줬지만 유성은 여전히 기운이 빠진 표정이었다.

"속 끓이지 말고 전화해 봐."

"그럴까?"

혜연이 고개를 끄덕여 주자 유성은 기다렸다는 듯이 휴대폰 단축 번호를 길게 눌렀다.

혜연은 유성의 표정을 가만히 바라봤다. 태영의 목소리를 기다리는 유성의 얼굴에 설렘이 가득했다.

하지만 신호가 길어지는지 이내 표정이 차갑게 굳어 갔다. 연속으로 두 번을 걸더니 유성이 휴대폰을 내려놓고 인상을 찌푸렸다.

"안 받아."

그동안 참았던 서운함과 화를 주체할 수 없는지 나오는 말투가 싸늘했다.

퇴근하자마자 서운은 화신이 기다리고 있는 곳으로 달려갔다. 화끈한 성격대로 화신이 나름 거한 생일 선물을 건네주었다.

"이게 꼭, 선물로 사람 기죽여?"

"그런다고 진짜 기죽을 것도 아니면서 엄살은. 마음에 들어?"
"비싼 건데 당연하지!"
솔직하게 웃는 얼굴에 화신이 맥주잔을 들이밀었다.
"오늘은 마시고 죽자, 죽어!"
"나 내년 생일 선물도 받고 싶으니 목숨만은 살려 주라."
"너 하는 거 봐서. 적셔!"

주당 차화신이 발동 걸리는 소리가 들리자 서운은 바짝 경계 태세에 들어갔다. 평소 같으면 그렇게 권하지 않는데 오늘따라 집요하게 권하는 통에 여느 때보다 술을 더 마셨다. 택시를 타고 집에 왔을 때는 조금 알딸딸하게 취기가 오른 상태였다.

꽤 늦은 시간이었기에 서운은 최대한 조심스럽게 문을 열고 안으로 들어왔다. 그러다 태영이 거실에 앉아 있는 것을 보고 깜짝 놀랐다.

"늦었네요?"
"네, 친구 좀 만나느라……. 쉬세요."

취한 모습을 보여 주고 싶지 않아 얼른 위층으로 튀려고 했다. 하지만 태영이 성큼 다가오자 녹슨 기계처럼 그대로 굳어 섰다. 그가 바로 앞에 서자 혹시 술 냄새가 넘어갈까 봐 서운은 숨을 참았다.

"이미 들켰으니 숨 쉬어요."
"네."

술을 마셔서 그런가. 오늘따라 그가 더 근사해 보인다. 회사 때와는 사뭇 다른 그의 편한 차림을 자신만 볼 수 있다는 희열에 괜히 입술 꼬리가 비죽 올라가려고 했다.

"술도 마실 줄 아나 보네요?"

"저 술 센데요?"

"그래 보이진 않는데."

"아니에요. 주당은 아니지만 그래도 못 마시는 편은 아니에요."

혀가 살짝 꼬이는 걸 스스로는 알기나 할까? 자신에 대한 경계를 확 풀어 놓은 그녀를 보는 것이 즐거워 태영이 싱긋 웃었다.

"그럼 한잔 더 할래요? 마침 한잔하려던 참이었는데."

"좋아요."

겁도 없이 서운이 덥석 대답했다. 아무래도 화신이 폭탄주를 말아 줄 때 제 정신 줄도 말아 버린 모양이다. 또 아침에 뜻하지도 않게 미역국을 선물 받아서인지 그에게 경계가 많이 느슨해지기도 했다.

"저 잠깐 올라가서 편한 옷으로 갈아입고 올게요."

"그래요. 난 그사이에 준비할게요."

그에게서 돌아서서 서운은 성큼성큼 계단으로 올라갔다. 편한 복장으로 옷을 갈아입다 얼굴을 확인했다. 볼이 조금 발그레해 보였지만 정신을 못 차릴 정도는 아니니 괜찮아 보였다. 조금 안 좋다 싶으면 바로 올라와서 자면 될 것이다.

아직까지 술 마시고 누구에게도 실수를 한 적이 없으니 끝까지 잘할 수 있을 거란 용기가 생겼다.

계단으로 내려가다 그녀는 멈칫했다. 이미 준비를 마친 태영이 계단 난간 끝에 기대서서 올려다보고 있었다.

"혹시 쓰러졌나 싶어서 올라갈까 고민하고 있었어요."

"설마요. 아직 거뜬해요."

"그럼 됐어요. 내려와요."

태영이 웃으며 기다리자 서운은 심장이 다시 설렜다. 평소에도 그만 보면 비정상적으로 뛰던 심장이 알코올에 취해 멋대로 난동을 부리고 있었다.

그런 동요를 들키고 싶지 않아 그녀는 서둘러 계단을 내려갔다. 그러다 실수로 발을 헛디디고 말았다.

"앗!"

비명 소리와 함께 중심을 잃은 상체가 앞으로 기울었다. 꼼짝없이 그의 앞에서 흉한 꼴로 구르겠구나 싶어 눈을 질끈 감았다.

그런데 공중으로 뜬 가슴이 단단한 가슴에 부딪치며 그에게 제대로 안기는 행색이 되자 그녀는 그대로 얼음이 되었다.

양쪽 겨드랑이 사이로 들어온 남자의 팔이 등을 감싼 채 안전하게 그녀의 상체를 받치고 있었다. 그가 놓아주지 않으면 손을 쓸 수 없는 자세에 당황해 서운은 혼이 나갈 것 같았다. 술 먹고 실수한 적 없다고 큰소리쳤는데 졸지에 위에서 그를 덮친 꼴이 되니 쥐구멍에라도 들어가고 싶었다.

잠시였지만 태영의 품에 포옥 안겨 있는 순간이 영원처럼 길게 느껴졌다. 기분 탓인지 그가 가만히 안고 있는 느낌도 들었다.

숨 막히는 시간이 흐르고 태영이 가뿐하게 들어 올려서 바닥에 내려놓았다.

서운은 얼굴이 새빨갛게 달아올랐다. 분위기가 어색하게 흐르지 않으려면 얼른 돌아서서 아무 말이라도 해야 하는데 사고회

로가 정지된 것처럼 그대로 굳어 아무것도 할 수 없었다. 뒤에서 느껴지는 태영의 시선을 의식하며 그녀는 인상을 구겼다.

"와요."

태영의 목소리에 정신이 번쩍 들었다. 서운은 곧바로 거실 테이블로 걸어가서 앉는 그의 표정을 살폈다. 아무 일도 없었다는 듯이 무심한 표정에 비로소 안도가 되어 마음이 놓였다.

"와인인데 괜찮아요? 맥주도 있어요."

"와인 괜찮아요."

화신이랑 배불리 맥주를 마셨으니 맥주를 이어 마시는 게 더 나을 것 같았지만 오늘은 생일이니 와인 한 잔 정도는 하고 싶었다.

서운은 능숙하게 와인의 마개를 따고 잔에 따르는 남자의 행동을 물끄러미 바라봤다. 꼭 애인에게 생일 축하를 받는 것 같아 기분이 묘했다.

"자요. 전작이 있으니 무리하지 말고 적당히 마셔요."

"알겠습니다."

서운은 그가 내민 잔을 덥석 받아 들었다. 손가락 끝에 살짝 스친 그의 손끝의 온기가 따스했다. 투명한 잔 안에서 찰랑거리는 보랏빛의 액체가 유혹적으로 보였다.

그녀는 태영과 잔을 살짝 부딪친 후 한 모금을 삼켰다. 고급 와인인지 붉은 빛깔만큼이나 맛도 유혹적이었다. 술에 1차로 담가진 상태에서 마시는 술은 왜 이리 단지 모르겠다. 술이 술을 먹는다는 말이 이래서 나온 건가. 와인이 겁도 없이 술술 잘도 넘어간다.

"같이 술 마신 사람이 편한 상대였나 봐요?"

"네, 둘도 없는 친구예요. 가끔 소개팅에 대타로 부려 먹는 원수이기도 하고요."

"아, 그 친구군요. 차화신이었던가?"

"맞아요. 초등학교 때부터 친한 친구예요."

"보석 같은 친구네요."

"네. 잘 지낼 땐 보석이었다가 싸울 땐 그냥 돌이었다가 해요."

"그런 친구가 있는 것도 복이죠."

태영이 엷게 웃으며 와인을 한 모금 마셨다.

"소개팅 대타로는 몇 번이나 나갔어요?"

"한 네 번쯤이요. 본부장님은요?"

"처음이에요. 그 소개팅 대타는 앞으로도 계속 나갈 건가요?"

"내키지는 않는데 화신이 그게 꼭 숨넘어가게 부탁을 하는 바람에 매번 구시렁거리면서도 나가게 되네요."

"이젠 나가지 말아요. 그거 상대에게 결례잖아요."

부드러운 소리였지만 그에게 한 소리를 듣자 크게 나쁜 짓을 하다 들킨 것처럼 민망해져서 서운은 입을 앙다물었다.

"그래야겠죠."

"나도 싫고."

무안함을 무마시키려 급히 와인을 마시다가 서운은 하마터면 잔을 떨어뜨릴 뻔했다. 방금 무슨 소리를 들은 거지? 취기가 본격적으로 도는지 머릿속에서 그의 말들이 오락가락 섞였다. 좀 의아한 말을 들은 거 같은데 다시 묻기에는 이미 타이밍을 놓쳤다.

술을 마셔서 그가 조금 편하다 생각했는데 여전히 한 번씩 긴장하게 만든다. 그런데 이상하게 그 긴장감이 싫지가 않다.

 그녀는 조금 대범한 시선으로 빤히 태영을 쳐다봤다. 시선을 느낀 태영이 오롯이 서운의 시선을 받았다. 찰나지만 서로 대화가 끊어진 사이로 숨 막히는 긴장감이 흘렀다.

 지금 술을 마셔서 다행이라 생각했다. 뜨끈하게 열이 오르는 뺨을 술 핑계로 감출 수 있으니까. 그런데 이 남자는 왜 이런 눈으로 보는 걸까. 심장 떨리게시리……

 자신이 태영을 어떤 시선으로 보고 있는지는 모르고 서운은 공기를 어색하게 만든 주범으로 그를 탓했다.

 술기운을 빌려서 일부러 그를 도발해 본 거였는데 도리어 잡혀 버린 기분이다. 분위기가 더 어색해지기 전해 공기를 바꿔야 한다.

 "참, 이거요."

 아직까지도 따라붙는 그의 시선을 느끼며 서운은 헐렁한 주머니에 넣어 가지고 온 무언가를 꺼냈다. 속으로는 침착하자며 연신 노래를 불렀다.

 "나 주는 거예요?"

 "네. 향수예요. 별거 아니지만 답례예요. 본부장님께 너무 신세를 진 것 같아서 이렇게라도 마음의 짐을 덜고 싶은 거니까 받아 주세요. 임대료라고 생각하셔도 좋고요."

 "이럴 필요 없는데."

 "제 마음이니까 절대 부담 갖지 않으셨으면 좋겠습니다."

혹시라도 그가 받지 않겠다고 할까 봐 긴장이 됐다. 하지만 태영이 순순히 선물을 받고 풀어 보자 한시름을 놨다.

"본부장님께 어울릴 것 같아서 샀는데 취향이 아니시면 교환하셔도 돼요."

"향이 좋네요. 마음에 들어요. 고마워요."

혹시라도 취향이 아니라고 할까 봐 고르면서도 수십 번 고민했는데 일단 합격이라니 마음이 놓였다. 흡사 회사 면접에 통과한 기분이다.

"실은 나도 선물이 있어요."

"제게요?"

그가 멋스럽게 포장된 작은 상자를 건네주자 서운은 눈을 동그랗게 떴다.

"받아요."

"제게 왜 이런 걸 주시나요?"

"별 뜻은 없어요. 그동안 안 좋은 일 겪느라 힘들었으니 다 잊어버리고 앞으로 파이팅하라는 의미에서 준비한 거예요. 나도 받았으니 공평하게 물리기 없기예요."

"그래도 이건……."

한눈에도 값이 나가 보이는 선물에 선뜻 손이 나가지 않았다. 하지만 술이 이성을 기절시킨 데다 그의 호의를 거절하는 것이 예의가 아닌 것 같아 하는 수 없이 받았다.

"풀어 봐요."

재촉하는 소리에 서운은 조심스럽게 포장을 풀고 상자를 열었다.

"시계네요?"

"그래요. 앞으로의 시간은 좋은 일들만 가득한 시간들이었으면 해서 시계로 골랐어요. 마음에 들었으면 좋겠네요."

"마음에 들어요. 하지만 받아도 되는지 모르겠어요."

"나도 받았잖아요. 서로 주고받는 걸로 통칩시다. 한번 차 봐요."

그가 보는 시선을 느끼며 서운은 시계를 손목에 찼다.

"역시 잘 어울리네요."

"너무 예뻐요."

심플하면서도 세련된 시계도 마음에 들었지만 그보다는 시계를 선물해 준 그 의미가 더 감동이라 감정이 울컥 올라왔다. 시계를 가만히 내려다보다 서운은 태영을 향해 수줍게 웃었다.

"실은 오늘 제 생일이에요. 아침에 미역국 보고 깜짝 놀랐는데 이렇게 선물까지 받다니. 본부장님 오늘 하루 저한테 산타 같으세요."

태영이 와인 잔을 들었다.

"의미 있는 날이었네요. 생일 축하해요."

"감사합니다."

서운이 웃으며 그와 잔을 부딪치며 와인을 삼켰다. 잘 지내다가도 늘 끝은 씁쓸하고 울적하게 마무리했던 생일이었는데 오늘은 그 때문에 완전 다른 마무리가 되고 있었다.

맥주와 섞인 와인이 몸속에서 춤을 추면서 그녀가 느끼지 못하는 사이 그에 대한 경계를 완전히 풀어 놓고 있었다. 이성이 잠을 자러 간 사이 감성 혼자 위험하게 남아 있었다.

"본부장님 연애하시면 정말 멋진 연인일 거 같아요. 이렇게 마음도 잘 다독여 주시고 선물도 해 주시니 말이에요."

"선물에 포인트가 더 있는 거 아니죠?"

"아니라곤 못 하겠는데요?"

서운이 선물 상자를 들어 보이며 웃었다. 술은 확실히 경계를 푸는 마법을 가졌다. 그와 농담을 주고받으며 웃는 것이 이렇게 자연스러울 줄이야. 지금은 별로 술이 불러오는 환각에서 깨어나고 싶지 않다.

"그래도 모든 여자에게 두루 친절하시면 안 돼요. 남자들뿐 아니라 여자들도 오해 잘하거든요. 그러니까 헷갈리게 하지 않는 것이 좋아요. 나한테만 다정한 내 남자는 최고지만 다른 여자에게도 다정한 내 남자는 별로거든요."

"지금 헷갈려요?"

직접적으로 묻는 말에 서운은 마른침을 삼켰다. 하지만 이내 덤덤하게 웃으며 대답했다.

"아니요. 저는 확실히 아닌 걸 아니까 헷갈리지는 않죠."

"왜 그렇게 확신해요? 난 아니라고 한 적 없는데."

'에…… 에?'

잠시 서운의 눈빛이 방황했다. 취기 때문에 자꾸 말이 듣고 싶은 대로 들리는 것인가? 이 남자가 이상한 말을 할 리가 없는데…….

그녀는 곧 대수롭지 않게 웃으며 태영을 나무랐다.

"이런 거, 이런 게 문제라니까요. 말을 애매하게 하니까 오해하잖아요. 그러다 진짜 욕심내면 어쩌려고. 귀찮은 일 만들지 마세요. 저도 남자 때문에 마음고생하고 싶지 않아요."

 태영이 진지한 눈빛으로 꿰뚫어 봤지만 서운은 눈치채지 못했다. 딱 거기까지만 했으면 좋았을 것이다. 하지만 와인과 남자의 다정함에 들뜬 기분이 이미 제동 장치를 박살 내 버린 후였다.

"그리고 다음부턴 잘 알지도 못하는 여자 위층에 들이지 마세요. 여우가 유혹하면 어쩌려고 겁도 없이 그러세요?"

"여우?"

"그럼요. 세상에 남자 홀리는 여우들이 얼마나 많은데요?"

 태영이 와인 잔을 내려놓고 피식 웃었다.

"그래서 서운 씬 여우예요?"

"저도 여잔데 잠재적 여우인 건 맞죠."

"그래서 남자를 홀린다?"

"못 할까 봐서요?"

 당차게 치고 나오자 그가 다시 소리 없이 웃었다. 약이 올라 서운은 실눈을 뜨고 그를 쏘아봤다.

"절대 안 넘어간다는 표정이시네요? 하지만 남자들 그 자신감 저는 안 믿어요."

 그가 뭐라고 대꾸하기도 전에 서운은 태영에게 가까이 얼굴을 들이밀었다.

"이렇게 들이대면 참지도 못할 거면서."

 갑작스런 행동에 그의 눈동자가 크게 흔들리는 것이 보였다. 성공적인 도발에 서운은 씨익 웃으며 물러나려 했다.

 그러나 태영이 물러나려는 뒤통수를 손으로 감싸며 입술을 부덮쳐 오자 그녀는 그대로 굳었다. 순간 방전된 인형처럼 사고가 멈춰 버렸다.

그러는 사이 따뜻한 남자의 입술이 가만히 있는 입술을 누르다 혀로 슬며시 쓸었다. 그제야 서운이 움찔 놀라 뒤로 물러났다.

"어, 이게 아닌데, 이러면 안 되는데……."

태영의 얼굴을 똑바로 볼 수 없었다. 그가 제대로 불을 질러 놓은 심장이 터지기 직전이었다. 술김에도 그녀는 위험신호를 감지했다.

"안 되겠네요. 술을 너무 많이 마셨나 봐요. 일어나야겠습니다."

최대한 자연스럽게 자리를 떠나고 싶었지만 될 리가 없었다. 까짓거 계단 몇 개만 올라가면 되니까 최대한 아무 일도 없다는 듯이 튀면 된다. 스스로를 달래며 서운은 곧바로 자리에서 일어났다.

하지만 그가 손을 잡는 바람에 그대로 잡혔다. 놀라 커다래진 눈이 그를 돌아봤다.

"본부장님."

"제대로 봤어요."

"무슨……?"

"너한테는 못 참는 거 맞아."

차라리 제대로 못 들었으면 뿌리치고 일어나기라도 할 텐데 너무도 선명하게 들린 소리에 서운은 그대로 얼음이 되었다.

그러다 다시 그와 눈이 마주치자 심장이 덜컥 내려앉았다. 손을 놓아주지 않고 잡아먹을 듯이 보는 시선에 묶여 서운은 가슴이 멋대로 두근거리고 있었다. 그리고 저도 모르게 남자의 입술로 시선을 내렸다.

태영이 손을 잡아당기자 서운이 그대로 그에게 쏟아졌다. 그러고는 뜨겁게 입술이 맞물렸다. 움찔 놀라 빠져나가려는 뒤통수를 붙잡으며 그의 혀가 치열을 가르고 안으로 들어왔다.

그의 혀가 무슨 일이 일어나는지 생각하려는 그녀를 너무도 쉽게 무너뜨렸다. 어르듯 달래는 혀의 움직임에 결국 서운은 무너지고 말았다.

서운이 양팔로 그의 목을 감자 그가 기다렸다는 듯이 더 깊이 들어왔다. 서로를 탐하는 두 개의 혀가 뜨겁고 격렬하게 얽혔다. 두 사람은 떨어지면 죽을 사람처럼 뜨겁게 서로의 구석구석을 맛보고 소유했다.

불쑥불쑥 희미하게 치고 들어오는 이성이 그만해야 한다고 얘기했지만 곧 메아리처럼 사라져 버릴 뿐이었다. 지금은 지독하게 자신을 달아오르게 하는 남자에게만 집중하고 싶었다. 제대로 미쳤다.

어느새 거실 바닥에 눕혀지고 셔츠 안으로 그의 손이 들어왔지만 서운은 그를 밀어내지 않았다. 두려움이나 거부감보다는 곧이어 찾아올 감각에 흥분이 되었다.

커다란 손으로 맘껏 부드러운 가슴을 탐하던 그가 부족한지 티셔츠를 올리고 뜨거운 혀로 가슴을 감자 서운의 고개가 젖혀졌다.

태영이 다시 키스를 하며 몸을 포개 오자 그를 힘껏 끌어안은 서운의 입에서 낮은 신음 소리와 거친 숨소리가 여과 없이 흘러 나왔다.

※

　가방을 들고 밖으로 나가려던 유성의 앞을 해성이 가로막았다.
　"워워, 지금이 몇 신 줄이나 알아?"
　"비키라 봐, 이거."
　금방이라도 터지기 직전인 그녀의 상태를 알지만 이대로 놓아 줄 수는 없었다.
　"누나 지금 너무 흥분해 있어. 오늘은 그만 자고 내일 만나서 얘기해."
　"놓으라고 했지!"
　"글쎄 놔주고 싶지만 못 돌아올 강을 건널 것 같아서 안 되겠단 말이야. 지금 가면 백 프로 새드 엔딩이야."
　"너 진짜 죽을래!"
　"차라리 나 죽이고 오늘은 참아. 이러다 누나 진짜 후회할 수 있어서 그래. 뭔가 사정이 있을 수도 있잖아."
　"무슨 사정!"
　결국 유성이 폭발했다.
　"쉿! 조용히 해. 엄마랑 아빠 깨시겠어."
　해성이 주의를 줬지만 들릴 리 없었다.
　그때 밖에서 일어나는 소란을 듣고 안방에서 혜연이 나왔다. 혜연의 표정에 착잡함이 그대로 묻어났다. 하루 종일 태영의 연락만 기다리다 화를 내는 딸이 가엾고 무심한 태영에게 서운했다.

"아빠 주무시니까 소란피우지 말고, 해성이 말 듣고 올라가."

조용히 타이르는 소리에 유성이 성질을 참지 못하고 가방으로 해성을 때렸다.

"네가 연락하지 말래서 이렇게 된 거잖아!"

"누나를 위해서 한 소리였지. 일이 이렇게 될 줄 알았어? 내가 분명 선물 산 거 봤는데 대체 그건 누굴 준 거야? 혹시 다른 여자라도 생겼나?"

"해성아!"

"아차!"

혜연이 나무라자 해성은 씩씩거리며 금방이라도 죽일 듯이 노려보는 유성을 피해 얼른 혜연의 뒤로 숨었다.

"가만 안 둬. 죽여 버릴 거야, 진태영!"

유성이 성질을 있는 대로 내고 2층으로 올라가 버렸다. 해성이 고개를 비죽 내밀었다.

"용가리가 따로 없네. 집에 불도 지를 기세잖아?"

혜연은 해성의 팔을 치며 나무랐다.

"누나 기분 안 좋을 땐 적당히 좀 해."

"에이, 모르는 소리. 성질 안 터뜨리고 자면 화병 생겨요. 내가 욕받이라도 돼 줘야 조금이라도 풀고 자죠."

"생각해서 깐죽거린 거라고?"

"생각해서 희생한 거죠. 근데 정말 태영이 형 무슨 일이지? 설마 누나 생일도 모르고 있는 거 아니에요?"

"그러게나 말이다. 네 누나 혼자 너무 외사랑이라 보기가 위태위태하다."

혜연이 2층 눈치를 보며 미간을 모았다.

"내일 태영이 형 괜찮을지 모르겠네요. 막말로 둘이 애인 사이도 아니고 혼자 열 올리면서 생일 좀 안 챙겨 줬다고 저렇게 광광대시니 우리 누나지만 참 성격 지랄 맞잖아요."

"그만큼 좋아하니까 그런 거지."

"아무리 생각해도 엄마랑 너무 안 닮았어. 혹시 애가 바뀐 거 아니에요?"

"얘! 농담이라도 그런 소리 마. 끔찍해."

혜연이 정색하면서 해성의 팔을 소리 나게 때렸다.

"누나 가졌을 때 아빠가 속을 좀 썩였어. 그때 엄마가 스트레스를 많이 받아서 네 누나 성격이 예민한가 봐."

"엄마라면 끔찍한 아빠가 무슨 속을 썩였기에 스트레스를 만땅으로 받으신 거예요? 설마 여자 문제는 아니죠?"

"깊이 알려고 하지 마. 네 아빠 자존심 다쳐. 늦었으니까 얼른 올라가 자."

"엄마도 주무세요."

"난 네 누나 좀 달래 주고 자야지. 에휴, 행복해야 할 생일날 이게 무슨 일인지, 원."

"그러게 말이에요. 그러게 연애는 둘이 해야지 생쌀 혼자 애 끓인다고 밥이 되나."

해성은 또 성질 사나운 누나를 달래며 진이 빠질 엄마를 미리 다독였다. 그러다 2층으로 올라가 제 방문 앞에서 그는 조용히 혜연에게 속삭였다.

"혹시 태영이 형이 생일을 알고도 씹은 거라면 누나가 어지간히 싫은 거니까 엄마가 얘기 잘해서 단념하게 해요. 마음에도 없는 여자가 저러면 남자 입장에서도 끔찍한 거니까요."

"들어가 자기나 해."

해성을 방으로 들여보내고 혜연은 유성의 방문 앞에 서서 한숨을 내쉬었다.

불이 꺼진 집을 쳐다보며 기준이 담배를 꺼내 물었다. 그가 선 바닥엔 꽁초가 너저분하게 떨어져 있었다.

'오늘도 안 들어올 건가?'

며칠째 기다렸지만 서운은 돌아오지 않았다. 그럼 대체 어디서 지내고 있단 말인가? 궁금증이 꼬리를 물었지만 하나도 해결되는 것은 없었다.

퇴근하고 뒤를 밟아 볼 생각이었지만 작정하고 따돌리듯 사라지는 통에 번번이 실패했다.

성격상 아직 신혼인 미강의 집에서 오래 신세 지지도 않을 거다. 엄마 집에서 매일 통근을 하기도 무리일 것이다. 그럼 어디서 지내느라 집은 아예 버려둔 걸까.

그의 입에서 비릿한 헛웃음이 새어 나왔다. 집에 들어오지 않는 이유가 자신을 피하기 위해서라는 것을 알고 있었다. 질투에 눈이 돌아가 하마터면 그녀를 강제로 추행할 뻔했으니 무섭고 싫기도 할 것이다. 그래도 억울함도 크다.

'이게 다 누구 때문인데.'

일방적으로 이별 통보를 당한 것은 자신이니 쉽게 받아들이지 못하는 사정을 좀 이해해 주어야 하는 게 아닌가 싶어 서운함이 컸다. 그렇게까지 매정하게 잘라 낼 줄도 몰랐다.

이제 다음 주면 천안으로 출근을 해야 하기에 마음이 급했다. 이렇게 막무가내로 기다리는 것이 역효과를 낼지도 모르지만 지금은 다른 선택지가 없다. 갈 때 가더라도 오해를 풀고 제대로 인사는 하고 가고 싶은 마음뿐이다.

그는 주머니에서 꺼낸 조그마한 상자를 내려다보며 인상을 찌푸렸다. 오늘을 위해 미리 사 두었던 생일 선물인데 이렇게 주인을 잃을 줄 몰랐다.

그날 서운이 보고 싶다는 어머니를 기다리게 해서는 안 됐다. 그랬다면 지금 그녀와 누구보다 행복한 시간을 보내고 있었을 것이다.

재수가 없어도 이렇게 없을 수가. 어떻게 서운이 자신보다 먼저 입양됐다 파양된 아이일 수가 있는지, 지금도 믿기지 않았다.

우연히 두 분이 싸우시는 소리를 듣고 제 앞에 누군가 먼저 들어왔다가 나갔다는 사실을 알았다. 그 아이를 파양하는 과정에서 어머니의 일방적인 의견이 컸었는지, 툭하면 그 애 때문에 부모님 사이에 불화가 일었었다. 그래서 어떤 아이였는지 궁금하긴 했다. 그런데 그 당사자가 다른 사람도 아닌 이서운이라니.

처음 어머니를 봤을 때 차갑게 굳던 서운의 표정이 잊히지 않는다. 그런 표정은 처음 보는 것이었다. 그리고 그 뒤로는 계속 그 표정이었던 것 같다. 그동안 회사에서 봐 왔던 표정이 아니었다.

그녀 입장에서는 도둑으로 몰아 파양한 어머니의 존재가 끔찍했을 것이니 자신 또한 별개로 볼 수 없었을 것이다. 그 마음을 이해하지 못하는 것은 아니지만 그래도 이렇게 잘려 나가는 건 억울하고 부당했다.

그녀에 대한 마음은 진심이었기에 일방적인 이별 선언이 더 썼다. 할 수만 있다면 그녀를 만나기로 약속한 그날로 시계를 다시 돌리고 싶었다.

새벽 1시가 넘도록 서운이 나타나지 않자 기준은 오만 인상을 쓰며 돌아섰다. 그는 주머니에서 선물을 꺼내 던져 버리려다 다시 주머니에 넣고 멀어졌다.

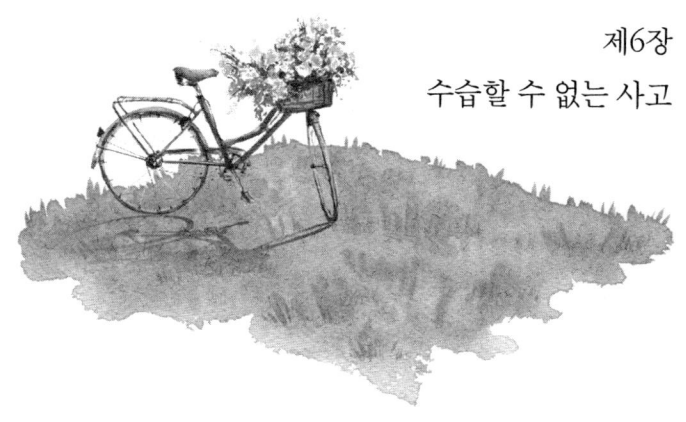

제6장
수습할 수 없는 사고

 잠결에 방문이 열리는 소리를 듣고 무거운 눈꺼풀을 들어올렸다.
 "열두 시 넘었어. 밥 좀 먹고 다시 자."
 밥 생각이 전혀 없었지만 눈치 빠른 엄마가 또 걱정하실까 봐 서운은 무거운 몸을 꾸역꾸역 일으켜 밖으로 나갔다.
 거실 거울을 지나가다 보니 누구세요? 물어보고 싶은 모르는 아줌마가 보고 있었다. 누구한테 옴팡 쥐어 터진 얼굴이 스스로도 가관이라 빠른 속도로 거울에서 고개를 돌렸다.
 밥 한술 삼키지 못할 정도로 속이 엉망인데 늘 그렇듯이 비루한 배는 먹음직스러운 해장국 냄새를 맡자마자 침을 꼴깍 삼켰다.

"적당히 마시지. 웬 술을 그리 마셨어? 이런 적 없잖아."
"그러게 말이야. 진짜 죽고 싶어."
"그렇게 속 쓰려?"
"아니, 속은 괜찮아."
'다른 곳이 괜찮지 않아.'

뒷말은 속으로 삼켰다. 당연히 속도 괜찮을 리 없지만 쓰라린 속보다 초토화된 머릿속이 더 괜찮지 않았다.
'대체 내가 무슨 짓을 한 거지?'

해장국을 한 수저 뜨다 말고 서운은 눈을 질끈 감았다. 다시 어젯밤의 일이 떠올라 비명이 터져 나올 것 같았다.
"왜? 머리 아파?"
"아니, 머리도 괜찮아."
"그럼 어디가 문젠데?"
"모르겠어, 나도. 그냥 내가 문제인가 봐."
"뭐라는 거야. 술이 안 깨? 어제 취해서 무슨 사고라도 쳤어?"
"사고는 무슨!"

도둑이 제 발 저린다고 사고라는 말에 서운은 반사적으로 방어벽을 쳤다. 그러다 곧 오만 인상을 찌푸렸다. 이서운, 진짜 어젯밤 사고를 제대로 쳤다. 꿈이라고 생각하고 싶지만 다리 사이로 존재감을 강하게 주장하고 있는 낯선 이물감과 뻐근한 둔통이 현실을 일깨워 주고 있었다.

술에 취해 잘 알지도 못하는 남자랑 자다니 제대로 미쳤었다. 어떻게 그런 일이 있을 수 있을까 아무리 생각해도 이해가 되지 않았다.

'어제의 나야, 도대체 왜 그랬니?'

다른 사람도 아니고 회사 상사에게 그런 추태를 부렸으니 망신도 이런 망신이 없다.

금방 울 것처럼 찌푸렸다가 화를 냈다가 다채롭게 표정이 변하는 서운을 보며 영선이 작게 고개를 저었다.

"얼른 한술 뜨고 들어가서 더 자. 너 지금 정상 아니어 보여. 옆집 아줌마랑 밥 먹는 거 같아."

'엄마, 내가 지금 정상일 수 없거든.'

아줌마 소리에 파르르할 정신마저도 없었다. 시원하게 털어놓을 수도 없어 서운은 어린 강아지처럼 혼자 낑낑거렸다.

그러다 엄마가 계속 걱정스러운 시선으로 보자 꾸역꾸역 밥을 밀어 넣었다. 그나마 종잇장보다 지조가 얇은 속은 해장국 국물이 들어가자 스르르 풀리기 시작했다.

"엄마, 나 그냥 회사 때려치우고 엄마 식당 일이나 도울까?"

"됐어. 돈 내고 써 달라고 해도 너는 안 써."

"조 사장님, 딸한테 너무 야박한 거 아니우?"

"쓸데없는 소리 하지 말고 먹었으면 들어가 엎어져 자기나 해. 술내 펄펄 나."

"생일이라고 화신이가 죽자고 해서 다른 때보다 더 마셨더니 정신을 못 차리겠네. 작년에만 해도 거뜬했는데 앞자리가 삼으로 바뀌었다고 몸이 작년 같지가 않은가 봐."

"엄마 앞에서 하는 소리 봐라."

뒤가 구리면 말이 많아진다고 하더니 자꾸 묻지도 않은 변명을 하고 있다. 이놈의 주둥아리도 술이 아직 안 깬 모양이다.

"오늘 쉬는 날인데 집에서 푹 쉬지, 뭐 하러 새벽같이 달려와? 겁도 없이."

"자면 못 일어날 것 같아서 어차피 올 거 미리 당겨 온 거지. 괜히 좋으면서 그런다."

스스로도 임기응변이 늘었다며 속으로 헛웃음을 지었다.

"엄마, 나 정말 좀 쉬어야겠어. 미안."

"미안할 것도 많다. 얼른 들어가."

엄마에게 들킬까 봐 서운은 괜스레 더 밝게 웃으며 방으로 다시 들어갔다. 그러나 침대로 올라가자마자 얼굴을 베개에 묻고 괴로워했다.

"아아아악! 미쳤어, 이서운. 이제 어쩔 거야!"

잔뜩 흐트러진 머리카락을 그대로 두고 허공을 노려봤다. 술김에 미친 짓을 한 것치고는 너무도 선명하게 기억이 났다.

맥주를 평소보다 많이 마셨는데 달달하다고 와인을 연거푸 들이부은 것이 화근이었다. 어제따라 유난히 술이 술술 넘어가더라니 이런 대형 사고를 칠 줄이야. 아니, 왜 그 남자는 말리지도 않았지?

애꿎은 태영을 탓하다가도 입으로 푸우우욱 바람 빠진 소리를 냈다. 술에 취해 그를 도발한 것은 자신이었으니 양심상 그를 탓할 수도 없었다.

새벽에 갈증을 못 참고 설핏 잠을 깬 순간 하마터면 소리를 지를 뻔했다. 낯선 침실에 실오라기 하나 걸치지 않고 있는 것도 가관인데 옆에서 남자의 팔이 툭 넘어오자 손으로 입을 틀어막아야 했다.

취해서 정신을 못 차리는 이성의 뺨을 도리도리 쳐 가며 어젯밤 기억의 조각들을 가져다 붙였다. 그러고는 눈을 질끈 감았다. 머리가 지끈거리며 천장이 도는 것 같았다.

그 후로는 무슨 정신이었는지도 모르겠다. 무조건 그가 깨기 전에 도망가야 한다는 생각뿐이었다. 이대로 그와 눈이 마주친다면 죽을 것 같았다.

혹여 그가 깰까 봐 숨을 죽이고 또 죽여서 겨우 옷가지를 챙겨 들고 그의 침실 밖으로 나왔다. 그리고 정신을 차렸을 때는 엄마 집으로 오고 있었다.

'나가 죽어! 이서운!'

서운은 양손으로 머리를 쥐어뜯으며 괴로워했다. 다른 사람도 아니고 매일 얼굴을 봐야 하는 직장 상사다. 게다가 호의를 베풀어 준 사람인데 이런 식으로 안 좋은 이미지를 심어 준 것이 참을 수 없이 창피하고 속상했다.

'이제 얼굴을 어떻게 보지? 날 어떻게 생각하겠냐고. 아, 진짜 울고 싶다.'

그에게 쉬운 여자로 인식이 됐다는 것도 문제지만 마치 그의 호의를 이용해 그를 유혹한 것처럼 오해를 할까 봐 죽고 싶었다.

서운은 휴대폰을 열어 시간을 확인했다. 그도 벌써 일어나고도 남을 시간이다.

'무슨 생각을 하고 있을까? 욕했겠지?'

그냥 가벼운 접촉 사고였다고 아무렇지 않게 넘겼으면 좋겠건만. 아침에 말도 없이 사라져서 기분 나빠하진 않을까? 별걱정이 다 떠올랐다.

그러는 중에도 전화 한 통 없는 것을 보니 혹시 기분이 상했나 싶기도 했다. 기껏 자신이 유혹해 놓고 말도 없이 튀었으니 기분이 좋을 리 없을 것이다. 아니면 어젯밤이 진짜 별로였든지.

'상황 파악 좀 해. 지금 네가 그 남자 걱정할 때야?'

서운은 휴대폰을 툭 던져 버리고 발라당 누워 천장을 올려다봤다.

이대로 다시는 만날 일이 없었으면 좋겠다. 그 남자 머릿속을 지우개로 박박 지워 어젯밤의 기억을 몽땅 날려 버릴 수만 있다면 무슨 짓이라도 할 것 같았다. 집으로 도망 오길 잘했다. 제발 사라져 버려.

스르르 잠에 빠져들다 갑자기 부르르 떨리는 진동에 화들짝 놀라 고개를 들었다. 그러고는 옆에 던져 놓은 휴대폰을 들었다.

진태영이라는 이름을 확인한 순간 다시 심장이 혼자 백 미터 달리기를 시작하고 있었다.

받으라고 혼신의 힘을 다해 부르르 떨고 있는 휴대폰을 노려보며 서운은 망설였다. 그에게 무슨 말을 해야 할지 정리가 되지 않은 상태에서 전화를 받는 것이 두려웠다.

'어떡하지?'

고민하던 중에 진동이 멈췄다. 혹시 다시 올까 몇 번이나 쳐다봤지만 그 후로 그에겐 소식이 없었다.

'화났나?'

새벽에 튄 것도 모자라 전화까지 씹었으니 유쾌할 리 없을 것이다. 하지만 어제의 일을 따질지도 모른다는 생각에 통화를 할 수 없었다. 술에 취해 아무것도 기억이 나지 않는다고 거짓으로 둘러댈 뻔뻔함도 없었다. 지금은 너무 무방비로 약한 상태여서 조금 더 단단해질 시간이 필요했다.

아무리 생각해도 뭐에 쓰인 것 같았다. 살면서 한 번도 감정적으로 사고를 쳐 본 적이 없는데 어떻게 그런 짓을 할 수가 있을까. 오래 사귄 것도 아니고 죽고 못 사는 상대도 아닌데 어떻게 그리 쉽게 하룻밤을 보낼 수가 있는지 납득이 되지 않았다.

'그 남자가 키스만 하지 않았어도……'

다시 그 남자에게 책임을 돌리고 있었다. 알코올에 절여진 상태여서인지 남자의 혀가 지독하게 뜨겁고 달았다. 입 안을 마음껏 누비던 남자의 혀는 점잖은 듯하면서도 거칠었다. 단언컨대 키스 장인쯤은 될 것이다.

그와의 섹스는 어땠더라. 술이 모든 감각을 예민하고 황홀하게 끌어 올렸지만 그 속에서도 분명 느낄 수 있었다. 남자에게 안기는 내내 짜릿했었고 흥분됐다.

"날 너무 나쁘게 생각하지 않았으면 좋겠는데……."

같은 회사 직원이라 도의적으로 그랬다 치더라도 그의 등장과 도움이 큰 의지가 됐다. 그래서 좋은 사람으로 기억되고 싶었다. 그랬는데 제대로 말아먹어 버렸다. 그가 헤픈 여자로 볼까 봐 속상하고 걱정이 됐다.

서운은 다시 휴대폰을 노려봤다. 혹시나 다시 올까 기대했지만 죽은 듯이 조용했다.

차라리 잘된 일이다. 엄마 집에 있으면서 엉망이 된 머릿속과 상황을 정리 좀 해야겠다. 그리고 그를 다시 볼 때 최대한 가볍고 덤덤하게 대할 수 있도록 내공을 길러야겠다. 그나마 며칠은 그의 얼굴을 보지 않아도 되어서 다행이었다.

'이제 전화도 기다리지 마.'

스스로에게 다짐을 하며 막 밖으로 나가려던 때 다시 휴대폰이 울렸다. 기다리지 말자는 다짐을 만 리 밖으로 던져 버리고 서운이 급하게 액정을 확인했다. 하지만 액정에 뜬 번호는 전혀 다른 번호였다.

"뭐야, 이거 어제 걸려 온 번호잖아? 대체 어떤 놈이 이 시국에 장난질이야?"

그가 아니어서 실망하는 자신에게 짜증이 나 서운은 거절 버튼을 힘주어 그어 버렸다. 그러고는 휴대폰을 침대 위에 던져두고 밖으로 나갔다. 그녀가 나간 뒤 혼자 남은 휴대폰이 다시 부르르 떨렸다.

※

거실 창가에 서서 소파에 둔 휴대폰을 돌아보던 태영이 미간을 찌푸리며 욕실로 들어갔다. 천장에서 쏟아지는 물줄기를 온몸으로 받으며 그는 눈을 감았다. 몸 구석구석 그녀의 몸과 닿았던 감각이 일어나는 것 같았다.

그는 두 손으로 얼굴을 씻으며 지난밤의 기억을 곱씹었다. 와인처럼 발그레해진 그녀의 볼도 좋았고 뜨거운 입술도 좋았다. 몸 아래에서 바르작대면서 옅은 신음 소리를 내뱉는 흐트러진 눈빛이 사람을 미치게 흥분시켰다. 맹세코 여자에게 그렇게 이성을 잃어 본 적은 처음이었다.

잠결에도 부드러운 그녀의 살결을 만졌던 것 같은데 눈을 떠보니 바람처럼 사라지고 없었다. 마치 신기루처럼…….

머릿속이 복잡하게 굴러갔다. 무슨 생각으로 그 새벽에 사라진 건지 궁금했다. 서운해서 조금 화도 나려고 했다. 그녀에게도 만족스러운 밤이었을 거라 느꼈는데 왜 말도 없이 사라졌을까.

그리고 그 새벽에 어디로 간 걸까. 그녀가 사라졌다는 사실이 쉴 새 없이 질문을 던지는 물음표 살인마가 되어 스스로를 괴롭혔다.

그는 하얀 목욕 가운만 걸치고 밖으로 나와 냉장고에서 생수를 꺼내 마셨다. 시원한 음료가 들어가니 속이 개운해지는 느낌이었다. 그는 물컵을 들고 소파에 앉아 다시 휴대폰을 쏘아봤다.

고민 끝에 전화를 걸었는데 받지도 않는다. 사정이 있을 수 있는데 일부러 전화를 피하는 건가 싶어 초조해졌다.

이런 감정들이 무엇인지 알 것 같았다. 이서운이란 여자를 처음 봤을 때부터 자꾸 생각이 나고 신경이 쓰였던 이유가 무엇인지 궁금했는데 그 답이 조금씩 선명해지고 있었다. 어제도 우발적인 일이었지만 절대 그저 몸만 달아서 안았던 것은 아니었다.

그는 위층으로 시선을 들어 올렸다. 같이 지낸 지 며칠이나 됐다고 그녀가 없다는 생각만으로 허전하고 공허한 느낌마저 들었다.

남은 물을 입에 털어 넣고 자리에서 일어나는데 휴대폰이 울렸다. 기대하며 확인하던 눈에 실망감이 드리워졌다. 어제부터 휴대폰 지분율 만렙을 찍은 유성이었다. 그는 조금 인상을 쓰며 통화 버튼을 그었다.

"여보세요."

받을 줄 몰랐는지 수화기 너머로 짧은 침묵이 건너왔다.

-드디어 받네.

"무슨 일이야?"

-나 오빠 집 앞 카페야. 지금 좀 나와.

"이런 짓 하지 말라고 했던 것 같은데."

-오빠가 안 나오면 내가 올라갈 거야. 그래도 좋아?

최대한 화를 누르고 있는지 목소리가 떨렸다.

"피곤하게 하지 마."

-나 오빠 때문에 한숨도 못 잤어. 그러니까 나와.

막무가내 통보에 태영은 길게 한숨을 내쉬었다. 어제 퇴근 후부터 휴대폰을 침실에 던져둔 사이 부재중 전화가 수십 통 쌓여 있었다. 그런 적은 없었기에 무슨 일인지 궁금하기도 했다.
"거기 어디야?"

유성이 알려 준 카페로 나가 태영은 뚱한 얼굴로 골이 나 있는 유성의 앞에 앉았다. 벼르고 별렀는지 앉자마자 공격이 시작됐다.
"어제 내 생일인 거 몰랐어?"
"몰랐어. 그래서 전화를 그렇게 한 거야?"
"몰랐다고? 오빠 정말 너무한 거 아냐?"
다시 오버하는 유성에게 태영은 분명하게 선을 그었다.
"생일 기억 못 한 건 미안한데 그 일로 너한테 이런 소리 들어야 할 사이는 아니잖아, 우리."
"오빠 진짜 잔인하다. 내가 어제 얼마나 기다렸는데!"
"친한 동생 생일 안 챙겨 줘서 서운하다면 지금 네 투정 받아들여 줄 수 있어. 근데 애인 생일도 안 챙겨 준 남자 취급하는 건 아니지. 아는 오빠, 동생이 아니고선 내가 특별히 네 생일을 기억해야 할 이유도, 네가 내 축하를 꼭 받아야 할 이유도 없는 사이야, 우리. 그러니까 너 일방적으로 화내는 거 받아 줄 이유 없어."
지독하리만치 정떨어지는 소리에 유성은 아랫입술을 꽉 물었다. 더 많이 좋아하는 쪽이 을인지라 구구절절이 속을 후벼파는 소리에도 박차고 일어나지지가 않았다.
"못됐다, 진짜."

"널 위해서야. 난 너 한 번도 헷갈리게 한 적 없어. 네게 감정을 흘려서 여지를 준 적 단 한 번도 없다는 거 너도 알 거야. 그러니 이런 소모적인 감정 낭비 그만했으면 좋겠다."

"그게 되면 자존심 다 구겨 가면서 이러겠어?"

"나한테 너는 어머니 친구의 딸일 뿐이야. 너 여자로 볼 일 없으니 에너지 낭비하지 말고 마음 접어. 너 좋다는 남자애들 많다고 했잖아."

전화 한 통화면 나오는 애들이 한 트럭이래도 무슨 소용일까. 정작 갖고 싶은 남자는 이 남자뿐인걸. 예상은 했지만 역시나 본전도 못 찾는 대화에 진이 빠졌다. 그래도 이렇게라도 얼굴은 봤으니 다행인 건가.

그녀는 살짝 미간을 모으고 창밖으로 지나가는 사람들을 쳐다보는 태영을 지그시 바라봤다.

"솔직하게 하나만 대답해 줘. 오빠한테 나는 정말 여자가 아닌 거야?"

"그래."

"혹시 오빠 그러는 거 도여진 그 여자 때문은 아니지?"

시큰둥하게 밖을 보던 고개가 빠른 속도로 돌아오며 태영의 이마에 내 천 자가 새겨졌다.

"말이 되는 소리를 해. 여기서 그 이름이 왜 나와!"

그가 버럭 화를 내 주니 차라리 마음이 편해졌다.

"그럼 됐어. 나 오빠 포기 안 해."

"쓸데없는 데 인생 낭비하지 마. 나 너한테 안 가. 넌 나한테 처음부터 아는 동생이었고 그거 안 변해. 연애도 결혼도 다 다른 여자랑 할 거야. 그러니까 나한테 열정 쏟지 마. 서로 피곤해지니까."

"난 괜찮아. 난 안 피곤하니까. 내가 피곤해질 때까지 버텨 볼래. 오빠 아직 애인도 없고 버티는 사람이 이긴다고 했으니까."

말이 안 통하는 막무가내에 태영은 짜증 섞인 한숨을 내쉬었다.

"하지 말자, 좀. 너 이러는 것도 폭력이야."

"폭력이라고 해도 좋고 집착이라고 해도 상관없어. 이게 내 의지로는 안 되니 나도 어쩔 수 없어. 그냥 오빠한테 내 밑바닥까지 보여서라도 매달려 봐야 끝을 볼 거 같으니 그렇게 하는 수밖에."

도저히 말이 통하지 않자 태영은 자리에서 일어섰다.

"난 분명히 얘기했어. 네가 계속 이러면 난 너 동생으로도 대해 줄 수 없어. 피곤하니까 먼저 간다."

"한 가지만 솔직하게 대답해 줘!"

다급하게 붙잡는 소리에 태영이 돌아봤다.

"혹시 누군가에게 시계 선물했어?"

태영의 한쪽 눈썹이 비스듬하게 올라갔다.

"그걸 네가 어떻게 알아?"

"해성이가 오빠를 백화점에서 봤다고 했어. 대답해 줘, 했어?"

"그래."

"…여자야?"

"그래."

"오빠에게 중요한 사람이야?"

"…그래."

그 말을 끝으로 태영은 뒤도 돌아보지 않고 카페를 나가 버렸다.

유성은 창문 밖으로 걸어가는 그의 뒷모습을 쳐다보며 두 손으로 얼굴을 감쌌다. 큰소리는 쳤지만 너무 처참해 죽을 것 같았다.

태영이 시계를 선물한 여자가 누군지 궁금해 머리가 터질 것 같았다. 중요한 사람이라니 대체 누구기에……. 하필 자신의 생일날에……. 너무 비참했다.

가지 말라는 해성의 말을 들을 걸 그랬다. 오기를 부린다고 봐줄 남자가 아니란 걸 알면서도 강수로 나간 것이 후회가 되었다.

이게 다 그 도여진이라는 여자 때문이다. 그 여자에게 덴 후로 태영은 극도로 차가운 사람이 되어 버렸다. 거절당한 화가 엉뚱한 곳으로 화살을 날리고 있었다.

토요일 하루를 어떻게 보냈는지 모르겠다. 혹시나 서운에게 연락이 올까 휴대폰을 간간이 확인했지만 여전히 기다리는 전화는 오지 않았다. 같이 밤을 보내 놓고 말도 없이 사라져 버린 게 어이가 없고 약이 올라 슬슬 열이 오르려고 했다.

주말이라 엄마네 집에 갔을 거라 생각하고 마음을 가라앉혔지만 서운이 일요일 밤이 되도록 돌아오지 않자 마음이 불안해졌다.

슬슬 그녀의 의도가 보이는 것도 같았다. 술김에 저질러 버린 행동을 후회하는 건가? 그래서 메모 한 장 남겨 놓지 않고 그 새벽에 사라져 버린 건가.

'날 미치게 할 생각이라면 성공했어.'

시계를 노려보며 초조해하는 스스로의 모습이 낯설었다. 그리고 이서운에 대한 마음이 조금 더 선명하게 보였다. 엷게 보였던 감정의 색이 조금씩 짙어지고 있었다. 지금 그녀를 몹시 기다리고 있었다.

'오늘 돌아오지 않을 건가.'

금요일 밤 일에 대해서 이야기를 해야 할 것 같은데 사라진 상대가 나타날 생각을 않으니 아무것도 할 수가 없다. 이런 기분은 처음이라 몹시 당황스럽고 초조했다.

문자라도 남겨 볼까 망설이다 말았다. 문자로는 감정을 읽을 수 없으니 그녀와 얼굴을 보며 이야기를 나누고 싶었다. 얼굴도 보고 싶고 다시 만져 보고도 싶고 안고도 싶다.

'진짜 미치겠군.'

위층에 시선을 주다 그는 벌떡 일어나 유리창으로 보이는 도시의 야경을 감상했다. 여자 때문에 이렇게 나사 하나가 빠진 사람이 된다는 게 믿기지 않았다. 처음 부딪쳤을 때의 모습이 눈에 남았다는 것부터가 위험한 징조였는데 눈치채지 못했다.

그러고 보면 그녀를 만난 이후로 죽 자신답지 못한 행동을 하고 있었다. 소개팅에서 다시 만났을 때도 차 수리비를 핑계로 다음 약속을 잡았고, 길기준에게서 구해 주었을 때도 덥석 집으로 데리고 왔다. 다른 여자에게는 상상할 수도 없는 오지랖이었다.

그녀의 명함에서 회사 이름을 본 순간 다시 만날 인연이 그저 흥미롭기만 했는데 이렇게 감정이 묶여 버릴 줄은 몰랐다.

태영이 긴 한숨을 내뱉는 순간 거실 소파에 둔 휴대폰이 울렸다. 그의 고개가 빨리 돌아갔다. 하지만 액정을 확인한 순간 허탈함에 피식 웃었다. 안달하는 제 모습이 좀 어이가 없어 그는 실소를 하며 통화 버튼을 그었다.

"예, 어머니."

-너 여자 생겼니?

"대뜸 무슨 소리세요?"

차분하게 대꾸는 했지만 속으론 흠칫 놀랐다.

-아니면 왜 통 엄마한테 연락을 안 해? 금요일이 유성이 생일이었다던데 바람맞혔다며?

"바람맞힌 게 아니라 몰랐던 거예요. 만나기로 약속한 적도 없고요."

-하긴 남자들이 원래 그렇지, 뭐. 네 아버지도 옆구리 찌르기 전엔 달력 눈탱이를 밤탱이로 만들어 놔도 모르잖아. 근데 너 진짜 유성이한테 아무 감정 없니?

"없어요."

주저 없는 대답이 흘러나왔다.

-예상은 했지만 너무 단호박이네. 유성이 상처받았겠다야.

"걔도 알고 있어요."

―하긴, 아니면 확실히 잘라 주는 것이 좋지. 그래도 너무 야박하게 굴지는 마. 나랑 유성 엄마 관계 생각해서.

"두 분 친분에서 저랑 유성이는 빼 주셨으면 해요."

―그래, 알았어. 다음 주 중에 엄마랑 데이트 좀 하자.

"봐서 연락드릴게요."

―너 계속 그렇게 비싸게 굴면 집으로 쳐들어갈 거야. 위층에서 엄마 죽치는 거 볼 생각은 아니지?

위층이라는 말에 태영의 입에서 잠시 침묵이 흘렀다.

"…금요일에 전화드릴게요."

―진작 그렇게 나와야지. 그럼 금요일에 보자, 아들!

송 여사가 소기의 목적을 달성하고 흡족하게 통화를 끊었다.

태영은 휴대폰을 내려다보다 참지 못하고 서운에게 문자를 보냈다. 이대로 하염없이 기다리다간 아무 일도 못 할 것 같았다.

[어디예요?]

10분이 지나도록 답장이 없자 기운이 빠졌다. 정말 의도적으로 피하는 건가? 인상을 쓰며 자리에서 일어나려는데 답 문자가 왔다.

[집에 왔어요.]

[말도 없이 사라져서 걱정했어요. 오늘… 안 와요?]

[네, 집에서 바로 출근하려고요.]

[알았어요. 쉬어요.]

[네, 본부장님도 쉬세요.]

하고 싶고 묻고 싶은 말은 많았지만 일단 무사한 줄 알았으니 됐다. 내일은 얼굴을 볼 수 있으니 이야기를 할 수 있을 것이다.

그녀와 연결이 되지 못할 때는 답답하고 초조해 죽을 것 같더니 문자라도 주고받으니 안정이 된다. 내일이면 볼 수 있다는 생각에 그는 편안한 미소를 지으며 자리에서 일어났다.

🌿

송 여사가 태영과 통화를 하는 것을 주방 문 앞에서 지켜보던 여진이 망고를 예쁘게 잘라서 차와 함께 가지고 왔다.

"도련님이세요?"

"그래, 안 만나 주면 집으로 쳐들어간다고 협박했더니 알았다는구나."

"도련님이 어머님께는 약하시잖아요. 드세요."

포크를 건네주자 송 여사가 포크로 망고를 하나 찍어 입에 넣었다.

"내 아들인데 이렇게 얼굴 구경하기가 힘들어서야, 원. 태환인 뭐 하고 있니?"

"서재에서 책 읽고 있어요."

"선비 같은 내 아들 어디 안 가지. 넌 재미없지?"

"아니에요."

"아니긴. 내 아들들이 원래 좀 무뚝뚝해. 태환이는 그나마 다정하기라도 하지, 태영이 놈은 차갑기까지 하니 연애나 제대로 할지, 원. 금요일이 유성이 생일이었다는데 기억도 못 해서 애

기운 빠지게 했나 보더라. 혜연이랑 통화하는데 좀 미안했어."
 차를 한 모금 마시던 여진이 조심스럽게 찻잔을 내려놨다.
 "생일 챙겨 줄 사이 아니잖아요. 여자 친구도 아니고."
 "그렇긴 한데, 친구 딸이다 보니 좀 신경이 쓰이긴 해."
 여진은 태영의 아파트 앞에서 유성과 만났던 기억을 떠올렸다. 자신을 경멸하듯 보던 유성을 떠올리며 여진의 눈빛이 싸늘해졌다.
 "도련님에게 유성 씬 어울리지 않는 거 같아요."
 "그래? 난 싹싹하고 시원시원해서 괜찮은데."
 "도련님에겐 좀 더 차분하고 덜 극성인 아가씨가 더 어울릴 것 같아요."
 여진의 평가에 살짝 가시가 있는 것처럼 느껴져 송 여사의 눈빛이 슬쩍 변했다.
 "극성이 아니라 적극적인 거겠지."
 뒤에서 태환의 목소리가 들리자 여진은 흠칫 놀랐다. 휠체어를 타고 다니는데 그가 온 줄도 모르고 있었다. 빤히 보는 눈빛에 여진은 표정 관리를 했다.
 "그냥 내 의견을 말했을 뿐이에요. 뭐 필요한 거 있어요?"
 여진이 일어나서 다가오자 태환은 그녀의 표정을 올려다봤다.
 "물 한 잔만. 어머니, 태영이가 알아서 할 거니까 너무 조급해하지 마세요."
 "연애라고는 쌈 싸 먹을 것처럼 매번 시큰둥하니까 그러지. 정말 사귀는 여자 없는 거야? 미국에서 없었대?"

주방으로 들어가며 여진은 두 사람의 대화에 신경을 쏟았다.

"미국에선 아무도 안 만났다고 하더라고요."

"삼 년 동안 연애도 안 하고 일만 하고 왔다던? 아이고, 머리야."

"태영이 혼자 살 놈 아니에요. 너무 걱정 마세요. 선 자리 내밀지도 마시고요."

"그래, 뭐 내가 닦달한다고 들을 놈도 아니니 누구 데려오기만 기다려야지. 나는 태영이가 여자한테 푹 빠져서 정신 못 차리는 꼴 좀 봤으면 속이 다 시원하겠어."

"어머니 속 시원하실 날 있을 거예요."

"그러겠지?"

"그럼요. 저리 무심해 보여도 막상 제대로 임자 만나면 무섭게 빠질 거예요."

"여기 물이요."

"고마워."

여진은 태환에게 물을 건네고 주방으로 들어갔다. 그녀는 다정하게 대화를 나누는 두 사람을 지켜봤다. 두 사람 사이에 태영도 함께였으면 얼마나 좋을까.

그런 생각을 하다 갑자기 태환이 돌아보자 흠칫 놀라 그녀는 얼른 미소를 지어 보였다.

※

월요일 아침 태영은 평소보다 더 일찍 출근했다. 서운이 있는 며칠 그녀가 불편하지 않도록 출근을 빨리했던 게 적응이 되기도 했지만 오늘은 그냥 마음이 서둘렀다.

그가 일찍 나오는 것을 알기에 늘 먼저 나와 있던 조 비서가 태영이 자리에 앉아 있는 것을 보고 깜짝 놀라 서둘렀다.

"나 신경 쓰지 말고 천천히 해요. 조 비서가 늦은 거 아니에요."

"네, 본부장님."

조 비서가 엷게 미소를 지으며 인사를 했다. 여태껏 모셨던 본부장들에 비해서는 확실히 권위 의식도 없고 허세도 없었지만 아무래도 쉽지는 않았다.

서운이 평소 출근하는 시간이 되자 태영은 그녀의 메신저가 켜져 있는지 확인했다. 하지만 그녀의 메신저는 켜지지 않았다.

마음은 그녀가 있을 기획과로 당장 가 보고 싶었지만 이성이 어깨를 눌러 앉혔다. 그래도 오늘은 얼굴을 볼 수 있다는 사실에 조금 흐뭇해지는 시작이었다.

조 비서가 출력된 인쇄물을 가지고 들어와 책상에 올렸다.

"아침에 있을 주간 회의 자료입니다."

"고마워요. 그리고 기획과 이서운 대리 메신저가 꺼져 있던데 콜 좀 부탁해요."

"예, 알겠습니다."

조 비서가 나가자 태영은 회의 자료를 들었다. 막 첫 장을 넘기자 조 비서가 다시 들어왔다.

"오늘 이서운 대리 연차랍니다."

태영은 순간 뒤통수를 한 대 얻어맞은 기분이었다. 연차를 쏠

줄은 예상하지 못했다.

"아, 알겠습니다. 고마워요, 조 비서."

조 비서를 내보내고 태영은 미간을 찌푸렸다. 이쯤 되니 그녀가 무슨 생각을 하고 있는지 정말 궁금해졌다. 말도 없이 사라져 주말 내내 돌아오지 않았으면서 연차라니. 어제 문자를 주고받을 때만 해도 연차 얘기는 없었기에 근무 상황 기록을 확인할 생각도 하지 못했다. 정말 자신을 피하려고 그런 건가 싶어 기분이 썩 유쾌하지 않았다.

그는 휴대폰을 들었다가 다시 내려놨다. 연차를 쓰는 건 그녀의 자유지 자신의 허락이 필요한 일은 아니다. 아침부터 자신을 피하는 거냐고 따지는 것도 우습다. 그리고 지금은 곧 시작될 회의에 집중할 때다.

실망으로 가슴이 답답했지만 공과 사는 철저하게 구분해야 했기에 그는 서운에 대한 생각들을 뇌 한쪽에 구겨 넣고 회의 자료에 집중했다.

※

도심에서 떨어진 시골 마을의 한적한 비탈길로 한참을 올라가니 '천국의 계단'이라는 비석이 보였다.

주차장에 내려 2층으로 된 커다란 건물을 올려다보며 서운은 엄마와 함께 안으로 들어갔다. 2층 매화홀로 들어가 아버지의 이름 앞에 섰다. 유리 장 안에 놓인 유골함 옆으로 함께 찍은 가족사진이 외롭게 반겼다.

서운은 미리 준비해 가지고 온 꽃을 유리 장 위 귀퉁이에 붙였다. 그리고 아버지에게 인사를 올렸다.

"아빠, 우리 왔어요."

엄마도 따라 울까 봐 울지 않으려고 했는데 사진 속에서 웃고 계시는 아빠를 보니 눈시울이 제멋대로 젖어 들었다. 그녀는 얼른 엄마를 돌아봤다. 역시나 눈시울이 젖은 채 아빠의 사진을 바라보고 계셨다.

영문도 모르고 파양된 후 몇 달 동안 아이는 말을 하지도, 웃지도 않았다. 은혜원으로 다시 돌아왔을 때 어린 나이였지만 다시 버려졌다는 사실은 알았다. 그래서 세상으로부터 철저하게 자신을 고립시켰다.

아이들과 어울리지도 않고 구석으로 숨어들며 말라 가는 아이를 볼 때마다 원장 수녀님은 눈물을 훔치셨다.

그날도 아이는 구석에 쪼그리고 앉아 있었다. 그런 아이의 앞으로 한 부부가 다가와 앉았다.

"이 아이, 우리 은희랑 너무 닮았어요."

손을 잡고 숨죽여 오열하는 여자를 본 순간 아이의 눈물샘이 터졌다. 왜 그랬는지도 모르겠다. 그저 슬프고 서러워서 낯선 아줌마의 손길에 아이는 그동안 꾹꾹 누르고 있던 설움을 토해 냈다.

"이 아이를 데려가고 싶어요."

"그 아이는 파양의 상처가 있는 아입니다. 아이를 위해서 신중하게 선택하셨으면 해요."

원장 수녀님의 걱정에도 부부는 선택을 바꾸지 않았다. 대신 아이와 눈을 맞추며 얘기했다.

"우린 절대 널 버리지 않아."

그렇게 아이는 부부와 함께 다시 은혜원을 떠났다.

은희는 부부의 하나밖에 없는 딸이었는데 병으로 잃었다고 했다. 은희의 빈자리를 잊지 못하고 괴로워하다 넉넉하지 않은 살림이지만 입양을 결심했다고 했다. 그래서 아이는 두 분의 착한 딸이 되기로 결심했다.

서운으로 다시 태어난 후로의 삶은 도저히 딱지가 지지 않는 지난 상처를 마음 한쪽으로 밀어 두고 살 수 있을 정도로 행복했다. 좋은 부모를 다시 만날 수 있게 된 행운에 대해 매일 감사하며 살았다.

아버지는 부당한 일을 보면 욱하는 성질을 가지셨지만 매사에 적극적이고 성실했다. 그리고 자신에게는 둘도 없이 인자하고 따뜻한 분이셨다.

정신적인 지주와 같았던 아버지가 3년 전 사고로 돌아가셨을 때 말 그대로 하늘이 무너지는 절망을 느꼈다. 시간이 지나면 무뎌진다고 했지만 가족을 잃은 슬픔은 쉬이 무뎌지지도, 괜찮아지지도 않았다.

아버지랑 많은 이야기를 나누고 서운은 엄마와 함께 납골당 근처를 걸었다. 사람이 없는 한적한 시골 공기가 맑고 정겹게 느껴졌다.

"오후에 안 갈 거야?"

"응, 내일 여기서 출근하려고."

"아침에 힘들 텐데 뭐 하러 그래? 오늘 가서 푹 쉬지."

"엄마랑 같이 있는 게 더 좋아서 그러니 쫓아내지 마셔."

서운이 넉살 좋게 팔짱을 끼자 영선이 피식 웃었다.

"나 이사 가려고 집 내놨어. 다른 데 알아보는 중이야."

"왜? 아직 계약 기간 남았잖아."

"그게, 그 집 위치가 좀 외지고 대문이 부실해서 무섭더라고. 그래서 큰맘 먹고 결심한 거야."

"그런 말 안 했잖아? 진작 옮겼어야지."

처음 듣는 소리에 영선이 깜짝 놀라 서운을 나무랐다.

"그러니까 나 자주 와도 그런가 보다 하셔."

"집 구하기 쉽지 않을 텐데. 좀 비싸도 꼭 안전한 곳으로 골라."

"엄마 딸 겁보인 거 몰라? 최고로 안전한 집으로 골라 갈 거니까 걱정 마셔."

서운은 일부러 씩씩하게 굴며 영선을 안심시켰다.

납골당에서 집으로 돌아오니 점심시간이 훌쩍 넘어가고 있었다. 집 앞에 차를 세우고 엄마와 함께 들어가다 서운의 움직임이 멎었다. 누군가 보는 시선을 느끼고 그녀는 재빨리 뒤를 돌아봤다.

그러나 길에는 아무도 없었다. 분명 누군가 있었는데 기분이 이상해서 그녀는 인상을 찌푸린 채 고개를 갸웃거렸다. 영선이 들어가다 말고 돌아봤다.

"왜 그래?"

"아무것도 아니야."

서운은 길을 다시 한번 돌아보다 안으로 들어갔다.

두 사람이 들어가자 상가 문 안쪽에서 한 남자가 밖으로 나왔다. 그는 두 사람이 들어간 곳을 쳐다보며 한참을 서 있다 초조한 표정으로 담배를 꺼내 들었다.

※

다음 날, 새벽부터 서두른 덕에 이른 시간에 회사에 출근할 수 있었다. 엄마표 집밥까지 먹고 와서 아침이 든든했다.

씩씩하게 로비를 통과해 엘리베이터 앞에 서자 태영이 떠오르며 긴장이 되었다. 파블로프의 개가 따로 없다.

사흘 동안 보지 않으면 좀 나을 거라 되지도 않은 기대를 했다. 하지만 결론은 처참했다.

사흘 내내 뭐 마려운 강아지처럼 휴대폰만 들여다보며 별 상상을 다 했다. 그의 전화를 받지 않고 버티다 아예 연락이 오지 않자 후회가 홍수처럼 밀려왔었다. 그리고 문자를 받았을 때 답 문자를 하는 손가락이 얼마나 떨렸는지 모른다.

얼굴을 보지 않았을 때는 촌스럽게 굴지 말자고 다짐했으면서 막상 그의 얼굴을 볼 생각을 하니 도망가고 싶어진다.

처음 얼굴을 보면 어떤 표정을 지어야 할지, 무슨 말을 해야 할지 다 대책을 세웠던 것 같은데 까마귀 고기를 먹었는지 죄다 백지가 돼 버렸다.

'그냥 자연스럽게 해. 어색하게 굴면 더 어색해지니까.'

몇 번을 다짐했지만 막상 얼굴을 보면 마음먹은 대로 안되는 게 문제다. 도대체가 포커페이스가 안된다.

일단 오늘은 최대한 일에만 열중하면서 부딪칠 일을 만들지 말아야지. 그리고 짐을 싸서 집으로 들어가자.

기준이 어제부터 천안 지점으로 출근하니 찾아올 일은 없을 것이다. 여전히 찜찜하고 불안하긴 하지만 집 구할 때까지 며칠만 더 버티면 되겠지.

본부장 앞에서는 긴장하지 말고 최대한 아무 일 아니라는 듯이 덤덤하게 대하면 된다. 어쩌면 그도 그걸 바라고 있을지 모르니까.

생각에 잠겨 있느라 서운은 엘리베이터 문이 열린 줄도 몰랐다.
"안 탈 거예요?"
'어디서 많이 듣던 목소린데?'
무심코 돌아보다 그녀는 그대로 굳었다.
'오, 마이 가쉬!'
거짓말처럼 태영이 떡 버티고 서 있었다.

갑작스런 당사자 등판에 긴장하지 말자는 결심은 에베레스트 꼭대기로 날아가 버렸다. 그녀는 빤히 보는 시선에 사로잡혀 크게 당황했다.

태영의 강렬한 눈빛이 그녀를 태울 듯이 바라봤다.
"타요."
태영이 손바닥으로 그녀의 등을 살짝 밀자 서운이 흠칫 놀라

233

안으로 들어갔다. 오늘따라 직원들도 없이 둘만 엘리베이터 안에 갇히자 다시 긴장이 되었다. 조금 떨어져 섰는데도 남자의 기에 압도되는 것 같았다.

17층에 도착할 때까지 대화도 없으니 침을 삼키는 소리마저 크게 들리는 것 같았다. 오늘따라 엘리베이터 속도가 왜 이리 느린지 모르겠다.

그런데 아이러니하게도 이렇게 조이는 기분이 싫으면서도 또⋯ 싫지 않다. 변태인가.

17층에 도착하자 태영이 먼저 내려 인사했다.

"집에서 봐요."

"저 오늘부터 제 집으로 가려고요. 길기준 대리도 없으니 그게 나을 거 같아서요."

초스피드하게 할 말을 하고 서운은 그에게 얼른 인사를 건네고 돌아섰다.

"우리 할 이야기 있지 않아요?"

등 뒤로 서늘한 소리가 꽂히자 그대로 멈췄다. 그녀는 조금 멈칫하다 표정 관리를 한 후 돌아섰다.

"저는 따로 드릴 이야기가 없는데요."

"금요일 건은 그냥 넘어가겠다는 소리인가요?"

역시나 직설적인 남자다. 이른 시간이었지만 혹시 다른 직원들이 올까 봐 서운은 주변을 두리번거렸다.

"피차 그게 낫지 않을까요? 그날은 둘 다 술에 취해 있었고 둘 다 분위기에 휩쓸려서 실수한 거니까."

"실수? 이서운 씨는 남자랑 실수로 잡니까?"

극히 딱딱한 소리에 그가 기분이 상했음이 그대로 전해졌다.

"미안하지만 난 그런 실수 안 해요. 그날 나는 술에 취하지도 않았고 취기를 못 이겨 서운 씨를 안은 것도 아니었어요. 그러니 난 그날 밤 일에 대해서 진지하게 이야기를 해야겠으니 선택해요."

"선택이라니요?"

"오늘 저녁 집으로 올 건지. 아니면 회사에서 얘기하고 싶다면 그래도 괜찮아요."

왜 이렇게 몰아붙이는 걸까. 빠져나갈 구멍이 없게 만든다. 서로 실수였다고 치면 더 좋아할 줄 알았는데.

금방이라도 누군가 나올 것 같은 초조함에 서운은 재빨리 머리를 굴렸다. 그리고 그의 선택지에는 없는 답을 내놓았다. 직원들이 다 있는 회사에서 그와 사적인 이야기를 나눌 수도 없고 그의 집으로는 더더욱 갈 수 없다.

"퇴근 후 다른 곳에서 봤으면 합니다."

"그게 편하면 그렇게 해요."

태영이 순순히 수긍하며 돌아섰다. 돌아서는 그의 어깨가 오늘따라 유난히 넓어 보였다.

사무실로 들어가면서 서운은 당황해서 그에게 말린 자신을 탓했다. 스스로 등신과는 아니라고 생각했는데 지금 보니 상등신이 따로 없다.

컴퓨터를 부팅시키며 그녀는 애써 좋은 쪽으로 생각하려 애

썼다. 한 번은 넘어야 할 산이니 오늘 저녁에 말끔하게 정리하면 되는 것이다.

'근데 그 남자 집에 있는 짐은 언제 가지고 오지? 새벽에 줄행랑칠 때 짐까지 싸서 나올 것을……. 아니, 그건 너무 아니구나.'

며칠간은 그의 얼굴을 보기가 껄끄럽겠지만 늘 그렇듯이 만병통치약인 시간이 해결해 줄 것이라 믿는다.

'그러니까 조금만 버텨 보자. 이 또한 지나갈 거야.'

전투 의지를 다지듯 마음을 다져 봤다.

같은 과 여직원들과 밥을 먹는 동안 서운은 생각에 잠겼다. 그러면서도 직원들이 하는 얘기에 꼬박꼬박 반응을 해 주는 성의를 보였다.

하지만 미강의 칼날 같은 눈을 피해 갈 수는 없었다. 식사가 끝나고 커피를 마시러 가자고 나서는데 미강이 서운의 팔을 낚아채고 양해를 구했다.

"우린 잠깐 들를 데가 있으니 여기서 사라질게요."

직원들과 인사를 나누고 돌아서며 서운이 멍한 말투로 물었다.

"우리 갈 데 있어?"

"갈 데는 무슨. 너 정신 나간 꼴 궁금해 죽겠어서 끌고 온 거지."

"티 나냐?"

"말이라고 해? 밥 먹는 중에도 정신은 딴 데 있었잖아. 직원들 이야기 듣는 척하면서 딴생각하는 거 네 특기잖아."

"커피 들고 좀 걷자."

가까운 커피숍에 들러 테이크 아웃으로 아메리카노를 주문했다. 뜨거운 아메리카노를 한 모금 마시려다 너무 뜨거워 그냥 들고서는 회사로 연결된 가까운 산책로를 걸었다.

"실은 나 사고 쳤어."

"또 받았어?"

"아니, 차 말고 다른 사고."

"다른 사고 뭐!"

성질 급한 미강이 재촉했다. 서운은 잠시 주저하다 입을 열었다. 미강에게라도 말을 해야 살 것 같았다.

"실은 길기준이 행패 부려서 집 내났다고 했잖아."

"그래, 그게 뭐?"

"그동안 본부장님 집에서 신세 지고 있었어."

"뭐어?"

미강이 커피를 마시려다 말고 눈을 댕그랗게 떴다.

"아니, 어쩌다가?"

"그때 회식한 날 본부장님한테 도움받았다고 했잖아. 그날 당장 갈 곳이 없었는데 본부장님이 자기 집으로 가자는 말에 덥석 따라갔어. 나 미쳤지? 그때 나도 뭐에 씌어 그랬는지 모르겠어."

"다분히 너답지 않기는 하지만 뭐 그땐 사정이 절박했으니까 그럴 수도 있겠지. 그럼 그동안 집에서 다닌 게 아니었구나? 차라리 우리 집에 와 있지."

"네 남편 있잖아. 하루 이틀도 아니고 아무래도 신경 쓰이지."

"하늘과 같은 직장 상사는 신경 안 쓰이고? 그것도 미혼 남잔데?"

지적하는 하나하나가 다 맞는 말이라 반박할 말이 없었다.

"변명 같지만 그날은 길기준한테 너무 놀라서 제정신이 아니었어. 다시 찾아와 진상 부릴까 봐 혼자 있는 게 너무 무서웠거든."

"하여튼 길기준 그 개자식이 문제라니까. 확 그걸 신고를 해서 개망신을 시켰어야 했어. 근데 뭐가 문제야? 본부장님 집에서 지내는 건 좀 쇼킹하다만 기왕 사정 봐준 거니까 집 얼른 구해서 나오면 되지. 나중에 크게 선물 한번 쏘고 계산 끝내면 되잖아. 직원들한테 소문 안 나게 조용히 정산 끝내고 서로 묻으면 되지."

"나도 그러려고 했는데……. 그게 그렇게 간단하지가 않게 됐어."

"넌 뭐가 그렇게 매사가 간단하지가 않냐? 어려울 때 며칠 신세 질 수도 있지. 며칠 같이 지냈다고 둘이 이상한 사이가 되는 것도 아닌데 무슨 문제야. 막말로 둘이 잔 것도 아니면서."

"잤어."

풉! 커피를 한 모금 마시던 미강이 그대로 뿜었다. 흐르는 커피는 안중에도 없이 미강이 서운을 똑바로 쳐다봤다.

"잤다고? 본부장님이랑?"

"응, 그렇게 됐어."

"이야, 이서운, 세다? 만난 지 얼마나 됐다고 대박 사고 쳤네. 얌전한 고양이가 부뚜막에 올라갔네, 진짜!"

"그래서 골 아파."

"어떻게 된 건지 자세히 얘기해 봐."

서운은 생일날 있었던 일들을 사실대로 털어놨다. 재밌는 한 편의 막장 드라마 줄거리를 듣는 것처럼 미강이 집중했다.

"술에 취해서 그런 실수를 하다니 미쳤었나 봐."

갑자기 미강이 말없이 보기만 하자 서운은 불안함에 미간을 찌푸렸다.

"너 뭐야, 그 표정?"

"꼭 실수였을까 생각해 봐."

"뭔 소리야?"

"내가 아는 너는 상대가 마음에 들지 않으면 그렇게 단둘이 술 마시는 애가 아니야. 그리고 아무리 술이 떡이 됐다고 해도 마음에도 없는 남자랑 자는 애는 더더욱 아니지."

"……."

"본부장님이 싫어?"

화끈한 성격답게 미강이 직설적으로 물었다. 서운은 솔직하게 대답했다.

"아니."

"그럼 그 사람이랑 잔 게 끔찍해?"

"…그것도 아닌 것 같아."

"답 나왔네. 봐, 넌 답을 알고 있잖아. 실수 아닌 것도 알고. 본부장님도 실수 아니라고 했다며. 애인도 없는 미혼 남녀가 술 마시고 잔 게 큰 흉도 아니고. 이번 기회에 잘해 보면 좋지 뭘 골머리를 썩이고 그래?"

서운은 잠시 진지한 표정으로 생각에 잠겼다.

"상대가 본부장이 아니면 그럴 수도 있겠지."

"웃기시네. 지금 상대가 회사 상사라서 문제인 거야? 아니잖아. 그 남자여서 그런 거잖아."

너무 자신에 대해 잘 알아서 그런지 지독하게도 정곡만 찔러 댄다. 같은 회사 상사라는 것도 걸리지만 정확하게는 그 남자여서 더 생각이 많은 건 사실이다.

"나랑은 너무 차이가 나서 부담스러워."

"또 혼자 앞서간다. 누가 결혼하래? 언제 쫑 날지 모르는 연애하라는 거잖아. 계급장 떼 놓고 남자 대 여자로."

"그래도……."

"사랑은 기침처럼 갑자기 온댔어. 복잡하게 생각하지 말고 네 감정 가는 대로 따라가 봐. 그럼 끝도 나올 거니까."

"그래도 될까?"

"답을 모르겠으면 일단 언니 말 들어. 이럴 땐 간 보는 것보다 차라리 정면 승부가 더 나아. 오늘 저녁에 잘 얘기해서 있던 일로 할 건지 없던 일로 할 건지 같이 결정해. 어쨌든 건투를 빈다. 똥차 지나가고 벤츠 온다더니 본부장님이랑 잘 되면 제대로 전화위복 아니냐?"

"사람들 들으니까 주둥이 좀 다물어 줄래?"

으름장에도 미강이 한 건 물었다는 익살스런 표정으로 약을 올렸다.
"언제 크나 했더니 술 마시고 남자랑 잘 줄도 알고. 다 컸네, 이서운."
"좀 닥치라고!"
서운이 잇새로 낮게 으르렁거렸다. 그러고는 혹시 주변에 아는 사람이 있는지 눈치를 봤다.
재밌어 죽겠다는 얼굴로 쿡쿡거리는 미강의 목을 조를까 말까를 고민하다 한숨을 내쉬었다. 하도 답답해서 털어놓긴 했지만 괜히 말했나 싶기도 했다. 그래도 마음 한구석이 정돈된 느낌은 분명 있었다.

퇴근 후 직원들이 하나둘씩 사라지자 서운은 손가락으로 책상을 톡톡 쳤다. 오후까지만 해도 괜찮았는데 막상 그와 단둘이 대면하려고 하니 다시 단거리 육상 대회에 나간 선수처럼 긴장이 되었다.
그때 미강이 어깨를 잡더니 귓가에 대고 작은 소리로 말했다.
"둘만의 대화 잘해 보셔."
다음 회가 즐거워 죽겠다는 표정에 서운은 왼쪽 윗입술을 들어 올려 주었다.
"원래 대화는 입보다는 몸으로 하는 게 훨씬 좋은데 말이야."
"네 남편 홀아비 만들기 싫으면 그만 꺼져."
"뭐, 그렇단 말이지. 암튼 잘해."

뭘 자꾸 잘하라는 거야. 서운은 유유히 사라지는 미강의 뒤통수를 꼬나보며 속으로 투덜거렸다.

눈에 들어오지도 않는 파일을 열어 놓고 버티다 약속 시각이 다가오자 그녀는 태영을 만나기 위해 자리에서 일어섰다.

그가 어떻게 나올지 생각하느라 가는 내내 정신이 다른 곳에 있었다. 그러다 그가 말한 장소 앞에 서자 정신이 번쩍 들었다.

직원의 안내로 조용한 홀로 들어가니 그가 먼저 와서 기다리고 있었다. 그러고 보니 이 남자는 늘 먼저 와서 기다린다.

집에선 너무 위험할 것 같아 밖에서 보자고 했는데 밀실처럼 조용한 곳에 둘만 있게 되자 꼭 그의 집에 있는 기분이었다.

"식사할래요?"

"아니, 괜찮습니다."

"좋아요. 그럼 차 시키죠."

차를 주문하고 주문한 차가 나올 때까지 두 사람은 말이 없었다. 그러다 주문한 차가 나오자 태영이 직원에게 부탁했다.

"방해받지 않았으면 합니다."

"알겠습니다."

직원이 나가고 정말로 둘만 남게 되자 서운은 슬쩍 그를 봤다. 거짓말처럼 그날 밤의 일이 영화처럼 펼쳐졌다. 그의 목에 팔을 두르고 푹 빠져 있는 제 모습을 상상하니 저절로 얼굴이 화끈거렸다. 그녀는 못된 짓을 하다 들킨 것처럼 얼른 고개를 돌렸다.

차를 마시지도 않고 태영은 말없이 그녀를 응시했다.

숨 막히는 침묵을 견디며 어떻게 말을 꺼낼까 고민하다 서운은 그를 똑바로 보며 먼저 용건을 꺼냈다.

"그날 평소보다 술이 과했습니다. 어쩌다 그렇게 됐는지 모르겠지만 오해하지 않으셨으면 해요. 일부러 본부장님을 유혹한 것은 절대 아닙니다. 저 생각하시는 것처럼 그렇게 헤픈 여자도 아닙니다."

"그렇게 생각 안 해요."

"그날 일은 신경 쓰지 않을 테니까 본부장님도 신경 쓰지 않으셨으면 합니다. 우발적인 사고였으니 그냥 잊어버렸으면 해요."

잠자코 듣고만 있던 태영의 눈빛에 서늘한 그늘이 더 짙어졌다.

"그렇게 하면 있던 일이 없던 일이 돼요?"

"……."

"아니면 내가 그렇게 별로였어요?"

"예?"

갑작스런 질문에 당황해 서운이 벙찐 표정으로 물었다.

"난 우리 둘이 꽤 잘 맞는다고 생각해서 나쁘지 않았는데 자꾸 의미 없는 원나잇으로 만드는 것 같아서 기분이 별로네요."

노골적인 소리에 서운은 어찌 대처해야 할지 몰라 입을 다물었다. 다시 입술이 바짝 타들어 가고 있었다. 이 남자가 대체 무슨 생각인 거지?

"무슨 말씀이신지?"

"그날 일 없던 일로 흘리지 않을 거란 말입니다. 나 아무리 술에 취해도 마음에도 없는 여자랑 안 잡니다. 그런 실수 안 해요."

"하지만 그날은……."

"그날 아무 여자와 잔 게 아니라 이서운이란 여자와 잤어요. 실수가 아니라 내가 원해서요. 그러니 의미 없는 원나잇 아닙니다."

생각했던 것과 너무 다른 전개에 서운은 제대로 놀랐다. 지금 무슨 소리를 들은 거야? 놀라 댕그래진 눈이 폭탄을 터뜨린 그의 눈을 마주했다.

"진심이신가요?"

"지금 장난하는 것으로 보여요?"

"하지만 왜 저를……."

"처음 본 날부터 계속 내 머릿속에 있었으니까. 내가 서운 씨 좋아하면 안 됩니까?"

분명 귀로 듣고 있는데 무슨 소린지 모르겠다. 그의 말이 자꾸 귓가에서 과부하가 걸려 뇌로 전달하기를 거부하고 있었다. 주책없는 심장만이 혼자 요란하게 북을 울려 대고 있었.

갑작스런 고백에 가슴이 설레고 떨렸지만 서운은 최대한 침착하려고 애썼다. 이건 말이 안 된다.

"그날 일이 걸려서 이러시는 거라면……."

"아니라고 했어요."

"그럼 저한테 원하시는 것이 뭔가요?"

"나랑 연애합시다."

제7장
서운한 거짓말

훅 치고 들어오는 돌직구에 제대로 한 방 맞은 표정이 되었다. 서운은 거듭 놀란 눈으로 그를 똑바로 봤다. 시선을 피하지 않는 눈빛이 너무 뜨겁고 강해 되레 사로잡혀 버렸다. 꼭 무언가에 홀린 것 같았다.

"둘 다 사귀는 사람 없으니 문제 될 것 없잖아요. 난 서운 씨에게 관심 많고, 직장 동료가 아닌 여자로 만나 보고 싶어요."

살랑거리는 봄바람이 심장을 간질이는 것처럼 설렜다. 그의 말대로 하자고 선뜻 대답을 하고 싶지만 머릿속에 남아 있는 이성 한 가닥이 제동을 걸었다. 정신 차려야 한다. 이서운. 너무 많은 당분은 몸에 해로워.

"죄송한데 저는 싫습니다."

어느 정도 예상했던 대답이었는지 타격감 없는 표정으로 그가 담담하게 물었다.
"이유를 대 봐요."
"본부장님이시잖아요."
"그 말은 회사 동료라 싫다는 건가요?"
"네. 직원들이 아는 것도 싫고 또 나중에 불편해지는 것도 싫어서 사내 연애는 하고 싶지 않습니다."
"길기준 대리 때문에 그러는 거예요?"
생각보다 잔인한 구석이 있는 남자였다. 굳이 짚어 줄 필요까지는 없잖아.
"사람에게 받은 상처는 사람이 가장 특효약이죠. 직원들이 아는 것이 싫다면 비공개로 연애를 하는 방법도 있고, 또 연애의 끝이 어떻게 될지는 모르는 일이니까 나중 일을 미리 걱정할 필요도 없으니 된 거 아닌가요?"
자존심이 강한 남자로 보여 거절을 당하면 두 번 물어보지 않을 거라 생각했는데 이쯤 되니 본질적인 의문이 들었다.
"본부장님은 정말 괜찮으세요? 저에 대해서 잘 모르시잖아요."
"그러니 알고 싶어서 이러는 거잖아요."
"하지만 저랑은 너무 안 맞으시잖아요."
"조건을 이야기하는 거라면 결혼하자는 말이 아니니 상관없고, 대신 다른 건 잘 맞는다고 생각했는데요."
그 다른 것이 무엇인지 서로 알기에 서운은 그의 눈을 똑바로 쳐다볼 수 없었다. 정말 짓궂은 구석이 있는 남자다.

"솔직히 본부장님도 없던 일로 하자고 해 주실 줄 알았어요. 그런데 이런 말 들으니 당황스럽네요. 정말 저와 연애가 하고 싶으신 건가요?"

"연애도 하고 싶고 자고도 싶어요."

"저한테 왜 이렇게까지 하시는지 모르겠어요."

"지금 서운 씨가 필요해서 그래요."

과하게 솔직한 대답에 서운은 잠시 혼란스러웠다. 연애 경험이 많은 것이 아니기에 당연히 남자를 흥분시키는 재주도 없었다. 그런데도 이 남자는 꽤 만족을 시킨 모양이다.

그녀의 눈동자가 왼쪽 위로 향하며 그날 밤의 기억을 더듬었다. 술에 쩔어서 섬세히 기억은 나지 않지만, 그날 밤 그에게 안겨서 신음 소리를 내뱉었던 것으로 보아 다른 때와 달랐던 건 맞다.

알코올이 과장해서 부풀린 감각이라고 치부했는데 그날 밤 그는 짐승의 수컷처럼 저돌적이고 강했다. 그리고 그와 하나로 몸을 섞었을 때 꽤 좋았다. 그날 밤 자신의 행동이 그에게 어땠는지는 모르겠지만 그와 합이 맞는다는 소리가 수줍으면서도 기분 나쁘지 않았다.

그런데 연애는 정말 괜찮을까?

길기준에게 데어서 다시 남자를 만나고 싶지도 않고 굳이 끝이 보이는 연애는 하고 싶지 않은데도 섣불리 싫다는 말이 안 나온다.

알고 있는 것이다. 아닌 척해도 그에 대한 감정이 처음과는 많이 다르다는 것을. 별거 아니라며 큰소리는 쳤지만 실수였든 아니든 남자와의 하룻밤을 없던 일로 여길 정도로 배짱이 큰 사람도 아니었다.

"지금의 침묵, 긍정으로 받아들여도 되나요?"

가만히 그녀에게 생각할 시간을 주던 그가 물었다. 그녀는 올곧게 자신을 보는 남자의 눈을 똑바로 바라봤다. 당연히 거절할 생각이었는데 신기하게도 마음이 조금씩 반대쪽으로 기울고 있었다. 그를 알아보고 싶다는 생각이 들었다.

'연애만 하는 건 괜찮지 않을까.'

하지만 마지막 남은 이성이 끝내 제동을 걸었다. 지금은 기준 때문에 마음에 도둑이 들기 쉬운 상태라 더 흔들리는 것이다. 미강이 계급장 떼고 남자와 여자로 생각하라고 했지만 현실적으로 그게 가능할 리 없었다. 절대적으로 피곤해질 그 앞날이 보였다.

"죄송하지만 하고 싶지 않습니다."

마음이 흔들리는 것이 그대로 보이는데 끝내 자신을 밀어내는 그에게 태영은 살짝 미간을 찌푸렸다.

"솔직한 대답인가요?"

"…예."

"거절하는 이유는요?"

"당분간 남자 만날 생각 없습니다. 사내 연애는 더 싫습니다. 저는 모험과 스릴을 좋아하지 않습니다. 비밀 연애도 체질에 안 맞고 제가 좀 못나서 그런지 몰라도 본부장님처럼 다 가진 남자랑 연애하기 부담스럽고 불편합니다. 촌스럽게 군다고 여기실지 몰라도 전 너무 기우는 연애는 하고 싶지 않습니다. 아닌 척해도 마음이 고달플 것 같아요."

입 안에서 계속 맴돌던 말들이 한번 터지기 시작하자 다다다 쏟아져 나왔다.

"그러니 그날 밤 일은 잊어 주시고 제게 마음 주지 마세요. 잘해 주지도 마시고요. 저를 그냥 직원으로만 봐주셨으면 합니다. 본부장님께 흔들리고 싶지 않습니다."

서운이 할 말을 다 쏟아 내자 태영은 말없이 그녀를 보기만 했다. 그의 침묵에 서운은 숨이 막혔다. 여자에게 거절이라고는 한 번도 당해 보지 않았을 것 같은 남자이기에 무척 어이없고 자존심이 상할 것이다.

이대로 그가 내민 손을 뿌리치고 그와의 인연을 끊어 내는 것을 후회하지 않을 자신이 있느냐 묻는다면 그렇다고 대답할 수 없다. 그래도 지금은 이렇게 하는 것이 답인 것 같으니 어쩔 수 없다.

"알아들었어요."

장고 끝에 나온 한마디에 마음 어딘가가 와르르 무너져 내리는 기분이 들었다. 하지만 동요를 그에게 들키고 싶진 않았다.

"제 짐은 이번 주 내로 가지고 가겠습니다."

"편할 대로 해요."

"그럼 먼저 일어나겠습니다."

서운은 산소를 찾듯 가방을 들고 일어났다. 숨 막히는 공기로 가득한 이곳에서 달아나고 싶었다.

"이서운 씨."

막 돌아서려는 서운을 서늘하고 낮은 목소리가 잡았다. 서운은 그의 눈을 응시했다.

"지금 그 말, 날 서운하게 하는 거짓말이 아니라면 들키지 말아요."

"…가 보겠습니다."

서운은 그에게 인사를 건네고 서둘러 밖으로 나갔다. 하지만 집으로 가는 내내 그가 했던 마지막 말을 되새김질했다.

※

아침에 출근하자마자 미강이 커피를 마시자며 밖으로 끌고 나갔다. 평소 일찍 출근하지도 않으면서 부지런을 떠는 걸 보면 어지간히 결과가 궁금했던 모양이다.

어제 태영과 있었던 이야기를 전했을 때 미강의 얼굴이 단계별로 변했다. 그가 사귀자고 했을 때는 눈이 댕그래져서 대박을 외쳐 대더니 거절하고 나왔다는 말에는 쪽박을 외치면서 등짝을 후려 팼다.

"이 맹추가 기어이 로또를 버리고 왔네."

"표현 저렴한 것 봐라. 그 사람을 로또라고 생각하는 것 자체가 그 사람 자체만 보는 게 아니잖아."

"그래서 후회 안 한다고?"

대놓고 묻는 말에 서운은 한숨을 내쉬었다. 그와 헤어지고 집에 가는 순간부터 했던 것이 후회였다. 잘했다는 생각과 물리고 싶다는 생각이 밤새 샅바싸움을 하는 통에 한숨도 못 자고 나온 참이었다.

"후회하지 않는지는 솔직히 모르겠어. 그래도 이미 선택했으니 다른 생각은 안 하려고 해. 미련은 정신 건강에 해로워."

"나는 이서운 네가 진심으로 내 정신 건강에 해롭다."

미강이 답답하다는 투로 투덜거렸지만 서운은 그냥 흘려들었다. 당사자에게 당당하게 선언까지 한 마당에 이미 지나간 버스에 손 흔들어 봤자 다시 올 리 없다.

미강에게 그렇게 큰소리는 쳤지만 하루 종일 기분은 가라앉았다. 그의 얼굴을 볼 자신이 없어 혹시 복도에서 부딪칠까 봐 사무실 밖으로는 나가지도 않았다. 그러면서도 혹시나 그가 지나갈까 봐 문 쪽으로 시선을 주기도 했다. 마주치길 고대하지 않으면서 또 바라는 이중적인 심리가 심신을 피곤하게 했다.

눈물겨운 노력 덕분인지 다행히 하루는 그의 뒷모습조차 구경할 수 없었다. 서운하긴 했지만 다행이기도 했다. 막상 마주치면 어떻게 봐야 할지 정리가 되지 않은 상태였으니 차라리 보이지 않는 게 낫다 싶었다.

그러나 다음 날 아침 텀블러를 씻고 나오는 길에 복도에서 그와 정면으로 마주치자 그녀는 흠칫 놀랐다. 그와 출근 시간에 만나지 않기 위해 일부러 피했는데 딱 걸리자 당황스러웠다.

무심한 얼굴로 보는 그에게 서운은 최대한 담담한 표정으로 인사를 했다. 하지만 막상 태영이 짧게 묵례로 답을 하고 지나가자 순간 서운한 기분이 들었다.

제 입으로 싫다고 거절했고 직원으로만 봐 달라고 했으면서 이런 기분이라니. 정말 제 자신에게 정이 떨어졌다.

잘된 거라며 정신 차리라고 뇌를 일깨웠지만 하루 종일 기분은 바닥을 긁었다. 연애를 한 것도 아닌데 후유증이 지독했다.

컨디션이 좋지 않아 퇴근하자마자 들어가 쉬려고 했는데 부서 여직원들과 오래전부터 저녁 약속이 정해져 있어 하는 수 없이 그들과 함께 퇴근했다.

엘리베이터 앞에 서 있는데 옆에 있던 여직원 하나가 큰 소리로 호들갑을 떨었다.

"본부장님 퇴근하세요?"

그가 옆에 와 있다는 사실이 서운을 다시 긴장하게 만들었다. 그녀는 아무렇지 않은 표정으로 앞만 응시하다 엘리베이터가 오자 먼저 안으로 들어갔다. 본부장과 가까이할 기회를 잡은 여직원들이 태영을 둘러싸고 있는 동안 서운은 그 자리에 없는 존재처럼 굴었다. 하지만 온 신경 더듬이는 그에게 꽂혀 있었다.

호기심 많은 여직원 하나가 용감하게 태영에게 말을 걸었다.

"칼퇴하시는 걸 보니 저녁 약속 있으신가 봐요?"

"네, 약속 있습니다."

"오오! 혹시 데이트?"

"그렇게도 볼 수 있겠네요."

일부러 애매하게 끊는 태영의 대답에 여직원들이 더 왕성한 호기심을 드러내며 반응했다.

서운은 집요하게 구는 여직원의 입을 한 대 쳐 주고 싶었다. 굳이 듣고 싶지 않고, 알고 싶지 않은 사실을 들어야 하는 것도 고역이었다. 다들 화기애애한 봄 분위기에서 혼자만 겨울을 견디고 있었다.

하지만 다시 못 올 기회를 잡은 여직원이 눈치를 라면 국물에 말아먹고 기어이 다시 선을 넘었다.

"본부장님, 애인 있으세요?"

너무도 직설적으로 묻는 여직원을 나무라면서도 다들 눈빛은 태영에게 쏠려 있었다. 시선을 벽에 둔 채로 서운은 그가 어떻게 대답할지 궁금했다. 듣고 싶지 않은데 또 듣고 싶은 이중적인 심리가 샌드위치처럼 포개졌다.

"노코멘트합니다."

태영의 간결한 답에 눈을 초롱초롱 빛내던 여직원들의 입에서 아쉬움의 탄식이 흘러나왔다.

때마침 엘리베이터가 로비에 도착하자 서운은 안도의 숨을 내쉬었다.

"즐거운 시간 보내세요. 본부장님, 내일 뵙겠습니다."

"그래요. 내일 봅시다."

서운은 여직원들의 인사에 친절하게 답해 주는 태영에게 시선을 주지 않은 채 직원들과 함께 밖으로 나갔다. 그에게 인사도 하지 않았지만 어차피 알지도 못할 것이라 여겼다. 태영이 엘리베이터 문이 닫힐 때까지 뚫어지게 보고 있었지만 알 리 없었다.

"노코멘트라고 하시는 거 보니 여자 있는 것 같지?"

"당연히 있겠지. 여자들이 가만히 두기나 하겠어?"

가는 도중 내내 태영에 대한 이야기가 오갔지만 무슨 소린지 하나도 들리지 않았다.

찬기가 느껴지는 시선으로 자신을 보던 그의 무표정이 비수가 되어 가슴을 찔렀다. 싫다고 말해 놓고 그에게 정말 여자가 있을까 궁금해하는 자신이 혐오스러워 참을 수 없었다.

독하게 마음먹는다고 되는 게 아니었구나. 잘 정리했다고 자부했는데 오만이었다. 언제부터 흐트러지기 시작했는지 자각도 못한 마음이 수습이 불가할 정도로 엉망진창이 되어 버렸다.

바의 문을 열자 세련된 재즈 음악이 반겨 주었다. 홀을 둘러보다 도진이 손을 드는 것을 발견하고 태영은 그에게 다가갔다.
"저녁 먹어야 하니 안주 든든한 거 시킬까?"
"생각 없어."
도진이 메뉴판을 들여다보다 말고 태영의 안색을 살폈다.
"오늘 날씨 흐림이네? 많이 마실 거면 더 챙겨 먹어야지."
"많이 마실 생각 없으니 마음대로 시켜."
"의욕 상실이구먼."
도진은 다가온 직원에게 위스키와 해산물 안주를 시키고 태영을 집중 추구했다.
"일이 재미없어?"
"그런 것 같기도 하고."
"무슨 대답이 그렇게 애매해?"
"아닌 것 같기도 하고."

세상 다 산 노인처럼 만사 귀찮다는 표정에 원인 모를 짜증이 섞여 보였다. 태영을 날카롭게 살피던 도진의 촉이 발동되며 눈이 가늘어졌다.

"어떤 여자가 속 끓여?"

가볍게 툭 던진 소리였는데 정곡을 찔린 것처럼 태영이 대답을 않자 도진의 눈이 커졌다.

"뭐야, 진짜야? 어떤 여자가 진태영 속을 끓여? 저번에 만났을 때도 그런 이야기 없었잖아."

"몰라, 그렇게 됐어."

부인하지 않고 인상을 찌푸리는 그에게 도진은 조금 더 놀랐다.

그때 점원이 주문한 위스키와 해산물 안주를 내려놓자 도진이 잔에 위스키와 얼음을 넣어 태영에게 내밀었다.

"연애를 하든지 쇼를 하든지 하라고 했더니 그동안 뭔가 발전이 있었네. 둘 중 어느 쪽이야?"

"나도 몰라."

시큰둥하게 대답하고 태영은 빈속에 위스키를 한 번에 때려 넣었다.

"그렇게 마시다 훅 간다."

"내버려 둬."

"뭐야, 전자였던 거야? 설마 짝사랑은 아닐 테고 마음에 들면 고백하지. 너답지 않게 왜 끙끙거리고 있어?"

"고백했어."

"뭐래?"

"싫다더라."

가볍게 물어보고 위스키를 한 모금 삼키다 도진은 하마터면 사레가 들릴 뻔했다. 그는 전기 충격을 받은 표정으로 제 잔을 채우고 있는 태영을 닦달했다.

"싫다고 했다고?"

"그래."

"너 그럼 여자한테 까였어?"

"그런 것 같다."

남의 말 하듯 툭툭 대답을 하고는 있지만 정신은 아직 딴 데에 있는 것이 보였다. 설마 그 여자를 생각하는 건가?

분명 지난번 만났을 때만 해도 없던 여자가 며칠 새에 생겼다는 것도 놀라운데 그 여자가 태영을 마다했다는 사실이 더 충격이었다. 가망성도 없는데 헛물을 켜고 있는 최유성이 알면 게거품을 물고 쓰러질 일이 아닌가. 대체 어떤 여자기에.

거기까지 생각하다 도진은 태영을 예리하게 살폈다.

"너 조금 달라 보인다. 인간 냄새 나."

"나 여태 사람도 아니었냐?"

"한 번 옴팡 덴 후로 여자들한테 사이보그 같긴 했지. 진태영을 이렇게 만든 여자가 누군지 궁금하지만 어차피 의미 없으니까 여기까지만 할란다. 마시고 털어 버려."

도진이 잔을 내밀어 태영의 잔에 부딪쳤다. 태영이 한 모금을 마시고 노란 액체가 출렁이는 유리잔을 내려다봤다. 출렁이는 액체 안에서 자신을 불편해하며 외면하던 서운이 출렁거리고 있었다.

우연히 마주쳤을 때 제대로 얼굴을 보지도 않고 고개를 돌리며 지나가는 팔을 확 낚아채고 싶었다. 잘도 그런 눈빛으로 아니라고 한다. 이미 들켰으면서…….

"기분 전환하게 다른 여자 소개시켜 줘?"

"됐어."

"왜, 또 여자한테 진절머리 났냐? 별로 안 좋게 끝났어?"

"아직 안 끝났어."

"뭐가 아직 안 끝나? 그 여자가 너 싫다고 했다며?"

"…거짓말이야."

"뭐라고?"

"마음은 아니면서 밀어내고 있는 거라고."

"그래서 어쩔 건데?"

"나도 몰라."

태영이 다시 남은 위스키를 털어 넣었다.

도진의 얼굴에서 웃음기가 사라졌다. 그는 진지한 눈빛으로 태영을 지켜봤다. 누군지 몰라도 이번엔 제대로 걸린 듯했다. 진태영을 이렇게 휘어잡고 흔드는 여자가 과연 누굴까, 궁금증의 키가 한층 더 자랐다.

❋

거실에 앉아 차를 마시면서 혜연은 2층을 올려다봤다. 우울한 생일 이후로 웃지 않는 딸이 걸렸다. 생일 다음 날 해성이 말리는 것을 뿌리치고 성질대로 태영을 만나러 갔다 온 후로 통 기운 없이 지내는 것이 속상했다.

저 좋다는 남자들도 많은데 어쩌자고 저를 봐 주지도 않는 남자에게 마음을 줘서 생고생을 하는지 딱했지만 사랑이 어디 마음먹은 대로 되는 것이던가.

해성이 극구 당분간 내버려 두라고 신신당부를 해서 지켜보고는 있지만 딸이 저러고 있으니 여간 신경이 쓰이는 것이 아니었다.

'아무래도 안 되겠어. 올라가 봐야지.'

찻잔을 내려놓고 막 자리에서 일어서려는데 마침 유성이 2층에서 내려오고 있었다. 혜연은 유성의 얼굴부터 살폈다.

"엄마."

"왜, 뭐 먹고 싶어?"

"그건 아니고, 있잖아."

유성이 소파에 앉아 제법 진지한 표정으로 용건을 꺼냈다.

"할머니가 해성이랑 나한테 남겨 주신 유산 언제 받을 수 있는 거야?"

"서른 살이 되는 해 9월 1일이니까 이제 금방이지. 갑자기 그건 왜?"

태영이 때문에 속 끓이고 있는 줄 알았는데 아닌가? 뜬금없는 질문에 혜연은 조금 의아했다.

"아니, 그걸로 조그만 가게라도 하나 해 볼까 해서."

"일하려고? 집에 있으려니 좀 쑤셔?"

"아무것도 안 하고 있으려니 잡다한 생각도 너무 많이 들고 또,

태영 오빠한테 뭔가 보여 주고 싶기도 해서 말이야."

"필요하면 아빠한테 얘기해서 엄마가 해 줄게."

"아니야. 얼마 안 남았으니 조금 더 기다리지 뭐. 그사이에 잘못될 일은 없으니까."

"할머니가 남겨 주신 유산은 할머니께서 너랑 해성이 외에는 아무도 못 건드리게 조치를 취해 두셨으니 잘못될 일은 없어."

"조치라니?"

유성이 흥미를 보이며 물었다.

"그 재산은 아빠와 엄마 사이에 태어난 자식들만 받을 수 있게 해 두셨어."

"엥? 그게 무슨 필요 있어? 어차피 엄마와 아빠 자식은 해성이랑 나뿐이잖아."

"네 아빠가 젊었을 때 여자 문제로 속을 썩였거든. 그 일로 엄마가 마음고생을 좀 했어. 그래서 할머니께서 엄마를 위해 그렇게 장치해 두신 거야. 내 속으로 낳은 너희들에게만 재산을 주시겠다는 뜻이지. 엄한 애한테 재산이 가지 않게 말이야."

"와, 우리 할머니 좀 멋지시네."

그래도 아들에게 팔이 굽는 것이 인지상정인데 며느리 편을 들어 주신 것이 대단했다.

"네 할머니 성격이 워낙 괄괄하셔서 모시기 힘들었지만 엄마한테 의리는 있는 분이셨어."

"아빠 정말 의외시네. 과거에 그런 약점이 있었다니."

"그게 과거인지, 현재진행형인지는 아무도 모르는 거지."

"아빠를 아직도 못 믿어?"

"엄만 남자 자체를 안 믿어."

"아이고! 우리 아빠, 더 분발하셔야겠네."

"너도 그러니 남자에게 너무 매달리지 마. 태영이한테도 끌려다니지 말라고. 엄마 좀 속상해."

"울 오빠는 달라."

역시나 이도 안 박히는 반응에 해연은 답답했다.

"다들 그 생각 때문에 뒤통수를 맞는 거야. 세상 남자들 다 그래도 우리 오빠는 아닐 것 같지? 근데 그 오빠도 세상 남자들 중 한 명이란 걸 잊지 마. 물론 태영이가 나쁘다는 건 아니지만 암튼 엄만 네가 너무 매달리지 않았으면 좋겠어."

"나도 그러고 싶은데 맘대로 안 돼. 자존심 상해 죽겠어."

입술을 비죽 내밀고 투덜대는 표정에 화가 많이 빠져 보였다.

"나중에 태영이 사위 되면 너 속상하게 한 거 엄마가 다 갚아 줄 거야."

"송 여사님 생각해서 참으셔."

그렇게 당하고 와 놓고 태영의 편을 드는 딸을 보니 고개가 절레절레 저어졌다. 부디 딸아이의 사랑이 이루어지지 않는다고 하여도 큰 상처로 남지 않길 바랄 뿐이었다.

잔뜩 신경을 썼더니 다음 날 기어이 탈이 났다. 한쪽 귀퉁이에서 서서히 묵직하게 시작된 두통이 점점 심해지며 골 전체가 울리기 시작하자 서운은 지하에 있는 약국으로 내려갔다.

두통약을 입에 털어 넣고 통증이 조금 옅어지길 기다리며 벤치에 앉아 눈을 감았다.

진짜 남자 때문에 가지가지 한다. 사랑을 하면 이렇게 구질구질해져서 깊게 빠지지 않으려고 했는데 요즘 들어 뜻대로 되는 일이 없다.

어제 직원들하고 밥을 먹으면서도 입 안에 모래알이 굴러다니는 느낌이었다. 기분이 깔깔하니 입맛도 깔깔할 수밖에. 그 와중에도 그가 어떤 여자를 만나러 갔을까 궁금해하는 자신에게 신물이 났다.

어떻게 된 게 사귀지도 않았는데 기분은 징글징글하게 사귀다 이별한 사람 같은지 모르겠다. 떨어지면 괜찮을 거라고 생각했는데 떨어져 있으니 마음이 더 쌓인다. 뭔가 잘못돼도 한참 잘못됐다. 아예 눈앞에 없어야 하는데 회사만 나오면 떡하니 버티고 있으니 괜찮을 리가 없다.

그나저나 짐은 언제 가지러 가지? 그가 없을 때 조용히 다녀오고 싶은데 좀처럼 틈을 잡기가 힘들다. 다시 기분 나쁘게 머리가 지끈거렸다.

'효과 빠르다더니 왜 이렇게 안 가라앉아. 아이고, 골이야.'

유독 두통을 견디지 못해 죽을 맛이었다. 마음 같아서는 집에 가서 드러눕고 싶었다.

15분이 지나도록 큰 차도가 없자 그녀는 다시 약국으로 가서 종합감기약을 샀다. 감기로 생긴 두통은 일반 두통약을 먹어도 크게 효과가 없다는 것을 몸소 체험했기에 상비약으로 늘 챙겨 두고 있었다. 당장은 좀 견딜 만하니 점심 먹은 후에 감기약으로 먹어 볼 생각이다.

자리를 너무 오래 비워 둘 수 없어서 서운은 약봉지를 들고 일어났다. 두어 걸음 걷는데 누군가 잽싸게 약봉지를 낚아챘다.

"뭐예요?"

너무 놀라 하마터면 욕이 튀어 나갈 뻔했다. 그러다 이내 피식 웃었다. 서글서글한 인상의 남 대리가 짠하고 서 있었다. 전에 있던 과에서 같이 근무하면서 친해진 남 대리는 늘 봐도 기분 좋게 웃는 인상을 가진 남자다.

"약이요. 남 대리는 뭐 사러 왔어요?"

"손님이 찾아오셔서 만나고 들어가는 중이에요. 근데 이 대리 어디 아파요?"

"골이 울립니다. 그러니 내 약 내놔요."

"왜 아프고 그래요? 마음 아프게."

"아프면 더 키우지 말고 약 사 먹어요."

"에이, 또 서운하게 그런다. 나한텐 이 대리가 약인 거 알면서. 낫게 좀 해 주죠?"

"예에, 닥치면 좋아져요."

주고받는 대화 속에 웃음이 걸리며 서운이 그의 팔에 들린 약봉지를 조준했다. 그러나 눈치 빠른 남 대리가 장난스럽게 팔을 치켜들었다.

"오늘 점심 나랑 먹어 주면 줄게요."

"얼른 내놔요!"

서운이 발뒤꿈치를 들고 손을 뻗었다. 그러자 남 대리가 못 이기는 척 웃으며 그녀에게 약봉지를 건네주었다.

"점심 먹는 겁니다."

"하여간 짓궂어. 동생이었음 한 대 팼을 텐데, 사회에서 만난 걸 다행으로 알아요."

서운의 으름장에 남 대리가 호탕하게 웃었다.

"갑시다. 기사도 정신으로 엘리베이터까지 에스코트해 드리죠."

"고맙네요, 남 기사."

서운의 드립에 남 대리가 다시 쿡쿡 웃었다. 참 웃음이 많아 순수해 보였다.

두 사람이 웃으며 지나가는 모습을 보며 커피숍 안에서 태영이 인상을 찌푸렸다.

태영은 서운과 함께 가는 남자를 주목했다. 지난번 점심때 갑자기 튀어나와 함께 가던 그 남자였다.

그때도 잠깐 느꼈지만 두 사람이 꽤 가까워 보였다. 저렇게 경계심 없이 밝게 웃는 서운의 모습은 처음 본다. 그것도 다른 남자 앞에서……. 당연히 거슬렸다.

그녀와 만나는 사이도 아니면서 마치 서운이 자신을 두고 다른 남자를 만나는 것처럼 화가 나는 게 우스웠지만 늘 이성과 감성이 엇박을 내는 것이 문제다.

질투다. 이 진태영이 질투를 하고 있다. 이런 주체할 수 없는 감정이라니. 저 여자가 자신을 아무것도 할 수 없는 바보로 만들어 버렸다. 제 속을 이렇게 진창으로 만들어 놓고 아무렇지 않게 다른 남자랑 웃고 있는 것이 서운하고 마음에 들지 않았다.

'마음 주지도 말고 흔들지도 말라고 그랬나? 하지만 안 되겠어, 이서운. 원하는 대로 해 주기엔 내가 너무 와 버렸어. 이미 돌아갈 길을 없애 버린 것 같거든. 그러니 나도 이제 어쩔 수 없어.'

서운이 완전히 시야에서 사라질 때까지 찬 시선으로 보던 그의 시선이 탁자 위로 옮겨 갔다. 탁자 위에 둔 휴대폰에 불이 들어오고 있었다.

"네, 어머니."

-오늘 저녁 약속 잊지 않았지?

"잊지 않았어요."

전화를 끊고 태영은 잠시 눈을 감았다. 서운이 쏘아 올린 작은 질투의 공이 여전히 통통 튀어 다니며 마음을 심상하게 만들고 있었다.

태영은 퇴근한 후 심란한 마음으로 어머니와의 약속을 지키러 호텔 식당으로 찾아갔다.

10분 후 식당으로 들어서기 무섭게 자신을 찾고 소녀처럼 환하게 웃으시는 어머니를 보며 자리에서 일어섰다. 웃으며 송 여사를 맞던 태영의 얼굴이 이내 딱딱하게 굳었다. 송 여사의 뒤로 여진이 들어오고 있었다.

태영의 굳은 얼굴을 일부러 모른 척한 채 여진이 조용히 웃었다.

"저도 함께 왔어요, 도련님."

"여진이도 바람 쐬고 싶다고 해서. 괜찮지?"

"앉으세요."

태영은 여진에게 시선도 주지 않은 채 송 여사를 상대했다.

"맛있는 거 사 줄 거지?"

"어머니 좋아하시는 거 시키세요."

"귀한 아드님이 앞에 있으니 뭐든 맛있지 않겠니?"

"그렇게 말씀하시니 저 나쁜 아들 같잖아요."

"무심하단 말과 나쁘단 말이 같다면 넌 불량 아들 맞아, 얘."

송 여사가 웃으면서 한 방을 날렸다.

"어차피 좋은 아들 못 될 거면 앞으로 이런 것도 안 할까 봐요."

"어머! 안 돼, 얘!"

일부러 건드려 놓고 본전도 못 찾게 된 송 여사가 발끈했다. 옆에서 여진이 소리 없이 웃었다.

"어머니, 강공은 도련님께 안 통할 거 같아요."

"그러게 말이야. 야박한 놈이 꼭 엄마한테 져 주지도 않고 이렇게 뻣뻣하게 군다니까?"

송 여사가 태영에게 타박의 눈초리를 날리다 피식 웃었다.

송 여사가 주문한 식사는 훌륭했고 소녀 감성 터지는 어머니와의 대화도 즐거웠다. 그러나 내내 자신을 향한 시선 하나는 불쾌하고 불편했다.

"형도 같이 오지 그러셨어요?"

여진을 겨냥한 소리에 태영을 보며 웃던 여진의 입가가 살짝 굳었다. 두 사람의 분위기를 알 리 없는 송 여사가 대신 답했다.

"안 그래도 그러자고 했는데 네 형이 싫다고 하더라. 의연한 척해도 아직 사람들 많은 곳은 불편하겠지."

"형이 원래 자존심이 강하잖아요. 형수님이 더 살펴 주셔야겠어요."

"…네, 그래야지요."

여진의 입에서 바른 대답이 흘러나왔다. 태영은 그 대답이 진심이기를 바란다고 쏘아붙이려다 참았다. 모처럼 즐거워하시는 어머니의 흥을 깨고 싶지 않았다.

후식으로 나오는 차까지 마시고 세 사람은 자리에서 일어섰다.

"더 붙잡고 싶지만 넌 쉬고 싶지?"

"일간 집으로 갈게요."

서운하게 보던 송 여사의 표정이 금세 환해졌다.

"오늘 데이트 즐거웠다, 아들."

"저도요."

호텔 로비로 나오자 누군가 송 여사를 불렀다.

"어머나, 이게 누구야! 잠깐만!"

송 여사가 두 사람에게 양해를 구하고 지인에게 다가갔다. 예기치 않게 둘만 남게 되자 태영은 여진을 외면했다.

"생활하시기는 불편하지 않으세요?"

"네."

"필요한 거 있으면 언제든 말씀하세요."

태영의 시선이 여진에게 차갑게 꽂혔다.

"그 말은 내가 아니라 형에게 하셔야지요."

어머니와 같이 있을 때는 찬기가 없던 남자였는데 둘만 있자 시베리아 벌판처럼 냉기가 풀풀 날렸다. 그의 말에 상처를 받으면서도 여진은 할 짓이 있어 꾹꾹 참았다. 이런 모멸감을 느끼면서도 그의 얼굴을 가까이서 보는 것이 좋으니 어쩔 수 없었다.

여진과 말을 섞기 싫어 일부러 고개를 돌리던 태영의 시선이 뜻밖에 서운을 발견하고 그대로 멈췄다.

생각지도 않은 만남에 반가움과 함께, 방어벽을 두껍게 치는 그녀의 눈빛에 그의 눈빛이 서늘하게 변했다.

예상치 못한 곳에서 만난 상황에 크게 당황해하는 그녀의 눈빛이 그대로 보였다. 그리고 잔뜩 흔들리며 어두워진 시선까지 보였다. 어째서 그런 눈빛으로 보는 거지?

그제야 태영은 자신이 여진과 단둘이 서 있다는 사실을 깨달았다. 그녀가 자신과 여진을 오해하고 있을지도 모른다는 생각이 들자 당장 풀어 주고 싶은 생각과 동시에 묘한 희열을 느꼈다. 마음속에 잠재된 악마가 깨어난 기분이었다.

그는 일부러 여진에게서 떨어지지 않고 서운을 빤히 응시했다. 여진이 자신을 어떤 눈빛으로 보고 있는지 알기에 그녀가 오해하기엔 충분할 것이다. 그의 눈빛이 풀숲에서 먹이를 노리는 맹수처럼 날카롭게 서운의 반응을 살폈다.

서운이 차갑게 외면하며 친구와 함께 자리를 피했지만 자신과 여진을 보던 눈빛에 담긴 그 동요를 분명히 읽었다. 그래서 더 화가 나려 했다.

'그렇게 흔들리면서……. 이미 들켰어, 이 여자야.'

자신에 대한 마음이 확연히 보이는데도 자꾸 밀어내는 것이 화가 나 그는 서운의 뒷모습을 끝까지 쏘아봤다. 그녀의 눈과 표정은 솔직한데 자꾸 입이 서운하게 거짓말을 한다.

여진의 시선이 그의 시선 끝에 달린 서운에게 따라갔다. 여자다.

"아는 사람이에요?"

"많이 기다렸지? 너무 오랜만에 친구를 만나서 말이야."

송 여사가 돌아오는 바람에 여진은 태영의 대답을 듣지 못했다. 순순히 대답해 줄 그도 아니었지만 조금만 늦게 오셨으면 하는 아쉬움에 표정 관리가 안 됐다.

태영이 길게 시선을 주는 여자가 누군지 몹시 궁금했다. 좀처럼 동요가 없는 그의 눈빛이 사뭇 복잡하게 흔들리는 것이 신경을 잡아끌었다.

'대체 누구이기에…….'

혹시 다른 여자를 마음에 둔 건가 싶어 착잡해진 여진의 눈가에 그늘이 졌다.

"가세요. 집까지 모셔다 드릴게요."

"그럴래?"

태영이 송 여사와 함께 움직이자 여진은 서운이 사라진 곳을 돌아보며 그들을 따라갔다.

"무슨 생각을 그렇게 해?"

밥을 먹다 말고 멍 때리고 있는 꼴을 보다 못해 화신이 한마디

했다. 그제야 정신이 번쩍 들었다.

"아, 미안."

"이게, 기껏 우울한 기분 풀어 주려고 비싼 밥까지 사 주는데 왜 나사 풀린 얼굴을 하고 그래? 입에 안 맞아?"

"아니야."

타박하는 화신을 보며 서운은 인상을 찌푸렸다.

"나 병날 것 같아."

"어디가 안 좋은데?"

"심장에서 열이 나는 거 같아."

걱정스럽게 보던 화신의 눈빛에서 대번에 날카로운 촉이 발동했다.

"그 정도면 죽을병 걸린 거 아니냐?"

"이게 말을 해도!"

"아까부터 우거지상 쓰고 있으니까 그러지. 너 좀 이상해. 로비에서 못 볼 거라도 봤어?"

하여간 차화신 눈치 빠른 거 하난 알아줘야 한다.

"그랬나 봐. 누구 좀 두들겨 패 주고 싶어."

화신이 에이드를 마시다 말고 서운의 얼굴을 가만히 봤다.

"도둑맞았어?"

"뭘?"

"네 심장 말이야. 어떤 놈한테 털렸냐고."

"…아니야."

"쓰읍, 너 거짓말하면 티 난다고 하지 말랬지? 너덜너덜 이미 개털 됐는데 뭘 자꾸 아니래? 입으로만 아니라고 하면 아닌 게 돼? 누군지 불어 봐. 이 언니가 상담해 줄게."

연애라면 박사 학위도 따고 남을 정도인 화신의 경력을 믿기에 서운은 솔직하게 털어놨다.

"아까 로비에서 진 본부장 봤어. 어떤 여자랑 둘이 있더라."

접촉 사고부터 대형 사고까지 태영과 일어났던 일을 다 알기에 화신은 제법 진지한 표정으로 경청했다. 그리고 신중하게 서운의 표정에 집중했다.

"나 웃기지? 그 사람하고 연애는 하지도 않았으면서 꼭 실연당한 사람처럼 굴잖아. 바람난 남자 친구도 아닌데 질투나 하면서 말이야."

"중증이니까."

"내가?"

"이미 그 남자한테 홀딱 넘어갔잖아. 병이 깊은 걸 왜 너만 몰라."

"그럼 이제 어째야 해?"

"뭘 어째? 같이 털어야지."

"뭐?"

"혼자만 털릴 수는 없잖아. 너도 털어, 그 남자 심장."

역시 차화신다운 답이다. 머뭇거리는 서운에게 화신이 조언했다.

"그 남자가 먼저 연애하자고 했다며? 그럼 너한테 마음이 있다는 거잖아. 털기도 쉽겠네, 뭐."

"근데 내가 싫다고 해서……."

"그럼 다시 좋다고 해."

화신이라면 어렵지 않을 것이다. 하지만 그에게 다시 번복할 자신은 없었다. 그새 정떨어졌다고 거절이라도 당하면 죽고 싶을 것 같다.

미적거리는 서운을 보며 화신이 한숨을 내쉬었다.

"너 그러다 진짜 병나. 낮에 약 먹었어도 효과 없었다며? 그게 몸에 몸살이 난 게 아니라 네 그 비실비실한 마음 주머니에 몸살이 난 거니 들을 리가 없지. 낫고 싶으면 제대로 된 약을 써야지. 괜히 몸만 못살게 굴지 말고 한번 부딪쳐 봐."

화신의 진심 어린 충고에도 서운은 쉬이 결심하지 못했다.

그를 거절하면서 힘들 줄은 알고 있었다. 그래도 버티면 괜찮아질 거라 생각했다. 그런데 시간이 지날수록 마음이 더 고역이었다. 그에 대한 마음이 이렇게 깊어지는 건 생각하지 못한 변수였다.

"머릿속이 복잡하면 눈 딱 감고 언니 한번 믿어 봐. 그리고 나중에 그 남자랑 잘되면 이것보다 훨씬 비싼 밥 사."

화신이 경직된 기분을 풀어 주는 소리에 서운은 피식 웃었다. 힘들 때 이야기를 들어 줄 친구가 있다는 것은 분명 복 받은 일이다.

※

주말 내내 머리가 터지게 생각만 하다 기어이 탈이 났다.

월요일 아침에 일어났다가 몸이 천근이라 다시 침대에 드러누웠다. 머리에 열도 나고 천장이 조금 도는 것도 같다. 제대로 탈이 날 모양이다. 진짜 가지가지 한다.

서운은 미강에게 전화를 걸어 연차를 내 달라고 부탁했다. 당연하게 미강이 펄쩍 뛰었다.

-어디가 아픈데?

"몸살기가 있어. 오늘 하루 쉬고 나면 괜찮아질 거니까 걱정하지 마."

-혼자 있으면서 아프면 서럽잖아. 점심시간에 먹을 거라도 사다 줘?

"그럼 더 병날 거 같아. 알아서 배 터지게 먹을 거니까 걱정 끄셔."

겨우 달래서 전화를 끊고 서운은 이불을 틈새 없이 돌돌 말고 다시 잠이 들었다. 그리고 다시 깨어났을 땐 점심시간이었다. 다행히 조금 더 잔 덕에 컨디션은 아침보다 나았다.

하루 종일 쉬고 싶지만 꾸역꾸역 일어나 점심을 챙겨 먹고 나갈 준비를 했다.

그동안 그와 마주칠까 봐 가져오지 못했던 짐을 가지러 가야 했다. 평일이라 그는 출근했을 거니까 몰래 다녀오면 될 것이다.

비비크림만 엷게 펴 바르고 헐렁한 티셔츠에 청바지를 걸쳐 입고 그의 아파트로 갔다.

혹시나 그가 비밀번호를 바꿨으면 어쩌나 걱정했는데 다행히도 비밀번호는 그대로였다. 묘한 희열이 느껴졌다.

아무도 없는 빈집에 들어가자 기분이 이상했다. 그와 함께 드러누웠던 거실 바닥을 보니 저절로 그날의 일이 펼쳐졌다. 아무리 생각해도 뭐에 홀린 밤이었다.

인상을 찌푸리며 계단으로 올라가려던 그때 갑자기 안방 문이 열리고 태영이 나오자 서운은 경기하듯 놀랐다.

서늘한 시선으로 보던 태영이 천천히 다가오자 서운은 도망가고 싶은 충동을 느꼈다. 이 시간에 그가 어떻게 여기에 있을 수 있지? 운명에게 뒤통수를 후려 맞은 배신감에 기분이 얼얼했다.

그의 앞에서 당황해하는 모습을 보이기 싫어 그녀는 갖은 용을 써 최대한 침착한 목소리를 만들어 냈다.

"집에 계신 줄 몰랐어요. 짐 가지러 왔습니다."

"날 피하려고 이 시간에 온 건가요?"

직접적으로 묻는 소리에 서운 역시 돌려 답하지 않았다.

"…그게 피차 좋을 거 같아서요."

"근데 어쩌죠? 난 서운 씨랑 이렇게 있는 게 더 좋은데."

그가 너무 가까이에 서 있자 서운은 본능적으로 슬쩍 뒤로 물러섰다. 그의 한쪽 눈썹이 비스듬히 올라가며 태영이 그녀와의 간격을 다시 좁혔다. 당황한 서운이 다시 뒤로 가려고 하자 그가 경고했다.

"물러나지 마요. 그럼 더 가까이 갈 거니까."

낮게 흘러나오는 남자의 중저음에 묘한 힘이 실려 서운은 그대로 서 있었다. 하지만 그가 너무 가까이에 있어서 온 신경이 올올이 곤두섰다. 마치 그물에 걸린 새가 된 기분이었다.

무슨 말이라도 하지, 말도 없이 빤히 보기만 하자 숨이 거칠어지려 했다.

"이렇게 흔들리면서."

정곡을 찌르는 소리에 순간 위험을 감지하고 서운은 탈출을 시도했다.

"올라가 보겠습니다."

급하게 달아나려다 순식간에 그에게 팔이 붙잡혔다. 당기는 힘에 끌려간 몸이 차가운 벽에 닿았다. 정신을 차릴 새도 없이 그가 양팔로 벽을 짚자 그의 안에 꼼짝없이 갇혀 버렸다.

"이게 무슨……."

놀라 보는 시선을 사로잡으며 태영이 느릿하게 말했다.

"이제 달아나게 두지 않아."

무슨 의도로 한 소린지 이해하기 위해 서운의 머리가 바쁘게 돌아갔다. 그가 다른 날과 조금 달라 보여 서운은 긴장했다. 평소의 매너 있고 점잖은 분위기와 사뭇 달랐다.

"제게 왜 이러시는지 모르겠네요."

"당신이 날 서운하게 만드니까."

당신이라는 말이 심장을 뭉근하게 울렸다. 하지만 서운은 최대한 가슴을 식히고 그를 대하려 애썼다.

"무슨 말씀인지 모르겠습니다. 그때 얘기 다 끝났고 저는 오늘 제 짐을 가지러 온 것뿐이에요. 그러니까 비켜 주세요."

마음속 떨림을 누르고 최대한 서늘한 어조로 얘기했지만 그는 끄떡도 하지 않았다. 이러는 그가 좀 낯설면서도 묘한 설렘을 유발했다.

"형수님이에요."

"무슨 말씀을 하시는지……."

"어제 호텔 로비에서 같이 있었던 사람이요. 어머니가 잠깐 자리를 비운 사이였어요."

"왜 제게 그런 말을 하시는지 모르겠네요."

"오해하는 것 같아서."

이 남자가 관심법이라도 쓰나. 제 속을 들여다본 것처럼 짚자 서운은 마른침을 삼켰다.

"오해 안 했습니다."

"거짓말."

"정말이에요. 본부장님이 누구랑 같이 있든 저와는 상관없는 일이에요."

갑자기 태영이 손으로 뺨을 만지자 서운의 눈이 댕그랗게 커졌다. 다른 남자가 이랬다면 당장 손바닥이 날아갔을 일인데 도리어 가슴이 떨리는 것이 신기할 정도다.

"또 거짓말. 이렇게 흔들리면서."

"이러지 마세요."

"거짓말이 아니라면 들키지 말라고 했잖아요."

달아날 틈을 모조리 막아 버리고 구석으로 모는 그에게 서운은 위기감을 느꼈다. 제대로 사냥하는 법을 아는 맹수와 같은 남자였다. 정상적인 이성이 그의 가슴을 밀치고 달아나라고 종용했지만 그가 놔줄 리 없을 것이다. 그 와중에 조금 모자란 이성이 그에게 사실대로 고백하라고 삽질을 하고 있었다.

"진짜 저한테 원하시는 게 뭔가요?"

"이서운, 당신."

곧고 단호한 대답에 서운은 저도 모르게 아랫입술을 깨물었다. 그러다 이내 생각을 정리했다. 자신을 믿어 보라는 화신의 충고가 떠올랐다.

그녀의 이에 물려 있다 풀려난 아랫입술에 점차 붉은 기가 돌았다. 태영의 시선이 조금 가늘어지며 목울대가 움직였다.

"처음 본부장님께서 사귀자고 했을 때 흔들렸던 거 사실입니다. 떨리기도 했어요. 하지만 거기까지예요. 본부장님을 남자로 만나기엔 제가 감수해야 할 것들이 너무 많아 하고 싶지 않았어요. 겁쟁이라고 하셔도 할 말 없어요."

태영이 못마땅한 표정으로 아무 말도 하지 않자 불편한 공기가 더 짙어지며 서운은 긴장했다.

"사실 본부장님이 제게 진심으로 한 말인지도 아직 잘 모르겠습니다. 감정이 생기기엔 서로 시간이 턱없이 부족했고 그날 밤의 일이 없었다면 그런 말을 했을까 싶었습니다."

그의 입에서 짧게 바람 빠지는 소리가 흘러나오자 서운은 그의 눈치를 살폈다. 표정을 가늠할 수는 없지만 입을 꾹 다물고 있는 것으로 보아 기분이 상한 것 같았다. 괜한 소리를 했나 싶었지만 솔직한 심정이고 이미 뱉은 소리니 이젠 버티는 수밖에 없었다.

"아닙니다."

"예?"

"그날 밤 일 때문에 결심을 굳히긴 했지만 서운 씨에 대한 마음은 그 전부터예요."

서운이 말도 안 된다는 표정으로 그를 응시하자 태영은 그녀의 눈을 똑바로 보며 얘기했다.

"그날 생일인 거 알고 있었어요."

"예? 본부장님이 어떻게요?"

"아파트 앞에서 친구랑 통화하는 거 들었어요. 회사에서 직원 생일이 언젠지 알아보는 건 일도 아니죠."

"그럼 미역국이랑 시계도 우연이 아닌 건가요?"

"맞아요. 생일이라서 그런 겁니다. 내가 제일 먼저 축하하고 제일 마지막까지 축하해 주고 싶어서요. 나 누군가에게 미역국 끓여 준 거 처음입니다."

생각지도 않은 사실에 놀란 서운의 입이 살짝 열렸다. 어쩐지 우연치고는 너무 연달아 타이밍이 기막히다고 했다. 그런데 우연이 아니었다니. 다시 한 대 거하게 얻어맞은 기분이라 할 말을 잃었다.

"이제 좀 오해가 풀려요? 나 아무리 사정이 딱하다고 해도 아무 여자나 집에 들이지 않아요. 하룻밤 잤다고 사귀자고 하는 생각 없는 놈도 아닙니다. 다 이서운이라 그런 거였어요. 그러니 내 마음 멋대로 넘겨짚지 말아요. 진짜 서운해지니까."

어떻게 반응해야 할지 몰라 서운은 눈만 깜빡거리며 그를 마주 봤다.

"서운 씨도 내게 흔들리는 거 알고 있었지만 싫다고 해서 그 의견 존중해 주려고 했어요."

"……."

"하지만 이젠 안 그럴 겁니다."

"갑자기 왜……."

마음이 변했냐고 묻고 싶었지만 그가 뚫어지게 보자 뒷말은 삼켜 버렸다.

"더는 못 참겠으니까. 다른 남자하고 웃는 것도 거슬리고 날 보면 피하는 것도 못 봐주겠으니까."

으름장을 놓듯 내뱉는 소리에 서운의 눈동자가 다시 심하게 흔들렸다. 차마 그의 강렬한 눈빛을 마주 보지 못하고 그녀는 고개를 돌려 버렸다. 하지만 태영이 다시 붙잡아 돌리자 그의 시선 아래 묶였다. 그의 눈빛이 조금 더 짙어지며 숨이 거칠어지고 있었다.

"당신도 같잖아. 아니야?"

"저는……."

양날의 칼처럼 설렘과 두려움이 동시에 파고들어 서운은 미간을 찌푸렸다. 이렇게 빠질까 봐 꾸역꾸역 밀어내려 했던 건데 이미 엉켜 버린 마음 줄을 어찌해 볼 수가 없다. 앞날이 어떻게 풀리든 지금은 그저 자신을 원한다는 남자를 잡고 싶었다.

서운이 복잡한 심정으로 보기만 하자 내내 참고 있던 그가 거칠게 그녀의 뒤통수를 끌어당겨 입술을 물었다.

순식간에 맞물린 입술이 격정적으로 서로를 탐하기 시작했다. 참고 참았던 태영의 혀가 그녀의 혀를 끌어안고 격한 감정을 터뜨렸다. 벌을 주듯 있는 힘껏 빨아 당겼다 깨물었다.

차가운 벽에 기대며 실낱같은 냉정을 지탱하다 그의 뜨거운 가슴에 안기자 몸이 삽시간에 달아올랐다. 저도 어떻게 할 수 없는 감정의 봇물이 터져 버려 서운은 솔직하게 그에 대한 마음을 인정했다. 숨도 못 쉬게 몰아붙이는 그의 격정에 가슴이 터져 버릴 것 같았다. 그녀는 한껏 입술을 열어 그를 받아들였다.

따뜻한 커피 향이 흩어지는 거실에서 두 사람은 소파에 마주 앉았다. 그와 혼이 나갈 것 같은 키스를 하고 난 후라 서운은 그의 커피 잔으로 시선을 내렸다. 술을 마신 것도 아닌데 정신없이 그와 엉켜 있었던 사실에 볼이 식을 줄 몰랐다.
 그런 그녀의 수줍음을 알기에 태영은 부드럽게 웃기만 했다.
 "연애하는 겁니다."
 "대신 연애만 해요."
 "그래요. 연애부터 합시다."
 애매한 뉘앙스에 뭔가 또 그에게 말리는 것 같지만 따질 정신이 없었다. 그래, 연애는 얼마든지 할 수 있잖아? 굳이 그와 자신의 처지를 비교할 필요도 없으니 둘만 가 보자 싶었다.
 "대신 회사에서는 몰랐으면 해요. 그리고 한쪽이 아니라고 할 땐 언제든 끝냈으면 해요."
 "당연해요. 끝난 후에 지저분하게 구는 일 없어요."
 커피를 한 모금 마시며 태영이 슬쩍 물었다.
 "이대로 여기서 지내면 안 돼요?"
 "그건 안 될 거 같아요."

서운이 딱 잘라 대답했지만 그는 크게 서운해하지 않았다. 어차피 나올 답을 알고 물은 것이니까.

"그래요. 나가야 편하다면 그렇게 해요. 대신 서운 씨 집은 같이 골라요."

"아니, 그건 제가 알아서……."

구하겠다는 소리를 그가 낚아챘다.

"지금 집처럼 불안한 곳에서 지내게 할 수 없으니 같이 해요. 그래야 내 마음이 놓일 것 같으니까."

"하지만 그건 제 일인데."

"이젠 내 일이기도 해요."

그가 없었다면 길기준에게 받은 상처로 남자에게 트라우마가 크게 남았을 것이다. 하지만 가장 필요할 때 그가 있어 줘서 기준의 일은 신기할 정도로 두드러지지 않았다. 그래서 이 남자의 존재가 더 고맙고 든든했다.

"참, 오늘 회사 안 나가신 거예요? 어떻게 이 시간에 계세요?"

"나갔다 들어왔어요. 오후 일은 재택으로 돌리고."

"왜?"

"왜겠어요? 분명 나 없을 때 짐 가지러 올 것 같아서 잡으러 왔죠."

자신을 위해 그가 이렇게까지 한다는 것이 도통 믿기지 않으면서도 괜히 우쭐해진다.

"정리 끝났으니 이제 밥 먹읍시다. 앉아 있어요. 맛있는 저녁 만들어 줄 테니 먹고 가요."

시간이 언제 이렇게 흘렀을까. 그와 함께 있어서 시간 가는 줄도 몰랐다. 서운이 그를 따라 주방으로 들어갔다.

"제가 도와 드릴게요."

"그래요, 그럼."

그가 다정하게 웃으며 돌아섰다. 처음 보는 부드러운 미소에 서운의 가슴이 출렁거렸다.

태영이 싱크대 서랍에서 앞치마를 꺼내 서운의 목에 걸었다. 그러더니 그대로 양팔 안으로 손을 넣어 허리 뒤로 매듭을 묶었다.

불시의 공격을 받고 그에게 안긴 꼴이 되자 서운은 뻣뻣하게 굳었다. 그러면서도 숨을 죽이며 그의 손길을 예민하게 느꼈다.

"본부장님."

"이름 불러요."

"아직은 어색해서요."

"익숙해집시다. 이것부터."

매듭을 묶고도 바로 물러나지 않던 그가 목덜미에 입술을 누르자 서운은 움찔 놀랐다. 남자의 뜨거운 입술이 닿은 곳이 타들어 가는 것 같았다. 미세한 솜털을 건드리는 그의 숨결을 느끼며 서운은 그와 연애를 시작하기로 한 것이 잘한 것인지 진지하게 의심했다.

이상하게 그와 있으면 마음먹은 대로 되는 일이 없다. 짐 가지러 와서 사귀기로 하다니. 어떻게 이런 극적인 반전이 있을 수 있을까. 그와 만나기만 하면 마치 드라마의 여주인공이 되는 기분이다.

제8장
비밀 연애

 그가 만들어 준 파스타는 훌륭했다. 후식으로 준 차 맛까지도 좋았다. 맨입으로 덥석 받아먹기만 해서 미안하기도 했지만 요리에는 젬병이니 어쩔 수 없었다. 홀딱 빠져서 그런지 도대체 흠 잡을 곳이 없는 남자다.

 색깔이 분명한 그의 시선을 느낄 때마다 아직도 살짝 어색한 긴장감이 흐르지만 그래서 더 좋기도 했다. 뭐든 시작할 때가 가장 설레는 법이니까.

 눈이 마주칠 때마다 무슨 말을 해야 할지 고민이 되는 걸 보면 그가 완전히 편하진 않은 것 같지만 상관없었다. 어차피 오래가지 않을 거니까.

 서운은 조용히 찻잔을 내려놓는 남자의 손에 시선을 내렸다.

커다란 손에 남자답게 튀어나온 핏줄이 그의 자신감을 표현하고 있었다. 어떻게 된 게 이 남자는 핏줄도 섹시하다.

나른한 시선으로 보다 흠칫 놀라 서운은 희미하게 고개를 흔들었다. 요즘 들어 여태 깨닫지 못했던 자신의 의외의 모습에 깜짝깜짝 놀란다. 이렇게 밝히는 여자였던가?

아까도 분명 맨정신이었는데 말술을 마신 날처럼 찐하게 그와 키스를 했다. 그가 절제력 있게 놓아주어서 다행이지 그렇지 않았다면 그 이상도 갔을 것이다. 요즘 스스로의 다채로운 모습에 놀라는 중이다.

어쩌다 그와 이런 사이까지 됐는지 불쑥불쑥 이해가 되지 않기도 했다. 그냥 지나가다 갑자기 날아온 공에 한 대 맞고 정신 차려 보니 모든 게 달라져 있는 상황이었다.

그래도 진태영이라는 남자가 바로 앞에 있다는 사실이 신기하기는 했다. 아직까지 그와 말 한번 섞어 보지 못해 동경의 시선으로 보는 여직원들도 많은데 지금 모습을 보면 아마 기절하지 않을까 싶다. 그 생각을 하니 속없이 괜히 우쭐해진다.

이런 말도 안 되는 시간들이 얼마나 계속될까 생각했지만 그 또한 털어 버렸다. 그와 연애를 하더라도 집착하고 매달리지는 않을 거니까. 그래야 나중이 수월하다.

서운은 조용히 찻잔을 내려놨다.

"그만 가야겠어요."

"오늘은 여기서 자요."

"여기서요?"

"그래요. 이대로 보내기 싫어요."

"하지만."

"같이 자자는 거 아니니까 그냥 있어요."

어떻게 받아쳐야 할지 몰라 서운은 다시 입을 다물었다. 아무래도 이 남자 화법에 좀 익숙해져야겠다. 도대체 하루에 사람을 몇 번이나 들었다 놨다 하는 거야.

그래도 될까 고민을 살짝 했지만 어차피 연인이 되기로 한 사이에 극구 그를 뿌리치고 가고 싶지는 않았다. 내일 출근할 때 입을 옷도 있으니 하루 정도는 괜찮겠지.

"그럼 설거지만 하고 올라갈게요."

"그래요, 오늘은."

끝말의 뉘앙스를 속으로 곱씹으며 서운은 식탁 위의 찻잔을 싱크대로 가지고 갔다. 그리고 수세미에 세제를 묻혀 뽀득뽀득 닦기 시작했다. 기름기가 묻었던 그릇이 뽀드득 소리가 나게 깔끔해지는 것이 기분까지 개운했다.

"설거지 잘하네요."

"요리 대신 늘 설거지 담당이었거든요."

싱크대 물기까지 싹 제거하고 행주를 탈탈 털어 널려는 순간 뒤에서 그의 손이 들어왔다. 놀랄 겨를도 없이 등에 단단한 그의 몸이 닿았다. 가슴이 클 거라고 생각은 했지만 막상 포옥 안기니 더 크고 단단하게 느껴졌다. 등에 닿는 남자의 가슴에 서운의 가슴이 크게 동요하고 있었다.

서운은 잠시 동안 그에게 가만히 안겨 있었다. 귓가를 간질이는 남자의 숨결이 여심을 간질이고 있었다. 심장이 두근거리며 조금 많이 행복하다는 생각이 들었다. 신기하게도 그동안 묵직하게 뇌를 짓누르던 두통이 어느덧 사라졌다.

다음 날 서운은 아침 일찍 집에서 나왔다. 그와 하룻밤을 보내고 새벽에 달아났던 때와는 확실히 기분이 달랐다.
발상을 바꾸면 이렇게 세상의 빛이 달라지는데 그동안 끙끙 앓고 혼자 겨울을 나고 있었던 것을 생각하니 헛웃음이 나왔다.
물론 마음이 마냥 편한 것만은 아니었다. 이제 겨우 시작하는 단계지만 그와 사이가 더 깊어지면 그에 딸려 올 다른 문제점들을 생각하면 한숨이 나오기도 했다.
하지만 오지도 않은 일을 미리 걱정하지는 않기로 했다. 지금은 그저 현재 자신의 감정에 충실하기로 했다. 그래야 나중에 후회도 없을 테니까.
뭐든 시작하는 단계가 가장 설레고 좋은 것 같다. 그와 죽고 못 사는 사이가 되고 싶기도 했지만 지금은 이 첫사랑 같은 감정을 즐겨 보고 싶었다.
사무실 자리에 앉자마자 컴퓨터를 부팅시켜 놓고 커피를 한 잔 타 왔다. 어제 갑자기 하루를 쉰 탓에 밀린 일을 몰아서 처리해야 하니 마음이 바빴다.
미열람된 문서와 메모들을 꼼꼼히 읽어 할 일을 체크한 후 메모장에 적어 모니터 테두리에 붙였다. 그러고는 전투에 임하듯 곧바로 일에 집중했다.

그렇게 정신없이 집중하고 있는데 서늘한 손이 이마를 쓰윽 만졌다.
"열은 없고."
서운이 고개를 들고 피식 웃자 미강이 씨익 웃었다.
"실실 쪼개는 걸 보니 기분도 괜찮은 거 같고. 살아났네?"
"누가 들으면 죽을병 걸린 줄 알겠다."
"싹 다 나은 거지?"
"응, 멀쩡해."
미강이 실눈을 뜨고 서운의 얼굴을 요리조리 살폈다.
"아무래도 수상하단 말이야. 냄새가 나."
미강이 코를 들이대며 쿵쿵거리자 서운이 기겁하며 그녀를 밀었다.
"또 시작한다."
"며칠 동안 네 주변을 떠돌던 우울한 회색 기운이 안 보인단 말이야. 음, 이 기운은 아무래도 핑크빛 기운인데 말이야. 혹시 본부… 읍!"
서운이 잽싸게 미강의 입을 틀어막고 그녀를 밖으로 끌고 나갔다.
"너 진짜 주둥이 단속 안 할래?"
"미안. 근데 너 뭐야, 이 격한 반응은? 정리했다더니 다시 시작하기로 한 거야?"
"그래. 일단 그러기로 했어."
"오오! 이서운 궁둥이 팡팡 해 줘야겠는걸? 진짜 잘했어! 며칠 동안 10원짜리 인상 쓰고 다니는 거 꼴 보기 싫어 죽겠더니만 이렇게 웃으니까 얼마나 좋아?"

미강이 호들갑을 떨며 제 일처럼 기뻐해 주자 정말 큰일이라도 해낸 것처럼 우쭐해졌다.

"이 대리, 몸은 괜찮아?"

뒤에서 툭 치고 들어오는 소리에 서운이 깜짝 놀라 돌아섰다. 막 출근하는 방 과장이 서 있었다.

"네, 과장님. 괜찮습니다."

"거 컨디션 조절 잘해. 다른 직원들에게 피해 가지 않도록."

"네, 알겠습니다."

어쩐지 가시가 박힌 말투에 서운은 살짝 당황했다. 방 과장이 스윽 떨떠름한 시선을 한 번 주더니 안으로 들어가 버리자 미강이 팔을 잡아당겼다.

"신경 쓰지 마. 본부장님이 거리 두기를 하는 바람에 우리 과장님 요즘 기분이 계속 그날이야. 곧 승진해야 하는데 아무 방법도 안 통하니 몸이 달았어, 아주."

"예민해 보이긴 하네."

"원래 좀 지랄 맞은 데가 있잖아. 연차 내면 꼭 자기한테 전화해야 한다고. 꼰대 기질이 있어서 너한테 부어 있을 거야. 그리고 이건 또 최근에 얻어들은 건데 방 과장이 길 의원하고 친분이 있다나 봐. 그래서 길기준 나간 거에 대해 너한테 더 통통거릴 수도 있어. 평소에도 엄청 길기준 감싸고돌았잖아."

"과장님이 기준 씨랑 내가 만난 거 알아?"

"길기준이 말했으면 알겠지."

서운이 미간을 찌푸렸다.

"피곤하겠네. 확실히 예전보다 과장님 눈치가 달라지긴 했어."

"한심한 일이지. 아무리 이름이 방귀남이라고 방귀만 계속 뀌면 뭐 하냐고, 똥을 싸야지. 저렇게 줄을 설 줄 모르니 승진을 못하지. 눈앞에 있는 황금 줄을 몰라보고 갈구려고만 해서야 되겠냐 이 말이야."

"직원들 들으니까 제발 좀 닥쳐!"

직원들 눈치를 보며 서운이 핀잔을 주자 미강이 혀를 날름 내밀며 웃었다.

서운은 그녀를 흘겨보다 막 엘리베이터 밖으로 나오는 태영과 눈이 마주쳤다. 서운이 사무적으로 인사를 건네자 그가 눈을 가늘게 뜨며 나무라듯 보다 피식 웃으며 사라졌다. 돌아서는 그의 눈에 꿀이 묻어 있었다.

"좋단다. 아주 녹네, 녹아!"

눈치 빠른 미강이 호들갑을 떨자 서운은 급기야 그녀의 입을 손으로 틀어막고 안으로 끌고 들어갔다.

자리에 앉자 모니터 하단에 주황색 불이 들어왔다. 왠지 누구일지 알 것 같은 예감에 웃으며 클릭했다.

[메모만 달랑 남겨 놓고 그렇게 가는 게 어딨어요?]

[같이 출근할 수는 없잖아요.]

[그래도 아침 인사는 하고 가야죠.]

[쑥스러워서……]

랜선을 타고 그의 한숨이 전해져 오는 것 같았다.

[얼른 익숙해져야 할 것이 한둘이 아니네요.]

[천천히요.]

[미안한데 난 싫어요.]

브레이크가 고장난 사람처럼 직진으로 밀어붙이는 것이 싫으면서도 또 좋다. 그를 만난 이후부터 속에서 아예 두 개의 자아가 사는 것 같다. 그리고 그것 역시도 곧 하나로 통합이 될 것이다. 이미 마음이 거의 그에게 쏠려 버렸으니까.

[나 안달하게 해 놓고 버티지 말아요.]

[버티면요?]

[혼내 줘야지.]

[무섭네요. 기대도 되고요.]

[기대해도 좋아요. 퇴근하고 집에서 봅시다.]

그의 집이 처음도 아닌데 이상하게도 뉘앙스가 다르게 전달되어 심장이 살짝 떨렸다.

[대답.]

[알겠습니다.]

[좋아요. 좋은 하루 보내요. 다른 남자들이랑 너무 웃지 말고.]

[들어가세요.]

[보고 싶으면 찾아와도 돼요.]

메신저 창을 보는 눈빛이 그윽해지며 입가에 스르륵 미소가 걸렸다. 하지만 서운은 제 얼굴이 어떤지 알지 못했다.

메신저를 끄고 서운은 일에 집중했다. 그러면서도 문득문득 마음은 복도 끝에 있는 그에게 넘어가고 있었다.

 점심시간이 되자 서운은 미강과 점심을 먹으러 복도로 나왔다. 엘리베이터 앞에 서 있는 태영을 발견하고 그녀는 몰래 그를 감상했다.
 깔끔한 슈트 차림에 흐트러짐 없는 그는 조금의 빈틈도 없어 보였다. 회사에서의 모습은 집에서 둘만 있을 때의 모습과는 완벽하게 달랐다. 그의 다른 모습을 아는 사람이 자신밖에 없다는 사실이 뭐라도 되는 양 우쭐하게 만들었다. 비밀 연애란 이래서 짜릿한 맛이 있다.
 "안녕하세요, 본부장님!"
 갑자기 미강이 우렁차게 인사를 건네자 태영이 돌아봤다. 미강의 인사를 받은 태영의 시선이 도전적으로 서운을 응시했다. 직원들이 하나둘 나오고 있어서 서운은 그의 눈빛을 외면했다.
 엘리베이터 문이 열리자 직원들과 함께 엘리베이터 안쪽으로 밀려 들어갔다.
 의도적인지 태영이 제 옆에 서자 서운은 일부러 앞으로 시선을 던졌다. 그 역시 돌아보지 않고 정면을 응시했다.
 그러다 커다란 손이 허리에 닿자 서운의 눈이 댕그랗게 커졌다. 놀란 그녀가 자신도 모르게 그를 돌아보자 기다렸다는 듯이 태영이 싱긋 웃었다. 서운이 눈에 힘을 주며 하지 말라고 신호를 보냈지만 태영은 짓궂게도 그녀의 허리를 쓸었다.

직원들이 행여 눈치챌까 신경 쓰면서 서운이 그의 손을 밀어내려 했다. 하지만 그가 손을 잡아 버리자 그대로 얼음이 되어 버렸다. 태영이 손가락으로 손바닥을 쓸다 가만히 잡아 쥐자 그 느낌이 좋아 서운은 손을 빼지 않았다. 사람들 몰래 비밀리에 나누는 스킨십이 묘한 스릴과 희열을 가져다주었다.

엘리베이터가 로비에 도착하고 태영이 손을 놓아주자 오히려 서운한 느낌이 가득했다. 차마 그의 얼굴을 보지 못하고 서운은 그대로 밖으로 나갔다. 엘리베이터 문이 닫힐 때까지 그가 뚫어지게 보고 있는 시선을 느끼는 것도 심장을 들뜨게 했다.

"둘이 뭔 짓 했어?"

갑작스런 미강의 지적에 정신이 화들짝 들었다. 그래, 우주 최강 눈치를 가진 유미강을 잊고 있었다.

"했네, 했어."

"무슨 소리야!"

"너 얼굴 익었어. 그렇게 펄펄 뛰니까 더 수상한데? 이것들이 진짜 공공장소에서."

"제발 조용히 좀 가자."

"바람직한 현상이란 말이지. 원래 연애란 눈에 뵈는 게 없이 시작할 때가 제일 살 떨리거든. 좋을 때다. 부러워!"

"그렇게 부러우면 연애하든가."

"나 유부녀거든?"

"그럼 닥치시든가."

징징거리는 미강의 팔을 붙들고 서운은 최대한 빠른 걸음으로 걸었다.

[끝나자마자 와요]

퇴근을 30분 앞두고 날아온 그의 메시지에 반협박이 담겨 있는 것이 왜 이리 좋은지 모르겠다.

아침부터 엉덩이 한번 떼지 않고 죽어라 집중한 덕에 다행히 퇴근 시간은 맞출 수 있었다. 갑자기 방 과장이 부르기 전까지는.

"이서운 대리, 잠깐 와 보지."

서운은 방 과장의 자리 앞 회의 탁자로 가는 길에 미강과 눈이 마주쳤다. 아니나 다를까, 미강이 오만 인상을 쓰면서 소리 없이 욕을 해 대고 있었다. 그 모습을 보니 속이 좀 풀렸다.

"내일 간부 회의에서 발표할 자룐데 프레젠테이션 자료 좀 부탁해. 내일 아침에 볼 수 있겠지?"

"내일 아침까지요?"

"이 대리가 어제 연차여서 좀 전달이 늦었네. 퇴근 시간 아직 남았으니 부탁해. 파일 메일로 넣어 줄게."

제 할 말만 하고 방 과장이 일어나 버리자 서운은 그냥 자리로 돌아올 수밖에 없었다. 한 가지는 확실히 알 것 같았다. 미강이 아침에 했던 말이 기우가 아니라는 것을. 방 과장이 다분히 의도적으로 난처하게 만들고 있었다.

하지만 상사가 시킨 일이니 어쩔 수 없었다. 서운은 곧바로 방 과장이 보내 준 파일을 확인했다. 어차피 해야 할 일이면 최대한 빨리 처리해야 했다.

하지만 내용을 알지 못한 채 발표 자료를 만들 수는 없기에 작업 시간이 만만치 않게 소요되는 일이었다. 퇴근 시간이 넘도록 자료를 읽고 있는 그녀에게 미강이 다가왔다.

"내 말이 맞지? 과장님 너 일부러 엿 먹이고 있는 거잖아."

"모르겠어."

"모르긴. 아침에 주면 될 걸 심술 맞게 일부러 지금 주는 것만 봐도 뻔하지. 그리고 자기는 칼퇴근이라니 이게 말이 돼? 퇴근 시간 다 돼서 일시키는 상사가 제일 진상인데 어쩜 우리 방 님은 진상 클럽에서 어디 한 군데 빠지질 않는다니? 저렇게 눈치가 없으니 승진을 못 하지. 본부장님한테 확 일러 버리지 그래?"

"뭘 그렇게까지. 이럴 때도 있는 거지. 그래도 네가 그렇게 열 받아서 욕해 주니 기분은 좀 풀린다. 내 걱정 말고 얼른 가."

"그래, 내가 얼른 가야 너도 빨리 끝내지. 하여간 눈치 없는 우리 방 과장 훗날이 걱정된다. 미리 애도를 빌어야겠어."

미강이 먼저 떠나고 직원들도 하나둘씩 사라지자 서운은 얼른 태영에게 메시지를 보냈다.

[갑자기 일이 생겨서 오늘은 못 만날 거 같아요.]

메시지를 읽은 것이 분명한데 답이 없자 조금 걱정이 되었다. 조금 더 일찍 얘기를 했어야 했나, 별의별 생각도 들었다. 사회생활을 하려면 직속 상사와 잘 지내는 것이 가장 중요하다는 말이 새삼 깊게 다가왔다.

답장이 올 때가 지났는데도 연락이 오지 않자 신경이 쓰여 집중할 수가 없었다. 그때 어디선가 보고 있기라도 하듯 그에게 메시지가 왔다.

[알았어요]

세상 간결한 메시지에 그의 기분이 담겨 있는 것이 보였다. 오늘 아침부터 기분이 계속 구름 위였는데 막판에 이상하게 꼬인 느낌이다.

미안하다는 메시지를 그에게 보내고 서운은 다시 일에 집중했다. 어쨌든 그의 답을 받았으니 마음이 놓였다.

저녁도 건너뛰고 정신없이 해치우다 보니 밤 10시가 되어서야 마무리할 수 있었다. 그녀는 작성된 파일을 출력해 오타를 확인한 후 방 과장에게 메일을 보냈다.

굶고 집중한 탓에 온몸에 진이 다 빠진 느낌이었다. 얼른 집에 가서 양푼째 비벼 먹고 싶은 심정이었다. 어쨌든 숙제를 모두 마쳤으니 홀가분하게 자리를 정리하고 밖으로 나갔다.

"다 끝났어요?"

벽에 기대 서 있는 태영을 발견하고 서운은 기절할 듯 놀랐다. 설마 퇴근을 안 한 건가?

"왜 여기 계세요?"

"내 애인이 여기 있으니까."

그의 서프라이즈에 감동을 받은 서운의 입가에 부드러운 미소가 걸렸다. 그가 다정하게 웃으며 어깨를 끌어안자 가슴이 두근거렸다.

"이제야 내 차지네. 갑시다."

생각지도 않은 감동의 위력은 대단했다. 아무도 없는 고요한 밤, 혼자 남아 있는 것이 외롭고 피곤했는데 한순간에 반전이 일어났다. 진태영이라는 남자가 마법을 부리고 있었다.

지하에 세워 둔 그의 차에 타자마자 서운이 물었다.
"저녁은요?"
"누구 따라 굶었어요."
"와, 진짜 이러면 안 되는데. 제가 너무 미안해지잖아요."
"굶고 기다린 값 받을 거니까 걱정 말아요. 우리 집으로 갑니다."
이 시간까지 같이 굶고 기다려 준 것이 고맙고 미안해서 서운은 고개를 끄덕였다. 시간을 보니 집에 가서 식사를 준비하기엔 시간도 너무 늦고 번거로울 거 같았다.
"치맥 하실래요?"
"좋아해요?"
"네. 오늘처럼 일이 늦게 끝날 때 종종 먹어요."
"그럼 좋아요."
"지금 주문할게요."
능숙하게 그의 집으로 배달을 시켜 놓고 서운은 시트에 편안하게 몸을 기댔다. 옆을 돌아보던 그가 조용히 웃었다.
"보기 좋네요."
"예?"
"처음 탔을 땐 군기 바짝 들어서 보기 안쓰러울 정도였는데. 편안해 보이니 예뻐서요."

"좋은 차라 더 편하긴 해요."

"나는 안 편하고요?"

"음, 좀 달라요. 편한데 또 마냥 편하지 않은 뭔가가 있어요."

"무슨 말이 그래요?"

살짝 골이 난 듯한 말투에 서운이 얼른 덧붙였다.

"긴장되고 떨려서 그러는 거예요. 불편한 게 아니라."

그제야 그녀의 말뜻을 이해한 태영이 오른손으로 서운의 손을 잡았다.

"운전하셔야죠."

"걱정 말아요. 허기져서 충전하는 중이니까 가만히 있어요."

"가만히 보면 선수 같기도 해요."

"오글거려요?"

"아뇨. 두근거려요."

이런 소리가 입에서 나올 줄이야. 마음을 열기로 하니 스스로도 낯간지러운 소리가 허락도 없이 툭툭 나간다. 서운이 민망해 창밖으로 고개를 돌리자 태영이 손에 힘을 주었다. 커다란 남자의 손에 잡혀 있는 것이 안전하고 따스해 좋다.

그를 만나기 전에는 방 과장에게 온갖 욕을 퍼붓고 있었는데 문 앞에서 기다리고 있는 남자를 본 순간 짜증이 싹 사라졌다.

서운은 슬그머니 운전 중인 태영을 시선으로 더듬었다. 그의 소소한 배려 때문에 고단함이 풀리고 있었다. 그와 연애하길 잘했다.

"아, 배고프다."

"죄송해요. 저 때문에."

"누구 때문인 것은 맞는데……. 일단 가서 봅시다."

묘한 뉘앙스를 풍기며 그가 피식 웃었다.

서운은 그의 옆얼굴을 그림 보듯 감상했다. 정말 흠잡을 곳이 한 군데도 없이 멋져 보였다. 콩깍지가 제대로 쓰인 모양이다.

지하 주차장에서 맨 꼭대기 층인 그의 집까지 가는 동안 엘리베이터 안에서 약속이나 한 듯 두 사람은 말이 없었다.

하지만 현관문이 닫히기 무섭게 그가 서운을 벽으로 밀어붙이고 입술을 부딪쳐 왔다. 조금 당황했지만 서운은 살짝 고개를 기울여 그의 혀가 더 깊이 들어올 수 있게 도왔다.

"미안, 내가 좀 급해서."

귓가에 변명 아닌 변명을 웅얼거리면서 그는 마치 며칠 굶은 사람처럼 그녀의 입술을 탐했다. 서운은 그제야 그가 배가 고프다고 한 소리가 무슨 뜻인지 알아차렸다.

서운의 입 안을 거칠게 유영하며 양껏 욕심을 채우던 혀가 타액으로 번들거리는 서운의 아랫입술을 쓸었다. 물컹하고 뜨거운 혀가 닿는 감촉이 노골적이고 적나라해 서운의 아래가 움찔거렸다.

그가 서운의 흐트러진 셔츠를 열감 어린 눈빛으로 쳐다봤다. 단추 하나가 풀려 벌어진 셔츠 사이로 살짝 드러난 쇄골이 그를 유혹하고 있었다. 참을 이유가 없는 그가 덥석 쇄골 위를 입술로 눌렀다. 그리고 붉은 꽃을 새기듯 힘껏 빨아들였다.

강렬한 자극에 서운의 입에서 아린 신음 소리가 새어 나왔다. 좀처럼 멈출 기미가 없는 그를 말릴 의지가 없었다. 그가 주는 자극에 이미 이성은 생각하기를 거부한 상태였다.

그가 답답하게 걸려 있는 단추를 다 풀어 버리고 브래지어까지 벗겨 내더니 긴장해 꼿꼿하게 서 있는 가슴을 덥석 물었다.

"훗!"

젖먹이 아이처럼 힘껏 빨아들이는 통에 가슴이 통째로 그의 입으로 빨려 들어가는 것 같았다. 그 노골적인 자극에 온몸에 전류가 흐르듯이 찌르르 울렸다. 술김이었지만 이미 그의 손길을 기억하는 몸이 속수무책으로 그에게 반응하고 있었다.

"하아, 하아."

서운이 붉어진 얼굴로 거친 숨을 내쉬는 것을 감상하듯 보던 그가 품으로 그녀를 끌어안았다. 넓은 가슴속 그의 거친 심장 소리가 귓가를 때리고 있었다. 서운은 그의 단단한 가슴에 기대 숨을 골랐다. 그러고는 그의 얼굴을 올려다봤다. 뜨겁게 보는 눈빛에 아직 열기가 고여 있었다.

"급한 불만 끌려고 했는데……."

서운은 조금 멋쩍은 표정으로 웃는 남자의 얼굴을 지그시 바라봤다. 하루 사이에 이미 그와 돌이킬 수 없는 사이가 된 기분이었다.

"배고파요."

"그래요, 이젠 정말 밥 먹어야지."

그가 순순히 풀어 주자 드디어 신발을 벗고 거실로 들어갈 수 있었다.

"저 올라갔다 내려올게요."

"빨리 와요."

"늦으면 잡으러 올 것 같은데요?"

"나 이제 올라가도 되는 자격 얻었으니 안 참을 거예요. 내가 올라가면 내일 아침까지 못 내려올 거니까 밥 먹고 싶으면 오래 기다리게 하지 말아요."

웃으며 반은 협박조로 으름장을 놓는 그에게 서운이 눈을 가늘게 뜨다 곧바로 다다다 올라갔다. 등 뒤로 그의 중저음의 웃음소리가 기분 좋게 들렸다.

거실 바닥에 앉은 둘은 허기진 상태라 배달 온 치킨을 빠른 속도로 해치웠다. 그가 싫어하면 어쩌지 걱정한 것이 무색하게 그도 치킨을 좋아하는 것 같았다.

"생각보다 잘 드시네요? 이런 거 안 드실 줄 알았는데."

"왜 그런 생각을 했는지 몰라도 가리는 거 없이 잘 먹는 편이에요. 특히 퇴근 후 치맥은 진리죠."

그가 잔을 들이대자 서운이 잔을 부딪쳤다. 시원한 맥주가 술술 잘 넘어갔다.

새삼 이곳에서 그와 와인을 마셨던 기억이 떠올랐다. 그땐 정말 제정신이 아니었다.

자다가 이불 킥만 수십 번 하게 만든 기억이지만 그날 때문에 지금 그와 함께 있으니 사고를 잘 친 건가 헷갈리기도 했다. 불과 하루 사이에 인생이 참 드라마틱하게 바뀌었다. 신데렐라처럼.

치맥을 먹느라 틀어 놓은 TV를 보는 둥 마는 둥 하면서 서운은 눈을 깜박거렸다. 그의 옆에서 완전히 내려놔지지 않았던 긴장의 막이 알코올이 들어가니 저절로 헐거워지며 눈꺼풀이 나른하게 풀렸다.

태영이 그 모습을 놓칠 리 없었다. 그가 서운의 손에서 잔을 뺏어 내려놨다.

"졸려요?"

"살짝요."

"좀 곤란한데."

아쉬움이 가득한 표정을 지으면서도 선뜻 어깨를 내주었다.

"기대요."

"잠깐만 기댈게요."

서운이 순순히 머리를 기대자 그가 팔로 그녀의 어깨를 감쌌다. 품 안에 쏘옥 들어오는 따뜻한 몸이 마음에 들었다.

그의 품 안에 들어가니 서운은 아이처럼 보호받는 기분이 들었다. 나른하게 밀려오는 편안함과 따스함에 긴장을 모두 내려놓고 눈을 감았다. 이대로 잠시만 지금의 기분을 즐기고 싶었다. 아주 잠시만……. 그러고는 그대로 잠들어 버렸다.

"어, 이런."

피곤했는지 금세 아이처럼 새근새근 잠이 든 그녀를 돌아보며 태영이 한숨을 내쉬었다. 재우고 싶지 않은 제 속도 몰라주고 순진한 얼굴로 잠든 모습을 보니 헛웃음이 나왔다.

'겁도 없이 잘도 자네.'

그러면서도 행여 서운이 깰까 봐 움직이지 않았다. 대신 TV를 끄고 마음껏 서운의 자는 얼굴을 감상했다.

지켜보는 시선에 감정이 듬뿍 담겼다. 아주 살짝 벌어진 입술 속으로 혀를 넣고 싶은 충동도 일었지만 참았다. 늘 제 앞에서 완전히 긴장감을 풀어 놓지 않은 그녀가 처음으로 무방비 상태인 것을 지켜보는 것이 지금은 더 당겼다.

그녀와 함께 있으니 썰렁한 집 안이 꽉 채워진 느낌이 들었다. 평화롭게 잠이 든 얼굴을 보고 있자니 마치 결혼 생활을 하고 있는 것도 같았다.

'결혼이라…….'

지금껏 여자를 상대로 결혼이라는 단어를 떠올려 본 적이 없었다. 그래서 당연히 낯설고 생소한 단어였는데 서운을 보니 생각이 달라진다. 낯설지도, 거부감이 느껴지지도 않는다.

이서운이라는 여자가 언제 이렇게 깊게 파고들었을까. 이렇게 정신을 못 차리게 만들다니 그 책임을 져야 할 것이다.

그는 서운이 완전히 잠들자 그녀를 안고 침실로 걸어갔다.

※

출근하기 위해 습관적으로 눈을 뜬 서운은 상체를 일으키다 기절할 듯 놀랐다. 자신의 배 위에 남자의 손이 있었다.

'이게 어떻게 된 일이지?'

비몽사몽이었던 정신이 번쩍 들고 그녀는 재빨리 사태 파악에 나섰다. 그날 새벽과 같은 광경인 것을 보니 그의 침실인 것 같았다. 어제 맥주를 마시다 나른하게 졸려 그의 어깨에 잠깐 기댄 것까지 기억이 났다.

'설마 나 또 사고 친 건 아니겠지?'

생일날처럼 술을 진탕으로 마신 것도 아니니 그럴 리 없다고 생각하면서 다급하게 머리를 쥐어짰다. 옷도 그대로고 몸에 아무런 느낌이 없는 것으로 보아 사고를 친 건 아닌 것 같았다.

'근데 어쩌다 여기서 잔 거지?'

제 발로 왔을 리는 없으니 그가 데리고 왔을 것이다. 이래저래 머리를 쥐어짜다 일단 이곳에서 빠져나가야겠다고 마음먹었다. 지금의 몰골을 그에게 들키고 싶지 않았다.

서운은 조심스럽게 그의 팔을 옮겨 놓고 침대 밖으로 스르르 빠져나가기를 시도했다. 그러나 살짝 움직이기 무섭게 그가 팔로 그녀의 허리를 붙잡았다.

"또 어딜 도망가려고? 이젠 절대 안 놓쳐."

"깨, 깨셨어요? 추, 출근하려고요."

등신처럼 자꾸 버벅대는 입을 쥐어 패고 싶었다.

"아직 시간 남았잖아요."

"저는 지금 일어나야 해요."

"더 있어요. 이따 같이 가."

"헉! 안 되죠. 그건."

반사적으로 나오는 거절에 태영이 눈을 삐뚜름하게 뜨고 보자 서운은 난감한 표정을 지었다.

"너무 격하게 터니 서운한데요? 같은 방향인데 같이 출근할 수도 있는 거 아닌가?"

"그래도 그건 좀······."

당신이 여직원들의 관심 집중 대상인 본부장만 아니라면 가능했을 거란 말을 하려다 말았다.

"일단 씻어야겠어요. 이것 좀 놓아주세요."

"싫어."

그가 애처럼 팔에 힘을 주고 서운을 끌어당겨 안았다. 그의 품에서 서운은 햄릿처럼 빠져나갈 것인가, 가만히 있을 것인가를 고민했다.

"근데 나 왜 여기서 잔 거예요?"

"맥주 두 캔에 기절했기에 위층까지 데리고 갈 힘이 없어서 내 침대에서 재웠어요."

힘이 없었다는 소리에 서운이 어이없다는 표정으로 웃었다.

"힘이 없어서요?"

"맞아요. 힘이 없어서······. 마음도 없었고."

솔직하게 털어놓는 대답에 코웃음을 치던 서운이 곱게 눈을 흘겼다.

"그렇게 보지 마요. 손끝 하나 안 건드리고 곱게 재웠으니까. 나 어제 그냥 잘 생각 아니었는데 누구 때문에 독수공방한 거란 말이에요. 설마 일부러 잔 건 아니죠?"

"그러기엔 너무 순식간에 암전이었어요."

"어쨌든 이렇게 된 거 내 탓은 아니니 오늘 아침은 도망 못

가요."

 서로에게 마음이 있고 사귀기로 한 거지만 그와 한 침대에서 눈을 뜨는 건 또 다른 일이라 서운은 살짝 기분이 이상했다. 한순간에 그와 너무 가까운 사이가 된 것 같았다. 좋으면서도 묘한 걱정이 앞섰다.

"좀 천천히 해요."

그녀가 무슨 뜻으로 한 말인지 태영은 금방 알아차렸다.

"그래요 천천히 할게요. 하지만 스킨십은 안 참을 거예요."

"그럼 뭘 천천히 하겠다는 거예요?"

"그것 빼고 다."

이상하게 이 남자랑 얘기만 하면 말리는 기분이다.

"저기, 그것만 좀 천천히 하면 안 될까요?"

"싫어요."

"원래 이런 사람인가요? 잘 참지 못하는 편이에요?"

조금은 직설적인 공격에 태영이 피식 웃었다.

"노노, 당신이니까 안 참는 거. 그리고 안 참아지는 거예요. 원래 한 사람에게만 특별해지는 것이 사랑이니까."

'사랑······.'

그를 의심의 눈초리로 장난스럽게 보던 서운의 눈가가 사랑이라는 소리에 복잡하게 변했다.

 두 번이나 버려진 상처 때문에 사랑이라는 말은 자신과는 먼 단어라고만 생각했다. 물론 지금의 부모님을 만나 사랑받으며 자랐지만 어릴 적 깊게 다친 상처는 평생 지워지지 않는 흉물스런 흉터가 되어 남아 있었다.

그 흉을 감추려 더 씩씩하고 밝게 살았지만 막상 누군가와 만날 때면 어김없이 방어벽이 쳐졌다. 그래서 만남에서도 늘 일정한 거리를 두고 더 진전하지 않으려 했다. 그러다 보니 어느 순간 결혼에 부정적으로 변해 있었다.

그냥 자신의 이야기를 모두 해야 하는 상황을 만들지 않으려 애썼다. 부모를 선택해 태어날 수도 없고 영문도 모르고 버림받았을 뿐인데, 하자 있는 인간처럼 고해 성사하듯 털어놓고 처분을 바라는 것이 싫었다.

그래서 이 남자와도 연애만 할 생각이다. 딱 거기까지만 할 생각인데 속도 모르고 한 번씩 감당 못 할 속도로 훅 치고 들어오는 통에 당황스러울 때가 한두 번이 아니다.

이렇게 속도가 엉켜 버린 것이 다 생일날 미쳐서 대형 사고를 쳤기 때문이니 그를 탓할 수도 없는 노릇이다.

그와는 처음부터 다 이상했다. 아무리 길기준의 폭행에 겁을 먹었다 쳐도 그의 집으로 덥석 들어온 것도, 술을 마시고 그와 잔 것도 내내 이해할 수 없는 일들의 연속이었다. 나름 순진한 줄 알았는데 아닌가. 서운은 스스로에 대해 진지하게 되짚어 봤다.

태영이 넋을 놓고 생각에 잠겨 있는 서운의 입술을 기습적으로 훔쳤다.

"출근합시다."

부드럽게 감각을 깨우는 남자의 입술을 받으니 기분이 멍해졌다.

'또다. 역시 저 남자가 문제다.'

그녀는 먼저 침대 밖으로 나가는 남자의 등을 바라보며 엷게 고개를 저었다. 속도를 벗어난 감정들이 속에서 뒤죽박죽 엉키고 있었다.

침대에서 미적거린 탓에 결국 태영의 뜻대로 함께 출근하게 됐다.
"저는 회사 옆 건물에서 내려 주세요."
"그냥 같이 가요. 누가 보면 그걸 더 이상하게 생각할 거예요."
생각해 보니 그런 것도 같아 머리를 굴리는 사이 차가 지하 주차장으로 향했다. 기왕 이렇게 된 이상 먼저 가는 것도 이상해서 태영과 함께 내려 엘리베이터를 탔다. 다행히 이른 시간이라 다른 직원들은 보이지 않았다.
"오늘 저녁엔 아버지 생신이라 본가에 가야 해요."
"아, 그래요?"
"왜 좋아하는 거 같지?"
"그럴 리가요."
대답은 그리하면서 서운은 배시시 웃으며 그의 신경을 건드렸다.
"오늘은 야근 안 하죠?"
"네. 야근 안 할 거니까 걱정 마세요."
"아니, 했으면 해서."
말해 놓고도 우스운지 피식 웃는 모습이 근사해 보였다.
"얌전히 집에 들어가 쉴 거니까 걱정 내려놓으세요."

"그래요. 전화할게요."

엘리베이터가 17층에 도착하자 태영이 그녀의 등을 쓸었다. 그러나 문이 열리자 약속이나 한 듯 두 사람은 사무적인 인사를 주고받으며 각자의 사무실로 헤어졌다.

서운은 본부장실로 걸어가는 태영의 뒷모습을 돌아봤다. 오는 내내 혹시 누가 볼까 신경이 쓰이면서도 그와 함께 출근하는 것이 나쁘지 않았다.

아직은 받아들이는 마음 주머니보다 더 크게 일어나는 일들이 조금 버겁기도 했지만 그와 함께 있는 순간은 설레면서도 안정되었다.

연애를 시작하는 지금이 가장 떨리면서도 좋은 순간인 건 맞는 것 같다. 상대의 단점에 실망하며 현실적인 연인 관계가 되는 건 언제부터일까?

부디 자신에게 쓰인 그의 콩깍지가 쉽게 벗겨지지 않길 바라며 그녀는 사무실 문을 열었다.

발표 자료가 신경 쓰였는지 방 과장이 일찍 나와 있었다.

"안녕하세요, 과장님. 자료 메일로 보냈습니다."

"보고 있어. 수고했어."

딱딱한 인사를 성의 없이 툭 던지고 발표 자료에 몰두하는 모습을 보며 서운은 왼쪽 입술을 들어 올렸다. 속으로 마구 구시렁거리다 집중하는 정수리가 휑하니 비어 있는 것을 보고 그녀는 조용히 돌아섰다.

그리고 정확히 두 시간 후 방 과장이 슬그머니 다가오더니 주스 병을 책상 위에 올려놨다.

"저기, 아침엔 내가 너무 정신이 없어서 제대로 인사를 못 했는데 어제 늦게까지 자료 만드느라 고생 많았어. 이 대리 덕분에 발표 잘 끝냈어. 고마워."

갑자기 뭘 잘못 먹은 사람처럼 나긋나긋하게 구는 게 당황스러웠지만 서운은 그냥 어설프게 웃으며 인사를 받았다. 자리로 돌아가는 방 과장의 걸음이 유난히 들떠 보였다.

그 이유는 미강이 대신 알려 주었다. 방 과장이 가기 무섭게 메신저에 불이 들어왔다.

[좋단다.]

[과장님? 기분 좋아 보이시긴 하더라. 발표 잘하셨나 봐.]

[방금 들어온 따끈따끈한 소식인데 간부 회의 때 발표 자료 잘 만들었다고 본부장님한테 칭찬 받고 저렇게 좋아하는 거란다.]

[그래? 어쨌든 과장님 날씨 맑음이라 좋네.]

메신저를 끝내고 서운이 피식 웃었다. 태영은 자신이 방 과장의 발표 자료를 만드느라 야근하는 걸 몰랐으니 이 또한 우연의 일치일 것이다. 어쨌든 소소한 우연 하나까지도 그가 도움을 주고 있다는 사실이 재미있고 든든했다.

퇴근 후 태영은 곧바로 본가로 향했다. 서운과 저녁이라도 먹고 들여보내고 싶었지만 역시나 됐다고 극구 자르는 통에 어쩔 수 없었다.

벨을 누르자 여진이 반기는 목소리가 인터폰을 타고 흘러나왔다.

"어서 와라, 아들. 이렇게 자주 보니 좋구나."

송 여사를 따라 나와 반기는 여진을 무시하고 태영은 송 여사와 함께 안으로 들어갔다.

거실에 앉아 있던 진 회장과 태환이 반갑게 그를 맞았다. 태영은 태환의 건너편에 앉아 진 회장에게 상자를 내밀었다. 지난번 서운의 생일 선물을 사면서 미리 준비해 둔 선물이었다.

"오래 사세요, 아버지."

그다운 인사에 진 회장이 고개를 끄덕이며 선물을 풀었다. 진 회장이 즐겨 마시는 오래된 양주였다.

"마음에 드세요?"

"당연하지."

"너무 많이 드시지 마세요. 혹시 다른 거 더 받고 싶은 거 있으면 말씀하세요."

"뭐든 해 줄 자신은 있고?"

"법의 테두리 안에서 뭐든 해 드립니다."

"그럼 내년엔 혼자 오지 말고 둘이 와. 그보다 좋은 선물은 없어."

태영이 그런 말을 싫어하는 것을 알기에 당연히 거부 반응이 바로 따라올 것이라 믿었는데 의외로 잠잠하자 진 회장이 송 여사와 눈을 마주 봤다.

"애써 볼게요."

"장족의 발전이구나. 미리 당겨 받아도 되니 좋은 여자 생기면 내년까지 기다리지 말고 언제든 데리고 오기만 해."

다른 때 같았으면 시큰둥하게 받아쳤을 텐데 서운을 생각하느라 그러지 못했다. 언젠가 그녀를 가족들에게 소개시켜 줄 생각에 그의 눈가가 부드럽게 풀렸다.

그 모습을 가족들 틈에서 여진이 미간을 접으며 바라봤다.

"네가 있는 본부 직원 중에 길기준이라고 있니?"

갑작스레 튀어나온 이름에 태영의 인상이 찌푸려졌다.

"어머니가 그 이름을 어떻게 아세요?"

"길갑수 의원 와이프가 우리 봉사 활동 모임 회원이야. 어제 정기 모임이 있어서 갔는데 아들이 갑자기 천안 지점으로 갔다고 하소연을 하더라고. 다시 본부로 복귀할 수 없냐고 그러는데 좀 불편했어."

"그 친구 제가 보냈어요."

"네가? 왜?"

"사생활에 문제가 좀 있었어요. 징계 차원에서 보낸 거니 당분간 복귀하는 일 없을 겁니다. 그러니 반응해 주지 마세요."

태영이 딱 잘라 정리하자 송 여사는 더 말을 붙이지 못했다. 감정적으로 일을 처리하지 않는 아들의 성격을 잘 알기에 그럴 만한 이유가 있을 것이라 믿었다.

"그래, 그건 그렇고 엄마 모임 회원 딸이 이번 달에 유학 마치고 돌아온다는데 한번 만나 볼래? 인물도 괜찮고 스펙도 좋아."

"싫습니다."

거절할 줄은 알았지만 일말의 여지도 없이 자르는 소리에 송 여사는 좀 서운해졌다. 반면 가만히 대화를 듣고 있던 여진의 표정엔 알게 모르게 미소가 어렸다.

"뭘 그리 단번에 자르고 그래? 자꾸 여자도 만나 봐야지. 혼자 늙을 거야?"

"혼자 안 늙습니다. 저 여자 있어요."

"여자가 있어?"

서운해하던 송 여사의 얼굴이 놀라움으로 확 변했다. 다른 가족들 역시 믿을 수 없다는 표정으로 태영을 주시했다.

"만나는 사람 있어요."

"어머나! 누군데? 언제부터 만난 거야? 뭐 하는 아가씨니? 집에 한 번 데리고 와."

송 여사가 눈을 빛내며 연거푸 질문을 던졌다. 벌써부터 피곤해져 태영은 한숨을 내쉬며 송 여사를 진정시켰다.

"결혼 아니고 연애예요. 오버하지 마세요. 이제 시작이고 조심스러운 단계예요. 알아서 만날 거니까 그냥 모르는 척하세요."

"그래도 궁금하잖아."

"어머니 때문에 그 여자 도망가면 저 다시는 연애 안 할 거예요. 그러니 그냥 지켜봐 주세요. 때가 되면 알아서 인사시킬 거니까."

자신 있게 말하는 걸 보면 다른 여자를 소개시키지 못하게 하려고 둘러대는 건 아닌 것 같았다. 연애엔 관심도 없는 아들이 드디어 만난다는 아가씨가 누군지 궁금해 죽을 지경이었지만 아들의 성격을 알기에 송 여사는 궁금증을 꾹 눌렀다.

"약속했다. 엄마 좋은 소식 기다릴 거야?"

"축하한다. 어쩐지 너 얼굴 좋아 보인다 했다."

태환이 거들며 축하해 주자 태영이 부드럽게 미소를 지었다. 아들의 얼굴을 유심히 보던 진 회장과 송 여사가 눈짓을 주고받으며 흐뭇하게 웃었다.

다만 여진만이 창백한 표정이 되었다. 태영에게 여자가 생겼다는 사실에 뒤통수를 가격당하기라도 한 듯 충격을 받아 표정 관리가 되지 않았다. 태환의 눈빛이 그녀에게 닿았다.

"당신 어디 불편해? 안색이 안 좋아 보이는데."

"아, 아니에요. 식사 준비할게요."

여진이 어색한 얼굴로 주방으로 들어갔다. 그녀는 떨리는 손을 잡아 쥐며 어쩔 줄 몰라 했다.

여진이 사라진 주방을 쳐다보다 태환의 시선이 태영에게 닿았다. 송 여사와 이야기를 나누는 태영의 얼굴이 무척 편안해 보였다.

저녁 식사를 마치고 이야기를 나누다 보니 어느새 10시가 넘어가고 있었다. 가족들하고 함께하는 시간은 즐거웠지만 서운이 뭘 하고 있는지 궁금해서 자꾸 휴대폰으로 시선이 갔다. 만난 지 얼마나 됐다고 하루 못 봤는데 벌써부터 애가 닳는다.

"이제 갈게요. 쉬세요."

"더 있다가 가."

"어머니, 잡지 마세요. 태영이 지금 마음이 딴 데 가 있을 거예요."

태환이 눈치를 주자 송 여사가 얼른 태도를 바꿨다.

"어머, 내 정신 좀 봐. 그래, 얼른 가 봐."
"또 올게요."
인사를 건네고 밖으로 나와 차로 걸어가면서 태영은 바로 서운에게 전화를 걸었다. 신호음이 가는 몇 초 사이에도 목소리가 듣고 싶어 안달이 났다.
-여보세요.
기다리던 목소리를 들으니 살 것 같다. 그의 표정이 따사로운 봄날처럼 부드럽게 풀렸다.
"뭐 해요?"
-그냥 있었어요. 어딘데요?
"집에서 이제 막 나왔어요."
-운전 조심히 들어가세요.
"집에 가기 싫은데."
-…….
"볼래요?"
-안 피곤하세요?
"봐야 피곤이 풀릴 거 같아요. 하루는 참으려고 했는데 안 되겠네. 나 어떡할 거예요?"
수화기 너머로 아무 말도 넘어오지 않았지만 서운이 웃고 있다는 걸 알 수 있었다.
-애 같아요.
"누구 때문에. 그러니 나 잘 키워요. 집 앞에 가서 연락할 테니 나와요."

-그래요.

통화가 끊긴 후에도 태영은 휴대폰을 내려다보며 흐뭇한 미소를 지었다. 휴대폰을 주머니에 넣고 막 차 문을 열려는데 뒤에서 누군가 불렀다.

"도련님."

기분 좋게 웃던 태영의 입가에서 웃음이 급속도로 사라졌다. 그는 차가운 표정으로 여진의 앞에 섰다.

"무슨 일이시죠?"

나오는 말투는 더 차가웠다.

"만나는 분 있다는 말, 사실인가요?"

"형수님이 왜 그걸 궁금해하시는지 모르겠는데 사실입니다."

태영은 굳이 확인 사살을 당하고 창백해진 여진의 눈빛을 싸늘하게 쳐다봤다.

"결혼을 하셨으면 결혼 생활에 충실하세요. 그것이 저와 형에 대한 도리입니다. 지금의 질문은 가족으로서 하신 것으로 생각하겠습니다. 들어가세요."

태영이 매몰차게 돌아서서 차 문을 열었다.

그 여자와 결혼까지 생각하는 거냐고 묻고 싶었지만 그의 차가운 박대에 여진은 더 묻지 못했다. 태영의 차가 멀어지는 것을 지켜보다 여진은 쓸쓸히 돌아섰다.

자신과 헤어지고 한 번도 여자를 만난 적이 없는 그였다. 혹시 차갑게 외면하면서도 자신을 잊지 못해 여자를 사귀지 않는 건 아닌지 희망을 가졌었는데 파삭파삭 산산조각이 나 버렸다.

그의 형과 결혼까지 한 주제에 그는 끝내 혼자이기를 바랐다. 지독하게 이기적인 여심을 탓하면서도 그가 다른 여자를 만나는 것을 상상하는 것도 싫었다.

그런데 다른 여자를 만난다고 선언하는 그의 얼굴에서 빛이 나는 걸 본 순간 위태롭게 지탱해 오던 무언가가 와르르 무너져 내리는 기분이었다. 여진은 이미 사라지고 없는 길을 복잡한 시선으로 돌아보다 집으로 들어갔다.

※

휴대폰으로 시간을 확인하면서 서운은 그가 오기를 기다렸다. 할 일 없이 늘어지던 시간이 갑자기 꽉 조여진 기분이다. 다른 사람 때문에 이렇게 영향 받는 거 하고 싶지 않았는데 언제 이렇게 마음이 넘어갔는지 모르겠다.

힐끔거리던 휴대폰이 부르르 울자 그녀는 빛의 속도로 통화 버튼을 그었다.

-나와요.

알았다는 대답과 동시에 몸이 밖으로 나가고 있었다. 그에게 달리기 시작한 마음이 도통 속도 조절을 하지 못했다.

익숙한 차에 앉아 있는 그를 발견하고 가까이 가는 순간에도 가슴이 통통거렸다. 선팅이 진하게 되어 있는 차 안에서 자신을 보고 있을 그의 눈빛이 날것 그대로 느껴졌다.

서운이 조수석 문을 열고 들어가자 태영이 환하게 웃었다.

"일찍 자려던 거 아니었어요?"

"이제 열한 신데요. 보통 열두 시에 자요."

"그럼 덜 미안해해도 되겠네요."

"안 피곤하세요? 들어가 쉬시지, 힘들게 오셨어요."

"얼굴 안 보면 못 잘 거 같아서 왔어요. 나 안 기다렸어요?"

마음 준 상대이기에 이렇게 대놓고 묻는 것도 설렌다.

"…기다렸어요."

"집에 가자고 하고 싶은데, 싫다고 할 거죠?"

"저도 집 있거든요."

"그게 불만이라 이거죠."

사랑을 하면 유치해진다고 했던가. 말도 안 되는 말들을 주고받으면서도 뭐가 그리 좋은지 실실거리며 웃기만 한다. 화살표가 정확히 서로를 향하고 있는 관계는 행운이다.

처음에 그의 차를 탔을 땐 어색하고 불편한 감정투성이였는데. 지금은 대화가 없는데도 신기하게 전혀 어색하지 않다. 이 연애가 언제까지 갈지 모르겠지만 만일 그와 헤어지게 된다면 후유증이 상당할 거라는 덴 의심의 여지가 없다.

나온 지 얼마 되지도 않은 것 같은데 시계가 12시를 향해 가자 아쉽고 마음이 급했다. 일할 때와 놀 때의 시간이 달리 가듯 좋은 사람과 있는 시간은 왜 이렇게 백 미터 달리기를 하나 모르겠다.

"가서 쉬셔야죠."

"난 괜찮은데 서운 씨 재워야 하니 놓아줘야겠군요."

"조심히 가고 내일 봐요."

서운이 두 눈을 반달로 접어 웃으며 나가려고 하자 그가 제지했다.

"어딜 가요, 이리 와요."

왜 그러느냐며 보는 얼굴에 그가 기습적으로 다가와 입술을 훔쳤다. 봄바람처럼 부드럽게 스친 입술이 심장을 간질간질 건드렸다.

서운이 잠깐 넋이 나간 얼굴로 보자 그가 쿡 웃었다.

"지금 안 내리면 문 잠글 겁니다. 집으로 보쌈할 거예요."

"가세요."

재빨리 문을 열고 나가는 그녀의 등에 대고 태영이 소리 내어 웃었다.

시원한 밤바람에 따끈해진 볼을 식히며 서운은 차 옆에 서서 그에게 손 인사를 건넸다. 태영이 눈인사를 건네며 멀어져 갔다. 태영의 차가 완전히 사라질 때까지 서 있다 그제야 제법 스며드는 한기를 느끼고 부르르 떨면서 집으로 들어갔다.

"오늘 혜연이와 유성이가 점심 먹으러 올 거야."

"준비할게요."

송 여사에게 대답하고 돌아서는 여진의 표정이 딱딱하게 굳었다. 어머니들끼리 친분이 있다는 핑계로 유성이 이 집에 드나드

318 _ 서운한 거짓말

는 것만으로도 기분이 나빴다. 마치 태영의 와이프라도 될 사람처럼 구는 것도 꼴사나웠다.

하지만 시어머니 앞에서 내색할 수는 없으니 최대한 표정 관리를 해야 했다. 그녀는 주방 아주머니에게 음식에 신경 쓰라 당부해 놓고 방으로 들어가 버렸다.

한 시간 후, 유성의 목소리가 들리자 여진은 거실로 나갔다. 한눈에도 태영의 어머니에게 잘 보이려고 엄청 신경 쓴 것이 보였다. 여진은 얼른 표정 관리를 하고 혜연에게 인사를 건넸다.

"오셨어요?"

"오랜만이네. 불쑥 찾아와서 미안해."

혜연이 점잖게 웃으며 인사를 건넸다. 하지만 무시하는 듯한 인상은 전혀 점잖아 보이지 않았다. 그 옆에서 유성이 찬 시선으로 쏘아보는 것이 느껴졌지만 무시했다.

자신이 태영과 만나다 그를 배신하고 태환을 선택한 것을 알기에 여진은 두 사람을 볼 때마다 가시방석이었다. 행여 시어머니의 귀에 들어갈까 봐 못내 신경이 쓰였다. 아무리 성격 좋은 시어머니라지만 사실을 알고 나면 곱게 봐줄 리 없을 것이다.

"점심 식사 준비되었어요."

"그래, 알았다."

송 여사가 혜연 모녀와 함께 주방으로 가다 말고 방으로 들어가는 여진을 불렀다.

"두 번 차리지 말고 너도 같이 먹자."

"아니요. 저는 이따 먹을게요."

"태환이도 없으니 혼자 먹어야 하잖아. 처음 본 손님들도 아닌데 어려워하지 말고 와."

송 여사가 거듭 권하자 여진은 더 거절하지 못하고 주방으로 들어갔다. 건너편에 앉은 유성이 인상을 확 찌푸렸지만 굳이 눈길 주지 않았다.

밥을 먹는 내내 유성과 보이지 않는 신경전이 오갔지만 겉으로 보이는 모습은 평화로웠다.

송 여사가 혜연에게 들은 바가 있어 유성을 위로했다.

"그래, 태영이가 생일날 바람맞혀서 골이 많이 났겠구나?"

"네, 좀 많이 속상했어요."

유성이 멋쩍은 표정으로 송 여사에게 친근하게 굴었다. 여진은 마치 엄마에게 이르듯 칭얼대는 유성을 같잖다 생각하며 물을 마셨다.

"내 자식이지만 태영이가 원체 무심한 구석이 있어. 그러려니 하고 너무 속상해하지 마라. 좋은 생일을 망쳐서 내가 다 미안하다."

"벌써 잊어버렸어요. 오빠한테 미리 얘기 안 한 제 잘못이죠. 당연히 기억해 줄 줄 알았는데 몰라줘서 눈물 났지만 그게 또 오빠 매력이니까요."

"그래, 그렇게 생각해 주니 고맙다."

송 여사가 웃으며 다독여 주자 유성이 환하게 웃으며 여진을 쳐다봤다. 여진과 눈이 마주치자 유성이 경멸하는 시선으로 코웃음을 쳤다. 하지만 여진이 가볍게 무시하며 외면하자 싸늘하게 노려봤다.

점심 식사가 끝나고 거실로 자리가 옮겨지자 여진이 차와 과일을 내갔다. 여진은 유성이 송 여사에게 찰싹 달라붙어 간살스럽게 구는 모습을 속으로 비웃었다. 뭣 때문에 문턱이 닳도록 드나들며 시어머니에게 공을 들이는지 알기에 그 꼴이 더 우스웠다.

"어머니, 언제 오빠 집에 가실 때 저도 데리고 가 주세요."

"불쑥 찾아가는 걸 태영이가 워낙 싫어해서 나도 눈치만 보고 있어."

"어머니도요?"

"그래, 그놈이 그렇다니까?"

송 여사가 웃으며 투덜대자 유성은 차를 두고 자리에 앉는 여진을 힐끔 쳐다봤다.

"이상한 사람이 찾아와서 귀찮게 해서 그러는 거 아닐까요?"

정확히 자신을 노리고 한 소리에 여진의 입가가 꿈틀거렸다. 그날 밤 아파트로 찾아간 자신을 겨냥한 공격이었다.

따지려면 따져 보라는 도전적인 눈빛에 여진은 싸늘한 눈초리로 유성을 쏘아봤다. 승기를 잡은 유성이 비웃는 표정이 그녀의 심기를 건드렸다.

"도련님 만나는 여자분 있다고 하셨잖아요."

유성을 똑바로 쳐다보며 처음으로 내뱉은 소리에 미소를 짓고 있던 유성의 얼굴이 제대로 일그러졌다. 유성이 놀라서 송 여사를 돌아봤다.

"태영 오빠 만나는 사람 있어요?"

"그래, 어제 와서 갑자기 선언하더라. 그런 적은 처음이라 어찌

나 놀랐나 몰라. 내 아들답지 않더라고. 누군지 아마 제대로 빠진 것 같은데 나도 궁금해 죽겠어."

유성의 속도 모르고 송 여사가 들뜬 소리로 대답했다.

난데없이 오물을 뒤집어쓴 것처럼 놀라 유성은 말을 잇지 못했다. 태영이 누군가 다른 여자를 만난다는 상상은 한 적도 없었기에 충격이 컸다. 하필 그 말을 도여진의 입을 통해서 듣는 것도 불쾌했다.

태영이 만난다는 여자에게 호기심을 감추지 않는 송 여사의 모습도 상처가 되었다. 태영이 하도 아니라고 부인해서이기도 하지만 자신을 친구 딸 이상으로 봐주지 않는 것이 서운했다.

혜연이 유성을 돌아보며 걱정스럽게 눈치를 살폈다. 충격을 받은 딸의 얼굴이 창백한 것이 보여 마음이 좋지 않았다. 혜연은 정작 아무렇지 않게 차를 마시는 여진을 차갑게 쏘아봤다.

그때부터 유성은 아무 소리도 들리지 않았다. 태영이 사귄다는 여자가 누구인지 생각하느라 머리가 터질 것 같았다. 기다리면 돌아봐 줄 것이라 믿었는데 배신감에 돌 것 같았.

돌아갈 시각이 되자 송 여사와 혜연이 먼저 밖으로 나갔다. 유성은 일부러 한발 뒤에 따라붙는 여진의 옆에 섰다.

"충격이 컸을 텐데 아닌 척하느라 힘들었겠네요. 오빠 옆에 얼씬거리지 마요. 개망신당하기 전에."

"그 말은 내가 해 주고 싶은 소리야. 너야말로 그만 헛물켜고 정신 차려."

"꼴값 떨지 말아요. 확 다 까발려 버리기 전에. 난 태영 오빠 찾아가도 떳떳한 사람이지만 당신은 아니잖아? 제발 주제 파악 좀 해요. 나중에 나 이 집에 들어오면 어떻게 얼굴 보려고 이렇게 막말이실까?"

"그럴 가능성이나 있을까?"

여진이 대놓고 무시하는 소리에 유성이 한쪽 눈썹을 치켜올리며 매섭게 그녀를 노려봤다.

"내 말 허투루 듣지 않는 게 좋을 거예요. 형수로 이 집에 들어왔으면 형수 노릇만 해요. 불쌍한 태환 오빠 속이면서 천박하게 태영 오빠에게 꼬리치지 말고. 이렇게 나 자극하지도 말고요. 정말 쫓겨나고 싶은 건 아니죠?"

작정하고 내뱉은 독설에 그때까지 표정 관리를 하던 여진의 인상이 험악하게 변했다. 죽일 듯이 노려보는 시선에도 끄떡하지 않고 유성은 악에 받쳐 여진을 쏘아봤다.

"한 번만 더 건드려 봐."

칼날 같은 시선을 던지고 유성이 여진의 어깨를 일부러 밀치며 밖으로 나가 버렸다. 분에 받쳐 여진은 아랫입술을 깨물고 유성이 나간 현관문을 노려봤다.

제9장
남자가 사랑할 때

집으로 돌아가는 차 안에서 혜연은 유성의 눈치를 살폈다. 아무 말도 하지 않고 앞만 노려보고 있는 것이 오히려 불안했다.

"집에서 하도 귀찮게 하니까 그냥 해 본 소리일 수도 있잖아?"

"그런 거짓말 할 사람 아니야."

단정 짓는 소리에 혜연은 울상이 된 유성을 다독였다.

"아직 확실하지 않으니 너무 애 끓이지 마."

"누군지 너무 궁금해. 도여진 같은 불여우는 아니어야 하는데."

속을 끓이는 유성을 보는 것이 속이 상해 혜연이 여진을 탓했다.

"여진이 걔는 정말 밉상이더라. 너 들으라고 일부러 말한 거잖아?"

"어떻게든 날 떨쳐 내고 싶었나 보지."

"그때 정수한테 일러서 그 결혼 못 하게 했어야 했어."

"그땐 어쩔 수 없었잖아. 어머님께 말하면 태영 오빠가 나 다시 안 본다고 했으니까 엄마를 말린 거지."

"아유, 태영이도 정말 기분이 엿 같았겠다. 아무것도 모르고 태환이가 그렇게 그 애한테 푹 빠질 게 뭐냐? 그 애 때문에 하마터면 형제끼리 의 상할 뻔했잖아."

"그래서 말 못 하게 한 거야. 그래서 오빠 혼자 떠나 버린 거고. 그 나쁜 년 때문에."

여자 하나 때문에 형제 사이가 갈라지고 화목한 가족 분위기가 깨질 것을 우려해 혼자 감정을 삭였을 태영을 떠올리며 유성이 이를 갈았다. 뻔뻔하게 태환을 선택해 놓고도 제 앞에서 당당해 하던 면상을 떠올리면 뺨을 후려치고 싶었다. 어떻게 그럴 수가 있냐고 따지는 자신에게 그 여자가 눈을 똑바로 뜨고 뭐랬더라.

'너한테는 더 잘된 거 아냐? 태영 씨 네 남자로 만들 수 있는 기회잖아. 나한테 고마워해야지.'

생각할수록 분해 속에서 쓴물이 올라왔다.

여진이 형제를 저울질한 사실을 송 여사에게 이르고 싶은 마음이 굴뚝같았다. 하지만 만에 하나 태환과 결혼을 못 하게 되면 여진이 앙심을 품고 태영에게서 안 떨어질 것 같아서 그렇게라도 떨쳐 내고 싶은 마음도 컸다. 그래서 엄마가 말하겠다는 걸 극구 말렸다.

하지만 그 판단은 큰 실수였다. 어떤 위험을 감수하고서라도 그 여자를 태영의 근처에 두지 말았어야 했다. 그 뻔뻔한 여자가 태환하고 결혼해 놓고도 태영에게 자꾸 미련 섞인 눈길을 주는 것이 역겹고 치가 떨렸다.

여진에 대한 화도 화지만 그보다 더 신경이 쓰이는 건 태영이 만난다는 여자였다. 분명 시계를 준 여자일 것이다. 중요한 사람이라고 했던 말을 똑똑히 기억한다. 그때 태영의 표정까지도. 그래서 더 신경이 곤두섰다.

한국으로 돌아온 지 얼마 되지도 않았는데 언제 여자를 만난 걸까. 설마 미국에서부터 만난 사람인가? 자신은 끝내 여자로 안 본다는 그가 선택한 여자가 누군지 궁금해서 머리가 터질 것 같았다.

혜연이 유성의 손을 잡아 주며 다독였다.

"너무 태영이만 생각하지 마. 다른 여자 생겼다는데 엄만 그만 잊어버렸으면 좋겠어."

"결혼할 것도 아니잖아. 겨우 사귀는 건데, 뭐."

"그렇게 정리가 안 돼? 이렇게까지 널 봐 주지도 않는데도? 너 이렇게 마음고생하니까 엄만 태영이 미워지려고 그래."

"내 마음대로 안 되니까 그러지. 오빠 미워하지 마."

그 와중에도 태영을 두둔하는 유성에게 혜연은 한숨이 나왔다. 어쩌다가 눈에 넣어도 아프지 않을 귀한 딸이 저를 봐 주지도 않는 남자를 사랑해서 이렇게 속을 끓이는지 생각할수록 야속하고 속상했다.

일하는 도중 부동산에서 연락이 와서 서운은 휴대폰을 들고 복도로 나갔다. 직원들이 없는 계단으로 가는 비상구 문을 열고 들어가서 편하게 통화를 했다. 새로 볼 집이 나왔다는 소리에 얼른 약속을 잡았다.

"네, 그럼 퇴근하고 볼게요."

통화를 끝내고 복도로 나오는데 태영이 방 과장과 함께 엘리베이터에서 내리고 있었다.

방 과장을 의식해 서운은 사무적으로 그에게 인사를 건넸다. 태영이 한쪽 눈썹을 비스듬하게 올렸지만 어쩔 수 없었다. 그녀는 사적으로는 전혀 모르는 사람처럼 그를 외면하고 사무실로 들어가려 했다.

"이서운 대리."

태영이 부르는 소리에 서운이 돌아봤다.

"물어볼 게 있는데 잠깐 볼까요?"

"아, 그러면 저도?"

방 과장이 눈치 없이 끼어들자 태영이 가차 없이 잘랐다.

"이 대리에게 용건이 있으니 방 과장님은 들어가십시오."

태영이 서운과 함께 본부장실로 걸어가자 방 과장은 입술을 비죽거렸다.

"아니, 과장인 나를 빼고 이 대리만 부를 용건이 뭐야?"

젊은 상사의 눈에 좀 들어 보고자 갖은 애를 쓰는데 알아주지 않으니 그저 서럽기만 했다. 방 과장은 입술을 실룩거리다 토라져서 사무실로 홱 들어가 버렸다.

본부장실로 들어가자 뜻밖에도 늘 자리를 지키던 조 비서가 보이지 않았다.

"조 비서님은요?"

"오후에 연차 냈어요. 들어와요."

서운은 문을 열고 서서 고갯짓을 하는 그를 지나쳐 안으로 들어갔다. 문이 닫히며 그가 뒤에 서자 곧바로 돌아서려고 했다. 하지만 순간 뒤에서 그가 끌어안자 화들짝 놀랐다. 그러면서도 그를 밀어낼 생각은 않고 입으로만 나무랐다.

"사무실이에요."

"그래서 이 정도만 하는 거예요. 아무도 들어올 사람 없으니까 힘 풀어요."

"상습범 되시면 안 되거든요. 본부장님이나 힘 푸세요."

서운이 소리에 힘을 실어 협박하자 태영이 피식 웃으며 그녀를 놓아주었다.

"하나도 안 무서운데 말을 듣게 되네."

"물어볼 게 뭔가요?"

"없어요. 아까 복도에서 나 보기를 돌같이 하기에 골이 나서 데리고 온 거예요."

"정녕 죽고 싶으세요?"

서운이 주먹을 쥐어 보이며 눈에 힘을 빡 줬다. 태영은 그녀를 다시 끌어안고 싶은 걸 참았다.

"오늘은 우리 집으로 가요."

"오늘 퇴근하고 갈 곳이 있어요. 아까 부동산 사장님한테 전화 왔어요. 원룸 나온 게 있다고. 그래서 끝나고 보러 가기로 했어요."

"같이 가요."

"혼자 가도 되는데."

"약속했잖아요. 같이 보자고."

혹시라도 직원들을 만날지 몰라서 혼자 가고 싶었지만 양보할 생각이 전혀 없는 눈빛에 서운은 그를 설득하기를 포기했다.

그의 집과는 비교도 되지 않을 작은 집을 고르는 거라 조금 민망하기도 했지만, 어차피 그게 제 모습이니 움츠러들지 않기로 했다. 애당초 그가 자신의 조건을 보고 사귀자고 한 건 아니었을 테니 굳이 비교하고 싶지 않았다.

"퇴근하고 부동산 앞에서 봐요."

"알았어요."

회사에서부터 같이 가고 싶었지만 서운이 싫어할 것 같아 그쯤에서 합의를 봤다. 하루 종일 맘만 먹으면 볼 수 있는 공간에 있는데도 맘껏 보지 못하니 더 갈증이 났다.

"그만 갈게요."

서운이 돌아서자 아쉬움에 태영이 그녀를 품에 보듬어 안았다.

"아, 진짜 보내기 싫다."

"회사에선 일을 하셔야지요, 본부장님."

"좋아요. 이따 회사 밖에서 봅시다."

"좀 무서운데요?"

"무엇을 상상하든 그 이상일 거니까 기대해요."

"갈게요."

서운이 그의 품에서 나와 밖으로 나갔다.

태영은 그녀가 나간 문을 아쉬운 눈빛으로 쏘아봤다. 남 취급 당하는 게 싫어서 혼내 주려고 그녀를 사무실로 데리고 온 건데 오히려 더 벌을 받는 기분이 들었다. 서운이 옆에 있기만 해도 만지고 싶고 깨물고 싶어 죽겠는데 다른 직원들하고 똑같이 대하려니 죽을 맛이었다.

서운이 감정 조절을 잘하는 것도 마음에 들지 않았다. 남직원들하고 잘도 웃고 다니면서 자신에게는 깍두기처럼 각지게 구는 것도 거슬렸다.

사랑을 하면 늘 집착도 덩달아 느는 것이 문제다. 그녀가 다른 남직원들과 있을 때면 남직원들이 하나도 없는 골방에 따로 사무실을 차려 주고 싶은 심정이었다.

거기까지 생각하다 스스로 생각해도 어이가 없는지 헛웃음이 나왔다. 아무튼 감정이 어제보다 오늘 더 자란 것은 맞았다.

퇴근하기 무섭게 서운은 태영과 약속한 부동산으로 갔다. 문 앞에서 5분 정도 기다리자 그가 나타났다.

함께 안으로 들어가자 여자 사장님이 호기심이 가득한 눈초리로 둘을 번갈아 보더니 다른 때보다 훨씬 더 나긋나긋하게 설명하기 시작했다. 서운은 웃음이 나왔지만 눌러 참았다.

사장님을 따라 간 곳은 작은 평수의 원룸이었다. 사장님 설명을 들으면서 둘러보다 서운은 태영을 돌아봤다. 태영이 꼼꼼하게 집을 살펴보고 있는 모습에 어쩐지 웃음이 났다. 뭔가 든든하기도 했다. 아버지가 사고로 돌아가시고 엄마랑 둘만 살면서 때때로 아버지의 부재를 많이 느꼈었는데 그가 있으니 든든했다.

세 군데를 돌아보고 그와 함께 집으로 가는 도중 서운은 그를 보며 웃었다.

"왜 웃어요? 설레게."

"좋아서요."

"차 세우는 수가 있어."

"집이 더 낫지 않을까요?"

그녀의 입에서 나온 소리라고는 믿기지 않아 태영의 고개가 즉각 돌아왔다.

"운전해요."

사랑을 하면 왜 이런 닭살스러운 멘트도 술술 나오는 걸까. 당차게 말해 놓고도 그가 돌아보자 눈도 못 마주치고 서운은 창밖으로 고개를 돌렸다.

"집은 어떻게 할 거예요?"

"셋 다 조건이 비슷해서 고민 중이에요. 본부장님은 어디가 제일 마음에 드셨어요?"

"우리 집에서 제일 가까운 곳."

그다운 대답에 피식 웃음이 나왔다. 집은 엄청 꼼꼼하게 둘러봐 놓고 정작 한다는 소리는 지극히 단순하다.

"선택 기준이 너무 단순한 거 아니에요?"

"제일 중요한 거죠. 그러지 말고 우리 집 위층 세 내 준다니까 그러네."

"그건 같이 사는 거잖아요."

"그럼 안 돼요?"

"우리 지금 연애하는 거거든요?"

굳이 선을 긋는 서운에게 태영은 얇게 한숨을 내쉬었다.

"좋으니까 하루 종일 같이 있고 싶은 건데 안 되는 거예요?"

무슨 뜻인지 알기에 그가 기분 상하지 않게 서운은 말을 골랐다.

"너무 붙어 있으면 쉽게 질리잖아요. 서로 알아 가는 시간도 필요하니까 지금은 딱 이만큼이 좋은 거 같아요. 적당히 설레고 적당히 떨리는 지금이요."

"나랑 같이 있으면 그래요?"

"…네."

"그건 솔직해서 좋네요."

"다른 것도 솔직하거든요."

"그럼 나한테 비밀 만들지 말아요. 나 뒤끝 있는 남자니까."

"그럴 것 같지 않은데요?"

"굳이 시험해 보진 말아요. 상대에 따라 다르지만 이서운에겐 뒤끝도 많고 질투도 많으니까 나 자극하면 무슨 일 칠지 몰라요."

농담인 것 같으면서도 진지한 소리에 서운은 그를 흘깃 쳐다보다 소리 없이 웃었다. 다른 남자가 이런 말을 했다면 정떨어졌을 텐데 이 남자가 하는 소리라 역시 가슴이 반응한다. 아예 심장에 진태영이란 남자 전용 스위치가 새로 달린 모양이다.

  집에 들어가자마자 서운은 주방으로 가 중간에 들러 사 가지고 온 곱창전골을 그릇에 담아 준비했다.
  방으로 들어가 편한 옷으로 갈아입고 나온 태영은 서운이 주방에서 저녁상을 차리는 것을 지켜보며 흐뭇한 미소를 지었다. 그러다 막 준비를 마친 서운과 눈이 마주쳤다.
"왜요?"
"자연스러워서요. 꼭 이 집 주인 같아."
  그러고 보니 자연스럽게 이 집 안주인 행세를 한 것 같기도 했다. 그가 말하기 전까지는 느끼지도 못했다는 것이 신기할 정도였다.
"얼른 앉으세요. 저녁이 늦어서 배고프시겠어요."
"괜찮아요."
  태영이 앉자 서운이 작은 그릇에 곱창전골을 떠서 건넸다.
"진짜 곱창 드세요?"
  잘 먹는다고 해서 시키긴 했지만 어쩐지 그가 자신을 배려해서 양보해 준 것이 아닐까 싶었다. 선입견일지 몰라도 곱창을 잘 먹을 것 같진 않았다.
"몇 번 먹어 본 적은 없지만 나쁘진 않았어요."
"다른 걸 시킬 걸 그랬나 봐요."
"서운 씨가 좋아하는 거면 됐죠. 이 기회에 내장류하고도 친해져 보죠. 얼른 먹어요."
  그러면서 수저로 전골을 떠서 입에 넣었다.

"맛있는데요? 왠지 중독성 있어요."

그냥 해 주는 말인지 몰라도 그의 말에 안심하며 서운은 식사를 시작했다. 겉은 꼬들하면서 속에서 고소한 즙이 툭 터지는 곱창에 적당히 얼큰한 국물을 먹다 보니 하루의 피로가 풀리는 듯했다. 오후 때부터 배가 고팠었기에 서운은 밥 한 공기를 빠른 속도로 해치웠다. 태영이 그런 그녀를 보며 웃고 있는 줄도 모르고.

"잘 먹네요. 배고팠어요?"

"네, 배고팠어요."

"저녁부터 먹고 돌아다닐 걸 그랬네요."

"아니요, 해야 할 일 먼저 해치우고 먹어야 꿀맛이죠."

"그건 나랑 같네요."

드디어 닮은 점을 찾았다는 표정에 서운은 보스스 웃으며 물을 마셨다.

식사를 마치고 서운이 설거지를 하자 태영은 치즈를 꺼내 와인에 어울리는 안주를 만들기 시작했다.

싱크대에 있는 물기까지 깨끗하게 정리하고 서운이 거실로 가자 앉아 있던 태영이 손을 내밀었다. 그가 내민 손을 잡자 태영이 그녀를 곁으로 끌어당겼다. 서운이 거실 탁자에 놓인 와인을 보며 장난스럽게 웃었다.

"어! 이거 위험한 술인데."

"내키지 않으면 안 마셔도 돼요."

"오늘은 전작이 없으니 위험하지 않겠죠."

서운의 자신만만한 장담에 태영이 의미심장한 눈빛으로 웃었다.

"과연 그럴까요?"

그의 말에 담긴 뜻을 생각하며 서운은 와인 잔을 드는 태영의 옆얼굴을 바라봤다. 속눈썹이 긴 남자가 조용히 웃고 있는 모습이 섹시해 보였다.

그와 잔을 부딪치고 찰랑이는 와인을 한 모금 마셨다. 부드럽게 넘어가는 와인이 여지없이 그날 밤의 기억을 되새김질하게 했다. 진짜 그땐 무슨 정신이었을까.

그때의 인사불성으로 지금의 상황이 왔으니 그때의 정신없는 자신을 탓하고 싶지는 않았다. 솔직한 심정이었다. 어쩐지 그와는 이렇게 될 운명처럼 느껴지기도 했다.

그가 작게 틀어 놓은 재즈 선율을 듣고 있자니 기분이 센티해지는 느낌이 들었다.

와인을 한 모금 마시고 나른해지는 눈빛으로 앞을 바라보다 태영의 손이 뒤통수를 감싸자 서운은 그에게 고개를 돌렸다. 기다렸다는 듯이 그의 입술이 다가왔다.

서두를 것 없는 두 개의 입술이 느릿하게 서로를 탐미했다. 그러다 슬쩍 나온 혀가 도발하듯 그의 입술을 빠르게 훑고 들어가자 그의 눈빛이 위험하게 가늘어졌.

부드러운 탐닉이 돌변하는 것은 순식간이었다. 그가 몸을 끌어당긴다 싶더니 그의 혀가 입술을 가르고 들어와 달아나는 서운의 혀를 낚아챘다. 깊숙이 들어온 남자의 혀가 구석구석 흔적을 남기기 시작했다. 한 번도 겪어 본 적 없는 격렬한 키스에 서운의 입에서 앓는 소리가 흘러나왔다.

매번 이런 식이다. 매번 그를 자극한 건 자신이었다. 그를 잘못 건드렸다 생각했지만 이미 되돌리기엔 늦었다.

그는 정직했다. 자신이 건드리는 대로 정직하게 반응했다. 굳이 참지도 않았다. 여자를 미치게 하는 법을 너무 잘 아는 남자 같았다.

길고 격정적인 키스가 잠시 멈추자 서운은 거친 숨을 몰아쉬었다. 그동안 잘못 알고 있었던 걸 깨달았다.

"와인이 위험한 게 아니었어."

"이제 알았어요? 하지만 이미 늦었어."

그녀가 숨을 다 고르기도 전에 태영이 그녀를 바닥에 눕혔다. 눈을 댕그랗게 뜨고 보는 서운의 양손을 위로 잡은 채 태영이 고개를 숙여 속삭였다.

"그때도 지금도 당신한테 가장 위험한 건 나야."

그의 손이 빠르게 서운의 블라우스 단추를 풀기 시작했다. 힘없이 블라우스가 열리고 하얀 살결이 드러나자 태영의 눈빛에 열기가 일었다. 그는 시야를 가리는 것들을 모두 치워 버리고 망설이지 않고 살 내음이 듬뿍 나는 맨살에 입술을 내렸다. 하얀 초원 위를 거침없는 달리는 야생마처럼 그의 혀가 살결 위를 누비기 시작했다.

그리고 그의 움직임에 따라 서운의 몸도 함께 움직였다. 서운이 그의 등을 손가락으로 누르자 그의 움직임이 조금 더 빨라졌다.

그날 밤이 다시 되풀이되고 있었다. 술에 취해서 감각도 둔했던 그날과 달리 지금은 그의 손길 하나하나와 혀가 주는 짜릿함이 솔직하고 적나라하게 느껴졌다.

그의 손이 점점 아래로 내려가고, 언제인지 인지하기도 전에 치마가 벗겨졌다. 맨정신으로 그의 아래에 누워 있는 기분이 확연히 달라 서운은 그를 똑바로 쳐다보지 못했다.

"날 봐."

그가 조용히 이르는 소리에 서운의 눈빛이 돌아왔다. 열기 가득한 남자의 눈빛이 달아나지 못하게 얽어매고 있었다.

그가 입술을 내려 서운의 혀를 부드럽게 감았다. 그리고 손은 납작한 아랫배를 쓸다 점점 아래로 내려갔다. 아래로 온 신경이 쏠리며 서운의 몸이 딱딱하게 굳자 그가 달래듯이 어루만지며 다리 사이로 자리를 잡았다.

그의 팔을 잡은 서운의 손에 힘이 들어가며 몸이 긴장했다. 태영은 혀로 부드럽게 그녀를 달래며 더운 열기를 내뿜는 여린 살결을 손으로 어루만졌다. 서운이 움찔움찔 놀라며 야릇한 신음 소리를 토해 낼 때마다 양껏 격렬하게 탐하고 싶은 것을 눌러 참았다.

그는 조금씩 서운의 다리를 벌리며 혀로 보드라운 가슴살을 배회하다 끝을 희롱했다. 답삭 베어 물었다 풀었다 반복하다 다급하게 거추장스러운 옷들을 벗어 던졌다.

완벽한 나신이 된 남자의 몸을 확인하고 서운의 눈이 댕그랗게 커졌다. 지난번엔 술과 분위기에 취해 제대로 보지 못했던 실오라기 하나 걸치지 않은 남자의 몸이 시야를 압도하고 있었다.

그녀는 홀리듯이 손으로 그의 넓고 탄탄한 가슴을 쓸었다. 적당하게 근육이 자리 잡은 남자의 상체가 더할 나위 없이 섹시했다. 그녀는 따뜻하고 단단한 가슴을 어루만지다 조금 손을 내려 그의 아랫배를 쓸었다.

쓰읍 하고 그가 숨을 참는 것이 느껴지자 마른침을 꿀꺽 삼키며 손을 거둬들이려 했다. 하지만 이내 그에게 잡힌 손이 더 아래로 내려가자 눈이 화등잔만 하게 커졌다. 놀라 손을 떼려 했지만 그가 놓아주지 않아 점점 압박해 오는 존재를 적나라하게 느껴야 했다.

차마 그를 똑바로 보지 못하고 외면하는 그녀를 잡아먹을 듯이 내려다보던 그가 서운의 두 다리를 들어 올려 허리에 감았다.

잔뜩 예민해진 곳을 배회하며 서성이자 그녀의 입술이 슬며시 벌어졌다. 그 틈을 놓치지 않고 태영이 서운의 입술을 삼켰다. 동시에 그토록 갈망했던 좁고 따뜻한 곳으로 힘껏 파고들었다.

"흐웃!"

입술 새로 흘러나온 여릿한 신음이 남자의 정욕을 최대치로 끌어 올렸다. 그녀 한정 점잖지 않은 남자의 본능이 폭주하기 시작했다. 처음 그녀를 안은 후로 매일 밤 기다려 왔기에 자제가 되지 않았다.

힘껏 몰아붙이는 통에 서운의 몸이 위로 밀리자 그는 그녀를 끌어안은 채 격렬하게 허리를 움직였다. 술에 취해서 그녀가 반은 의식이 없는 채가 아닌 온전한 정신으로 하나가 되었다는 사실이 그를 흥분하게 했다. 제 아래에서 달뜬 표정으로 흐트러진 그녀가 미치게 유혹적으로 보여 정신을 차릴 수가 없었다.

자비 없이 몰아붙이는 그의 아래에서 그와 하나가 된 감각을 생생하게 느끼며 서운은 힘껏 그를 끌어안았다. 저돌적으로 치고 들어오는 격렬한 행동에 자신의 것이라고 할 수 없는 낯선 신음 소리가 연달아 터져 나왔다.

그가 타이트하게 압박해 들어올 때마다 뭐라 형용할 수 없는 감각들이 온몸에 퍼지며 속에서 폭죽이 터지는 것 같았다. 좀처럼 놓아주지 않는 그에게 매달리다 그녀는 점점 정신이 희미해져 갔다.

이윽고 땀에 젖은 그가 그녀의 위로 쏟아져 내리자 거친 숨소리들이 둘만의 공간을 가득 채웠다.

시간이 얼마나 흘렀을까. 저도 모르게 깜박 잠이 들었나 보다. 서운은 반사적으로 휴대폰 시간을 확인했다. 벌써 11시가 넘었다.

'집에 가야 하는데.'

급하게 몸을 일으키려 했지만 태영이 놓아주지 않았다.

"늦었으니까 자고 가요."

"그래도……."

"가지 마."

한 번씩 그가 말을 짧게 할 때마다 가슴이 철렁한다. 어떻게 할까 고민하는 순간 그가 순식간에 위로 올라타는 바람에 서운의 눈이 댕그랗게 커졌다.

"안 보낼 거니까 포기해."

머릿속을 들여다보는 것처럼 갈등하는 속을 제대로 짚어 낸다.

"진짜 습관 되면 안 되는데."

"난 익숙해졌으면 좋겠는데?"

갈라진 목소리로 그가 갈증을 풀듯 서운의 입술을 진득하게 훔쳤다.

"좋아요. 그럼 오늘만이에요."

"응, 일단 오늘."

그가 서운의 목덜미를 간질이자 서운이 그를 밀어내며 진저리를 쳤다. 간지럼을 유난히 타는 터라 그의 입술이 닿을 때마다 설레면서도 간질거렸다.

하지만 장난기 가득한 태영이 그녀의 약점을 놓아줄 리 없었다. 그는 익살스럽게 달아나는 서운의 양팔을 잡고 몸으로 눌러 움직이지 못하게 한 채 반항하는 서운의 목덜미와 귓불을 짓궂게 괴롭혔다.

서운이 웃으며 달아나려고 꿈틀거릴 때마다 잠시 쉬고 있던 남자의 본능이 같이 꿈틀거렸다. 그는 두 다리로 서운의 다리를 벌려 자리를 잡고 서운의 따스한 엉덩이를 움켜쥐었다.

그의 의도가 명백히 보여 서운은 달아나기를 포기한 채 그를 올려다봤다.

"기대해도 좋아."

낮게 웃던 그가 갑자기 시야에서 사라진다 싶더니 아래에서 뜨거운 숨결이 느껴졌다. 화들짝 놀란 서운이 얼른 몸을 일으키려 했지만 그가 먼저 다리 사이로 얼굴을 묻자 꼼짝하지 못했다.

무슨 일인지 인지하기도 전에 뜨겁고 물컹한 살덩이가 여린 살결을 스윽 밀어 올리자 서운의 등이 활처럼 휘었다.

"하, 하지 마요."

너무도 원색적인 자극에 서운이 그를 말리려 상체를 들었지만 이내 그의 힘에 밀려 눕혀졌다. 금방이라도 터질 듯이 예민해진 곳을 그의 혀가 깊게 파고들자 처음 느끼는 감각에 미칠 것처럼 흥분이 되었다. 그에게 점령당한 곳이 속수무책으로 풀어지며 서운의 눈도 나른하게 풀려 갔다.

태영이 그녀의 눈빛을 보며 흡족한 미소를 지었다. 자신만 볼 수 있는 이서운의 이런 눈빛을 누구에게도 허락하지 않을 거란 무서운 소유욕이 그를 잠식했다.

그는 서운을 끌어안은 채 열기 가득한 곳으로 힘껏 파고들었다. 그녀를 가지면 가질수록 더 갖고 싶어 미칠 것 같은 감정이 끓어올랐다. 이 입술을, 이 숨결을, 이 따뜻한 몸을 잃고는 살 수 없을 것 같았다. 그러니 절대 놓지 않을 것이다.

그녀의 유일한 남자가 되고 싶은 욕심과 그렇게 되고 말 것이라는 집념이 스스로도 놀라울 정도로 솟아났다. 그는 그 다짐을 재차 굳히기라도 하듯 힘껏 그녀의 안에 자신을 묻고 또 묻었다.

다음 날 아침 식탁에 앉아 서운은 불퉁한 표정으로 태영을 쩨려 봤다. 왜 그러는지 이유를 알기에 태영이 웃으며 그녀를 달랬다.

"얼른 먹어요. 늦겠어요."

"이제 이 집에 오는 일은 없어야겠어요."

"아무도 모르게 하자면서요. 그러려면 집이 제일 안전하죠."

"제가 안전하지 않거든요."

"어젠 미안했어요. 내가 생각해도 좀 과했어요. 적당히 재우려고 했는데 한 번 안으니까 자꾸 자제력이 없어져서."

속은 있는지 태영이 밤새 괴롭힌 걸 솔직하게 인정하고 시원한 물을 한 잔 마셨다. 밥을 한 술 뜨다 말고 태영이 조용히 식사를 하고 있는 서운을 살폈다.

"오늘 괜찮겠어요?"

"제발 아무 말도 하지 말아 줄래요?"

어젯밤의 길고도 격렬했던 섹스가 확 떠올라 서운이 눈에 힘을 주고 나무랐다. 그런 적이 거의 없는데 아침에 그가 깨우기 전까지 누가 업어 가는 줄도 모르고 곯아떨어졌다.

이 남자가 뭘 잡아먹었기에 이렇게 힘도 좋은 건지 묻고 싶었지만 또 놀림감이 될 것 같아 참았다. 어젯밤에 늦게라도 집으로 갔어야 했는데 눌러앉은 통에 그에게 제대로 붙들려 버렸다. 어젯밤 이후로 처음 술에 취해서 몸을 섞었을 때와는 완전히 다른 관계가 된 기분이었다. 어쩌다가 이 짧은 시간에 그와 이렇게 깊은 사이가 되어 버렸을까.

도통 속도 조절이 되지 않는 것이 불안하면서도 그 스릴을 은근히 즐기고 있다. 입으로는 천천히를 말하면서 몸과 감정은 완전 엇박을 내고 있으니 자아가 분열된 인간 같다.

그녀는 눈이 마주치자 씨익 웃어 주며 식사를 하는 그의 잘생긴 얼굴을 쳐다보다 묘한 희열을 느꼈다. 밖에선 냉정하고 이성적인 남자가 침대에서 얼마나 열정적인 짐승이 되는지 알고 있다는 사실만으로 뭔가 대단한 사람이 된 기분이었다. 세상 점잖은 이 남자가 침대에서는 전혀 점잖지 않다는 사실을 다들 상상이나 할까.

이렇게 정신을 못 차리게 휘몰아치는 남자는 처음이다. 다른 사람과 연애 때도 늘 자신만의 템포로 완급 조절을 했었는데 그를 만나면서부터는 뜻대로 되는 일이 없다. 이렇게 남자에게 휘둘려도 되나 싶다가도 그것이 싫지 않으니 스스로 쳐 놓은 그물에 제대로 엉켜든 기분이다. 만난 지 불과 얼마 되지도 않았는데 진태영의 여자가 되다니 생각할수록 아이러니다.

'내가 이렇게 밝히는 여자였던가?'

하여튼 위험한 남자다.

"그렇게 보면 출근하기 싫어지는데."

태영이 수저를 놓고 쳐다보자 서운은 화들짝 놀라 얼른 밥을 떴다.

"행여 미리 말해 두는데 나한테 거리 두기 같은 거 하지 마요."

이쯤 되면 진짜 돗자리라도 펴야 하는 거 아닐까? 제 몸속을 드나들더니 머릿속도 드나든 모양이다.

서운이 대답을 하지 않고 보기만 하자 태영이 자리에서 일어나면서 다시 강조했다.

"하지 마요. 이미 소용없으니까."

"설거지 제가 할게요."

"됐으니까 얼른 양치하고 준비해요."

아침에 더 바쁜 자신을 배려해 주는 남자의 다정함에 다시 입술이 실룩거렸다. 어쩌면 그의 말이 맞을지도 모르겠다. 그와의 거리 두기는 이미 소용없는 일이었다.

예전 같았으면 상상할 수도 없는 일이 이미 벌어지고 있으니까. 그와 밤을 보내고 함께 출근하는 지금이 누군가에게 들킬까 봐 불안하기보다는 떨리고 좋기만 하니 이미 게임은 끝난 것이다.

※

이사 갈 집을 정하고부터는 일사천리로 일이 진행됐다. 태영이 도와주겠다는 것을 거절하고 이사는 토요일에 미강이 남편과 함께 용달을 빌려 와 처리했다. 딱히 짐이 많지 않아서 옮기는 데 그리 많은 시간이 걸리진 않았다.

최대한 공간이 넓어 보이게 정리를 하고 나니 비로소 새로운 보금자리로 옮겼다는 실감이 났다. 일이 있다는 남편을 먼저 보내고 미강이 끝까지 남아 정리를 도와주었다. 미강이 낡은 상자 하나를 들어 보였다.

"이건 뭐야? 버려도 되는 거 아니야?"

서운이 재빨리 낚아챘다.

"버리긴. 우리 아버지랑 어릴 적 추억이 담겨 있는 내 보물 상자야."

"안 물어보고 버렸다 뒈질 뻔했네."

서운이 소중하게 상자를 품에 안더니 책장 끝에 보관했다.

"야, 그만 부려 먹고 밥 시켜 줘. 쓰러지겠어."

"그래, 알았어."

대충 마무리가 되자 서운은 서둘러 짜장면과 탕수육을 시켰다.

30분쯤 후 음식이 도착하자 서운은 냉장고 문을 열었다.

"한잔할 거지?"

"당연하지. 그런 건 묻지 말고 내놔."

거의 뺏다시피 으름장을 놓는 미강의 앞에 맥주 캔을 꺼내 놓고 시원하게 부딪쳤다. 목구멍으로 들어가는 시원한 보리 음료가 큰일 치른 어깨를 토닥거려 주는 것 같았다.

정신없이 짜장면과 탕수육을 해치우고 남은 맥주를 홀짝거리며 미강이 눈으로 집을 휘둘러봤다.

"좀 좁아도 안전해 보여서 좋다."

"전에 살던 집도 괜찮긴 했어."

"그 미친놈 때문에 다 살지도 못하고 나왔잖아."

"기준 씨를 집으로 부른 적도 없는데 어떻게 집을 알아서 찾아왔는지 모르겠어."

"같은 회산데 집 알아내는 게 일이겠어? 되지려면 뭔 짓을 못 해. 처음부터 별로더니 하여간 찌질한 것들이 꼭 찌질한 짓을 해요."

이미 지난 일이지만 미강이 새롭게 욕을 해 주니 대리만족을 느꼈다. 가끔은 미강의 화끈한 입담이 소화제가 되곤 한다.

"본부장님한테 이사했다고 연락해야 되는 거 아니냐?"

"아까 했어."

"빠르기도 하셔라. 뭐라 하든?"

"온다고 하기에 말렸어."

"나 때문이라곤 안 했지? 나 괜히 본부장님한테 찍히기 싫다."

"내가 찍히는 거 아닌데 뭔 상관이야."

"이 배은망덕 매정한 것 좀 보소?"

눈을 삐딱하게 뜨며 째려보던 미강이 서운의 얼굴을 보며 피식 웃었다.

"너 요즘 표정 엄청 편안한 거 모르지?"

"그래?"

"길기준 만날 때는 가끔 우울증 환자처럼 보이더니 본부장님 만나고부턴 완전 달라졌어. 뭐랄까, 빛이 난다고 해야 하나?"

"퍽이나 빛이 나겠다."

"MSG를 좀 치긴 했지만 평소랑 얼굴이 다른 건 사실이야. 너도 느꼈을걸?"

전생에 자신의 언니였을 거라고 장담하는 유미강의 예리한 눈빛을 피할 길이 없다. 서운은 솔직하게 털어놨다.

"요즘 모처럼 행복하다는 생각을 해."

"살 떨리는 연애가 그래서 좋은 것이다. 지금이 젤 좋아 죽을 때고. 가족 되는 순간 콩깍지 벗겨지니까 지금 실컷 즐겨."

미강의 입에서 나온 가족이라는 말이 귓가에 앵앵거리고 남았다.

"가족이 될 일은 없을 거니까 좋아 죽기만 해야겠다."

"왜 미리 선을 그어 놓고 그래? 되는대로 살지."

"현실적으로 결혼은 아니지. 내 처지가 이 모양인데. 거기까지 생각하면 머리 아파."

좋은 양부모를 만나 사랑받고 살고 있어도 고아라는 꼬리표가 평생 따라다니기에 서운이 연애에서 더 나아가기를 거부하는 심정이 이해가 갔다. 그러면서도 답답하고 안쓰러웠다.

부디 서운을 낳고 버린 친부모도, 입양했다가 파양한 인간들도 꼭 나이 먹고 병들어 자식들에게 똑같이 버려지길……. 미강은 속으로 악담을 퍼부었다.

"입양아라는 거 얘기 안 하면 되잖아."

서운이 단호하게 고개를 저었다.

"그건 속이는 거잖아. 그러다 들키면 더 떳떳하지 않아서 싫어."

"안 들키면 되지. 회사에서 너 입양아라는 사실 아는 사람 나랑 길기준밖에 없잖아. 저도 같은 처지라 비밀로 해 달라고 했으니 길기준이 떠들 일도 없을 거고. 그럼 된 거지."

"그래도 싫어. 세상 넓어 보여도 좁은데 어떤 식으로 엮여서 알게 될지 모르니 나중에 떳떳하지 않은 일은 만들고 싶지 않아. 고아였던 게 내 잘못도 아닌데 죄인처럼 굴고 싶지도 않고."

"그래서 본부장님하고 연애만 하겠다고?"

"지금 그러고 있어."

"본부장님도 그럴까? 그러다 본부장님이 결혼하자고 하면 어쩔 건데?"

직진만이 미덕이라고 믿고 사는 유미강의 직설적인 공격에 서운은 주춤했다. 하지만 이내 아무렇지 않은 듯 맥주를 한 모금 삼키며 가볍게 털었다.

"그럴 일은 없을 거니까 그 얘긴 그만하자."

서운이 서둘러 대화를 자르고 맥주 캔을 들이대자 미강이 부딪치며 남은 맥주를 털어 넣었다.

미강은 말을 더 하려다가 말았다. 태어날 때부터 버려졌었고,

입양이 되었다가 영문도 모르고 다시 버려진 상처를 가지고 있으면서도 서운은 씩씩하고 반듯하게 자랐다. 그늘지거나 구김이라곤 없는 친구였다.

성격이 모나지 않아 사람들과의 관계도 원만했고 회사에서도 당당히 능력을 인정받았다. 그렇게 매사 열심히 살았다. 그런 스스로에게 자부심도 가지고 있었다. 그래서 그녀가 더 마음에 들었고 둘도 없는 친구가 되었다.

하지만 언젠가 결혼 전에 술을 마시며 둘만 하는 연애까지가 가장 좋다고 했을 때 그녀의 가슴에 아물지 않은 상처가 보였다. 자신에 대해서 솔직하게 오픈해야 하는 그 이상의 관계 발전에 상당히 방어적인 것도 느꼈다. 그렇게 살아온 게 제 잘못도 아닌데 남자의 집에 입사 시험을 치르듯 합격 여부를 기다려야 하는 상황이 참 싫을 것 같다고 했다.

그 마음이 너무 이해가 돼 연애만 하라고 맞장구를 쳐 줬었다. 그러면서 내심은 서운의 모든 면을 사랑해 주는 좋은 남자가 나타나 주기를 바랐다.

그래서 본부장과의 연애가 걱정되면서 또 기대가 되었다. 서운이 가진 비밀을 알았을 때 그 남자의 반응이 어떨지 궁금했다. 서운을 보는 그 남자의 눈빛을 봤을 때 절대 서운을 쉽게 놓아주지 않을 사람으로 보였다. 달아나게 두지도 않을 것이다.

그 남자를 보는 서운의 눈빛이 사뭇 다르다는 걸 알기에 본부장이 좋은 남자이기를 바랐다. 모쪼록 서운이 크게 마음을 다치는 일만은 없기를 바랄 뿐이다.

늦게까지 수다를 떨다가 미강이 데리러 온 남편과 함께 돌아가자 서운은 술자리를 정리했다.

씻고 나와 잘 준비를 마치고 아늑한 새 보금자리를 눈으로 훑으며 그녀는 씨익 웃었다. 새 술을 새 부대에 담듯 새로이 찾은 이곳에서 좋은 일들만 있었으면 싶었다.

불을 끄고 막 자려는데 휴대폰이 울렸다. 태영의 이름을 보고 입술 꼬리가 저절로 올라갔다.

"아직 안 잤어요?"

-나 안 보고도 잠이 와요?

"어쩔 수 없잖아요. 내일 많이 봐요."

-싫은데.

어울리지 않게 떼를 쓰는 것이 안 어울리면서도 기분은 나쁘지 않았다. 그녀는 침대에 벌러덩 누워 피식 웃었다.

"그럼 어쩌라고요?"

-문 열어요.

"예?"

1초 정도 뇌가 정지됐다가 빠른 속도로 돌아갔다. 몸은 더 빨리 튕겨져 일어났다.

"설마 왔어요?"

-그래요.

더 생각할 겨를도 없이 얼른 달려가 문을 열었다. 정말 그다. 그가 벽에 기댄 채 휴대폰을 흔들고 있었다. 정말 대책 없는 남자다.

"정말 왔네요?"

"이서운한텐 늘 진심이니까."

태영이 자기 집에 들어오듯 쑤욱 안으로 들어와 아기자기한 공간을 눈으로 둘러봤다. 키가 큰 그가 들어오니 아담한 공간이 꽉 차 보였다.

"좀 좁죠?"

"그래서 더 좋은데요? 이렇게 손만 뻗으면 만질 수 있잖아요."

그가 서운의 팔을 끌어당겨 품에 안고 뒤통수를 쓸어내렸다.

"고생 많았어요."

"이사하기 전엔 언제 다 하나 싶었는데 막상 해 놓고 나니 묵은 숙제를 해치운 것처럼 속이 시원해졌어요."

"내가 해 주려고 했는데."

서운해하는 얼굴에 서운이 해맑은 미소를 돌려주었다.

"아까워서 못 부려 먹죠."

"유미강 대리 알면 칼부림 나겠는데요?"

"그러니까 당연히 비밀이죠."

서운이 코 옆에 검지를 세우고 주의를 주자 태영이 그녀의 손가락을 입술로 가져갔다. 남자의 부드러운 입술 맛을 본 손가락 끝이 그 느낌을 부지런하게 몸 전체로 전달했다.

"여기 두니 좀 안심이 되네."

"본부장님 덕분이에요."

"이제 진짜 이름 부르면 안 돼요? 회사 밖에서도 본부장이고 싶진 않은데."

"그러다 실수할까 봐서요."

"내 이름 부르는 건데 뭐가 어때요? 앞으론 이름 불러요. 본부장이라고 부르면 혼낼 거니까 알아서 해요."

반은 협박조인 강요에 서운은 마지못해 고개를 끄덕였다. 그러다 불쑥 장난기가 솟았다.

"어떻게 혼낼 건데요? 본부……."

"이리 와."

태영이 손을 뻗어 잡으려고 하자 서운이 얼른 달아났다. 하지만 좁은 공간에서 한 발짝 떼기도 전에 그에게 허리가 잡혀 침대로 내동댕이쳐졌다.

구석으로 달아나며 까르르 웃는 서운을 붙잡아 누르며 태영이 위험하게 웃었다.

"어떻게 혼나는지 아주 상세하게 알려 줄게."

월요일 아침에 본부장실로 회의를 다녀온 방 과장이 서운을 불렀다. 미강과 같은 팀인 서 대리와 함께였다.

"이번 주까지 소비자 불만 최소화 및 서비스 개선 방안에 대해 제출해야 하니 이 대리와 서 대리가 수고 좀 해 줘. 본부장님이 직접 보시고 과 평가에 적용한다고 했으니 엄청 신경 써야 해."

난데없이 추가 업무를 받고 서운은 서 대리와 마주 보며 눈빛을 교환했다. 물욕에 출세욕까지 타의 추종을 불허하는 방 과장이 강조하는 걸 보니 또 이번 주가 피곤할 것 같았다. 떨떠름하게 서 있는 두 사람의 눈치를 살피던 방 과장이 목에 힘을 주며 공치사를 했다.

"잘하면 확실하게 윗선에 인정받을 수 있는 기회를 내가 특별히 두 사람에게만 주는 거니까 각별히 더 신경 써야 할 거야."

"알겠습니다."

자리로 돌아오는 길에 서 대리가 귓가에 작은 소리로 중얼거렸다.

"우리 생각 해서가 아니라 과장님을 위해서 아닌가? 이 기회에 인정받아서 승진하려고 말이야."

"그러게요."

"아, 이번 주 할 일도 많은데 미치겠네. 나는 서포트만 해 줄 테니까 이 대리가 주도적으로 잘 작성해 봐."

"엥? 서 대리님, 이러시면 곤란하죠. 저도 대충 열심히 서포트만 하려고 했는데."

"사정 좀 봐줘. 나 지난주에도 내내 야근했어. 맞벌이하면서 혼자 육아 독박시킨다고 우리 와이프 입이 댓 발이나 튀어나왔단 말이야. 이번 주에도 늦으면 이혼 서류 내밀지도 몰라."

서 대리가 죽는시늉을 하며 부탁하자 서운은 낮게 한숨을 내쉬었다.

"암튼 머리를 굴려 볼게요."

"이 대리만 믿어."

서운이 뭐라 말하기도 전에 서 대리가 핑 제 자리로 가 버리자 서운은 살짝 인상을 찌푸리며 자리로 돌아왔다. 일단 받아 놓은 일이니 해치우긴 해야 하는데 어떻게 접근을 해야 할지 머리가 아팠다.

그녀는 우선 이번 주까지 해야 할 업무 일정부터 조절했다. 이번 주엔 경상 업무도 만만치 않아 빠듯하고 정신없는 한 주가 될 것 같았다. 미강의 말대로 방 과장이 일부러 자신을 엿 먹이려고 그러는 건가 의심도 들었다.

일정표를 조정하면서 허튼 웃음이 새어 나왔다. 일을 받는 순간 머릿속에 맨 먼저 든 생각이 태영과 만날 시간이 줄어들어서 싫다는 것이었다. 남자에게 빠지니 일에 철저한 이서운도 별수 없다는 생각이 우스웠다. 이래서 사랑은 무서운 것이다.

피할 수 없다면 또 즐기는 척이라도 해 봐야지. 일단 받아 둔 밥상은 해치우면 된다. 오늘 저녁은 태영과 만나기로 했으니 내일부터 야근하면 될 것이다. 그녀는 하던 일을 빨리 마무리하고 그동안의 소비자 불만 사항을 분석하기 위해 자료를 찾기 시작했다.

"이번 주 내내 야근이라고?"
"아마 그래야 하지 않을까 싶어요."
식사를 하다 말고 태영이 불만 섞인 표정으로 인상을 썼다.
"유능한 애인 두니 애로 사항이 있네."
"갑이 까라는데 어쩔 수 없죠."
"나한텐 이서운이 갑이잖아."
"그럴 리가요. 높으신 본부장님이신데."

"회사에선 그렇다 쳐도 회사 밖에선 반대지. 나 서운 씨한텐 을 맞아."

언제부턴가 그가 말을 편하게 하고 있었다. 그것이 더 가깝게 느껴져서 듣기 좋았다.

식사를 하고 차를 마시면서 서운은 지금 제대로 연애를 하고 있구나 생각했다. 때때로 그와 사귀고 있다는 사실이 믿기지 않기도 했지만, 손만 내밀면 잡을 수 있는 곳에 그가 있다는 사실이 신기할 정도로 좋았다.

너무 깊이 빠지지는 말자고 이성이 노래를 불렀던 것 같기도 한데 지금은 아무런 소리도 들리지 않았다. 그저 그와 함께 있는 이 시간을 즐기고 싶기만 했다.

그가 긴 팔로 어깨를 감싸자 서운은 그의 어깨에 고개를 기댔다. 편안하고 든든했다. 연애가 처음도 아닌데 한 번도 느껴 보지 못한 감정이었다. 이 관계가 영원할 수 있으면 얼마나 좋을까. 하지만 그럴 수는 없겠지.

눈을 감고 생각에 잠겨 있는 서운의 얼굴을 가만히 바라보다 태영이 이마에 흘러내린 머리카락을 옆으로 넘겨 주었다. 게슴츠레하게 올라간 눈꺼풀 안에서 나른한 눈동자가 유혹하듯 열렸.

"이러면 또 못 보내 줄 것 같은데."

그의 눈빛에 담긴 뜻을 읽고 서운이 빛의 속도로 시간을 확인했다.

"헉! 벌써 11시가 넘었네. 가야겠어요."

"자고 가."

"안 되거든요."

서운이 일어나 나갈 준비를 하자 태영이 그녀의 양팔을 잡아당겨 제 허리에 감았다. 서운이 그를 위로하듯 끌어안고 등을 다독거렸다.

"잘 자요."

"애 다루듯 하네."

"엉덩이도 토닥거려 줘요?"

"집에 가는 건 포기하는 거지?"

"잘못했어요."

으르렁대는 그를 더 자극했다가는 정말로 집에 못 갈 수가 있기에 서운은 적당히 치고 빠졌다.

그대로 보내기 아쉬워 태영이 서운을 붙잡고 입을 맞췄다. 서운이 살짝 붉어진 얼굴로 배시시 웃자 그는 눈을 가늘게 뜨며 차 키를 집어 들었다.

"데려다줄게."

"괜찮은데. 고마워요."

어차피 그냥 보낼 사람도 아니기에 포기하고 그와 함께 밖으로 나갔다.

밤바람이 제법 차갑다고 느끼는 순간 태영의 손이 목을 감쌌다. 사람들이 볼 수 있는 밖이라 신경이 쓰였지만 풀고 싶지는 않았다. 바람을 막아 주는 그의 따스한 온기가 좋았다.

"오빠?"

갑자기 들려오는 낯선 여자의 목소리가 둘만의 분위기를 깼다.

커트 머리를 한 세련된 여자가 인상을 쓰며 다가왔다.

서운은 제 앞에 선 여자를 똑바로 쳐다봤다. 어딘가 낯이 익다 했더니 지난번 레스토랑에서 태영과 만났던 여자였다. 이름이 유성이라고 했던가?

서운은 반사적으로 태영에게서 떨어지려고 했다. 하지만 그가 놓아주지 않아서 꼼짝하지 못했다. 서운이 당황해서 돌아봤지만 그는 힘을 풀지 않았다.

유성이 찬 시선으로 서운의 머리부터 발끝까지 훑어 내렸다. 마치 품평하듯 보는 시선에 서운은 기분이 상했다.

"오빠, 얘기 좀 해."

일부러 자신을 무시하며 건넨 소리였다.

"나 너랑 할 이야기 없어."

태영이 단번에 자르며 가려 하자 제 앞에서 무안을 당한 것이 분했는지 유성의 얼굴이 확 구겨졌다.

유성은 찬 눈빛으로 태영이 어미 새처럼 보호하려 드는 서운을 쏘아봤다.

"오빠랑 할 이야기가 있는데 양보 좀 해 줄래요?"

"너 이게 무슨 짓이야!"

태영이 화를 냈지만 유성은 막무가내로 버텼다.

유성이 쉬이 물러날 것 같지 않자 서운은 억지로 태영에게서 빠져나왔다. 불편한 자리에 계속 있고 싶지 않았다.

"먼저 가는 것이 좋겠어요."

말도 안 된다고 하려다 태영은 주춤했다. 오늘따라 좀 이성적으로 보이지 않는 유성이 서운에게 무례하게 굴지도 모른다는 생각이 들어서였다. 상황이 마음에 들지 않았지만 오늘은 서운을 먼저 보내는 것이 좋을 것 같았다.

"데려다줄게."

"괜찮아요. 손님 왔잖아요. 갈게요."

"미안해. 전화할게."

진태영이라는 남자의 입에서 나오는 소리라곤 믿기지 않을 정도로 다정한 말투에 유성의 눈에 불꽃이 일었다. 설마 했는데 정말 여자가 있을 줄이야.

자신은 구경도 해 보지 못한 그의 집에서 나오는 걸 보니 속에서 천불이 일었다. 두 사람이 얼마나 가까운 사이인지 굳이 물어볼 필요도 없었다. 여자가 사라질 때까지 지켜보는 진태영에게 배신감마저 들었다.

태영이 인상을 있는 대로 구기며 쏘아보자 유성은 그와 함께 있던 여자가 더 마음에 들지 않았다.

"너 뭐야? 내가 분명 찾아오지 말랬지?"

"연락도 씹고 만날 수가 없으니 그러잖아. 저 여자 혼자 보낸 게 그렇게 화가 나?"

"너 이러는 거 진짜 질린다. 제발 그만 좀 해라. 봐주는 데도 한계가 있어. 나 분명 너한테 관심 없다고 얘기했어."

"저 여자 때문에?"

"서운이 때문이 아니라도 너는 아니야."

역시나 칼처럼 무자비하게 자르는 대답에 유성은 상처를 받았다. 하지만 물러서지 않았다. 서운을 보니 괜한 오기가 생겼다.

"아까 그 여자랑 연애한다 이거지?"

"까불지 말고 가."

태영이 미련 없이 돌아서려 했다. 서운에게 전화를 하고 싶어 마음이 급했다.

"어차피 오래갈 거 아니잖아."

신경을 긁는 소리에 태영이 험악한 표정으로 돌아섰다.

"연애만 하는 거 아니야? 결혼할 것도 아니잖아."

"네가 뭘 안다고 까불어?"

"아까 그 여자 오빠한테 어울리지 않아."

뭉근하게 오르는 화를 누르고 태영이 유성을 찬 시선으로 쏘아봤다.

"내가 그 여자랑 뭘 하든 상관 말고 네 인생 살아. 이러는 거 진짜 정떨어져."

찬바람을 일으키며 태영이 가 버리자 유성은 아랫입술을 깨물며 씩씩거렸다.

"두고 봐. 나 이렇게 서운하게 한 거 나중에 다 후회하게 해 줄 테니까."

유성은 태영이 완전히 사라질 때까지 뒤통수를 쏘아보다 휙 돌아섰다.

집에 들어오자마자 태영은 서운에게 전화를 걸었다. 하지만 신호음이 가도 전화를 받지 않자 초조해서 인상이 찌푸려졌다. 서운이 말렸어도 그냥 데려다줄 걸 그랬다.

괜찮다고는 했지만 그렇게 보낸 게 걸렸다. 하필 전화를 받지 않으니 마음이 더 초조했다. 그는 더 기다리지 못하고 다시 전화를 걸었다.

신호음이 길어질수록 초조함도 길어졌다. 막 끊어지려는 찰나 서운이 전화를 받았다.

-여보세요?

태영은 크게 안도의 숨을 내쉬었다.

"잘 들어갔어?"

-네, 이제 막 들어왔어요. 전화했었네요?

"걱정이 돼서."

-애도 아닌데 걱정은 무슨요. 근데 집이에요?

"응. 바로 보냈어."

-아하.

가볍게 받는 말투 뒤에 누구냐는 물음이 건너오지 않았다. 대신 수화기 너머에서 잠시 침묵이 건너왔다.

"유성이라고, 어머니 친구 딸이라 어렸을 때부터 알고 지내던 애야."

-어쩐지, 오빠라고 그러더라.

"혼자 보내서 미안해."

-아이고, 아니라니까요. 나 잘 들어왔으니까 얼른 자요.

"그래, 내일 봐."

통화를 끝내고 태영은 습관처럼 창가에 섰다. 행여 서운이 유성을 신경 쓸까 봐 걱정했는데 목소리를 들으니 조금 안심이 되었다. 그는 불빛들이 반짝이는 밤의 경관에 무심하게 시선을 던졌다.

 태영과 통화를 끝내고 서운은 침대에 앉아 유성을 떠올렸다. 자신을 보던 유성의 표정이 계속 뇌리에 남았다. 그것은 분명한 적대감이었다.
 태영은 그저 아는 동생이라고 선을 그었지만 유성이라는 여자는 전혀 다른 시선으로 그를 보고 있었다. 익히 아는 눈빛이기에 태영에 대한 감정을 알 수 있었다. 자신에 대한 적의 가득한 눈빛까지도.
 어쩐지 굳이 알고 싶지 않은 일을 안 것 같아 기분이 썩 유쾌하진 않았다. 다시 부딪치지 않았으면 좋겠는데 그 눈빛은 쉽게 태영을 포기할 것 같지 않았다. 뭔가 벌써 피곤해지려 했다.
'잘난 남자 가지는 게 쉽진 않겠지.'
 아직 일어나지도 않은 일로 미리 스트레스받고 싶지 않아 일부러 생각하지 않으려 했다. 하지만 마음이 완전히 가벼워지진 않았다. 잡아먹을 듯이 보던 여자의 시선에서 무시하는 듯한 느낌을 받은 것이 영 불쾌했다. 예민하게 받아들인 건지 몰라도 그 여자의 눈빛은 자신이 태영과는 전혀 어울리지 않는다고 얘기하는 것 같았다. 아침 드라마의 주인공이 되고 싶은 생각은 없는데 반갑지 않게 뭔가가 꼬일 것만 같아 껄끄러웠다.
"역시 쉽지 않구나."
 며칠 행복하다고 느꼈는데 참 그 며칠이 며칠 안 간다.

뭐, 그가 별 사이 아니라고 했으니 그냥 그렇게 믿고 신경 끄는 것이 정신 건강에 더 좋을 것 같다. 어렵게 살지 말자. 스스로 지옥으로 몰아넣을 필요는 없다. 그렇게 억지로 정리하고 서운은 일어나서 욕실로 들어갔다.

제10장
넘어야 할 산들

혜연은 해성을 불러 남편 영환과 함께 거실에서 과일을 먹으면서 얘기를 나눴다. 그러다 막 유성이 들어오자 반갑게 돌아봤다.
"늦었네?"
유성이 대꾸도 없이 뚱한 얼굴로 2층으로 올라가 버리자 해성과 혜연이 동시에 마주 봤다.
"저놈 왜 저렇게 버르장머리가 없어? 무슨 일로 기분이 상했기에 인사도 없이 올라가는 거야?"
영환이 나무라자 두 사람이 얼른 분위기를 풀려고 했다.
"우리 누님께서 또 왜 저렇게 저기압이실까? 또 태영이 형 찾아간 건가?"
"엄마가 올라가 볼게. 넌 가만히 있어."

"오늘은 분위기 살벌해서 참으렵니다. 아버지, 누나 또 그날인 가 봐요. 원래 그날엔 유독 지랄 맞잖아요. 너그럽게 이해하세요."

해성이 넉살 좋게 남편의 기분을 풀어 주자 혜연은 급히 일어나 2층으로 올라가 유성의 방문을 열었다. 입을 꾹 다물고 침대에 앉아 있는 인상이 잔뜩 구겨져 있었다. 그녀는 유성의 앞으로 의자를 끌고 와 앉았다.

"태영이한테 싫은 소리 들었어?"

"정말로 여자가 있었어."

"봤어?"

"둘이 집에서 같이 나오더라고."

어이가 없다는 표정으로 내뱉는 얼굴에 질투와 화가 덕지덕지 묻어 있었다.

"집에서? 그렇게 가까운 사이면 연애한다는 말이 사실이었네."

"짜증 나!"

속상한 마음이 이해가 되고도 남아 혜연은 유성을 다독였다.

"좋아하는 여자 있다는데 그만 잊어버려. 네가 뭐가 부족해서 매달려? 보란 듯이 더 멋진 남자 만나면 되지."

"그 여자를 보니까 너무 화딱지가 나."

"왜?"

"너무 후져서."

"후져? 그렇게 별로야?"

"좀 그럴싸한 여자였다면 이렇게 자존심이 상하진 않았을 거야. 도여진이랑은 완전 반대과야. 딱 봐도 별 볼 일 없는 집안에 볼 것 없는 여자던데 그런 여자 때문에 오빠가 나를 마다하는 게 너무 기분 나빠. 오빤 도대체 왜 그렇게 여자 보는 눈이 없는지 모르겠어."

유성이 쉽게 포기하지 않을 것 같아 혜연은 착잡한 표정으로 유성을 설득했다.

"보는 눈이 그거밖에 안 되면 어쩌겠어. 다 제 눈에 안경이니 다들 만나서 사는 거겠지."

"엄마, 나 진짜 자존심 상해."

혜연은 금방이라도 울 것 같은 딸아이 때문에 속이 상했다.

"좀 색다른 맛에 평범한 여자에게 빠졌다면 금방 헤어질지도 모르겠네. 아무리 좋아 죽는다고 해도 살아온 환경이 다르면 서로 어긋나기 마련이니까 말이야."

기분을 달래 주려고 한 소리에도 유성은 입술을 비죽거린 채 말이 없었다.

"왜? 태영이한테서 안 떨어질 것 같아? 혹시 그 여자 불여우과야?"

"아니. 그래서 더 거슬려. 그렇게 촌스러운 것들이 더 주제 파악을 못 하거든. 순진한 척하면서 한 건 물었다 생각할지도 모르잖아."

"똑똑한 진태영이 왜 그런 여자와 만나나 모르겠다. 아휴, 제 엄마 알면 크게 실망할 텐데, 둘이 더 깊어지기 전에 미리 알려 줘야겠어. 아무리 정수가 제 아들을 믿는다 해도 며느릿감으로 탐탁지 않다면 말리겠지. 너무 속 끓이지 말고 자."

혜연이 나간 후에도 유성은 꼼짝도 하지 않았다. 그 여자랑 딱 붙어서 나오던 태영의 표정이 체기처럼 명치에 걸렸다. 그렇게 다정하고 행복한 표정이라니.

홧김에 어울리지 않는다고 했지만 서로에게 기댄 두 사람이 너무 어울려 골이 났다. 자신이 오랜 세월 공을 들였는데도 넘을 수 없는 벽을 단번에 허물고 그의 마음을 가져간 여자에게 질투심이 이루 말할 수 없이 솟아났다. 도여진 때보다 훨씬 예감이 나빴다.

도여진에게 배신당하고 여자에게 질려 다시는 누구도 만나지 않을 것 같더니 그렇게 빠져들게 만든 여자가 죽이고 싶도록 미웠다. 그녀는 성질을 이기지 못하고 주먹으로 베개를 두들겨 팼다.

물을 마시고 방으로 가던 기준은 살짝 열린 문틈으로 명옥이 통화하는 소리를 들었다.

"네, 방 과장님만 믿어요."

방 과장이란 소리에 그냥 지나치려다 그대로 멈춰 섰다.

"아무래도 그 애가 다른 곳으로 나가야 우리 기준이가 복귀하기 쉽겠죠."

설마 했는데 서운의 얘기를 하는 것이 맞아 기준은 문을 벌컥 열고 안으로 들어갔다. 깜짝 놀란 명옥이 황급히 통화를 마무리하고 돌아섰다.

"노크도 없이 무슨 경우야?"

"방 과장님께 뭘 부탁하신 거예요?"

"부탁하긴 뭘 부탁해? 그냥 안부 인사한 거야."

"거짓말하지 마세요. 서운이 얘기하신 거잖아요. 엄마, 혹시 방 과장님한테 저랑 서운이 사이 얘기하셨어요?"

이미 알고 따지는 통에 거짓말할 수가 없었다.

"그래, 말했다."

"왜 그런 소리를 하세요!"

"어디서 성질을 부리는 거야! 그 애 때문에 중요한 시기에 네가 지점으로 나가서 승진도 못 하고 고생하는데 그 애가 나가야 네가 다시 본부로 들어올 거 아니야. 너 그렇게 만들고 걔 혼자 잘 지내는 꼴을 두고 볼 줄 알았니?"

"그게 왜 서운이 탓이에요? 제발 억지 좀 부리지 마세요."

기준은 지지 않고 명옥에게 화를 냈다. 서운에게 행패를 부리다 본부장에게 걸려 쫓겨난 것을 사실대로 털어놓을 수도 없는데 어머니가 속도 모르고 일을 만드는 것이 거슬렸다. 그러다 본부장 귀에 들어가기라도 하면 오히려 역효과가 날 텐데 쓸데없이 자꾸 들쑤시니 미칠 것 같았다.

"좀 조용해지면 바로 복귀하려고 생각 중이니 제발 가만히 좀 계세요. 서운이 괴롭히지 마시라고요."

"너 아직까지도 그 앨 감싸고도는 거야? 그 애가 괘씸하지도 않아?"

"왜요! 엄마 때문에 헤어지자고 해서요? 그 애 입장에선 당연한 거 아니에요? 엄마 같으면 끔찍해서 저 만나고 싶겠어요?"

"뭐야!"

"양심이 있으시면 서운이, 아니 양이한테 이러면 안 되는 거잖아요!"

"너 지금 누구한테 눈을 치켜뜨는 거야!"

그동안 집에서 아예 입을 다물어 버린 기준 때문에 불만이 목 끝까지 차 있던 터라 결국 곪았던 곳이 터졌다. 한 치의 양보도 하지 않고 으르렁대는 아들에게 명옥은 배신감을 느꼈다.

"배은망덕하게 엄마한테 무슨 말버릇이야?"

"그래서 양이처럼 저도 버리고 싶으세요?"

짝! 소리가 나며 기준의 고개가 돌아갔다. 뺨을 후려쳐 놓고도 명옥은 분을 삭이지 못하고 씩씩거렸다.

"네가 감히 나한테 그딴 소리를 지껄여?"

명옥이 부들부들 떨며 화를 냈지만 기준은 도리어 찬 시선을 치켜뜨며 비웃었다.

"감히요? 보통의 부모들은 자식에게 배은망덕하다고 하지 않죠. 바라는 거 없이 퍼 주는 것이 부모 아닌가요?"

"너 이 자식!"

서로에게 상처를 내기 급급한 두 사람의 감정이 극에 달하며 방 안의 공기가 팽팽하게 얼어붙었다.

"둘 다 무슨 짓이야!"

갑자기 방문이 활짝 열리며 길갑수 의원이 들어와 섰다. 혹시나 그가 대화를 들었을까 봐 명옥의 얼굴이 하얗게 질렸다.

"다, 당신, 언제 들어왔어요?"

제 아버지를 무서워하는 기준이 고개를 숙이며 밖으로 나가자 길 의원이 기준을 차갑게 쏘아봤다. 명옥이 눈치를 살피며 분위기를 바꾸려 했다.

"일찍 들어왔네요. 얼른 씻어요."
"양이 소식 알고 있으면서 왜 말 안 했어?"
 설마 했는데 기어이 그의 입에서 양이 이름이 나오자 명옥은 간이 철렁 내려앉았다.
"잘못 들은 거겠죠. 양이 소식을 내가 어떻게 알아요?"
"누굴 등신으로 알아? 밖에서 둘이 하는 소리 다 들었어. 기준이가 만났다는 아이가 양이란 얘길 왜 안 했냐고 묻잖아!"
 집에선 밖에서와 완전히 다른 성질임을 알기에 명옥은 움찔 움츠러들었다. 밖에서 다 들었다면 이미 거짓말을 하는 건 화만 돋우는 것이니 쓸모없었다. 이럴 땐 차라리 세게 나가는 것이 상책이다.
"당신이 이럴까 봐 얘기 안 했어요."
"뭐?"
"양이 얘기만 나오면 이렇게 물불 안 가리니까 말하기 싫었다고요."
"지금 그걸 말이라고 해!"
"왜요! 다시 그 여자 생각나서 떨려요?"
"이런 미친!"
 길 의원이 인상을 험악하게 구겼지만 명옥은 지지 않고 따졌다.
"내가 다른 아이를 데려오자고 했는데도 기어이 양이를 데리고 온 것도 다 그 여자를 닮아서였잖아요!"
"야! 정신 차려."
"당신이나 정신 차려요. 나한테 들키기 전까지 나를 속이고 첫사랑과 똑 닮은 아이 데려다 놓고 지켜보는 재미가 아주 쏠쏠했잖아요."

작정하고 비아냥대는 소리에 길 의원은 어이가 없었다.

"여전히 그 정신병 같은 망상은 버리질 못하는군. 그때도 말도 안 되는 생트집을 잡아서 죄 없는 아일 파양하더니 아직까지도 그 소리야!"

"당신도 찔리는 게 있으니까 그러자고 한 거잖아요?"

"착각하지 마. 당신이 괜한 트집으로 눈 돌아가서 불쌍한 아이를 학대할까 봐 어쩔 수 없이 그러자고 한 거였어. 대체 애는 무슨 죄야? 제발 그 망상 좀 버리고 애한테 죄책감 좀 가져."

명옥이 코웃음을 쳤다.

"죄책감이요? 내가 왜요? 그 애가 집에 있는 동안 내가 얼마나 괴로웠는데. 누가 그 여잘 닮으래요?"

"허! 진짜 기가 막히는 이기심이네."

"내가 살기 위한 선택이었으니 나도 어쩔 수 없었어요. 그렇게 끝났으면 서로 좋았을 텐데 그 애가 나타나기만 하면 집안이 이 모양이니 싫을 수밖에요. 기준이가 지점으로 나간 것도 다 그 애 때문이라고요."

"그래서 다시 그 앨 괴롭히겠단 말이야?"

길 의원이 험악한 얼굴로 노려보자 명옥은 말을 골랐다. 이럴까 봐 그가 끝까지 모르게 하려고 했는데 이렇게 들킬 줄이야.

"그 애가 우리 앞에 나타나지 않았어야 해요."

"경고하는데 양이 더 괴롭히지 마. 내가 알았으니 가만 안 둬. 그 불쌍한 애가 어디서 어떻게 살아왔는지 모르겠지만 양심이 있다면 괴롭히면 안 되지."

"아직도 그 여자가 생각나서 그러는 거예요?"

어떤 말을 해도 곧이듣지 않을 정도로 병이 깊은 그녀에게 길 의원은 한숨이 나왔다.

"다른 사람 핑계 댄다고 당신이 그 앨 버린 게 합리화되진 않아. 사람이라면 미안한 줄을 알아야지. 엄한 애한테 집착하지 말고 병원에나 가 봐. 허튼짓해서 양이 이야기가 밖으로 새어 나가 내 이미지에 먹칠하면 당신, 각오해."

신랄하게 쏘아붙이고 길 의원이 밖으로 나가 버리자 병자 취급을 당한 것이 분해 명옥은 이를 악물었다. 이미 의심이 깊어 곪을 대로 곪은 정신이었다. 당연히 남편이 서운을 보호하고 나오자 더 반발심만 커졌다.

아침에 출근하기 무섭게 서운은 방 과장이 내준 숙제에 열중했다. 집중해서 빨리 해치워 버려야 태영과 만날 시간이 늘기 때문이기도 했지만 다른 잡생각을 하지 않기 위함이기도 했다.

모니터를 잡아먹을 듯이 노려보는데 사내 메신저 창이 주황색으로 변했다.

[왜 휴대폰 안 받아?]

[아, 가방에서 안 꺼냈나 봐요.]

답을 쓰기 무섭게 서운은 휴대폰을 꺼냈다. 부재중 메시지가 여러 통 와 있었다.

[일하느라 정신이 없었어요. 미안요]

[난 또 어제 일로 화났나 싶었지.]

[어제 일? 에이, 말도 안 돼요. 방 과장님이 내주신 숙제 하느라 정신이 없었어요]

[오케이, 살아 있는 거 확인했으니 됐어. 수고해.]

메시지를 종료시키며 서운은 어젯밤을 소환했다. 혹시 그에게 딱딱하게 굴었나 싶었지만 딱히 그런 것 같지도 않았다. 혹여 기분 나빴을까 봐 신경 쓰는 것이 은근 나쁘지 않았다. 진태영이라는 남자에게 이런 영향을 줄 수 있다는 존재라는 게 때때로 믿기지 않으면서도 뭐라도 된 것 같았다.

점심시간이 되자 서운은 같은 과 직원들과 함께 점심을 먹으러 나갔다. 엘리베이터를 타려고 기다리다 막 밖으로 나오는 태영을 발견하고 표정 관리를 했다.

"안녕하세요, 본부장님."

여직원 하나가 씩씩하게 인사를 하는 바람에 태영이 웃으며 인사를 받았다. 눈이 마주치자 서운은 자연스럽게 그를 외면했다.

서운의 안색을 슬쩍 살핀 태영이 눈을 가늘게 떴다. 회사에선 모르는 척하자고 했지만 서운이 모르쇠로 굴 때마다 서운하고 은근 골이 났다. 혹시 어제 유성을 만난 일로 기분이 언짢나 싶었는데 다행히 그래 보이진 않았다.

"오늘 점심 식사 메뉴는 뭡니까?"

"요 앞에 인도 식당이 새로 생겨서 커리 먹으러 갑니다. 본부장님도 같이 가실래요?"

"그러고 싶지만 오늘은 선약이 있습니다."

매너 좋게 대답하는 그에게 여직원들이 아쉬운 탄식을 쏟아 냈다.

엘리베이터가 오자 여직원들을 먼저 태우고 태영이 나중에 들어왔다. 그는 작정하고 서운의 곁에 섰다.

그와 일정 거리를 두고 있었지만 한 층 아래에서 직원들이 쏟아져 들어오자 바짝 몸이 닿았다. 직원들을 의식해 서운은 최대한 그에게 닿지 않으려 버텼다.

하지만 태영이 두고 볼 리 없었다. 그가 뒤로 물러나지 않고 버티자 다른 직원을 피하려 뒤로 물러나던 서운의 몸이 그에게 닿았다.

일부러 짓궂게 구는 그를 눈짓으로 응징하려다 그가 손을 잡자 흠칫 놀랐다. 직원들 눈치를 보며 손을 빼려 하자 그가 더 힘주어 잡았다. 서운이 눈짓으로 나무라며 쳐다봤지만 그는 앞만 보고 웃기만 했다. 그러면서도 손가락을 계속 만지작거렸다. 혹시라도 어젯밤 일로 기분이 나빴을까 봐 기분을 풀어 주려는 것 같기도 했다.

그가 애무하듯 어루만지는 손길이 좋아 서운은 그에게 붙잡힌 채로 두었다. 사람들 틈에서 아무도 모르게 둘만 교감한다는 사실이 스릴 있으면서도 묘한 희열을 불러왔다. 그러는 한편 엘리베이터에 탈 때마다 이러는 게 습관이 될까 봐 무섭기도 했다.

1층에 도착한 엘리베이터 문이 열리고 직원들이 빠져나가자 서운은 빛의 속도로 그에게서 떨어졌다. 아무렇지 않게 다른 직원들과 함께 밖으로 나가는 뒤통수에 그의 시선이 느껴졌다. 그가 어떤 시선으로 보고 있을지 눈에 보여서 서운의 입술 꼬리가 올라갔다. 어젯밤에 살짝 가라앉았던 기분이 거짓말처럼 나아졌다.

　태환과 약속한 장소로 나가자 직원이 태영을 조용한 홀로 안내했다. 안으로 들어가니 태환이 기다리고 있었다.
"어서 와."
"많이 기다린 거야?"
"방금 왔어. 네 형수 따라오고 싶다고 한 걸 말렸어."
"잘했어."
　태영이 시큰둥하게 대답하자 태환은 그럴 줄 알았다는 듯이 웃었다.
"까놓고 얘기할게. 나 어머니 특명 받고 나온 거다."
"점심 먹자고 할 때부터 그럴 줄 알았어. 암튼 어머니 못 말려. 뭐가 그리 궁금하신지."
"아들 여자 친군데 당연히 궁금하지. 너 그동안 어머니 맘고생 많이 시켰잖아."
"그래서 뭐가 그렇게 궁금한 건데?"
"좋냐?"
"형도 연애해 봤으니까 알 거 아냐."
"네 얼굴이 그래 보인다. 어떤 여자냐?"
"어느 집안 여자냐고 묻는 거라면 해 줄 말 없어. 그냥 회사 직원이야."

가벼운 대답에 태환이 좀 의외라는 표정으로 봤다.

"우리 회사 직원?"

"응."

"좀 놀랍긴 하네. 가볍게 만나는 사이야?"

"아니, 어느 때보다 무겁게 만나고 있어."

대답하는 표정에 웃음기가 없어 태환은 거듭 놀란 표정이 됐다.

"너 진심이냐?"

"당연히 진심이야."

"그래, 네 얼굴 보니까 알겠다. 근데 설마 결혼까지 생각하고 만나는 거야?"

"…그러고 싶어. 나도 나이가 있으니까."

그가 연애를 한다면 가볍게 하지는 않을 거라 생각했지만, 만난 지 얼마 되지도 않았을 텐데 결혼까지 생각하고 있다는 사실이 놀랍기만 했다. 그런데 표정이 너무 확고해 보여 믿지 않을 수도 없었다.

"어머니 아시면 많이 놀라실 거 같은데."

"어머니 속물 아니시잖아."

"그래도 며느리 들이는 일은 다른 문제지. 뭐 하는 집안 아가씨야?"

"그저 평범한 집안에서 잘 자란 여자야. 아버지는 안 계시고 어머니는 식당을 하신다고 들었어."

말을 들어 보니 더 머리가 아파 태환은 입을 다물었다. 여자에게 쉽게 빠지는 스타일도 아니니 충동적으로 빠지진 않았을 것이다. 그래서 더 걱정이 되었다.

"어떤 아가씨기에 네가 그런 표정을 짓는지 한번 보고 싶긴 하다."

"밝고 예뻐. 가볍지도 않고 따뜻한 사람이야."

"전에 만났던 사람들보다 더 빠진 거야?"

"이번에 제대로 임자 만난 거 같아."

말을 할수록 얼굴도 모르는 여자에 대한 애정이 보였다. 누구이기에 진태영을 이렇게 만들었을까.

"뭐, 일단 축하는 한다만 연애만 할 게 아니라면 넘어야 할 산이 많을 것 같아서 걱정도 된다. 너보다는 여자가 다치지 않게 잘해."

"그래야지."

"언제 한 번 보여 줘. 어떤 아가씬지 궁금해."

"나중에."

주문한 식사가 나오자 대화가 끊기고 두 사람은 먹는 데 집중했다.

간간이 그의 입에서 여자에 대한 이야기가 나올 때마다 태환은 태영의 표정에 주목했다. 연애에 시큰둥하던 진태영이라고는 믿어지지 않을 정도로 여자에게 빠져 있는 것이 느껴졌다.

가볍지 않은 성격이니까 알아서 잘하겠지만 상대의 조건이 너무 기울어 걱정은 됐다. 아무튼 태영이 이번엔 제대로 제 짝을 만나서 행복하면 더 바랄 게 없다. 그래야 납덩이처럼 가슴을 누르고 있던 미안함을 조금이라도 덜어 낼 수 있을 것 같으니까.

태환과 헤어져서 회사로 들어오는 길에 태영은 서운의 사무실을 쳐다봤다. 점심을 먹는 내내 그녀에 대한 이야기를 하고 와서

인지 얼굴이 보고 싶었다. 사무실로 들어가고 싶지만 다른 직원들 이목이 있으니 참을 수밖에 없었다.

연애만 하자고 선을 그었던 그녀이기에 집에 제 이야기를 한 걸 알면 좋아하지 않을 것이 눈에 보였다.

하지만 처음부터 그녀와 연애만 할 생각은 없었다. 그래서 집에 얘기도 한 거였다.

처음 본 이후로 그녀가 계속 머릿속을 맴돌 때 이미 그녀를 사랑하게 될 거란 예감이 들었다. 감정이 이렇게 클 줄도 알고 있었다. 그러니 그녀에게 마지막 남자가 되고야 말 것이다.

본부장실 문을 열려다가 태영은 다시 한번 미련이 가득한 눈빛으로 서운의 사무실을 돌아봤다. 그러다 그의 눈이 기쁨으로 반짝거렸다. 원했던 대로 서운이 나오고 있었다.

화장실에 가려다 말고 습관적으로 본부장실을 쳐다보던 서운이 태영을 보고 움찔 놀라는 것이 느껴졌다. 주변을 살피며 보는 그녀에게 뜨거운 눈빛을 마구 쏘아 주며 태영이 부드럽게 웃었다. 아무도 없는 것을 확인한 서운이 해맑게 웃음을 돌려주었다.

그때 엘리베이터 도착 소리가 들리자 두 사람은 약속이나 한 듯 모르쇠로 돌아섰다. 둘 다 웃느라 어깨가 움찔거렸다.

"오랜만이야, 이서운."

익히 아는 목소리에 막 안으로 들어가려던 태영의 고개가 홱 돌아왔다. 그는 서운의 앞에 서 있는 남자를 확인했다. 역시 길기준이었다.

주저하지 않고 태영은 빠른 걸음으로 두 사람에게 걸어갔다. 역시나 서운의 표정이 좋지 않았다.

"길기준 대리가 이 시간에 여긴 어쩐 일이죠?"

"안녕하세요, 본부장님. 오늘 본부에 회의가 있어서 출장 왔습니다."

온 김에 서운을 보고 싶던 차에 운 좋게 그녀를 만났다고 좋아했는데 난데없이 본부장이 나타나자 기준은 짜증이 올라왔다.

"그럼 볼일 보러 가세요. 이 대리도 가던 길 가요."

"네, 본부장님."

서운이 미련 없이 자리를 뜨자 기준이 곱지 않은 시선으로 태영을 노려봤다.

"한 번 실수로 저를 너무 매도하시는 거 아닙니까? 이 대리에게 정식으로 사과하고 싶어서 부른 거였습니다."

"그 사과 내가 전해 줄 테니 이 대리 앞에 나타나지 말아요. 이 대리는 아직도 길 대리 얼굴 보는 거 불편할 테니까."

"본부장님이 어떻게 아십니까? 이 대리 대변인이라도 되십니까?"

"몰라서 물어요? 어떤 여자도 그런 일을 당하면 다시 얼굴 보고 싶지 않겠죠. 아직 상대는 용서해 줄 준비도 안 됐는데 길 대리 혼자 마음의 짐 내려놓자고 이러는 거 2차 가해라는 생각 안 들어요?"

2차 가해라는 말에 기준의 표정이 노기로 얼어붙었다.

"본부장님은 모르시겠지만 이서운 대리와 저 서로 싫어서 헤어진 거 아닙니다. 어쩔 수 없는 사정이 있어서 이렇게 됐지만 상황이 좀 나아지면 다시 시작할 겁니다. 그러니 그렇게 함부로 단정

짓지 마십시오."

서운과 다시 시작한다는 말에 태영의 눈가가 싸늘하게 식었다.

"미안한데 그럴 일 없으니 미련 갖지 말아요."

"제삼자이시면서 너무 넘친다는 생각이 드네요. 본부장님이 무슨 자격으로 그러시는 겁니까? 죄송하지만 이건 이서운 대리와 제가 해결해야 할 문젭니다. 그러니 더 이상은 선 넘지 말아 주셨으면 좋겠습니다. 불쾌합니다."

기준이 딱 부러지게 얘기하자 태영이 피식 냉소했다.

"선은 길기준 대리가 넘고 있는데."

"무슨 말씀이십니까?"

"안됐지만 난 제삼자가 아니거든."

기준의 얼굴이 뒤통수를 한 대 얻어맞은 듯 창백해졌다.

"그게 무슨 소립니까?"

"무슨 소린지 답 나오지 않아요? 길기준 씨한테 이런 말 할 자격 있다는 겁니다."

"설마 이서운 씨랑 회사 동료 이상이라도 된단 말입니까?"

"내가 길기준 대리에게 일일이 설명해야 할 이유는 없지만 한 가지는 분명히 해 두죠. 이서운 대리 늘 내가 옆에서 지키고 있으니 허튼짓하지 말아요. 지난번처럼 집으로 찾아가는 거 더는 안 봐줍니다. 이건 본부장으로 하는 말 아니에요."

여유 있게 받아치며 경고하는 얼굴에 기준은 패배감을 느꼈다. 상사라서라기보다 서운에게 너무 당당한 자신감에 진 기분이었다. 그리고 의문도 들었다.

"혹시 지난번 서운 씨 집 앞에서 봤을 때도 두 사람 가까운 사이였습니까?"

물음 자체가 저열해서 태영이 인상을 찌푸렸다.

"왜요? 이 대리가 양다리라도 걸쳤을까 봐 그래요? 내가 그날 회사에 첫 출근한 거 길 대리도 잘 알 텐데요. 그런 식으로 갖다 붙이면 그날 길 대리가 한 짓에 정당성이라도 얻는 겁니까? 같은 남자로 창피하게 그러지 맙시다."

작정하고 모욕을 주는 소리에 기준은 이를 악물었다. 재수 없게 그와는 첫날 잘못 걸려서 인연의 단추를 잘못 끼웠다고 생각했는데 갈수록 악연이었다.

그가 서운에게 마음을 주었을 거라곤 상상도 하지 못했다. 시기상으로는 맞지 않지만 자신을 지점으로 보낸 것도 사적인 감정이 앞서서 그런 건가 의문도 들었다. 무엇보다 서운도 같은 마음인지 직접 확인하고 싶었다.

그날 엄마만 만나지 않았다면 본부장에게 이런 모욕을 당하고 있을 이유가 없었기에 그날의 선택이 더 아쉽고 화가 났다. 엄마라면 치를 떨 수밖에 없는 서운을 이해하면서도 자신이 옴팡 피해를 봐야 하는 것이 받아들여지지 않았다.

서운에게 이별을 통보받고 나서야 더 선명하게 감정을 알았다. 생각했던 거보다 그녀를 더 좋아했다는 사실을.

그래서 언젠가 다시 차분하게 이야기를 해 보려고 했는데 난데없이 이런 청천벽력이라니. 이서운이 이렇게 쉽게 다른 남자에게 빠질 줄 몰랐다. 그것도 본부장과. 모든 것이 다 거짓말 같왔다. 차라리 진태영 이 남자가 자신을 떨쳐 내려고 꾸며 낸 말이면 좋겠다.

"직원들에게 허튼소리 지껄이지 않는 게 좋을 겁니다. 자신의 허튼짓을 밝히고 싶지 않다면 말이에요. 회의 늦겠네요. 볼일 보고 가세요."

태영이 찬 시선으로 쏘아보다 돌아섰다. 기준은 그의 뒤통수를 노려보며 주먹을 움켜쥐었다.

보고서를 작성하다 말고 서운은 복도에서 대치하고 서 있던 두 사람을 떠올렸다. 화장실에 다녀오는 길에도 여전히 서 있는 것이 걸렸다.

엘리베이터에서 기준이 내린 순간 온몸에 소름이 돋았다. 그날 밤이 끔찍한 기억으로 남아 좀처럼 옅어지지 않기에 그와 얼굴을 마주 보는 것만으로도 오소소 한기가 서렸다. 회사에서 허튼짓을 하지 못할 것임을 알면서도 그날의 트라우마가 쉽게 사라지지 않아 보기 불편했다.

때마침 태영이 나타나 주어서 얼마나 다행인지 모른다. 그는 늘 이렇게 필요할 때마다 나타난다. 그래서 더 빠져들게 된다.

인상을 찌푸리며 모니터를 노려보다 그녀는 하던 일에 집중했다. 얼른 끝나고 기준과 무슨 대화를 나눴는지 물어보고 싶었다. 오늘은 조금 당겨서 일찍 퇴근할 수 있도록 시간 조정을 할 생각이었다.

다행히 혼자 독서실에 앉아 있는 것처럼 아무 말도 않고 집중하다 보니 9시 전에 퇴근할 수 있었다.

퇴근 후, 그녀는 부랴부랴 집으로 갔다. 집 앞에서 태영이 기다리고 있다는 메시지를 받은 후라 마음이 급했다.

서운이 막 집 앞에 도착하자 태영이 차에서 내렸다.

"올라가서 기다리지."

"여기서 오는 거 보는 게 더 좋아서."

"왜요, 누가 쫓아오기라도 했을까 봐서요?"

"그것도 걱정되고."

"올라가요."

본부장이라는 계급장을 던져 버리고 완벽히 이서운의 남자로 변신한 그가 서운의 어깨를 끌어안고 계단을 올라갔다.

비밀번호를 누르고 안으로 들어가자마자 태영이 서운을 벽으로 밀고 입술을 부딪쳐 왔다. 영문도 모르고 서운은 저돌적으로 밀어붙이는 그의 혀를 받아들였다. 어쩐지 평소와는 조금 다른 모습이었다. 역시 길기준이 문제였나.

제 사람임을 확인하듯 입 안 곳곳을 소유하는 그의 혀를 달래며 서운은 그의 등을 쓸어내렸다. 그러자 조금씩 그가 안정을 찾아가는 것 같았다. 마지막 키스는 그녀를 달래듯이 부드럽게 마무리 지었다.

"나 물 한 잔만."

태영이 침대에 앉자 서운은 그에게 물 잔을 건넸다.

"길 대리하고 무슨 일 있었어요?"

"그냥 이서운 앞에 나타나지 말라고 그랬어."

서운은 느릿하게 고개를 끄덕거렸다. 태영이 물을 한 모금 마시더니 서운을 응시했다.

"길기준은 당신과 다시 시작하고 싶은가 봐. 어쩔 수 없는 상황으로 그렇게 된 거지만 다시 만날 거라며 제삼자인 난 빠지라고 하더라고."

"말만 들어도 끔찍하네요. 그래서 뭐라 했어요?"

서운이 정말로 진저리를 치며 인상을 쓰자 태영은 피식 웃었다.

"나 제삼자 아니라고 했어. 이서운이 다시 너랑 시작할 일 없으니 꿈 깨라고."

기준에게 굳이 두 사람이 만나는 사실을 알리고 싶지 않았지만 그렇게 나오는 이상 태영도 어쩔 수 없었을 것이다.

"잘했어요."

"근데 길기준이 말하는 어쩔 수 없는 상황이란 게 뭐야?"

느긋하게 웃고 있다 서운의 표정이 서서히 굳었다. 그녀는 최대한 표정 관리를 하면서 가볍게 대답했다.

"좀 그럴 일이 있었어요. 뭐, 그 일 아니라도 다른 문제가 있었어요."

"다른 문제?"

"나 만나면서 우리 회사 다른 여직원을 만나고 있었어요."

"뭐? 완전 미친놈 아냐? 그래 놓고 뻔뻔하게 다시 시작하겠다고 한 거야? 생각했던 것보다 더 형편없는 자식이네."

태영이 버럭 화를 내는 바람에 직전의 대화는 자연스럽게 묻혔다. 길기준을 생각하고 인상을 찌푸리고 있는 태영을 보며 서운은 바싹 입이 타는 것 같아 마른침을 삼켰다.

그 어쩔 수 없는 상황에 대해서 자연스럽게 태영에게 이야기를 할까도 싶었지만 역시나 쉽게 입이 떨어지지 않았다. 그에겐 숨기는 것 없이 자신을 다 열어 주고 싶다가도 지금 좋은 부모님이 계시는데 굳이 고아였다는 사실을 밝혀야 하나 싶은 마음도 들었다.

처음엔 그에게 이렇게까지 빠질 줄 몰랐기에 당연히 그런 이야기도 할 생각이 없었다. 하지만 가랑비에 옷이 젖듯 사부작사부작 그가 온 마음을 차지해 버린 후로는 매일 갈등이 일었다. 그에게 솔직해지고 싶은데 그 솔직함 때문에 그를 잃을지도 모른다는 두려움이 마지막에 머뭇거리게 만들었다.

그에게 미안한 마음에 서운은 태영의 허리를 끌어안았다.

"사랑해요. 기분 풀어요."

"역시 효과 직빵이야."

태영이 가슴에 얼굴을 묻고 있는 서운을 안고 그녀의 정수리에 고개를 내렸다.

오랜만에 친구들과 모임을 갖고 혜연은 일부러 송 여사와 따로 차를 마셨다. 아무것도 모르는 송 여사가 먼저 운을 띄웠다.

"유성이 잘 지내지?"

"걱정은 되니?"

"내 아들 때문인데 걱정되지, 당연히. 근데 인연이 아닌 걸 어떡하니? 요즘 애들이 우리 말을 듣는 것도 아니고. 더군다나 연애는 순전히 지들이 알아서 할 문제잖아."

송 여사가 찻잔을 내려놓으며 이해해 달라는 표정을 지었다.

"그래도 나 너한테 좀 섭섭해. 우리 유성이가 태영이한테 부족해서 그렇게 두고만 보나 싶어서 말이야."

"아이고, 또 오해한다. 유성이가 막냇동생 같긴 해도 며느릿감으로야 나쁘지 않지. 너랑 사돈 되면 서로 좋고 말이야. 근데 태영이한테 유성이는 동생 이상이 아니라는데 내가 뭘 어쩌겠어. 다 인연이 따로 있는 거라 생각해야지. 마음 풀어, 얘."

송 여사가 웃으며 기분을 풀어 주었지만 혜연은 여전히 섭섭한 마음을 감추지 못했다.

"태영이 여자 만난다며?"

"그런다고 하네."

"어떤 아가씬지 알아?"

"아니. 누군지 좋아 죽는 거 같은데 물어봐도 대답을 안 해. 궁금해 죽겠는데 말이야."

"대답을 못 하는 건 아니고?"

찻잔에 손을 내밀던 송 여사가 멈칫 혜연을 쳐다봤다.

"그게 무슨 말이니?"

"유성이가 태영이 집에 찾아갔다가 그 아가씨 봤다더라."

"집에?"

"그래, 집에서 둘이 함께 나오는 걸 봤대."

송 여사가 피식 웃으며 찻잔을 들었다.
"집까지 데리고 가다니. 연애도 안 하고 혼자 살까 걱정했는데 아주 제대로 푹 빠진 모양이네. 누군지 정말 궁금해."
"그렇게 웃을 일 아냐, 얘."
"왜?"
"유성이 말로는 태영이한테 너무 안 어울린다고 하더라. 많이 기우는 집 아이인가 보던데."
송 여사가 잠시 생각하더니 이내 조용히 웃었다.
"연애만 할 생각인가 보지."
"그러다 덥석 결혼하겠다고 하면 어쩔 건데?"
"뭐, 기왕이면 비슷한 집안의 아이면 더 좋겠지만, 정 아니라면 아이 자체에 문제없으면 어쩔 수 없겠지. 우리 진태영이 한번 한다면 하는 앤데 그 고집을 누가 막겠어? 여자 보는 눈은 있을 거야."
꼭 남의 자식 말하듯 느긋한 송 여사에게 혜연은 답답증이 일어 한숨을 내쉬었다.
"그렇게 얘기해도 현실은 그렇지 않아. 며느리들 사이 불균형도 그렇고, 나중에 불화 생기느니 처음부터 말리는 게 좋지 않겠나 싶어."
"됐어. 다 큰 자식들 인생에 나서 봤자 원망만 들어. 지들이 운명이면 그런 문제도 잘 해결해 나갈 거고 아니라면 알아서 찢어지겠지."
"아유, 정말 답답이 송정수. 꼭 부처 같은 소리만 하고 앉았네. 너 나중에 더 세게 안 말렸다고 나 욕하지나 마."

"알았으니까 차나 마셔. 나온 김에 백화점에 들렀다 가자."

송 여사는 차를 마시며 느긋하게 밖을 지나가는 사람들을 감상했다. 혜연은 답답한 심정으로 고개를 저었다.

금요일이 되자 서운은 다른 때보다 1시간 더 일찍 일어나 미강이 기다리는 공원으로 향했다. 미강이 전투적인 운동 복장으로 기다리고 있었다.

"공기 좋지?"

"좋긴 한데 난 잠이 더 좋다."

"네가 그러니까 신체 나이가 오십 대라고 나오는 거야. 뛰어, 뛰면 더 좋아져."

며칠 전 미강의 성화에 못 이겨 질질 끌려가 체력 검사를 받았다. 평소 운동이라곤 담쌓고 지내는 바람에 기계가 측정해 준 신체 나이가 50대로 나왔다. 미강이 옆에서 폭소하면서 유산소 운동이라도 하자고 해서 마지못해 나온 길이었다.

요즘 계속 야근인 데다 태영과 늦게 만나느라 수면 부족 현상에 시달렸기에 다음 주부터 하자는 걸 기어이 안 된다고 나오게 했다.

미강이 먼저 빠르게 걷기 시작하자 서운은 하는 수 없이 미강의 옆에서 나란히 걷기 시작했다. 말이 걷기지 거의 달리는 수준이나 마찬가지였다.

일단 공기는 맑고 사람들도 많지 않아 조용한 데다 나무 냄새가 짙게 풍겨 좋았다.

"여기서 더 빨리 걸으면 나 너 안 볼 거야."

"알았으니까 처지지나 말아. 지금은 구시렁거려도 끝나고 나면 잘했다 싶을 거야."

"넌 이걸 아침마다 해?"

"거의 매일 하려고 노력은 해. 너도 무리하지 말고 조금씩 늘려 가 봐. 연애를 할 때도 체력이 필요해."

"무슨 체력씩이나."

서운이 시큰둥한 반응을 보이자 미강이 쯧쯧 혀를 찼다.

"얘가 이렇게 뭘 몰라요. 연애가 얼마나 힘이 드는 일인데. 남자 만나서 늦게까지 같이 있고 주말에도 쉬지도 못하고 만나다 보면 당연히 잘 시간도 부족하고 혼자 쉴 시간도 부족하지."

"좋아 죽을 땐 피곤한 것도 모르지 않아?"

"물론 처음에 바짝 좋아 죽을 땐 그럴 수 있지. 뽕 맞은 것처럼 뭘 해도 실실거리고 기운도 펄펄 나니까. 하지만 그런 시절이 얼마나 갈 거 같냐? 마취에서 깨면 어차피 연애도 현실이야. 저쪽에서 만나자고 할 때 내가 피곤하면 그때부터 금 가는 거 시작이다, 이 말이야. 그러니 지치지 않으려면 체력 관리가 꼭 필요하다는 말씀이지."

듣고 보니 그런 것도 같고 모호했다. 그러는 중에도 미강의 빠른 걸음을 따라가느라 조금씩 숨이 찼다. 저질 체력에 무리 신호가 오기 시작했다.

"또 섹스도 자주 하려면 힘이 좋아야……."

"야!"

서운이 재빨리 가까이에 사람들이 있는지 확인하고 미강을 나무랐다.

"제발 주둥이 단속 좀 해. 때와 장소 좀 가리라고!"

"못 할 말도 아닌데 흥분하긴. 그러면서도 속으로 공감 백 프로지? 본부장님은 생각만 해도 힘이 막……."

"나 안 해!"

"에이, 그냥 그렇다는 거지. 남자 세면 좋은 거잖아."

"나 내일부터 안 나와."

"알았어. 입 다물고 갈게. 그러니까 얼른 걸어."

서운은 미강을 째려보다 다시 걷기 시작했다. 미강에게 버럭 하긴 했지만 운동이 필요한 건 맞았다. 얼마 걷지도 않았는데 숨이 차는 것이 그동안 너무 저질 체력이 된 것 같았다.

태영이 힘이 좋은 것도 맞았다. 한번 시작하면 좀처럼 잠을 자기 힘드니까.

혹 그를 만족시키지 못하고 있나? 고민하다 서운의 걸음이 빨라졌다. 운동에 대한 의지가 조금 더 강해졌다.

주차장에 차를 대고 엘리베이터가 있는 곳으로 걸어가면서 서운은 전화를 받았다. 웬일로 이른 아침부터 엄마 전화였다.

"어, 엄마."

-주말에 시간 되면 집으로 좀 와.

"무슨 일 있어?"

-일은 무슨. 반찬 좀 만들어 놨으니 가져가.

"난 또 무슨 일 생긴 줄 알았잖아. 알았어, 토요일에 갈게."

-그래, 좋은 하루 보내.

엄마의 기분 좋은 응원을 받아 좋은 하루를 보내고 싶었지만 그 바람은 오후에 방 과장에게 불려 가면서 깨졌다.

아침 일찍 제출한 자료를 검토한 방 과장이 떨떠름한 표정으로 표시된 부분을 앞으로 툭 내밀었다.

"다른 건 그냥 넘어가는데 반려동물 습식 성분 표기 개선은 뭐야?"

"상반기 소비자 불만 사항 중 비교적 비중이 컸던 터라 개선 사항을 정리해 봤습니다. 우선은 미주와 호주 쪽 습식에 전성분이 모두 표기되어 있는 데 반해 유럽 쪽 습식은 래시피 보호 차원이라며 전성분이 모두 표기되어 있지 않습니다."

"유럽은 EU 규정에 따라 전성분 표기를 안 하는 거잖아? 뭐가 문제야?"

"가장 큰 문제가 됐던 건 기피제인 겔화제 때문인데요. 겔화제가 들어간 제품을 기피하는 소비자들이 유럽 쪽 습식에 겔화제가 들어가는데도 성분 표기에 빠져 있으니 속여서 팔았다고 불만 접수를 한 경우가 많았습니다."

"겔화제는 식품첨가물인 데다 적정량만 썼을 것이라 문제 될 것도 없는데. 사람이 먹는 것도 아닌데 왜들 그리 요란을 떠는지, 원."

방 과장이 못마땅한 투로 내뱉었다.

"보다 정확하게는, 겔화제가 들어간 것이 문제라기보다 겔화제가 들어갔는데 표기를 하지 않았다는 것이 문제였습니다. 소비자 입장에서는 겔화제가 들어 있는 줄 알았다면 굳이 그걸 먹이지 않고 다른 걸 먹였을 거라는 거죠."

"그런다고 유럽 본사에서도 표기하지 않은 성분을 우리나라에서 표기하는 것도 그렇잖아. 유럽 쪽에서도 한국만 유난이라고 하는 판국에 말이야."

"요샌 소비자들이 적극적이어서 궁금한 건 해외 본사에 직접 확인을 하고 성분 하나하나도 꼼꼼하게 살피며 구매를 하는 추세니 향후를 위해서 보다 적극적인 서비스 개선은 필요하다고 생각합니다."

서운이 원하는 대답을 내놓지 않고 자꾸 엇박을 내자 방 과장은 짜증이 났다.

"규제 안에서 요령껏 적당히 표기하면 되지 굳이 다 까발려서 좋을 것도 없잖아? 그러다 판매 실적 뚝 떨어지면 이 대리가 책임질 거야?"

"하지만 최대한 서비스를 해서 소비자가 알 권리를 충족시켜 주는 것이 더 낫지 않을까요?"

"모르는 게 약이라는 말이 왜 있겠어? 사람 심리가 몰랐을 땐 아무렇지도 않다가도 막상 알고 나면 더 불안해지는 거 몰라? 크게 문제가 있는 성분도 아니고, 차라리 모르고 싶은 소비자들도 많을 건데 불편한 진실을 광고해 미리 긁어 부스럼 만들 필요 없잖아."

"그러다 나중에 또 불만이 접수되면……."

"그럼 그때 가서 슬쩍 고치면 되지. 어차피 매번 성분 표기를 보고 사진 않을 거 아냐. 평소에 모니터링만 잘하면 되는 거잖아."

생각했던 것보다 꽉 막힌 대답에 서운은 진땀이 났다.

"하지만……."

"됐으니까 이 부분은 내 말대로 수정해서 파일 다시 보내."

방 과장이 더 들을 말이 없다고 등을 돌려 버리자 서운은 그냥 돌아올 수밖에 없었다. 방 과장의 뜻대로 수정하기엔 영 찜찜했지만 위에서 까라는데 별수 없었다.

자리로 돌아오자 아니나 다를까, 미강에게 메시지가 들어와 있었다.

[방 씨 왜 저래? 엄청 까칠하잖아?]

[몰라. 기분 나쁜 일이 있었나?]

[그걸 왜 너한테 푸느냐 이거지. 이상한 걸로 오기나 피우고, 개고생시켜 놓고 수고했단 말도 안 하고 완전 재수잖아.]

그나마 미강이 대신 화라도 내 주니 답답하던 기분이 조금 풀렸다.

[그러게나 말이다. 요즘 나 방 과장님한테 샌드백인가 봐.]

[꼴리면 받아 버려.]

[그러고 잘리라고?]

[든든한 진 본이 있는데 왜 잘리냐? 눈치 없는 저 방 씨가 당해야지. 암튼 욕봤어.]

[그래, 고맙다.]

서운은 방 과장이 시키는 대로 자료를 수정해서 보냈다. 찜찜하긴 했지만 어쨌든 골치 아프던 일을 마무리 지었으니 홀가분했다. 주말엔 맘 편히 집에도 다녀오고 태영과 데이트도 할 수 있으니 그것만으로도 마음이 가벼워졌다.

30분쯤 후 슬쩍 고개를 드니 방 과장이 전화를 받고 후다닥 겉옷을 챙겨 입고 나가는 것이 보였다. 아마도 본부장실 호출을 받은 것 같았다.

일을 마무리하고 나니 긴장이 풀려선지 나른하게 졸음이 쏟아지려 해 탕비실로 가 커피를 한 잔 타 가지고 왔다. 자리로 오는 길에 같이 과제를 받았던 서 대리가 어깨를 툭 치며 고마운 마음을 건넸다.

"언제 자료를 그렇게 만들었어? 보니까 며칠 엄청 고생했겠던데? 이 대리한테 무임승차해서 미안하게 됐어."

"아니에요. 이혼은 면하신 거죠?"

"덕분에 점수 좀 만회했어."

서 대리가 사람 좋은 얼굴로 웃자 서운도 따라 웃었다. 그때 방 과장이 뚱한 얼굴로 들어오더니 서운을 불렀다. 서운은 커피를 자리에 두고 방 과장에게 갔다.

"파일 수정 좀 하지. 아까 얘기했던 반려동물 습식 표기 개선 부분 이 대리가 말한 초안대로 재수정해서 올려."

"알겠습니다."

태영에게 안 좋은 소리를 들었는지 방 과장의 안색이 좋지 않아 서운은 조용히 물러났다.

방 과장이 서운의 뒤통수를 째려보며 오만 인상을 썼다. 두루뭉술하게 넘어가려고 했던 부분을 본부장이 벼르고 있던 것처럼 콕 집어서 공격하자 속수무책으로 당하고 오는 중이었다. 이서운이 했던 소리랑 별반 다를 거 없는 소리에 더 기분이 나빴다. 당연히 서운을 보는 눈이 고울 리 없었다.
 승진이 급해 죽겠는데 자꾸 젊은 본부장과 엇박이 나는 것이 짜증 나고 신경질이 나 방 과장은 속으로 잔뜩 구시렁거렸다.

※

"누나 내려와서 밥 먹으라고 해."
해성이 의자에 앉으면서 혜연을 진정시켰다.
"내버려 두세요. 배고프면 알아서 내려오겠죠."
"네 누나 아침도 안 먹었어."
"그럼 더 일찍 내려오겠죠, 뭐."
"가기 싫으면 둬. 내가 갈게."
혜연이 주방 밖으로 나가려고 하자 해성이 그녀의 팔을 잡았다.
"놔두라니까, 엄마. 이럴 땐 차라리 모르는 척하는 게 더 나아요. 옆에서 아이고, 어쩌니, 하면 더 굴 파고 들어간단 말이에요."
"그래도 나름 실연인데 얼마나 상심이 크겠어?"
"내 누나니까 이 정도지, 솔직히 제가 태영이 형이었으면 누나 이러는 거 완전 오버에 소름이죠. 나는 쳐다본 적도 없는데 혼자 스토킹에 열 올리다 실연이라고 하면 정떨어지지 않겠어요? 앞으로 보나 뒤로 보나 너무 진상이죠. 그러니 혼자 털고 일어서게 놔두세요."

"그래, 오늘 진상 맛 한번 제대로 볼래?"

"헉, 누, 누님!"

갑자기 유성이 쑤욱 들어오자 해성이 기겁하며 간살을 떨었다.

"아니, 나는 걱정이 돼서 그런 것이지. 하나밖에 없는 누나가 그놈의 사랑 때문에 말라비틀어져 가는 것이 짠해서 말이야."

"두고 봐, 언제 확 네 뼈를 비틀어 버릴 거니까."

"노노, 가정 폭력은 큰 범죄야. 그러니 늘 이성을 찾고 살아, 누이."

유성은 끝까지 깐죽대는 해성을 노려보다 자리에 앉았다. 혜연이 웃으며 건너편에 앉았다.

"배고파 돌아가시겠어."

"이봐요, 배고프면 알아서 내려올 거라고 했죠? 배고픔엔 장사 없다니까."

"그래, 네 말이 맞다. 기분은 좀 나아진 거야?"

뒷말은 유성에게 던진 물음이었다. 어쩐지 기분이 좀 좋아 보여 마음이 놓였다.

유성이 밥을 크게 한 숟가락 뜨며 혜연에게 대답했다.

"나 태영 오빠 포기 안 해."

"이제 그만 좀 해라, 누나야. 지금도 이미 범죄 수준이다."

"웃기지 마. 나 아직 아무것도 안 했어."

"어쩌려고 그래?"

혜연이 걱정스럽게 보며 물었다.

"연애? 하라고 해. 어차피 그 여자랑 결혼은 못 할 거니까. 난 오빠랑 결혼만 하면 되니까 얼마든지 기다릴 수 있어."

"그러다 태영이 그 애랑 결혼한다고 나오면 어쩌려고 그래?"

"그런 여자 오빠 상대 아니야. 어머님이 허락하실 리도 없어."

"그래도 태영이가 좋다면 제 엄마도 어쩌지 못할 거야. 그러니까 그만 내려놓고 마음 좀 편해지자. 응?"

"싫어, 엄마. 태영 오빠 결혼하기 전까지 나는 포기 안 할 거야. 이렇게 포기하기엔 그동안 공들여 온 세월이 너무 아까워서 안 되겠어. 오빠가 다른 여자 좋다고 하는데도 내 마음이 포기가 안 돼서 그래. 그러니까 어머님 믿고 좀 더 버텨 볼래."

어쩌자고 눈에 넣어도 아프지 않을 귀한 딸이 저한테 마음 주지 않는 남자를 좋아해서 이렇게 마음고생을 하는지. 속이 상해 눈물이 나올 것 같았다. 혜연은 꾸역꾸역 밥을 먹는 유성을 아픈 마음으로 바라봤다.

유성의 옆에서 해성이 손가락으로 귀를 후벼 파며 고개를 저었다. 적당히 이 정도에서 손을 털면 될 걸, 꼭 똥인지 된장인지 맛을 보겠다는 누나가 한심하면서도 딱했다.

제 마음대로 되지 않는 것이 사랑이라더니 제대로 임자를 찾지 못한 헛된 사랑은 이렇게 마음 텃밭을 쑥대밭으로 만든다. 누구에게는 천국이지만 누구에게는 지옥이기도 하니 정말 빌어먹을 감정이다.

요 며칠 계속 야근을 한 탓에 퇴근 시간이 되자 저절로 마음이 가벼워졌다. 어쩔 수 없이 주말을 앞둔 금요일이 가장 좋다. 모처럼 태영과 저녁을 같이 먹을 수 있다는 사실이 무엇보다 좋았다.

퇴근 시간이 되어 막 자리에서 일어서려다 서운은 태영에게 카톡 메시지를 받았다.

[갑자기 일이 생겨서 퇴근이 좀 늦을 거 같은데 어떡하지?]

[그럼 난 집에 가 있을게요]

[우리 집으로 가 있어. 저녁 만들어 주려고 재료 사 놨어. 이따 맛있는 거 해 줄게.]

[혹하는데요? 알았어요]

[얌전히 기다리고 있어. 오늘은 불금이니까 기대해도 좋아.]

마지막 말이 주는 뉘앙스가 괜히 가슴을 설레게 했다. 내일은 집에 가야 하니 오늘은 그와 함께 있고 싶었다. 마음이 홀라당 넘어가 버리니 하루도 떨어지는 것이 싫다. 사랑은 하더라도 유난하게 하지는 말아야지 싶었는데 애초에 유난하지 않은 사랑은 없나 보다.

갑자기 여유가 생겨서 서운은 일부러 느긋하게 자리를 정리했다. 미강이 자리로 와서 섰다.

"퇴근 시간 되자마자 튈 줄 알았는데 웬일이셔?"

"조금 늦는다고 그래서."

"그동안 야근하느라 감질나게 봤을 텐데 오늘 불금으로 회포

푸는 거야?"

"그냥 저녁 먹는 거거든."

"당연히 저녁부터 먹어야지. 먹어야 할 것도 할 거 아니냐."

"야, 너 좀 가라. 이게 결혼하더니 입만 야해져 가지고 못 하는 소리가 없어."

아직 듬성듬성 남아 있는 직원들 눈치를 보며 서운은 미강을 밀어냈다.

"알았어, 간다, 가."

"주말 잘 보내셔."

"그래, 넌 뜨거운 밤 보내."

귓가에 속삭이고 후다닥 도망가는 미강의 뒤통수를 쏘아보며 서운이 주먹을 불끈 쥐어 보였다. 하여간 유미강, 요즘 차곡차곡 매를 벌고 있다.

직원들이 모두 퇴근하고 서운은 천천히 밖으로 나왔다. 하루 일과를 마치고 바쁘게 걸어가는 사람들로 거리가 활기찼다.

그녀는 태영의 아파트 주차장에 주차를 하고 엘리베이터에 올랐다. 비밀번호를 누르고 들어가니 고요한 적막만이 내려앉았다.

가방을 소파에 두고 냉장고에서 태영이 사다 두었다던 야채들을 꺼내 씻기 시작했다. 막 철망 바구니에 야채들 물기를 빼고 있을 때 태영에게 전화가 왔다.

"오고 있어요?"

-거의 다 왔어. 금방 도착하니까 딱 기다려.

그의 목소리에서 조급함이 느껴져 웃음이 나왔다.

"빨리 와요."

통화를 끝내고 서운은 물을 한 잔 들고 창가로 가서 앞이 탁 트인 광경을 내려다봤다. 올 때마다 느끼는 거지만 뷰가 정말 예술이다.

그때 밖에서 비밀번호를 누르는 소리가 들리자 그녀는 물컵을 내려놓고 태영을 맞으러 현관으로 갔다. 꼭 퇴근하고 오는 남편을 맞는 기분이었다.

"어서 와요."

문이 열리자 환하게 웃으며 맞이하던 서운의 얼굴이 얼음처럼 굳었다. 당연히 태영일 거라 생각했는데 전혀 다른 사람이 서 있었다.

송 여사 역시 놀란 눈으로 서운을 쳐다봤다. 송 여사의 뒤에서 모습을 드러낸 여진이 날카로운 시선으로 서운을 훑어 내렸다.

갑작스럽게 벌어진 상황이 너무 당황스러워 서운은 그대로 굳어 섰다.

2권에 계속

내 손안의 달콤한 로맨스